MOON NOTES

ISABEL CLIVIA

SUN Blessed

WITCHES OF NEW LONDON

Moon Notes

Originalausgabe
1. Auflage

Dieses Werk wurde vermittelt durch die Literarische
Agentur Thomas Schlück GmbH, 30161 Hannover

Druck und Bindung: FINIDR, s.r.o., Lípová 1965,
737 01 Český Těšín, Tschechische Republik
Printed 2023
ISBN: 978-3-96976-038-3

www.moon-notes.de

Für Mama.

Weil du wie die Sonne mein Leben erhellst.

PROLOG

Vier Jahre zuvor

Als ich den mit Rosen dekorierten Korridor entlanghaste, strömen mir heiße Tränen über die Wangen. Sie gefrieren zu Eis, noch bevor sie auf den Marmorboden tropfen können. Ich sollte innehalten. Sollte mich sammeln und den kalten Sturm beruhigen, der in jeder Faser meines Körpers tobt. Aber ich will einfach nur weit, weit weg.

»Warte!«

Seine Stimme hallt von den hohen Steinwänden wider, an denen sich wilder Efeu hinaufrankt. Ich verbiete es mir, stehen zu bleiben. Stattdessen richte ich meinen verschleierten Blick nach vorn und setze einen Fuß vor den anderen. Immer weiter, Hauptsache fort von ihm.

»Reva.«

Bevor ich die Doppeltür erreichen kann, die in den Festsaal führt, holt er mich ein und schneidet mir den Weg ab.

Ihm erneut gegenüberzustehen, lässt das Chaos in mir nur umso verheerender wüten. Ich muss es unter Kontrolle bringen. Dringend.

»Sieh mich an.«

Mit erhobenem Kopf begegne ich seinem Blick, auch wenn

ich es lieber lassen würde. Das Tageslicht, das durch die großen Fenster hereinfällt, wirft Schatten auf seine markanten Gesichtszüge. Es verleiht seinem braunen Haar einen zarten Goldschimmer, der perfekt zum goldenen, mit Smaragden besetzten Diadem auf seinem Kopf passt. Obwohl er seine Macht aus der Dunkelheit schöpft, wirkt er ausgerechnet im Antlitz der Sonne wie ein König. Ein grausamer König mit reuevoller Miene.

Er kommt näher. Dicht genug, damit sein Atem meine Haut streift.

»So kannst du da nicht rausgehen«, flüstert er und fährt mit dem Handrücken sanft über meine Wange.

Sofort weiche ich einen Schritt zurück, um mich der viel zu vertrauten Berührung zu entziehen. Wenn ich das jetzt zulasse, verliere ich das letzte bisschen Würde, das mir noch geblieben ist.

»Warum nicht?«, frage ich herausfordernd.

»Willst du, dass sie dich so sehen?«

Ich blinzele, befreie dadurch weitere Tränen, die sofort erstarren. Magie pulsiert durch meinen Körper, genauso roh und ungezügelt wie der Schmerz in meiner Brust.

»Das ist es, was dich wirklich interessiert, oder? Was *sie* sehen.«

»Um mich geht es hier doch gar nicht«, erwidert er leise.

»Nein? Dann hast du also keine Angst davor, dass einer von denen dein kleines Geheimnis erfahren könnte? Dass du doch nicht so perfekt bist, wie du sie gern glauben lassen würdest?«

Er seufzt. »Reva, bitte.«

Jedes Mal, wenn er meinen Namen sagt, klingt das so liebevoll. Als würde er sich tatsächlich etwas aus mir machen. Trotzdem besänftigen mich seine Worte kein Stück. Sie sind wie gnadenlose Böen, die das Feuer in meinem Inneren weiter anfachen.

»Geh beiseite, Gabriel.«

Er hebt die Hand, lässt sie allerdings sofort wieder sinken. »Du solltest dich erst beruhigen, bevor du –«

»Mich *beruhigen*? Nach allem, was du mir gerade gesagt hast?«

Stille breitet sich zwischen uns aus.

»Nichts davon dürfte dich überrascht haben«, antwortet er dann.

Ich schürze die Lippen. »Vielleicht kennst du mich ja schlechter, als du denkst.«

Voller Zorn schiebe ich mich an ihm vorbei und marschiere auf die Flügeltür zu.

Sobald ich in den Festsaal zurückgekehrt bin, spüre ich die Blicke der anderen Gäste auf mir. Normalerweise beschränken sie sich auf mein linkes Handgelenk oder meine Kleidung. Jetzt mustern sie jedoch weder die goldene Sonne auf meiner Haut noch die nachtblaue Robe an meinem Körper, sondern die eisigen Tränen, die verräterisch auf meinen Wangen glitzern und einen kalten Kontrast zu der frühlingshaften Blumendekoration bilden.

Ich sehe mich um, halte verzweifelt Ausschau nach meinen Geschwistern. Wenn ich ohne sie gehe, wird das bloß für Gerede sorgen.

Die Wintererbin schleicht sich von der wichtigsten Feier des Monats und überlässt anderen ihre Pflichten. War von ihr ja zu erwarten.

Mit jeder Sekunde werden meine Atemzüge flacher. Hektisch drehe ich mich um meine eigene Achse, fühle mich schrecklich einsam zwischen all den Leuten, die seit Jahren jeden meiner Schritte bewerten und deren Herzen so kalt sind wie die tobende Magie in meinem Blut. Ich muss meine Emotionen in den Griff kriegen, sonst werde ich ihre Missbilligung erst recht auf mich ziehen. Eine schwache Erbin ist schon schlimm genug. Eine, die sich nicht unter Kontrolle hat, ist inakzeptabel.

Anstelle von Daisy und Rami entdecke ich Gabriel in der Menge, der wieder zu den übrigen Gästen gestoßen ist. Er wirkt so ruhig wie immer, als wäre alles in bester Ordnung. Als gäbe es keine eisigen Tränenspuren in meinem Gesicht. Sie wissen nicht, dass ich wegen ihm weine. Ein Teil von mir würde den Grund gern herausschreien, aber das würde uns beide vernichten, und sogar jetzt könnte ich ihm das nicht antun.

Mein Herz donnert gegen mein viel zu enges Korsett. Ich lasse den Blick rastlos hin und her huschen, während ich mich bemühe, niemanden anzurempeln. Hinter vorgehaltener Hand murmeln sie Worte, die mich mehr verletzen, als sie es nach all den Jahren tun sollten. *Schwach. Unwürdig. Beschämend.* Jeder ihrer Blicke gleicht einem Nadelstich, doch *seiner* ist wie ein Dolch aus Jade, der sich in meine Brust bohrt.

Willst du, dass sie dich so sehen?

Ich muss hier raus. Sofort.

Aber statt aus dem Saal zu stürmen, bleibe ich stehen, als hätte meine Magie mich am Boden festgefroren.

Er sieht mich immer noch an. Im Gegensatz zu den anderen ist er still, schüttelt nur leicht seinen Kopf. Eine Bitte, die meinen Zorn nicht zu bremsen vermag. Denn ich habe nicht vergessen, was er mit meinem Herzen gemacht hat, als ich es ihm vorhin zu Füßen gelegt habe.

Dafür wird es nie genug sein.

Ich bin es so leid, mich für andere zu zügeln. Demütig den Kopf zu senken, damit diese Gesellschaft nicht noch schlechter von mir denkt, als sie es ohnehin tut. Erst jetzt sehe ich die bittere Wahrheit glasklar in ihren Gesichtern: Für diese Leute werde ich ebenfalls nie genug sein, egal, wie vorbildlich ich mich verhalte. Ein paar gefrorene Tränen reichen aus, damit eintausend höfliche Lächeln an einhundert perfekten Abenden in Vergessenheit geraten. Weil sie immer auf den einen Moment warten, der ihre Vorurteile bestätigt.

Ich balle die Hände zu Fäusten.

Gabriel scheint noch vor allen anderen zu ahnen, was in mir vorgeht. Mit seinen Lippen formt er ein einziges Wort.

Nicht.

Da habe ich mich jedoch schon dazu entschieden, dem kalten Brodeln in mir nachzugeben. Sollen sie mich meinetwegen für eine schwache Hexe halten. Sollen sie mich für unerlaubten Magiegebrauch in der Öffentlichkeit anklagen. Ich habe es satt, mir ihre Akzeptanz mit einer perfekten Maske erbetteln zu müssen.

Für einen Moment betäubt die Magie jedes Gefühl in meinem Körper, als befände ich mich in einem See aus Eis. Dann sind da nur noch Kälte und Chaos und ein Hauch von Freiheit.

KAPITEL 1

Verdrossen beobachte ich die Reportermeute vor dem kleinen, spärlich ausgeleuchteten Park. Die Blitze ihrer Kameras zucken durch die Vollmondnacht und lassen grelle Punkte vor meinen Augen tanzen.

So ein Mist.

Das habe ich jetzt davon, zu dieser Unzeit noch ans Telefon gegangen zu sein. Aber wahrscheinlich wäre ich auch hier gelandet, wenn ich Jonathans Anruf ignoriert hätte. Naomi fühlt sich nämlich leider grundsätzlich dazu verpflichtet, den Hörer abzunehmen, und schleift mich dann jedes Mal zum Tatort.

»Die Presse dreht durch, wenn's wieder eine Frau ist«, murmelt sie neben mir. »Ich sehe die Schlagzeile schon vor mir: *London in Angst vor dem Killer – Ripper schlägt erneut zu.* In genau diesem Wortlaut. Wollen wir wetten?«

Ich schnaube. »Mit dir wette ich nicht mehr. Sonst muss ich den Abwasch noch drei Wochen länger übernehmen.«

Ein verräterisches Grinsen schleicht sich auf ihre Lippen. »Genau das ist der Plan.«

»Tja, da mache ich aber nicht mit. Das Geschirr hat gesagt, es vermisst dich.«

»Hör nicht auf diese lügenden Tassen! Tief in ihren kleinen Porzellanherzen lieben sie nur dich.«

»Könnte das eventuell daran liegen, dass sie bei mir keine Angst haben müssen, auf dem Fußboden zu zerschellen?«

»Das waren tragische Unfälle!«, echauffiert sie sich.

Wir drängen uns an einigen Presseleuten vorbei, die den Polizisten hinter der Absperrung Fragen zubrüllen. Mit dieser neugierigen Horde haben sie zum Glück alle Hände voll zu tun, sodass uns kaum jemand Beachtung schenkt.

»Hast du Coulter schon gesehen?«, frage ich und halte auf den Zehenspitzen stehend Ausschau nach einem karierten Hut.

»Bisher nicht. Bestimmt ist er wieder in die falsche U-Bahn gestiegen. Keine Ahnung, wieso ihm das ständig passiert.«

Wahrscheinlich, weil er im Gegensatz zu uns hier geboren wurde und sich deshalb um die ganzen Wie-funktioniert-die-Menschenwelt-Fortbildungen drücken durfte. Es ist mir ein Rätsel, wie ein so unzuverlässiger Mann unsere Kontaktperson bei der Londoner Polizei werden konnte.

Ich stöhne auf. »Er weiß genau, dass die Spuren von Magiegebrauch nicht ewig nachweisbar sind.«

In solchen Momenten bereue ich meine Entscheidung, bei der magischen Abteilung angefangen zu haben. Ein Job bei einer Cafékette wäre sicher entspannter gewesen als nächtliche Detektivarbeit. Aber aus irgendeinem idealistischen Impuls heraus musste ich ja unbedingt das hier wählen.

Naomi schiebt ihre Hände in die Taschen ihres Designer-Trenchcoats. »Was sollen wir denn jetzt machen? Ohne Coulter kommen wir da nicht durch.«

Ich lasse meinen Blick schweifen und bleibe an einem Polizisten hängen, der ganz allein den Westzugang des Parks bewacht.

»Erinnerst du dich noch an den Theaterunterricht in der dritten Klasse?«, frage ich dann.

Naomi schneidet eine Grimasse. »Wie könnte ich je das Jahr vergessen, in dem ich den tanzenden Baum gespielt habe?«

Ich grinse. »Lust auf eine neue Herausforderung, kleine Eiche?«

Sie lacht halbherzig. »Vergiss es. Das einzige Ablenkungsmanöver, das ich beherrsche, ist Angesagtes-Starlet-in-freier-Wildbahn. Klappt leider nur bei der Regenbogenpresse.«

Dank der teuren Kleidung und dem Tausend-Watt-Lächeln könnte Naomi tatsächlich als TV-Sternchen durchgehen. Sogar um diese Uhrzeit sieht sie aus, als wäre sie gerade aus der Maske einer aufwendigen Produktion spaziert. Trotzdem muss ich ihr recht geben. Promijäger könnte sie ablenken, wenn sie es darauf anlegt. Die Leute da vorne sind jedoch wegen des vermeintlich neuesten Verbrechens eines Serienmörders hergekommen.

»Sag bloß, du willst das Ganze mir überlassen«, schmolle ich.

Sie zuckt mit den Schultern. »Jonathan hat *dich* angerufen. Ich bin heute nur zur moralischen Unterstützung dabei.«

»Behauptest du nicht immer, wir seien ein Team?«

»Wir sind sogar Freundinnen«, erklärt sie stolz. »Deshalb bleibe ich auch in der Nähe und feuere dich ganz doll an.«

Ich lege mir eine Hand auf die Brust. »Das ist sehr aufopferungsvoll von dir.«

Sie quittiert meine Bemerkung mit einem unschuldigen Lächeln. »Für dich doch immer. Aber wenn's so peinlich wird wie beim letzten Mal, tue ich so, als ob ich dich nicht kenne.«

Ich werfe ihr einen zynischen Luftkuss zu, bevor ich mich auf den Weg zum Westzugang mache.

Der schlaksige Polizist wirkt angespannt. Glücklicherweise lassen ihn die Schaulustigen auf der anderen Straßenseite in Ruhe, also kann ich meinen Plan ungestört durchziehen. Ich mache den Rücken gerade, marschiere direkt auf den Tatort zu und versuche dabei, einen Blick auf das Mordopfer zu erhaschen. Leider versperrt der Polizist mir mit einem Schritt zur Seite den Weg.

»Sie dürfen hier nicht durch, Miss. Das ist ein Tatort.«

Obwohl er seiner Stimme Nachdruck verleiht, ist die Unsicherheit darin deutlich zu hören.

»Ein Tatort?«, wiederhole ich entsetzt. »Wie schrecklich!«

»Treten Sie zurück.«

»Aber meine Geldbörse ...« Ich deute auf die laubbedeckte Wiese hinter ihm. »Da drüben habe ich sie heute Nachmittag verloren. Bitte, ich brauche sie!«

Meine verzweifelten Worte bringen ihn dazu, über die Schulter zu blicken. Diesen unachtsamen Moment nutze ich und stürme an ihm vorbei.

»Halt! Bleiben Sie stehen!«

Als ob.

Ich eile weiter, ignoriere die anderen Beamten und gehe zwei Meter neben dem leblosen Opfer in die Hocke. Stichwunden übersäen den Körper des jungen Mannes, den ich auf höchstens fünfundzwanzig schätzen würde. Überall ist Blut. Diesen Anblick hätte ich mir gern erspart. Wer auch immer das getan hat, wollte sichergehen, dass der Kerl mausetot ist.

»Gehen Sie da weg!«, fordert der Polizist.

An den bleichen Fingern des Toten entdecke ich einige edelsteinbesetzte Ringe. Solche Schmuckstücke schreien geradezu nach Hexer-Eigentum, aber über das Opfer kann ich später nachdenken. Zuerst muss ich mehr über den Mörder herausfinden.

Das Stimmengewirr hinter mir wird lauter, während gleichzeitig das Blitzlichtgewitter zunimmt. Schnell hole ich den kleinen schwarzen Quellenstein aus meiner Manteltasche und schließe die Finger darum. Nachdem ich meine Magie in das Artefakt geleitet habe, erwärmt es sich. Mal sehen, ob es eine magische Spur gibt, zu deren Ursprung es mich führen kann.

»Hören Sie mir überhaupt zu?«

Der Polizist packt mich an den Schultern und versucht, mich auf die Füße zu ziehen. Ich mache mich absichtlich so schwer wie möglich, um mir ein paar Sekunden Zeit zu verschaffen.

»Was hat man dem armen Mann nur angetan?«, schreie ich inbrünstig.

»Stehen Sie auf.«

»Die Welt ist so dunkel geworden! Hat denn keiner mehr Liebe übrig?«

»Miss!«

Mit erhöhtem Kraftaufwand schafft er es, mich hochzuhieven. Ich gebe es auf, mich gegen ihn zu wehren. Der kriegt sicher genug Ärger, weil er jemanden durchgelassen hat. Seine Kollegen gucken schon ganz komisch.

Er zieht mich vom Tatort weg und bringt mich zurück zum Parkausgang, während die Reporter weiter auf den Auslöser ihrer Kameras drücken. Ich halte den Kopf gesenkt, bis wir außer Sichtweite sind.

»Was haben Sie sich dabei gedacht?«, schnauzt der Polizist mich an.

»Ich wollte bloß meine Geldbörse suchen«, rechtfertige ich mich mit der glaubhaftesten Unschuldsmiene, die ich zu bieten habe. »Da drüben bei dem Baum hätte sie sein müssen, aber sie ist verschwunden! Haben Sie schon mal Ihren Ausweis und Ihre Kreditkarte verloren? Ich jetzt schon zum *zweiten* Mal innerhalb eines Jahres. Ätzend, ich sag's Ihnen. Gott, warum bin ich so ein Tollpatsch? Und jetzt habe ich auch noch diesen zugerichteten Toten gesehen. Eine echte *Leiche*. Oh, ich glaube, mir wird gleich schlecht.«

Nachdem ich ihn vollgeplappert habe, drehe ich mich um und stütze mich einhändig auf der Motorhaube eines geparkten Autos ab. Dann atme ich lautstark ein und aus, wie meine Kollegin Mary, als sie mir letzten Monat eine Technik aus dem Geburtsvorbereitungskurs demonstriert hat.

»Miss, ich muss Sie leider …«

»Nein, bitte«, rufe ich und hole hörbar Luft. »Ich will wirklich nicht Ihre Uniform vollkotzen. Die steht Ihnen echt toll. Machen Sie Sport?«

»Ich …«

»Im Ernst, die macht was her. Verleiht Ihnen Autorität.«

Er räuspert sich verlegen. »Hören Sie, ich muss Sie jetzt …«

»O bitte, haben Sie Mitleid mit mir! Ich stehe so unter Schock. Können Sie sich das vorstellen? Eben war ich noch beim langweiligsten Date aller Zeiten, und kaum habe ich meinen fehlenden Geldbeutel bemerkt, stolpere ich in einen Echtzeit-Krimi! Das Bild von diesem Toten werde ich bestimmt nie mehr los. Wer tut denn so was Schreckliches? War das etwa wieder dieser *Ripper*? O Gott, sollte man überhaupt noch vor die Tür gehen, wenn so einer draußen rumläuft?«

Als ich mich wieder umdrehe, hoffe ich, dass Tränen in meinen Augen schimmern. Ein mitleidiger Ausdruck macht sich im hochroten Gesicht des Polizisten breit. Ich weiß nicht, ob er gerade mich oder sich selbst bedauert, tippe aber auf Letzteres.

»Verzeihen Sie mir«, bitte ich ihn reumütig. »Ich wollte Sie nicht bei Ihrer Arbeit stören. Hätte ich das geahnt …«

»Sie …« Er stutzt. »Haben Sie vielleicht etwas Verdächtiges bemerkt, als Sie heute im Park waren?«

»Was? Nein, tut mir leid. Mir ist ja nicht mal aufgefallen, dass ich meinen Geldbeutel verloren habe.«

Der Polizist starrt mich ratlos an, dann lässt er die Schultern sacken. Seine hoffnungslose Überforderung ist irgendwie niedlich.

»Gehen Sie nach Hause«, meint er schließlich. »Es ist spät, und das ist kein Ort für eine junge Frau wie Sie.«

Ich schenke ihm ein entschuldigendes Lächeln. »Da haben Sie wohl recht.«

Dass das weniger an den toten, sondern viel zu oft an den lebenden Männern liegt, verkneife ich mir. Stattdessen kehre ich ihm den Rücken zu und überquere die Straße, während ich den Quellenstein noch immer in meiner Hand halte.

Naomi lehnt an einer heruntergekommenen Hauswand und schüttelt grinsend den Kopf.

»Was denn?«, frage ich. »Hat doch funktioniert.«

»Daran haben deine Rehaugen einen erheblichen Anteil.«

»Höre ich da etwa Kritik an meiner Show?«

»Also, ein bisschen geschämt hab ich mich schon«, meint sie, woraufhin ich ihr die Zunge rausstrecke.

Da außer Naomi niemand in der Nähe ist, öffne ich meine Hand und betrachte den Quellenstein. Im fahlen Licht der Straßenlaterne schimmert er jetzt in einem kühlen Blauton. Als ich weitere Magie in ihn sickern lasse, beginnt er, gleichmäßig zu pochen. Sofort schließe ich meine Finger wieder zur Faust, bevor er mir entwischen kann. Das Letzte, was London jetzt braucht, ist ein magischer Stein, der mit Karacho durch die Luft fliegt und irgendwem gegen den Kopf knallt.

»Dann lass uns mal herausfinden, wo du uns hinführst«, murmele ich.

Naomi stößt sich von der Wand ab und läuft gemeinsam mit mir los. »War's wieder eine Frau?«

»Ein junger Mann. Mit einer Menge Stichwunden. Sah auf den ersten Blick nach Übertötung aus, aber wäre keine Magie im Spiel gewesen, hätte der Stein nicht reagiert.«

»Also ein Ablenkungsmanöver?«

»Möglich.«

Ganz gleich, was dahintersteckt, wir müssen den Verantwortlichen finden. Vier Morde im Abstand von jeweils einem Monat deuten stark auf einen Serienkiller hin. Jonathan vermutet schon seit der zweiten Tat eine Hexe oder einen Hexer hinter der Sache, und wenn wir die Person nicht bald aus dem Verkehr ziehen, gefährdet sie die Geheimhaltung unserer Existenz unter den Menschen.

Wir eilen durch die kalte Oktobernacht. Trotz der Tatsache, dass heute Donnerstag ist und Temperaturen um den Gefrierpunkt herrschen, begegnen uns noch einige betrunkene Partygänger, die grölend durch die dunklen Gassen ziehen. Doch je länger wir unterwegs sind, desto einsamer werden die Straßen, und schon bald übertönt das Klackern unserer Stiefel die entfernten Motorengeräusche.

»Kommt dir die Gegend auch bekannt vor?«, frage ich nach einer Weile.

Naomi blickt sich um. »Sollte sie denn?«

»Ja?«

»Du weißt, dass ich nachts nicht mal unser Wohnhaus finden würde. Hier sieht alles gleich aus!«

Wäre ich weniger angespannt, hätte ich über ihre Orientierungslosigkeit geschmunzelt. Denn obwohl ihre Worte auf einige Stadtteile von London zutreffen, gilt das nicht für diesen. Die schicken Fachwerkhäuser mit ihren roten Dächern würde ich überall wiedererkennen.

»Da vorne ist Highgate Cemetery«, murmele ich.

Naomi flucht leise.

Keine von uns sagt mehr etwas, bis wir beim Zugang zum Westfriedhof ankommen. Die hohen Spitzbogenfenster des alten Steingebäudes spiegeln das Laternenlicht von der gegenüberliegenden Straßenseite. Als könnte er es kaum erwarten, hinter das verschlossene Gittertor zu gelangen, glüht der Quellenstein heiß in meiner Hand auf.

»Denkst du, der Täter versteckt sich da drin?«, raunt Naomi.

»Könnte sein. Der Stein will mich jedenfalls zum Friedhof führen.«

»Und was, wenn unsere Zielperson durch den Schleier gegangen ist?«

»Dann haben wir ein Problem.«

»Nur dann?«, zweifelt sie.

Wir folgen der schmalen Straße, die um das Gelände herumführt. Ich lasse die Finger an der hohen Mauer auf der linken Seite entlanggleiten und ertaste nach einigen Metern eine Einbuchtung im rauen Stein.

Kurz vergewissere ich mich, dass außer uns niemand hier ist, bevor ich die Hand hineinpresse und meine Magie nutze. Ein hellblaues Leuchten breitet sich darunter aus, geschwächt von der Nacht, aber immer noch stark genug, um den magischen Durchgang zu öffnen. Für den Bruchteil einer Sekunde verschwimmt die Mauer vor unseren Augen und wird durchscheinend wie ein dünner Vorhang, der sich im Wind wiegt.

Nachdem wir uns ein weiteres Mal umgesehen haben, huschen wir hindurch.

Auf der anderen Seite herrscht Stille. Die Art von Stille, bei der man jedes Geräusch doppelt so laut hört. Tagsüber wirkt der Friedhof höchstens etwas verwunschen – wie der perfekte Ort, um mystische, tief bewegende Poesie niederzuschreiben, die Seelen brennen und Herzen bluten lässt. Bei Nacht ist er dagegen einfach nur unheimlich. Abgesehen vom Vollmond gibt es keine weitere Lichtquelle, sodass die überdimensionalen Grabsteine gespenstisch in der Dunkelheit aufragen. Besonders jene, auf denen sich Statuen befinden, werfen schauerliche Schatten auf die verschlungenen, unbefestigten Pfade, neben denen Bäume, Farne und Sträucher wild vor sich hin wuchern. Wenn ich mir einen Ort vorstellen müsste, an dem sich ein gefährlicher Serienkiller wohlfühlt, wäre es definitiv dieser.

»Wir sollten wieder gehen«, wispert Naomi hinter mir.

»Nicht, bevor wir wissen, wo der Stein uns hinführen will.«

»Auf das Wissen könnte ich eventuell verzichten.«

Ich werfe ihr über die Schulter ein schiefes Lächeln zu. »Hast du etwa Angst?«

Sie verschränkt die Arme vor der Brust. »Quatsch, mein Herz rast aus purer Vorfreude.«

»Du kannst auch hierbleiben, wenn du möchtest«, biete ich an.

»Klar, wir sollten uns unbedingt trennen. Funktioniert in Horrorfilmen schließlich auch immer.« Sie klingt entsetzt.

Ich drehe mich zu ihr um und lächele entschuldigend.

Es war eine schlechte Idee, den Friedhof zu betreten, das ist sogar mir klar. Wir haben bereits herausgefunden, dass eine Hexe hinter dem Mord steckt, also gibt es keinen Grund, sich in Gefahr zu bringen. Aber ich muss wissen, ob die magische Spur beim Schleiertor endet. Falls sie das tut, ändert das die Lage drastisch.

»Warum musst du so eine Draufgängerin sein?«, murrt Naomi.

»Ich bin keine Draufgängerin.«

»Sagte sie und verfolgte einen Serienkiller bis zum unheimlichsten Friedhof der ganzen Stadt. Im Ernst, du bist fast so schlimm wie Cara.«

Trotz ihrer Beschwerde entzündet sie mithilfe ihrer Sommermagie eine kleine Flamme über ihrem Zeigefinger und schließt sich mir an.

Wachsam schleichen wir über das Gelände. Jedes noch so leise Blätterrascheln lässt mich aufhorchen. Was, wenn der Täter sich versteckt hält und uns angreift? Um diese Zeit habe ich nur eingeschränkten Zugriff auf meine Magie. Hexen wie ich, die bei Sonnenlicht zur Welt gekommen sind, können bei Dunkelheit lediglich einen Bruchteil ihrer Elementarkräfte nutzen. Eine Tatsache, die in meinem Leben schon zu oft eine zu große Rolle gespielt hat.

Naomi hakt sich bei mir unter und drückt sich dicht an mich.

Jetzt komme ich mir wirklich vor wie in einem Horrorfilm, in dem der Mörder jeden Moment aus dem Gebüsch springen könnte. Wenigstens habe ich in den letzten vier Jahren diverse Kampfsportkurse belegt. Ob mir das gegen eine mordlustige Hexe hilft, wage ich allerdings zu bezweifeln.

»Das hier fällt nicht in unseren Aufgabenbereich«, murmelt Naomi.

»Es zählt zu unseren Ermittlungen.«

»Es zählt höchstens zu *leichtfertig unser Wohlergehen aufs Spiel setzen.*«

»Du hast also doch Angst«, ziehe ich sie auf.

Sie schiebt die Unterlippe vor. »Na und? Angst ist die hartnäckige Version deiner Vernunft. Die du viel zu gern ignorierst.«

»Ich ignoriere sie nicht. Ich weigere mich bloß, auf sie zu hören.«

»Das ist noch viel schlimmer!«

Vielleicht ist es das. Vielleicht will ich mir aber auch nur beweisen, dass ich nicht so schwach bin, wie man es mir all die Jahre eingeredet hat.

Sobald wir auf den Pfad mit dem rötlichen Obelisken-Grabstein gelangen, lässt Naomi mich los. Das magische Artefakt in meiner Hand kühlt jetzt mit jedem Schritt ab, und als wir vor einem alten, mit Efeu bewachsenen Tor stehen bleiben, erlischt sein blaues Leuchten. Der Quellenstein zerfällt zu Staub, den der Wind nur wenige Sekunden später hinfortweht.

»Er ist nicht mehr hier«, sage ich.

Naomi atmet langsam aus. »Dann bedeutet das …«

»Ja. Der Mörder stammt wahrscheinlich aus New London.«

Hinter dem unsichtbaren Schleier, der sich in diesem Tor verbirgt, liegt unsere Heimat. Das *andere* London, in dem wir geboren wurden. Diese Parallelstadt haben die damaligen Hexen infolge der schrecklichen Verbrennungen und der unerbittlichen Jagd auf sie als sicheren Rückzugsort geschaffen. Solche Refugien gibt es in einigen großen Städten auf der Welt. Viele, die an diesen geheimen Orten leben, haben noch nie einen Fuß in die Menschenwelt gesetzt, genau wie ich, bevor ich vor vier Jahren achtzehn geworden und hierhergekommen bin, um ein neues Leben zu beginnen. Das London der Menschen und das London der Hexen mögen sich einen Namen teilen, aber sie sind so unterschiedlich wie Tag und Nacht.

»Was jetzt?«, will Naomi wissen.

Ich seufze. »Wir müssen es Jonathan sagen.«

KAPITEL 2

Jonathan läuft in seinem Büro auf und ab, während sein Dackel Hugo friedlich im Körbchen am Fenster schläft. Ich starre stoisch auf die dicken Aktenordner, die sich auf seinem Schreibtisch aus Massivholz türmen. Obwohl mir die Sonnenstrahlen von draußen ein Gefühl von Stärke geben, fühle ich mich nicht kühn genug, um meinen Chef beim Denken zu unterbrechen. Zumindest, solange sein Morgenkaffee noch unangetastet auf dem Tisch steht.

Ich drehe meinen Kopf in Jonathans Richtung. Inzwischen ist er stehen geblieben und hat seine riesigen Hände in die Seiten gestemmt. Als müsste er noch etwas dafür tun, um autoritärer zu wirken.

»Ich will, dass Sie nach New London reisen und den Mörder finden«, sagt er schließlich.

Es vergehen einige Sekunden, bis ich das Ausmaß seiner Worte begreife.

»Soll das ein Witz sein?«, frage ich dann.

»Sehe ich aus wie ein Comedian?«

Mit dieser grimmigen Miene und seiner beeindruckenden Körpergröße sieht Jonathan nach vielem aus – Wrestler, Türsteher oder Boxer in der Schwergewichtsklasse. Aber sicher nicht wie jemand, der zum Scherzen aufgelegt ist.

Ich drücke meinen Rücken gegen die Stuhllehne. »Nein, Sir.«

»Gut. Dann gibt es ja kein Problem.«

Endlich finde ich den Mut, seinen stechend blauen Augen zu begegnen. »Eigentlich … würde ich lieber in *diesem* London bleiben.«

Die Falten auf seiner Stirn werden tiefer, was ich als schlechtes Zeichen deute. »Das ist *Ihr* Fall, Ms Graham. Ich erwarte, dass Sie ihn auch zu Ende führen.«

Wenn er diesen strengen Tonfall nutzt, spart man sich besser den nächsten Kommentar. Heute lasse ich es jedoch darauf ankommen.

»Warum muss ich das machen? Naomi schafft das bestimmt auch ohne mich.«

»Ms Chok gehört nicht zum New Londoner Adel«, erwidert er. »Sie schon.«

»Und?«

Das Wort hängt in der Luft wie die Dampfschwaden aus seiner Wicked-Boss-Tasse.

»Und Sie wissen, wie elitär die Oberschicht ist. Als Außenstehende kommt man kaum an diese Leute heran.«

Am liebsten würde ich vergessen, dass ich in diesen Kreisen groß geworden bin. Für andere mag das wie ein Segen erscheinen, aber mir hat es wenig Gutes gebracht.

»Ich bin nicht unbedingt ein gern gesehenes Mitglied der Elite«, erinnere ich ihn.

»Trotzdem gehören Sie dazu.«

»Warum ist das wichtig? Wir haben keine Ahnung, aus welchem Teil der Hexengesellschaft die Person stammt, die diese Morde begangen hat.«

Der New Londoner Elite traue ich vieles zu, von perfiden Machtspielchen bis hin zu astreinen Verbrechen. Aber eine Mordserie in der Menschenwelt? Wenn ich eins über diese Leute gelernt habe, dann dass alles einem Zweck dienen muss, und den kann ich in diesem Fall beim besten Willen nicht erkennen.

Jonathan marschiert hinter seinen Schreibtisch und lässt sich auf dem Ledersessel nieder. Er nimmt einen Schluck aus der Kaffeetasse. »Solange wir im Dunkeln tappen, müssen wir jede Möglichkeit in Betracht ziehen. Deshalb brauche ich da drüben eine Detektivin, die Zugang zu allen Lokalitäten hat.«

»Und was, wenn ich keine Lust habe, diese Detektivin zu sein?«, wage ich zu fragen.

»Dann sollten Sie Ihre Motivation besser schnell finden.«

Mit den Fingern umklammere ich die Lehne meines Stuhls. »Sie wissen, dass ich dieser Gesellschaft den Rücken gekehrt habe!«

Hugo schreckt aus seinem Körbchen hoch, rollt sich dann jedoch zügig wieder zu einer niedlichen Fellkugel zusammen. Sofort tut es mir leid, dass ich meine Stimme erhoben habe.

Jonathans Gesichtsausdruck wird so eisig wie seine Augenfarbe. Irgendwo in diesem grimmigen Riesen steckt ein gütiger Kerl, der in Babysprache mit seinem geliebten Hund redet und manchmal eine Packung mit erlesenen Kaffeebohnen vor unserer Wohnungstür abstellt. In diesem Moment sehe ich jedoch nur den knallharten Chef der magischen Abteilung vor mir.

»Das weiß ich«, bestätigt er, und dieser ruhige Tonfall klingt weitaus bedrohlicher als jeder Wutausbruch. »Aber als Sie und Ms Chok in diese Welt gekommen sind, haben Sie mich um Hilfe gebeten. Sie wollten in dieser Stadt leben und etwas Sinnvolles tun. Deshalb habe ich Ihnen die Chance gegeben, sich zu beweisen.«

»Haben wir das denn nicht getan?«

Er nimmt noch einen Schluck Kaffee, ohne den Blickkontakt abzubrechen. »Das haben Sie. Aber es gehört zu Ihrem Job, es immer wieder aufs Neue zu tun. In diesem Augenblick läuft hinter dem Schleier jemand herum, der in der Menschenwelt mordet. Es ist unsere verdammte Pflicht, diese Person zu finden und zur Rechenschaft zu ziehen. Leben stehen auf dem Spiel!«

Ein Hauch von Verzweiflung huscht über sein ernstes Gesicht. Jonathan hat immer alles im Griff und weiß auf jede Frage eine Antwort. Ihn so ratlos und gestresst zu erleben, verunsichert mich.

»Unsere Aufgabe besteht darin, sämtliche Verbrechen aufzuklären, die von Hexen auf englischem Boden begangen werden«, fährt er fort. »Wer auch immer für diese Morde verantwortlich ist, muss seine gerechte Strafe erhalten. Dafür brauche ich Ihre Hilfe. Ich weiß, wie schwer das für Sie ist, aber es geht nicht anders. *Bitte.*«

Ich will ablehnen. Bei meiner Entscheidung bleiben, die ich vor vier Jahren getroffen habe. Seitdem ich meine Heimat verlassen habe, bin ich nur an den hohen Hexenfeiertagen nach New London zurückgekehrt. Zu den Personen, die ich liebe, nicht zu der Gesellschaft, die mir inzwischen gleichgültig ist. Ich verbringe Zeit mit meiner Familie, und dann verschwinde ich wieder. Genau so dürfte es gern für immer bleiben. Doch dieses eine Wort, das aus Jonathans Mund fremd klingt, geht mir nicht aus dem Kopf. Dieser Mann hat mich nie zuvor um etwas gebeten. Er *befiehlt.*

»Da ist noch mehr, oder?«, frage ich.

Er starrt die aufgeschlagene Akte auf seinem Tisch an. »Es gibt ein Muster. Die Morde wurden alle bei Vollmond verübt.«

»Was bedeutet das?«

»Nichts Gutes, so viel steht fest. Bei *Jack the Ripper* gab es auch ein Muster. Seine Opfer waren alle weibliche Herbsthexen, und sie kamen äußerst gewaltvoll ums Leben. Wäre er damals nicht von unserer Abteilung gefasst und ins Gefängnis von New London gesteckt worden, hätte er halb England mit einem verheerenden Wirbelsturm verwüstet.« Jonathan stützt sein spitzes Kinn auf der Handfläche ab. »Wenn Hexen mehrfach töten, haben Muster meistens einen Grund. Und es ist nie ein guter.«

Bei seinen Worten wird mir trotz der kräftigen Sonnenstrahlen, die in das Büro fallen, eiskalt.

Der Tod hat Macht, das weiß jede Hexe. Er kann Nährboden

für Zauber sein, die normalerweise keine von uns wirken könnte oder können sollte. Wir werden lediglich mit der Gabe geboren, eines der vier Elemente zu beherrschen, je nachdem, zu welcher Jahreszeit wir das Licht der Welt erblickt haben. Solche verbotenen Zauber übersteigen unsere natürlichen Fähigkeiten.

Jonathan sieht mich abwartend an.

Alles in mir sträubt sich dagegen, seiner Bitte nachzukommen. Eine andere Person könnte bestimmt genauso gut ermitteln, schließlich ist es unwahrscheinlich, dass ein Mitglied der Elite etwas mit den Vorfällen zu tun hat. Die meisten haben wegen der kommenden Ballsaison gerade andere Dinge im Kopf, und ich kann mir kaum vorstellen, warum einer von denen sein Luxusleben riskieren sollte. Aber diese Sache ist Jonathan wichtig. Vor vier Jahren hat er sein Vertrauen in uns gesetzt, obwohl wir erst achtzehn waren und keinerlei Erfahrung auf dem Gebiet der Detektivarbeit hatten. Er hat uns eine Wohnung in seinem Haus verschafft und uns jegliche Unterstützung angeboten, damit wir uns schnell in dieser fremden Welt zurechtfinden. Wir verdanken ihm so viel.

»Also schön. Ich mach's.«

»Danke«, erwidert er und durchforstet seine Unterlagen. Dann schiebt er mir einen Zettel zu. »Das sind die Namen der Opfer. Bisher konnten wir nur wenig über sie herausfinden, deshalb ist davon auszugehen, dass sie ebenfalls Hexen waren.«

Ich sehe mir die Namen auf der Liste an. Florence Parker, Emma Morris, Josephine Hill und Milton Nicholls. Keine außergewöhnlichen Namen in meiner alten Heimat. Der dritte kommt mir vage bekannt vor.

»Hier sind die Akten«, sagt Jonathan und händigt mir einen Stapel Mappen aus. »Ms Chok wird Sie begleiten. Sie brauchen schließlich jemanden, der Sie von waghalsigen Aktionen abhält.«

Ich ziehe die Augenbrauen hoch. »Habe ich in der Hinsicht je auf Naomi gehört?«

Er schmunzelt. »Nein. Aber ich schlafe besser, wenn ich weiß, dass es zumindest irgendwer versucht.«

Ich erwidere sein Lächeln halbherzig. Sollte Naomi dabei so hartnäckig vorgehen wie gestern Nacht, bleibt es wahrscheinlich bei dem Versuch.

»Eins noch«, sagt Jonathan. »Erzählen Sie niemandem, weshalb Sie dort sind. Nicht einmal Ihren Familien.«

»Wieso? Unsere Familien haben sicher nichts damit zu tun.«

Seine Miene wird ernst. »Das habe ich auch nicht angenommen. Aber Sie wissen, wie schnell sich Gerüchte in New London verbreiten. Man muss sich nur einer einzigen Person anvertrauen, damit ein regelrechtes Lauffeuer entsteht. Wenn Sie ungehindert ermitteln wollen, darf absolut niemand wissen, was Sie tun, sonst ist der Täter oder die Täterin Ihnen immer einen Schritt voraus. Falls Ihre Nachforschungen auffliegen, geraten Sie unter Umständen selbst ins Visier. Schlimmstenfalls bringen Sie Ihre Familien dadurch sogar in Gefahr. Wollen Sie das?«

»Natürlich nicht.«

»Gut.«

Langsam verstehe ich, warum er uns von Anfang an verboten hat, mit anderen über unsere Arbeit zu sprechen.

»Was genau soll ich den Leuten drüben überhaupt erzählen?«, frage ich. »Einen Urlaub kauft mir wohl kaum jemand als Grund für meinen Besuch ab.«

»Sie könnten Interesse an der Ballsaison vorschieben.«

Mir entfährt ein trockenes Lachen. Seit der Sache vor vier Jahren habe ich mich auf keiner einzigen Feier mehr blicken lassen, das würde mir also niemand glauben.

Es war nur ein Kuss, Reva. Für diesen einen Augenblick habe ich vergessen, wer ich bin. Aber das wird mir nicht noch einmal passieren. Wegen eines einzigen Moments der Schwäche gefährde ich nicht mein Erbe. Dafür wird es nie genug sein.

Gabriels Worte von jenem Abend suchen meine Gedanken

noch immer heim, wie ein Echo, das nie ganz verklingt. Den Wunsch, New London den Rücken zu kehren, hatte ich bereits lange zuvor. Trotzdem war dieser eine Vorfall der berühmte Tropfen auf den heißen Stein, der mich hat begreifen lassen, wie sehr ich die Hexengesellschaft und ihre Vorurteile verabscheue.

»Ich kann es mit einem Familienbesuch probieren«, sage ich und verdränge die Erinnerung. »Allerdings werden meine Geschwister skeptisch sein.«

Jonathan lehnt sich zurück. »Solange Sie den wahren Grund für sich behalten, kann ich damit leben.«

Ich nehme einen tiefen Atemzug und stehe auf, während er sitzen bleibt.

»Viel Erfolg, Reva. Halten Sie mich auf dem Laufenden.«

»Machen wir.«

Bevor ich den Raum verlasse, verabschiede ich mich von Hugo, der mich träge anblinzelt. Manchmal wäre ich lieber Jonathans Hund als seine Mitarbeiterin.

Zurück auf meinem Platz im hinteren Teil des Großraumbüros, starre ich aus dem Fenster. Von hier aus habe ich einen freien Blick auf den Heron Tower, der majestätisch in den Himmel aufragt. Solche Stahlriesen gibt es in New London nicht. Keine Autos, die ihre Abgase in die Welt pusten. Keine U-Bahn, keine Busse und keine lärmenden Flugzeuge, weil ohnehin nur ein einziges öffentliches Verkehrsmittel genutzt wird. Kein Internet, keine Smartphones und auch sonst keine Technik. Am Anfang war mir diese moderne Welt fremd, aber inzwischen ist es seltsam, mir ein Leben ohne all das vorzustellen.

Dafür wird es nie genug sein.

Kopfschüttelnd wende ich mich dem Papierkram auf meinem Tisch zu. Warum denke ich ausgerechnet jetzt wieder an diese Worte? Meine Tränen sollten längst versiegt sein. Er hat das, was zwischen uns war, in etwas Unbedeutendes verwandelt. Etwas, das so belanglos ist, dass es genauso gut eine Illusion hätte sein können.

Vielleicht war es am Ende ja genau das. Ein Fiebertraum von einem Kuss im Morgengrauen, der sich niemals wiederholen wird.

Mit dem Zeigefinger massiere ich die Stelle zwischen meinen Augenbrauen. Statt auf die Vergangenheit sollte ich mich auf die Zukunft konzentrieren, denn mir bleibt nur ein knapper Monat bis zum nächsten Vollmond und damit wahrscheinlich zum nächsten Mord. Oder bis wir herausfinden, welchem dunklen Zweck diese Taten dienen.

KAPITEL 3

Im Gegensatz zu vorgestern Nacht wirkt der Friedhof in der Dämmerung richtig idyllisch. Die Morgensonne wärmt mein Gesicht und taucht die einsamen gewundenen Pfade zwischen den kunstvollen Grabsteinen in einen feurigen Schein. Auf der anderen Seite des Schleiers werde ich so einen Anblick nur selten bewundern können. Mit nur drei Sonnenstunden täglich, zwischen zwei und fünf Uhr nachts, ist New London ein Paradies für Mondgeborene, die den Großteil der Bevölkerung dort ausmachen. Das gesamte Leben der Hexengesellschaft spielt sich bei Dunkelheit ab, und wer das Pech hat, bei Tageslicht geboren worden zu sein, ist dazu verdammt, den Alltag mit geschwächten Kräften zu bewältigen.

»Ich werde mein Smartphone vermissen«, seufzt Naomi. »Meine Reichweite wird so was von im Keller sein, wenn wir zurückkommen. Ich musste meinen Followern ankündigen, dass ich mir eine Auszeit im Schweigekloster nehme, um meine innere Mitte zu finden.«

Das entlockt mir ein leises Lachen. »Die ist wahrscheinlich das Letzte, was wir da drüben finden.«

»Glaube ich auch. Aber wenigstens kann ich mich mit Mums Mangopudding trösten.«

Beim Gedanken an das himmlisch süße Dessert werde ich

sofort hungrig. Nicht einmal die unzähligen Köstlichkeiten im nicht-magischen London können mit den Kreationen von Naomis Mutter mithalten. Als Frühlingshexe kann sie die meisten Zutaten in kürzester Zeit wachsen lassen, sodass sie immer frisch sind. Ich liebe ihren herrlich chaotischen Garten und die lauschige Atmosphäre in ihrem kleinen Kaffeehaus.

»Vielleicht sollte ich mich bei euch einquartieren«, sinniere ich.

Naomi starrt mich ungläubig von der Seite an. »Ist das dein Ernst? Abgesehen von der Bernsteinvilla ist euer Anwesen das schönste Gebäude in ganz New London.«

»Weil es eher an ein Museum als an ein Zuhause erinnert.«

»Ein verdammt schönes Museum.«

Beim alten Torbogen angekommen, lege ich meine Hand auf den rauen, kühlen Stein. Als ich meine Magie rufe, entsteht unter meinen Fingern ein leuchtend blauer Kreis mit einem Pentagramm in der Mitte. Das verwitterte Gittertor verschwindet, und an seine Stelle tritt ein fast durchsichtiger Schleier, der hin und her wabert.

Ich sehe Naomi abwartend an.

Sie tritt vor das Schleiertor und zieht sich die Kapuze ihres purpurnen Umhangs über den Kopf. Jetzt sieht sie aus wie eine waschechte Sommerhexe, die gleichzeitig als Laufstegmodel durchgehen könnte. Ich ziehe mir die Kapuze meines eigenen Umhangs über, der etwas unspektakulärer ist – schwarz, so wie meine Haare und die meiste Kleidung, die ich in der Menschenwelt besitze.

Mit kräftig pochendem Herzen folge ich Naomi durch das Tor.

Den Schleier zu passieren, fühlt sich an, als wagte man mit geschlossenen Augen den Schritt in einen Abgrund. Für einen Moment falle ich ins Bodenlose, ohne zu wissen, wo ich bin. Doch als ich das nächste Mal blinzele, stehe ich nicht länger auf dem Friedhof, sondern in einem kleinen Pavillon, an dessen Säulen sich Rosen hinaufranken und der sich zwischen zwei Häusern befindet.

Wir gehen die Stufen hinunter. Über uns spannt sich erwartungsgemäß der Nachthimmel. Anders als im nicht-magischen London sind hier Abertausende Sterne sichtbar, die filigrane Bilder auf der tintenblauen Leinwand aus Dunkelheit darstellen. Manche von ihnen rauschen als Kometen darüber hinweg, vorbei am silbernen Mond, der über seine Stadt wacht und meine Kräfte dämpft.

Frustriert starre ich auf mein Handgelenk. Die goldene Sonne ist dort jetzt wieder sichtbar. Wir Hexen tragen dieses magische Zeichen seit unserer Geburt auf unserer Haut, darum können wir auf dieser Seite des Schleiers niemals leugnen, was wir sind.

Neben mir atmet Naomi tief ein. »Mh, frische Luft.«

Ich weiß sofort, was sie meint. Keine Abgase, kein stinkender Müll oder andere unangenehme Gerüche. Nur reine, kühle Luft, in der ein Hauch von vergangenem Regen hängt.

Wir gelangen über eine Seitengasse auf eine der Hauptstraßen von New London. Trotz der Finsternis ist es früh am Morgen, darum schlägt uns eine geschäftige Atmosphäre entgegen. Die schwarzen, magiebetriebenen Kutschen donnern mit ihren schmalen Rädern über das feucht glänzende Pflaster. Absätze klackern in kurzen Abständen über den Boden, und an einem Stand in der Nähe verkauft ein junger Mann lautstark die neueste Ausgabe der *New London Daily*.

Ich gebe es nur ungern zu, aber ich habe diesen Ort tatsächlich vermisst. Obwohl ich es am liebsten unterdrücken würde, überkommt mich jedes Mal dieses ganz bestimmte Gefühl von Heimat, wenn ich zurückkehre. Könnte man Emotionen doch nur so leicht hinter sich lassen wie Städte …

Naomi und ich bleiben unter einer der verzierten Straßenlaternen stehen, in denen kein elektrisches Licht, sondern blaue Flammen brennen. Das magische Feuer spiegelt sich in den Pfützen auf dem Boden und verleiht der Stadt ein mystisches Flair.

Ich lasse den Blick weiter schweifen. »Tja, da sind wir wieder.«

Naomi reibt sich über ihren Nacken. »Wir könnten erst mal unseren Familien einen Besuch abstatten, bevor wir weitersehen.«

»Gute Idee. Dann kann ich Daisy gleich fragen, ob sie mir Zugang zu den Archiven verschafft. Wenn es irgendwo Informationen zu den Opfern gibt, finden wir sie dort.«

»Meinst du, deine Schwester kann uns helfen? Ohne offizielle Erlaubnis kommt da niemand rein.«

»Sie ist Ratsmitglied. Das muss doch für etwas gut sein.«

»Auch wieder wahr«, stimmt Naomi mir zu. »Sag Bescheid, wenn du meine Hilfe brauchst.«

»Mach ich.«

Nachdem wir uns getrennt haben, steige ich in die erstbeste Kutsche, die ich am Straßenrand finde. Das Innere ist mit dunkelblauem Samtpolster ausgekleidet und bequemer als jedes öffentliche Verkehrsmittel in der Menschenwelt. Ich lege meine Hand auf den durchsichtigen Kristall, der unter dem Fenster in die hölzerne Verkleidung zwischen den Sitzbänken eingearbeitet ist. So detailliert wie möglich rufe ich mir das Anwesen meiner Familie in Erinnerung, bevor ich meine Magie in den Edelstein fließen lasse. Daraufhin wechselt der Kristall die Farbe, sodass er jetzt wie ein Saphir aussieht.

Als hätte ich einen geheimen Knopf betätigt, schlägt die Tür zu, und blaues Feuer entzündet sich in der Laterne, die außen an der Kutsche hängt. Dann rollt sie los.

Ein Lächeln schleicht sich auf meine Lippen. Ich *liebe* Magie.

Die gesamte Fahrt über starre ich aus dem Fenster. Alte, herrschaftliche Häuser im viktorianischen Baustil ziehen an mir vorbei und ragen dunkel im schummrigen Licht der magischen Laternen auf. Neben den breiten Straßen eilen Hexen und Hexer in feinen, verzierten Umhängen über die Gehwege. Mit den verschiedenen Farben, Mustern und Stoffen drücken sie ihre Persönlichkeit oder ihre Zugehörigkeit zu einem der großen vier Hauptbezirke der Stadt aus. Grün und Gold stehen für das Frühlingsviertel, Rot und Gelb für das Sommerviertel, Grau und Violett für das Herbstviertel und sämtliche Blautöne für das Winterviertel – meinen Bezirk.

Als ich ihn erreiche, macht sich ein vorfreudiges Kribbeln in meiner Magengrube breit. Hier herrscht mein Element vor, was man an den vielen magisch beleuchteten Teichen, den kunstvollen Springbrunnen und den opulenten Wasserspeiern erkennt. Zarte Nebelschwaden liegen über den Wasserflächen, an deren Rändern blaue Glühwürmchen tanzen.

Sobald die Kutsche am Straßenrand stehen bleibt, steige ich aus. Der Geruch von Regen, feuchten Pflanzen und Kälte dringt in meine Nase. Es duftet unverwechselbar nach Heimat.

Das Anwesen meiner Familie ist ein hufeisenförmiges Gebäude aus hellgrauem, beinahe weißem Stein, dessen silbern verzierte Spitzbogenfenster das Mondlicht reflektieren. Ihre Maße lassen die enorme Deckenhöhe im Inneren erahnen, und bereits aus der Ferne fühle ich mich klein und unbedeutend, wenn ich mein Zuhause betrachte.

Andächtig betrete ich den Pfad, der zum Eingang führt. Schwarze Nachtfalter flattern über den Teich im Vorgarten und setzen dabei leuchtend blauen Staub frei. Als ich an ihnen vorbeikomme, suchen sie Zuflucht auf den Blumen in der Wiese, deren violette Blüten sich sehnsüchtig Richtung Sternenhimmel strecken.

Die dunkelblau lackierte Eingangstür des Anwesens überragt mich um das Doppelte. Statt mit dem Klopfer gegen das Holz zu schlagen, lege ich meine Hand auf das sternenförmige, mit Wasser gefüllte Glaselement, das sich auf der Höhe meines Kopfes befindet. Ganz ohne Anwendung von Magie gefriert es unter meiner Berührung zu Eis, und die Tür entriegelt sich.

Willkommen daheim, denke ich zufrieden.

Ich betrete das Anwesen, dessen Eingangshalle bereits größer ist als meine gesamte Wohnung in der Menschenwelt. Mit einem einzigen der tropfenförmigen Diamanten, aus denen der Kronleuchter an der Decke besteht, könnte ich dort Jahre über die Runden kommen. Selbst für die schillernden Fische im Wasserbecken, das im Marmorboden eingelassen ist, ließen sich bestimmt gut zahlende Abnehmer finden.

Dieses Haus ist eigentlich nicht dafür geschaffen, in ihm zu wohnen. Vielmehr dafür, um mit ihm anzugeben. Jedes Möbelstück ist ein Kunstwerk, veredelt durch aufwendige Schnitzereien und silberne Bemalung.

Ich lege meinen Umhang ab. Obwohl der tiefblaue Teppich in den Korridoren meine Schritte dämpft, bemerken mich die Angestellten. Einige bleiben stehen und senken ihre Köpfe, als ich an ihnen vorbeigehe. Nur Julien, dessen Vollbart inzwischen ergraut ist, begegnet mit seinen gütigen Augen meinem Blick.

»Lady Reva«, grüßt er mich überrascht. »Man hat uns gar nicht über Ihr Eintreffen informiert. Wir hätten Ihr Zimmer hergerichtet, wenn –«

»Es ist ein spontaner Besuch«, beruhige ich ihn schnell. »Meine Familie ist genauso ahnungslos wie Sie.«

Er lockert seine steife Haltung etwas. »Oh, da werden sie sicher erfreut sein! Ist es Ihnen in den letzten Monaten denn wohl ergangen?«

»Alles bestens. Ich hoffe, hier ist alles gut?«

»Soweit ich das beurteilen kann, Mylady«, sagt er lächelnd. »Lord Rami verbringt die meiste Zeit in seinem Atelier, Lady Daisy hat mit Ratsangelegenheiten zu tun, und Ihr Vater arbeitet an einem Entwurf für eine neue öffentliche Bibliothek.«

Klingt, als hätte sich in meiner Abwesenheit wenig verändert.

»Dann sehe ich wohl gleich mal nach dem Rechten«, meine ich.

»Sollen wir uns um Ihre Räumlichkeiten kümmern, Mylady?«

»Nicht nötig, danke. Und Julien? Sagen Sie doch Reva zu mir. Alles andere klingt so förmlich.«

Einen Moment lang sieht er mich an, als hätte ich ihm vorgeschlagen, das Dessert für das Abendessen an die Fische zu verfüttern. »Wie Sie wünschen, Reva. Es ist mir eine Ehre.«

»O nein, bitte. Auch wenn Sie für meine Familie arbeiten, müssen Sie mich nicht auf ein Podest stellen.«

Hoffentlich nimmt er sich meine Worte mehr zu Herzen als beim letzten Mal, als ich ihm das gesagt habe. Es ist seltsam, mit diesem Titel angesprochen zu werden.

Ich nehme die Treppe ins obere Stockwerk. Statt mein Zimmer aufzusuchen, betrete ich Ramis Atelier, aus dem ein gut gelauntes Summen dringt. Mit hoch konzentrierter Miene arbeitet mein Bruder an einer Eisstatue, die auf einem Steinsockel steht. Es ist nur eine von vielen, die sich in diesem Raum befinden und nie schmelzen, da sie mithilfe von Magie gefertigt wurden. Das Mondlicht, das durch die blauen Mosaikfenster hereinfällt, lässt sie wunderschön glitzern.

»Planst du eine Ausstellung, oder ziehst du jetzt gefrorene Gesellschaft vor?«, frage ich.

Rami fährt zusammen. Seine dunklen, mit silberfarbenem Kajal umrandeten Augen werden groß, als er mich erblickt. Zuerst scheint er mich für eine zum Leben erwachte Eisskulptur zu halten, doch dann taucht das schelmische Grinsen auf seinen Lippen auf, mit dem er absolut jeden um den Finger wickelt.

»Beides.« Er mustert mich. »Und du? Planst du, die Wahl zur am schlechtesten gekleideten Hexe zu gewinnen, oder hast du nur zu viel Zeit unter Menschen verbracht?«

»Beides?«

Eine Weile starren wir uns an, bevor wir in Gelächter ausbrechen. Dann schlendert Rami auf mich zu und schließt mich fest in die Arme. Er ist so kalt wie jemand, der zu lange in einem Kühlhaus eingesperrt war.

»Hab dich vermisst, Schwesterchen.«

»Wirklich?«, frage ich und löse mich von ihm. »Warum sehe ich dann keine Statue von mir?«

Mein Bruder blickt an mir hinab. »Hätte ich eine, müsste ich sie wohl anpassen. Seit deinem letzten Besuch hast du dich ziemlich verändert. Offenes Haar, roter Lippenstift … und hast du etwa deine Brauen gezupft?«

Reflexartig fahre ich mir über eine Augenbraue. »Du klingst, als käme das einem Wunder gleich.«

»Ist eben eine Premiere. Du machst doch keine Krise durch, oder?«

»Muss ich erst eine Krise durchmachen, bevor ich mich um mein Aussehen kümmern darf?«, frage ich entrüstet.

Rami hebt die Hände. »Das sollte keine Kritik sein. Nach meiner Trennung von Cynthia hab ich mir ein Muster in die Frisur rasiert, erinnerst du dich?«

Ich betrachte sein schwarzes Haar, das inzwischen nachgewachsen ist und wild in alle Himmelsrichtungen absteht. »Tu das nie wieder, das war grauenhaft.«

»Was?«, ruft er empört. »Ihr habt gesagt, das lässt mich rebellisch aussehen!«

»Weil wir dich lieben.«

»Ihr habt *gelogen*? Sogar Daisy?«

»Sie hat geheult, nachdem sie es gesehen hat.«

An dem Tag habe ich sie zum ersten Mal wieder weinen sehen, seit sie in dem berüchtigten Menschenkunde-Test nicht die Bestnote bekommen hat. Unsere Schwester vergießt so gut wie niemals Tränen. Sie bringt höchstens andere dazu, was hilfreich sein kann, wenn die Leute gemein zu einem sind.

Rami wirkt ernsthaft geschockt. »Also, von dir hätte ich es ja erwartet, aber seit wann lügt Daisy mich an?«

Ich fasse mir theatralisch an die Brust. »Deine brüderliche Liebe rührt mich zutiefst.«

»Jaja. Sag mir lieber mal, was du hier machst, wenn wir schon bei Geschwisterliebe sind. Ich weiß, wir sind dein Ein und Alles, aber sonst tauchst du nie unangekündigt auf.«

»Vielleicht habe ich euch ja vermisst?«

»Natürlich hast du das«, erwidert er selbstgefällig. »Aber wir hätten dich auch besuchen können.«

Am liebsten würde ich ihm erzählen, weswegen ich hergekommen bin. Rami ist Rami. Mein genialer Bruder mit einem Herzen aus Gold. Er würde kein Sterbenswörtchen verraten, da bin ich mir sicher. Trotzdem habe ich Jonathan versprochen, das Ganze geheim zu halten, also werde ich genau das tun.

»Ich habe was zu erledigen. Eventuell hatte ich auch ein bisschen Sehnsucht nach der Stadt.«

Obwohl ich es mir ungern eingestehe, ist sogar der letzte Teil keine Lüge.

Rami mustert mich skeptisch. »Nach dem Vorfall in der Bernsteinvilla hast du die Stadt ziemlich gemieden.«

»Ich habe die *Leute* gemieden.«

»Du hast mir immer noch nicht verraten, was genau da eigentlich passiert ist.«

Ich wende den Blick ab. »Werde ich auch nie. Zu unangenehm.«

»Daisy hast du es erzählt«, schmollt er. »Ich meine … du hast das halbe Anwesen mit Frost überzogen, und ich habe keine Ahnung, warum. Die *New London Daily* hat darüber berichtet!«

Daran erinnere ich mich lebhaft, auch wenn ich keinen einzigen dieser reißerischen Artikel gelesen habe.

»Was war denn deren Vermutung?«, frage ich.

»Angeblich bist du ausgerastet, weil dich jemand beleidigt hat.«

Hm. Überraschend nah dran.

»Ich wollte bloß die Dekoration aufpeppen«, behaupte ich.

Rami lächelt schief. »Ja, mit dem ganzen Eis sah die deutlich besser aus. Kaufe ich dir aber trotzdem nicht ab.«

»Schade.«

Er öffnet den Mund, lässt es dann jedoch gut sein. Das schätze ich so an meinem Bruder. Er versucht niemals, den Finger in eine

Wunde zu pressen, wenn er merkt, dass sie noch schmerzt. Irgendwann werde ich es ihm erzählen, ganz sicher. Nur nicht unbedingt heute.

»Und wie geht's dir?«, frage ich ihn.

»Großartig. Ich danke den Sternen jeden Tag für meine Freiheit. Für den Erstgeborenen einer Adelsfamilie ist die nicht selbstverständlich.«

Da hat er recht. Die vier adligen Hexenfamilien von New London haben je einen Sitz im Hohen Rat inne, der höchsten politischen Instanz der Stadt. Während in zwei von ihnen der erstgeborene Sohn den Sitz erbt, werden die Sitze der anderen beiden Familien an die erstgeborene Tochter weitergegeben. Zu Ramis Glück zählt unsere zu Letzteren.

»Du hättest den Sitz ausschlagen können«, sage ich.

»So wie du?«

Seine Frage hängt schwer im Raum. Sofort meldet sich mein schlechtes Gewissen, weil das Erbe meiner Mutter eigentlich mir vorherbestimmt war. Es fortzuführen, war *meine* Aufgabe, der ich mich entzogen habe. Jetzt trägt unsere Schwester diese Bürde für mich.

»Wie kommt Daisy zurecht?«, frage ich vorsichtig.

»Bestens. Aber das kann sie dir selbst erzählen.« Er deutet auf etwas hinter mir.

Als ich mich umdrehe, steht meine Schwester im Türrahmen. Obwohl sie ein Jahr jünger ist als ich, hat sie schon immer wie die Ältere gewirkt. Dieser ernste, selbstbewusste Gesichtsausdruck verleiht ihr eine natürliche Autorität, die durch das Saphirdiadem auf ihrem Kopf noch verstärkt wird. Einst hat es unserer Mutter gehört. Es passt perfekt zu Daisys blauen Augen. Sie ist die Einzige von uns, die diese Farbe von Mum geerbt hat. Vielleicht war es ja Schicksal, dass sie eines Tages auch ihr politisches Erbe übernimmt. Möglicherweise rede ich mir das aber auch nur ein, um mich besser zu fühlen.

»Du bist zurück«, sagt sie überrascht.

Wenn sie mich mit diesem entschlossenen Blick ansieht, verspüre ich den Drang, auf die Knie zu fallen. Diese Wirkung hat sie auf so ziemlich jeden.

Ich nicke. »Für wie lange, weiß ich noch nicht. Aber es ist schön, euch zu sehen.«

Jetzt huscht ein flüchtiges Lächeln über ihre Lippen. »Du bist doch wohl nicht nur wegen uns gekommen, oder?«

Ich verschränke die Arme vor der Brust. »Warum glaubt eigentlich niemand, dass ich Sehnsucht nach meiner Familie hatte?«

»Weil du es kaum erwarten konntest, volljährig zu werden und aus New London abzuhauen«, erwidert sie.

Schuld legt sich wie ein kalter Schatten über mich.

»Das lag aber nicht an euch«, stelle ich klar.

Rami grinst. »Wissen wir.«

»Also?«, hakt Daisy nach. »Was verschafft uns die Ehre?«

»Das … kann ich euch nicht sagen. Berufsgeheimnis. Aber ich muss dich um etwas bitten.«

Meine Schwester kneift die Augen zusammen, als versuchte sie, in meinen Kopf zu gucken. »Worum geht es?«

»Ich brauche Zugang zu den Archiven. Und ich hatte gehofft, du könntest ihn mir verschaffen.«

Eine ganze Weile gibt sie keinen Ton von sich, während Rami sich klammheimlich wieder seiner Arbeit an der Eisskulptur widmet.

»Tut mir leid«, sagt meine Schwester mit ehrlichem Bedauern. »Da sind mir die Hände gebunden.«

»Du bist doch Ratsmitglied. Kannst du das nicht veranlassen?«

Sie schüttelt den Kopf. »Ich dürfte selbst hinein, wenn ich einen guten Grund hätte. Ansonsten darf niemand ohne offiziell bewilligten Antrag die Archive betreten.«

Verdammter Mist. Einen Antrag einzureichen, würde zu viel Zeit kosten. Außerdem überprüft der Rat solche Dinge häufig mit einem Wahrheitskristall, also könnte ich keinen falschen Grund für mein Gesuch vorschieben.

Ich sehe meine Schwester flehend an. »Gibt es keine andere Möglichkeit? Es ist wichtig!«

Sie überlegt. »Nur eine. Ein Ratsmitglied kann jeder Person den Zutritt zu einem öffentlichen Gebäude erteilen, das sich in seinem eigenen Bezirk befindet. Die Archive gehören zum Frühlingsviertel, also …«

»Auf keinen Fall.«

Wir wissen beide, welche Adelsfamilie im Frühlingsviertel lebt. Wer diesen Sitz innehat.

Daisys Miene wird mitfühlend. Manchmal bröckelt ihre beherrschte Fassade und ermöglicht einen Blick auf die liebevolle Schwester, die sich jede Sekunde ihres Lebens um ihre Familie sorgt. Ihr habe ich erzählt, was vor vier Jahren in der Bernsteinvilla passiert ist. Die Antwort war ich ihr schuldig, nachdem ich beschlossen hatte, mein Erbe an sie abzutreten.

»Ich muss wissen, wonach du suchst, sonst kann ich dir nicht helfen«, sagt sie sanft.

Soll ich sie einweihen? Immerhin hat sie mein größtes Geheimnis bewahrt, also würde sie dieses sicher genauso für sich behalten. Aber sie gehört auch dem Rat an und ist damit der Stadt verpflichtet. Wenn sie erfährt, dass ein gefährlicher Mörder in New London herumläuft, muss sie handeln. Ich würde sie in die Sache hineinziehen, und das will ich nicht. Daisy hat schon genug für mich geopfert, da werde ich es doch wohl schaffen, für ein paar Minuten meinen Stolz zu vergessen.

Ich seufze. »Tut mir leid, aber das muss ein Geheimnis bleiben.«

»Reva …«

»Mach dir keine Sorgen. Dann werde ich der Bernsteinvilla eben einen Besuch abstatten.«

»Bist du sicher, dass du da seit dem letzten Mal kein Hausverbot hast?«, fragt Rami, während er seiner Skulptur eine neue Nase verpasst.

»Ist wohl an der Zeit, das herauszufinden«, meine ich betont lässig.

Daisys skeptischer Gesichtsausdruck verrät, dass sie mir diese Leichtigkeit nicht abkauft.

»Zuerst musst du was anderes anziehen«, empfiehlt mein Bruder. »Diese traurige Menschenkluft schadet deinem Ruf mehr als jeder Party-Ausraster.«

Ich runzele die Stirn. »Was hast du für ein Problem mit meiner Lederjacke?«

»Du glaubst, es gibt nur *ein* Problem?«

»Vielen Dank auch, Bruderherz«, schnaube ich und wuschele ihm kräftig durch seine Sturmfrisur. »Wir reden weiter, wenn ich wieder da bin.«

Auf meinem Weg hinaus berührt Daisy mich flüchtig am Arm. Eine zögerliche Geste, die bei ihr trotzdem bestimmt wirkt.

»Pass auf dich auf, ja?«, wispert sie.

Auch wenn sie es nicht ausspricht, weiß ich genau, was sie damit sagen will. *Pass auf dein Herz auf.*

KAPITEL 4

Naomi hatte recht, die Bernsteinvilla ist das schönste Gebäude der ganzen Stadt. In ihrem weitläufigen, sorgsam gepflegten Vorgarten blühen gefühlt eintausend verschiedene Blumen in jeder Farbe des Regenbogens. Sie verströmen einen betörend süßen Duft, der unzählige Nachtfalter und Glühwürmchen anlockt. Abgesehen von den farbenfrohen Blüten ist alles an diesem Ort in einen Hauch von Gold getaucht. Die weiße Farbe an der Fassade der Villa scheint selbst bei Dunkelheit golden zu schimmern, an den Bäumen wachsen goldgelbe Blätter, und Laternen erleuchten den Pfad zum Hauptgebäude.

Es ist atemberaubend.

Wie oft ich wohl schon in den wenigen Sonnenstunden des Tages hier gewesen bin? Wie viele Male habe ich mich im Heckenlabyrinth verlaufen, das sich hinter dem Haus befindet? An den blauen Rosen im Garten gerochen, die ausschließlich in der magischen Welt wachsen und nach einer Mischung aus Blaubeeren und einem Hauch von Regen duften?

Hör auf, daran zu denken, ermahne ich mich.

Kurz darauf springt mir etwas ins Auge, das die Schönheit dieses Ortes wie ein Tropfen dunkler Tinte trübt. Ein roter, bedrohlich wirkender Schriftzug an der Mauer, die das Grundstück von der Straße abtrennt.

Verräter raus aus dem Rat.

Was soll das denn?

Nachdenklich betrete ich das Gelände und bleibe vor dem Eingang stehen, wo ich den goldenen Türklopfer gegen das Holz schlage. Als endlich jemand öffnet, stehen ein Mädchen und ein Junge vor mir. Sie sehen sich extrem ähnlich und grinsen mich breit an.

»Wow, seid ihr groß geworden«, entfährt es mir.

»Reva!«, ruft Grace erfreut.

Charlie strahlt mich an. »Was machst du denn hier?«

Die Energie der beiden dunkelblonden Lockenköpfe ist fast schon greifbar. Seit ich sie das letzte Mal gesehen habe, sind sie ein ganzes Stück gewachsen, und die niedlichen Zahnlücken sind verschwunden.

»Ist euer Cousin da?«, frage ich.

Grace nickt eifrig. »In seinem Arbeitszimmer. Hat immer wichtige Sachen zu tun.«

Ich lächele in mich hinein. Natürlich arbeitet er auch samstags.

»Soll ich ihn holen?«, will Charlie wissen.

»Das wäre großartig.«

Oder eine Katastrophe. Bevor ich meine Meinung jedoch ändern kann, ist er bereits losgestürmt, als hinge sein Leben davon ab, seinen Cousin zu finden.

»Komm doch rein!«, schlägt Grace vor. Sie springt euphorisch zur Seite.

Mein Herz rast ganz erbärmlich. Bei den Sternen, dieser Besuch war eine miese Idee. Was habe ich mir nur dabei gedacht, herzukommen?

Okay, bleib ruhig. Du kannst das.

Ich betrete die Eingangshalle, in der ein beeindruckender Apfelbaum zwischen den beiden gewundenen Treppen thront, die zu einer Empore hinaufführen. Der Baum steht in voller Blüte, und an seinen Ästen hängen saftige rote Früchte. Eigentlich eine

Unmöglichkeit. Es sei denn, man befindet sich im Haus von fähigen Frühlingshexen.

Zögerlich nehme ich die Kapuze meines besten Umhangs ab. Der schwarze Stoff ist mit Silberfäden verziert, sodass es aussieht, als hätte jemand Sternenbilder hineingewoben.

Grace mustert mich verträumt. »Du siehst so hübsch aus!«

Ich lächele sie an. »Danke, das ist lieb von dir.«

»Soll ich dir was zeigen?«, fragt sie aufgeregt und nimmt einen kleinen Gegenstand aus ihrer Hosentasche. »Guck mal, was ich gelernt hab!«

In ihrer Handfläche liegt ein winziges Samenkorn. Als sie ihre Magie darauf anwendet, wächst es zu einer Pflanze mit filigranen Blättern heran. In Sekundenschnelle erscheint eine Knospe, die zu einer goldgelben Narzisse erblüht.

»Die ist ganz wundervoll«, lobe ich sie.

»Kannst du sie mit deiner Wintermagie glitzern lassen? Letztes Mal, als du hier warst, sah alles so schön aus!«

O nein, sie erinnert sich daran. Daisy hat erwähnt, dass die Pflanzen in der Villa sogar noch einige Tage nach dem Vorfall eingefroren gewesen sind.

»Das kann sie nur, wenn die Sonne scheint«, ertönt eine Frauenstimme in missbilligendem Tonfall.

Ich entdecke Lydia Silverstein bei der Seitentür, die in einen anderen Flügel des Anwesens führt. Ihrem feindseligen Gesichtsausdruck nach zu urteilen, nimmt sie mir die Sache mit der Feier immer noch übel. Kein Wunder, die Elite von New London bildet sich eine Menge auf ihre Wir-sind-besser-als-der-Rest-Partys ein. Wenn jemand bei so einer die komplette Dekoration einfriert und das Frühlingsambiente in ein Winterwunderland verwandelt, ist das ein Skandal für die Gastgeber.

»Warum?«, fragt Grace.

»Sie ist anders als wir, Schätzchen. Damit sie ihre Magie richtig nutzen kann, braucht sie Sonnenlicht.«

Grace schaut mich aus großen Augen an. »Bist du eine Sonnengeborene?«

Die Frage sticht für einen Moment in meiner Brust, aber ich weigere mich, mir das anmerken zu lassen. Stattdessen ziehe ich meinen Ärmel hoch, um ihr das Zeichen auf meinem Handgelenk zu zeigen – ein Kreis, von dem einzelne Strahlen wegführen. Eine goldene Sonne, die im Gegensatz zu der silbernen Mondsichel auf ihrem Arm steht.

»Schuldig«, antworte ich mit einem schiefen Lächeln.

In dieser Stadt kam es mir tatsächlich immer wie eine Art Schuld vor, sonnengeboren zu sein. Für die mondgeborene Mehrheit sind Hexen wie ich in jeder Hinsicht falsch. Zu schwach, wenn sie stark sind, und zu stark, wenn sie schwach sind. Zu unkontrolliert. Zu *anders*.

Ich könnte diese Blume sehr wohl mit Frost überziehen, aber nach all den Jahren bin ich es leid, mich beweisen zu müssen. Für Leute wie Lydia Silverstein werde ich durch keine Reifen mehr springen, nur damit sie aufhören, mich als minderwertig zu betrachten.

»Grace, Schätzchen, Daddy hat dich vorhin gesucht. Würdest du zu ihm in den Garten gehen?«, ruft sie.

Ihre Tochter nickt enthusiastisch und stürmt los. Sie ist zu unbedarft, um die Lüge zu durchschauen.

Sobald sie verschwunden ist, macht Lydia einige Schritte in den Raum. »Du hast ganz schön Nerven, dich hier blicken zu lassen, Lady Graham.«

Ich straffe die Schultern. »Tja, was soll ich sagen? Ich liebe es, mich in unangenehme Situationen zu bringen.«

»Scheint so«, erwidert sie gereizt. »Deine kleine Eis-Show sorgt immer noch für Spott.«

»Willst du mir gerade ernsthaft weismachen, dass in den ganzen vier Jahren nichts Interessanteres passiert ist?«

Sie schürzt die Lippen, als müsste sie sich davon abhalten, mir eine Beleidigung an den Kopf zu werfen. Oder einen der Äpfel vom Baum. Lydia gehört zu den Hexen, für die alles perfekt sein muss. Das beginnt bei ihrer akkuraten Hochsteckfrisur und endet bei ihren Partys. Wer dieser Fassade Risse verschafft, ist ihr ein Dorn im Auge.

»Grace fand es toll«, beschwichtige ich sie.

»Grace ist ein Kind.«

»Vielleicht täte es uns allen gut, manche Dinge mehr wie Kinder zu sehen.«

»Was willst du hier?«, fragt sie ungeduldig. »Ich erinnere mich nicht daran, dich eingeladen zu haben.«

»Ich habe mich selbst eingeladen. Die Zwillinge haben mir freundlicherweise die Tür geöffnet.«

Sie rümpft die Nase. »Ich sollte ihnen wohl beibringen, nicht jede dahergelaufene –«

»Los geht's«, seufze ich. »Na komm, sprich es aus. Wenn ich Glück habe, ist es was Innovatives.«

Auf Lydias Stirn tritt eine Ader hervor. »Wir können alle froh sein, dass deine Schwester mehr Würde hat als du. Wäre deine Mutter noch am Leben, würde sie sich schämen, so eine nichtsnutzige, aufmüpfige Tochter zu haben.«

Ihre Worte treffen voll ins Schwarze. Sie sollten mich nicht verletzen, aber das tun sie noch immer, und es kostet mich einige Selbstbeherrschung, meine gleichgültige Miene aufrechtzuerhalten.

»Ganz dünnes Eis«, warne ich sie.

»Oh, verletze ich etwa deine Gefühle, kleine Lichterfee? Was willst du dagegen tun? Mich einfrieren?«

Lichterfee. Noch so etwas, mit dem man meinesgleichen gern herabsetzt. Schon seltsam, wie ein eigentlich nettes Wort einen so hässlichen Schmerz hervorrufen kann.

»Wäre ein Anfang«, erwidere ich. »Du gibst sicher eine prima Skulptur ab, so steif, wie du bist.«

»An deiner Stelle würde ich den Mund halten, bevor –«

»Das reicht.«

Die tiefe Stimme schneidet durch den Raum und bringt Lydia zum Schweigen.

Ich blicke hinauf zur Empore, wo Gabriel steht. Keine Ahnung, was ich erwartet habe. Vielleicht, dass er genauso schlaksig sein würde wie damals. Dass er immer noch nicht in seinen Körper hineingewachsen ist. Aber seine sportliche Statur, die sich unter dem dunkelgrünen, hochgekrempelten Hemd abzeichnet, spricht für das Gegenteil. Statt der akkuraten Frisur von früher trägt er sein Haar jetzt lediglich an den Seiten etwas kürzer und ansonsten länger, sodass er ungewohnt verwegen wirkt. Ein Eindruck, den die feinen Bartstoppeln in seinem kantigen Gesicht noch verstärken.

In mir zieht sich etwas zusammen.

Es fühlt sich seltsam an, ihn nach all der Zeit wiederzusehen. Die Konturen seines Gesichts sind noch immer so klar und scharf wie das Antlitz von Ramis Kunstwerken, und in seinen hellen Augen liegt dieselbe Intensität wie damals. Er hat diesen durchdringenden, zielgerichteten Blick, der sich bis in die Seele brennt. In Kombination mit der aufrechten Haltung und seiner Größe verschafft er ihm eine Präsenz, die den ganzen Raum einnimmt. Dafür muss er nicht einmal sein Diadem tragen.

»Sie will mit *mir* sprechen, wenn ich mich nicht irre«, macht er seiner Tante klar. »Sei so gut, und lass uns allein.«

Lydia liegt noch etwas auf der Zunge, aber in diesem Haus hat ihr Neffe das Sagen. Als Familienerbe macht er die Regeln, und während er schon früher stark und ehrgeizig war, strahlt er jetzt eine Dominanz aus, der man sich schwer entziehen kann. Ohne ein weiteres Wort verlässt sie die Eingangshalle.

»Ich wäre auch selbst mit ihr fertiggeworden«, sage ich mit trockenem Mund.

Gabriel verzieht keine Miene. »Bei dir scheint *fertigwerden* neuerdings *noch mehr provozieren* zu bedeuten.«

Sein Tonfall ist reserviert, fast schon kühl. Früher hätten seine Worte herausfordernd geklungen, vielleicht sogar ein wenig belustigt. Da wären zarte Fältchen neben seinen grünen Augen gewesen und ein warmes Lächeln auf seinen geschwungenen Lippen. Aber nun wirkt er wie eine noch ernstere Version seiner selbst. Wann ist das passiert? Etwa nach dem Tod seines Vaters?

»Ich lasse mich eben nicht mehr herumschubsen«, mache ich ihm klar.

Jetzt kann ich seinen feurigen Blick geradezu auf mir spüren. Was wohl in seinem Kopf vorgeht, wenn er mich ansieht? Inzwischen bin ich nicht mehr das brave, schüchterne Mädchen, das sich in blaue, hochgeschlossene Kleider hüllt, um keine Aufmerksamkeit auf sich zu ziehen. Das werde ich nie wieder sein.

»Warum bist du hier?«, will Gabriel wissen.

Mein Puls beschleunigt sich. »Weil ich dich um einen Gefallen bitten will.«

»Du bittest *mich* um einen Gefallen?«

»Siehst du sonst noch jemanden, der sich angesprochen fühlen könnte?«

Ein schiefes Lächeln macht sich auf seinen Lippen breit, als amüsierte ihn meine Antwort. Als wäre da noch immer ein merkwürdiges Verständnis zwischen uns, das die letzten Jahre überdauert hat.

»Es ist keine persönliche Bitte, sondern eine an das Ratsmitglied der Familie Silverstein«, präzisiere ich. »Ein offizieller Besuch sozusagen.«

»Oh? Da darf ich mich ja richtig geehrt fühlen.«

Der Sarkasmus in seiner Stimme ist kaum zu überhören. So ein Mistkerl. Das mit den Provokationen beherrscht er mindestens so gut wie ich, auch wenn er es nie zugeben würde.

»Um welchen Gefallen geht es denn?«, hakt er nach.

»Ich brauche Zugang zu den Archiven.«

Er stützt seine Hände auf der Balustrade ab, wodurch mir unglücklicherweise seine muskulösen Unterarme auffallen. »Dafür musst du einen Antrag stellen, über den der Rat abstimmen wird. Du kennst die Regeln.«

Mit der Antwort hätte ich rechnen können. Ich sollte gehen. Jetzt. Leider scheine ich genauso fest in dieser Halle verwurzelt zu sein wie der Apfelbaum.

»Die Archive gehören zu *deinem* Bezirk. Du könntest mir den Zugang auch ohne Antrag erlauben.«

»Warum sollte ich das tun?«

Ich zucke mit den Schultern. »Nostalgie vielleicht? Oder wegen deiner sozialen Ader?«

Er lehnt sich vor und starrt mich abwartend an.

Ich winde mich innerlich. »Den Grund kann ich dir nicht verraten.«

Seine Miene verfinstert sich. »Du tauchst also nach vier Jahren bei mir auf, um mich darum zu bitten, dir ohne Antrag Zugang zu den Archiven zu gewähren? Und dann willst du mir nicht einmal deine Motive offenlegen?«

Wenn er das so formuliert, klingt es tatsächlich ein bisschen unverschämt. Was ich nie zugeben würde.

»Das trifft es ziemlich gut, würde ich sagen.«

Meine Antwort missfällt ihm offensichtlich. »In diesen Archiven lagert hochsensibles Wissen, das in den falschen Händen erheblichen Schaden anrichten kann!«

»Den falschen Händen?«, wiederhole ich ungläubig. »Denkst du ernsthaft, ich hätte es auf verbotenes Wissen abgesehen?«

Am liebsten würde ich diese elenden Stufen erklimmen und mich von Angesicht zu Angesicht mit ihm unterhalten. Meine Absätze sind allerdings zu niedrig, um ihm auf Augenhöhe zu begegnen, also würde es nichts an dem Gefühl ändern, dass er auf mich herabblickt.

Gabriel hebt die Hände. »Was weiß ich? Du gehst, wohin du willst, und tust, was du willst.«

Soll das etwa ein unterschwelliger Vorwurf sein? Hätte nicht gedacht, dass ausgerechnet er beleidigt ist, weil ich nach der Feier nicht mehr mit ihm reden wollte. Als wäre ich es ihm schuldig gewesen, mich zu erklären, nachdem er mich eiskalt abserviert und den Leuten zum Fraß vorgeworfen hat.

»Du hast recht, Regeln kümmern mich nicht«, bestätige ich und finde mit diesen Worten mein nachtragendes Ich wieder. »Dafür weiß man bei mir wenigstens immer, woran man ist.«

Leises Blätterrascheln ertönt in der Eingangshalle. Ach, sieh an. Ich kann ihn also genauso aus der Fassung bringen wie er mich.

»Du hast dich verändert«, sagt er.

»Du dich nicht«, erwidere ich.

Irgendwie habe ich das Gefühl, dass wir beide ein bisschen lügen. Optisch habe ich mich verändert, das stimmt. Ich trage keinen braven Zopf mehr und dafür eine Farbe auf den Lippen, die er noch nie zuvor an mir gesehen hat, weil ich früher zwischen all den anderen Hexen verschwinden wollte. Aber ich bin immer noch ich, und er ist eine der wenigen Personen, die damals meinen wahren Charakter kennengelernt haben.

»Was ist das eigentlich für eine Schmiererei draußen an der Mauer?«, wechsele ich das Thema.

Wieder lächelt er zynisch. »Manche Mitglieder unserer Gesellschaft fühlen sich dazu berufen, mir mitzuteilen, wie wenig sie von meiner Politik halten.«

»Machst du deinen Job so schlecht?«

Seine Augen werden schmal. »Hängt von der Perspektive ab. Wenn man ein Mondgeborener ist, der glaubt, sonnengeborene Kinder sollten nicht die Möglichkeit erhalten, für zwei Stunden die Woche praktischen Magieunterricht bei Tageslicht zu haben, dann lautet die Antwort wohl ja.«

Ich sehe ihn perplex an. Ist das etwa eine Reform, an der er gerade arbeitet? Für einen Mondgeborenen hat Gabriel schon immer sehr progressive politische Positionen vertreten, aber diese

Aussage überrascht mich trotzdem. Ich erinnere mich noch gut daran, wie es war, als sonnengeborenes Kind bei Mondschein Unterricht haben zu müssen. In keinem praktischen Test habe ich je so gut abgeschnitten wie andere. Außerdem lernt man durch dieses System nie, mit den eigenen Kräften umzugehen, wenn sie am stärksten sind. Deshalb hat meine Mutter mir einen sonnengeborenen Privatlehrer engagiert. Weniger privilegierte Hexen haben kein solches Glück.

»Jedenfalls«, setzt er an, bevor ich ihm ein Kompliment für sein Vorhaben aussprechen kann, »wird man dir den Zutritt zu den Archiven nur gewähren, wenn du einen Antrag stellst. Sofern du einen guten Grund für dein Gesuch vorbringst, wird der Rat ihn auch bewilligen. Ich werde niemanden über die Regeln erheben, ganz gleich, welche Befugnisse ich habe.«

Wo vor wenigen Sekunden noch Bewunderung war, macht sich nun bittere Ernüchterung breit.

»Natürlich«, entfährt es mir. »Regeln waren dir schon immer das Wichtigste auf der Welt.«

»Ich nehme meine Pflichten eben sehr ernst.«

Anders als du, scheint er damit sagen zu wollen.

Kalte Wintermagie regt sich in meiner Körpermitte, obwohl ich sie nicht gerufen habe. Das liegt an ihm.

»Stimmt«, zische ich. »Abgesehen von dem einen oder anderen *schwachen* Moment.«

Etwas Dunkles mischt sich in seinen Blick, das meine Haut prickeln lässt. »Glaub mir, da ist kein einziger Funke Schwäche mehr in mir übrig.«

Ich schürze die Lippen. »Dann ist das also deine unvergleichliche Stärke, die dich dazu bringt, so weit von mir entfernt zu stehen? Wirklich beeindruckend.«

Den Ausdruck in seinem Gesicht kann ich nicht deuten. Gabriel war noch nie leicht zu lesen, was gleichermaßen frustrierend wie faszinierend sein kann.

»Du solltest jetzt gehen«, sagt er mit rauer Stimme. »Ich werde meine Meinung nicht ändern.«

Mit größter Mühe ringe ich mir ein bedeutungsschweres Lächeln ab. »Wäre ja auch kaum auszudenken, was passieren würde, wenn du für einen Augenblick vergessen würdest, wer du bist.«

Meine Worte lassen seine beherrschte Maske kurz verrutschen. Ein triumphierendes Gefühl macht sich in mir breit, von dem ich auch dann noch zehre, als ich Gabriel den Rücken zukehre und die Bernsteinvilla mit erhobenem Kopf verlasse. Erst draußen an der frischen Luft kann ich wieder frei atmen.

Das lief echt großartig.

Statt nach Hause zurückzukehren, suche ich den abgeschiedenen See in der Nähe unseres Anwesens auf, um meine aufgewühlte Magie zu beruhigen. Die Nadelbäume ringsherum erwecken den Eindruck, als befände er sich mitten im Wald. Auch hier tanzen Glühwürmchen am Ufer, und die glatte Wasseroberfläche spiegelt den Mond.

Außer mir ist niemand da. Ich setze mich mit angezogenen Beinen ins Gras und lege die Stirn auf meinen Armen ab.

So hatte ich mir meine Rückkehr nicht vorgestellt.

Resigniert schließe ich die Augen. Denke darüber nach, was ich jetzt machen soll, so wie ich es früher oft getan habe, wenn ich hergekommen bin. Dieser Ort war meine Zuflucht, wann immer ich die Beleidigungen der Leute oder die Enttäuschung meiner Mutter nicht mehr ertragen konnte. Der See gehörte quasi *mir*. Zumindest, bis jemand anderes seine Schwimmrunden in ihm absolviert hat.

Damals habe ich Gabriel dabei beobachtet, bis er aus dem Wasser gestiegen ist. Als ich ihn darauf hingewiesen habe, dass das mein Platz sei, hat er bloß lässig gegrinst.

Nächstes Mal frage ich dich um Erlaubnis, versprochen.

Dann hat er eine übertriebene Verbeugung vollzogen, und selbst jetzt muss ich bei der Vorstellung noch schmunzeln. Danach habe ich ihn immer öfter beim Schwimmen angetroffen. Als ich ihn gefragt habe, warum er herkommt, hat er nur gelächelt.

Manchmal brauche ich eine Pause von allem.

Bis zu jenem Tag war es für mich eine Sache der Unmöglichkeit, dass jemand, der so perfekt scheint, auch mal eine Auszeit benötigt. Gabriel war zwei Jahre älter und hat stets gewirkt, als hätte er alles im Griff. Als wäre das eben seine Natur. Durch sein Geständnis habe ich mich weniger allein gefühlt mit der Last auf meinen Schultern. An diesem See war ich so viel mehr als leise und pflichtbewusst, weil Gabriel es mir leicht gemacht hat, ich selbst zu sein. Vielleicht sind deshalb diese Gefühle entstanden, die ich zuerst zu ignorieren versucht habe. Bis dann das passiert ist, was niemals hätte passieren dürfen.

Doch was auch immer zwischen uns gewesen sein mag, spielt jetzt keine Rolle mehr, denn in New London ist es ohnehin streng verboten. Das Gesetz untersagt den Mitgliedern der Adelsfamilien, sich aufeinander einzulassen, weil es die natürliche Ordnung der Hexen und das politische Gleichgewicht gefährden würde. Normalerweise bestimmt die Jahreszeit, zu der wir Hexen geboren worden sind, unser Element. In unseren adligen Familien wird die Affinität zu einem Element dagegen vererbt, und wir dürfen uns niemals untereinander fortpflanzen, damit unsere Linie rein und die Besetzung im Rat ausgeglichen bleibt. Für mich ist das ein antiquierter Grundsatz, den man dringend ans Zeitgeschehen anpassen sollte. Für Gabriel ist er dagegen heilig, denn Regeltreue bedeutet ihm alles. In der Menschenwelt gäbe er einen prima Juristen ab.

Du glaubst, wir könnten uns über die Regeln hinwegsetzen, aber das ist unmöglich. Es darf niemals sein, Reva. Du musst vergessen, was im See zwischen uns passiert ist.

Schmerz pocht hinter meiner Stirn. Wieso habe ich eigentlich gehofft, er würde mir helfen? Nach unserer letzten Begegnung war das ohnehin eine gewagte Annahme. Aber wenn er mir den Zugang zu den Archiven verwehrt, muss ich ihn mir eben selbst verschaffen.

Aus dem unscheinbaren Haus mit dem geöffneten Fenster dringt Gesang. Erst als das traurige Lied verklungen und ein frustrierter Seufzer zu hören ist, klopfe ich gegen die violett gestrichene Haustür.

Es dauert nicht lange, bis Cara die Tür aufreißt und mich aus ihren großen, puppenhaften Augen anstarrt, als hätte sie einen Geist gesehen. Ich dagegen muss lächeln, weil allein ihr Anblick meine Laune verbessert. Alles an ihr strahlt positive Energie aus – das gelbe Stoffband in ihren kurzen dunkelbraunen Locken, die Sommersprossen, die ihr eine jugendliche Aura verleihen, und der unverkennbar zitronige Geruch, der wie feinster Blütenstaub an ihr haftet.

»Das Lied gefällt mir«, sage ich. »Gibst du auch Zugaben?«

Noch immer scheint sie nicht ganz glauben zu können, dass ich wirklich vor ihr stehe. »Nur, wenn der Anreiz stimmt.«

»Reicht es, wenn ich ganz laut klatsche?«

»Bei dir schon.« Sie lacht, bevor sie ungläubig den Kopf schüttelt und mich in ihre Arme schließt.

Ich drücke sie fest an mich. Obwohl sie eine so zarte Person ist, erwidert sie die Umarmung mit überraschend viel Kraft.

Als sie sich von mir löst, grinst sie noch immer. »Was machst du denn überhaupt in New London? Konntest es wohl nicht mehr abwarten, dass ich euch an Weihnachten besuche, hm?«

Ich schmunzele. »Erwischt. Die Sehnsucht war zu groß.«

»Hab dich auch vermisst.« Sie lehnt sich seitlich gegen den Türrahmen. »Aber mal im Ernst, deswegen bist du doch nicht hier, oder?«

Langsam habe ich ein schlechtes Gewissen, weil keiner glaubt, dass ich nur für einen Besuch meiner Liebsten herkomme. Wahrscheinlich kennen sie mich nur zu gut. Cara ist seit Kindertagen meine beste Freundin. Als Sonnengeborene weiß sie, was es bedeutet, eine Außenseiterin zu sein und ständig um Anerkennung kämpfen zu müssen. Sie weiß, wie weh es tut, an diesem Ort zu leben, wenn man wie wir ist. Abgesehen von meiner Familie sind sie und Naomi die wichtigsten Personen in meinem Leben, und ich freue mich jedes Mal riesig, wenn sie uns beide besucht, obwohl sie uns dann immer in die schlimmsten Clubs von ganz London schleppt.

»Ich brauche deine Hilfe«, falle ich mit der Tür ins Haus. »Und ich kann dir leider nicht sagen, warum.«

Sie schaut mich mit diesem Nicht-schon-wieder-Blick an, den sie während der vielen Jahre unserer Freundschaft perfektioniert hat.

»Lass mich raten: Die Sache, bei der ich dir helfen soll, beinhaltet das Brechen von mindestens einem Gesetz.« Als ich nur schuldbewusst mit den Achseln zucke, seufzt sie. »Bin dabei.«

KAPITEL 5

Naomi ist wenig begeistert von meiner Idee. Nachdem wir uns jedoch im Kaffeehaus ihrer Mum den wohl besten Mangopudding weit und breit gegönnt haben, lässt sie sich schließlich von mir überzeugen. Die nächsten zwei Tage verbringen wir also damit, Pläne zu schmieden und das Gebiet um die Archive auszukundschaften. Als Montagnacht die Sonne aufgeht, brechen wir zum Frühlingsviertel auf.

Um diese Zeit ist die Schönheit des Bezirks unvergleichlich. Das Licht der aufgehenden Sonne verfängt sich in den goldgelben Blättern der Bäume und lässt die überwiegend hellen Häuserfassaden strahlen. Die Farben der vielen Blumen, die zu dieser Jahreszeit nie in der Menschenwelt wachsen würden, erscheinen noch leuchtender. An vielen Wänden ranken sich stolze Rosen hinauf, was der Umgebung ein märchenhaftes, verwunschenes Flair verleiht. Wenn ich das sehe, finde ich es umso trauriger, dass es in New London nur so wenige Sonnenstunden gibt, während derer man diese Pracht bewundern kann.

»Das hier fühlt sich an wie damals, als wir uns für die Antworten auf die Hexengeschichte-Testfragen in die Schule geschlichen haben«, sagt Cara grinsend.

Sie ist viel zu gut gelaunt, seit ich ihr erzählt habe, dass Gabriel mir seine Hilfe verweigert hat. Gemeinsam mit Daisy und

Naomi gehört sie zu den einzigen Personen, die wissen, welche Rolle er bei dem Vorfall in der Bernsteinvilla gespielt hat. Im Gegensatz zu meiner Schwester kennen sie jedoch nicht die ganze Wahrheit. Nicht einmal die beiden dürfen wissen, was zwischen uns vorgefallen ist.

»Hoffentlich nicht *genau* wie damals«, murrt Naomi. »Wir sind nämlich erwischt worden, falls du es vergessen hast.«

Wohl kaum. Um den Polizisten zu entkommen, die durch einen Schutzmechanismus der Schule alarmiert wurden, hat Cara sie mit einem Windstoß gegen die Gebäudefassade geschleudert. Das hat sie dazu gebracht, uns in einem Feuerring festzusetzen. Allein der Gedanke an die sengende Hitze reicht aus, um mich zum Schwitzen zu bringen.

»Tut mir leid, dass ich euch da reingezogen habe«, entschuldige ich mich.

Cara lacht. »Wenn du es nicht vorgeschlagen hättest, hätte ich es selbst getan.«

»Wenigstens war die Schule leer«, meint Naomi. »Die Archive werden rund um die Uhr bewacht. Hoffentlich funktioniert der Plan …«

»Hoffe ich auch«, murmele ich.

Wir haben Cara nicht gesagt, was wir in den Archiven suchen, und sie hat es anstandslos akzeptiert. Sie ist zu gut für diese Welt. Ich wünschte, wir könnten das ohne sie erledigen. Dann hätte ich sie nicht in diese Sache hineinziehen müssen.

»Es ist so großartig, euch wiederzuhaben!«, freut sie sich, während wir die leeren Straßen entlanglaufen. »Ich hab es vermisst, mit euch die Regeln zu brechen.«

Naomi schnaubt. »Mal sehen, ob du das immer noch sagst, wenn sie uns für diese Aktion ins Gefängnis stecken.«

»Glaubst du echt, dafür würde man uns einsperren?«, fragt Cara.

»Keine Ahnung, aber wir sind viel zu schön, um in einer Zelle zu verrotten. Guck dir Reva mal an. Soll ihr Glow-up etwa umsonst gewesen sein?«

Ich verdrehe die Augen. Warum redet neuerdings eigentlich jeder von meinem Aussehen? Mir gefällt mein neuer Look, aber *so* schlimm war er früher ja wohl auch nicht. Oder etwa doch?

»Da hat Naomi recht«, antwortet Cara und mustert mich von der Seite. »Ich wette, Lord Silverstein sind die Augen aus dem Kopf gefallen, als er dich gesehen hat.«

Mir wird heiß. Warum muss sie jetzt ausgerechnet ihn erwähnen? Damals habe ich den beiden gegenüber behauptet, er habe mir an besagtem Abend die Freundschaft gekündigt, weil er mich für einen schlechten Einfluss hält. Gewissermaßen war ich das ja auch. Von etwas anderem war allerdings nie die Rede.

»Dem fällt höchstens sein Gemächt ab, weil es so vertrocknet ist«, spottet Naomi. »Hab mal gehört, ihm soll keine gut genug sein.«

Ich stöhne auf. »Und das ist ein Bild, das ich heute nicht in meinem Kopf haben wollte.«

»Was denn? Ist doch so.«

Wahrscheinlich werde ich gerade tiefrot. »Könnten wir uns eventuell wieder mehr auf unseren Plan und weniger auf Gabriels … *spezielle* Körperregionen konzentrieren? Ich will nichts mehr mit ihm zu tun haben.«

»Verstehen wir«, sagt Cara beschwichtigend. »Er ist ein Mistkerl, den wir für immer in deinem Namen hassen werden. Aber rein objektiv betrachtet ist er ein heißer Mistkerl.«

Ich denke an atemberaubend grüne Augen und beiße mir auf die Unterlippe.

Naomi legt einen Arm um meine Schultern. »Ignorier sie. Objektivität ist für uns ein Fremdwort. Wir sind Anti-Silverstein bis an unser Lebensende. Ich hab sogar ein T-Shirt, auf dem das steht.«

Cara kichert. »Du redest so eine Scheiße, Naomi.«

Trotz der Anspannung, die ich gerade in jeder Faser meines Körpers spüre, muss ich lächeln. Es tut so gut, Zeit mit den beiden zu verbringen. Wir sind seit einer halben Ewigkeit befreundet, und es fühlt sich direkt wieder so an, als wären Naomi und ich nie fortgegangen.

Manchmal finde ich es schade, dass Cara nicht mit uns kommen wollte, aber sie konnte die Benachteiligung der Sonnengeborenen in dieser Stadt nie akzeptieren. Auch heute noch will sie die Zustände verbessern, während ich irgendwann genug von den Demütigungen und der Ungerechtigkeit des Systems hatte. Ich bewundere sie für ihren Optimismus. Für ihren Glauben an eine bessere Zukunft. Sie hat uns erzählt, dass sie neuerdings Proteste organisiert und Sonnengeborene unterstützt, die Hilfe benötigen. Ein Teil von mir fühlt sich schuldig, weil ich nicht das Gleiche tue. Ich habe Cara im Stich gelassen, und auch wenn unser Streit deswegen schon lange hinter uns liegt, glaube ich, dass sie noch immer enttäuscht von mir ist.

Je näher wir den Archiven kommen, desto weniger sprechen wir miteinander. Das große Problem dabei, während der Sonnenstunden unterwegs zu sein, besteht darin, dass man ziemlich auffällt. Um diese Zeit hält sich kaum jemand draußen auf. Die meisten sind Sonnengeborene, so wie Cara und ich, oder Zwischengeborene, so wie Naomi – jene, die während der jährlichen Sonnenfinsternis zur Welt gekommen und zu keiner Zeit übermäßig stark oder schwach sind. Hexen wie wir können sich nie ganz dem Tagesrhythmus von New London anpassen.

Als wir unser Ziel erreichen, schaut Naomi missmutig drein. »Glaubt ihr echt, wir kommen an den drei Wachen beim Eingang vorbei?«

Ich folge ihrem Blick. Die Archive befinden sich in einem zweistöckigen, hufeisenförmigen Gebäude mit einem roten Dach und weißer Fassade, das von einem hohen Metallzaun umgeben ist, sodass niemand das Gelände unbefugt betreten kann. Angeblich soll der Großteil der Archive unterirdisch angelegt sein, damit das alte Wissen der Hexen besser geschützt ist.

»Das sind Frühlingshexer«, vermute ich.

»Glaube ich auch«, sagt Cara. »Die lassen uns wahrscheinlich in einer Erdspalte verschwinden, sobald sie uns auf ihrem heiligen Boden erwischen. Oder brechen uns alle Knochen.«

Naomi erschaudert. »Dafür sind wir auch zu schön.«

Cara tätschelt ihre Schulter. »Vielleicht haben wir Glück, und sie nehmen bloß die Wurzeln von den Bäumen da hinten, um uns zu fesseln.«

»Hm, *das* klingt wiederum verlockend«, erwidert Naomi.

Ich beobachte die Anlage. Das ist ganz schön verzwickt. Sie werden uns nicht reinlassen, so viel ist klar. Außerdem könnten sie die Anweisung haben, jeden zu attackieren, der des Weges kommt. Möglicherweise wissen sie sogar ganz genau, wer Zugang zu den Archiven hat und wer nicht. Sobald wir über diesen Metallzaun klettern oder ihn auf andere Weise überwinden, sind wir in deren Augen Eindringlinge, und egal, wie eine Konfrontation ausginge, sie würden sich an uns erinnern. Wenn wir keine Strafe riskieren wollen, müssen wir unbemerkt an ihnen vorbei.

»Wie nah musst du an sie heran?«, frage ich Cara.

»Noch ein Stück.«

Wir umrunden das Gelände und versuchen, uns dabei unauffällig zu verhalten. Die Wachen am Eingang scheinen uns nicht zu bemerken.

Cara tritt an den Metallzaun heran und vergräbt ihre Finger darin. Sie sieht alles andere als glücklich aus.

»Du weißt, wie ungern ich so was tue«, murmelt sie. »Eigentlich bin ich Pazifistin.«

Ich lächele gequält. »Deshalb bin ich dir auch auf ewig dankbar.«

»Dafür verdiene ich mindestens eine ausgiebige Weihnachtsshopping-Tour in der Menschenwelt. Am besten bei *Harrods*.«

»Du willst mich arm machen.«

»Und du willst mich in den Knast bringen. Fairer Tausch, oder?«

Sie fixiert die Wachen vor dem Haupteingang. Dann hebt sie ihre Hände und bewegt ihre Finger, als würde sie an unsichtbaren Fäden ziehen. Es dauert nicht lange, bis die drei Männer sich zeitgleich an die Brust fassen und in die Knie gehen. Sie sind in einen stillen Kampf gegen ihren eigenen Körper verwickelt, den sie nicht gewinnen können. Denn als Herbsthexe ist Cara in der Lage, Luftströme zu kontrollieren und dafür zu sorgen, dass sie nicht genug Sauerstoff bekommen.

Wenige Sekunden reichen aus, bis alle Wachen das Bewusstsein verlieren und reglos auf dem Boden liegen bleiben. Sofort beendet Cara die Atemkontrolle.

»Ich hasse es, so was zu tun«, wispert sie. »Das ist einfach falsch.«

Ihr Widerwille weckt mein schlechtes Gewissen. Wie gern würde ich ihr sagen, dass es einem guten Zweck dient und wir an diesem Ort vielleicht Hinweise finden, mit denen wir einem gefährlichen Mörder auf die Spur kommen. Aber wenn ich ihr das aufbürde, würde sie noch mehr helfen wollen. Das bringt sie bloß in Gefahr.

»Und jetzt?«, raunt Naomi.

Cara wischt sich den Schweiß von der Stirn. »Jetzt müssen wir erst mal rüber, bevor irgendwer bemerkt, dass die drei ohnmächtig sind.«

Naomi und ich haken uns jeweils bei ihr unter, während sie die Augen schließt und sich konzentriert. Kurz darauf frischt der Wind merklich auf. Die Blätter in der Umgebung rascheln, und eine Böe fegt durch die Straße. Dann zerrt eine unsichtbare Kraft an meinen Füßen.

»Locker lassen«, mahnt Cara, als sie merkt, dass ich mich versteife.

Leichter gesagt als getan, wenn man die Bodenhaftung verliert und ein paar Zentimeter in der Luft schwebt. Wie bei einer Zaubershow in der Menschenwelt, nur ohne Trick.

»Geht das auch anders?«, will Naomi wissen.

»Psst. Ich muss mich konzentrieren. Oder willst du abstürzen?«

Das ist genug Warnung für uns, um ruhig zu bleiben. Ich versuche, mich locker zu machen, klammere mich aber trotzdem eisern an Cara, die ihre Lippen fest zusammenpresst und ihre Magie wirkt. Der Luftwiderstand unter unseren Füßen wird immer größer, so als würden wir in einem Windkanal stehen. Er drückt uns stetig nach oben, erst einen Meter, dann zwei.

Mir wird schwindelig. Wahrscheinlich wäre es besser, die Augen zu schließen, aber ich kann mich nicht dazu überwinden. Vielleicht, weil ich mir einbilde, ich könnte einen möglichen Sturz abfedern, wenn ich den Boden sehe.

Unser Ausflug in die Luft wird immer ungemütlicher, und Caras Atem geht schwerer. Ob sie durchhält? Selbst bei Tageslicht muss es sie völlig erschöpfen, zwei so anspruchsvolle Zauber kurz hintereinander zu wirken.

Während wir immer weiter in die Höhe steigen, fühle ich mich gleichzeitig leicht wie eine Feder und schwer wie ein Stein. Der Boden unter uns verschwimmt. Ich schaue mich um, doch es ist niemand da, der uns sehen könnte. Immerhin.

Wir erreichen die obere Kante des Zauns und schweben darüber hinweg. Ich atme erleichtert auf, während mir das Herz bis zum Hals schlägt. Bloß nicht bewegen.

Mithilfe des Luftstroms sinken wir auf der anderen Seite immer tiefer hinab. Ich jubele schon innerlich, als der Widerstand unter meinen Stiefeln auf einmal verschwindet. Kurz darauf stürzen wir ungebremst ab.

Den Boden näher kommen zu sehen, macht es nicht besser. Noch bevor ich mir überlegen kann, wie ich mich positionieren soll, lande ich unsanft auf den harten Pflastersteinen. Der Aufprall presst mir die gesamte Luft aus den Lungen.

Autsch. So müssen sich die Wachen vorhin gefühlt haben, nur dass denen vermutlich nicht sämtliche Glieder wehtun. Wir hatten zwar Glück, schon fast unten gewesen zu sein, doch auf einen Sturz aus knapp zwei Metern hätte ich dennoch verzichten können.

»Alles in Ordnung bei euch?«, ächze ich.

Meine rechte Seite schmerzt, aber soweit ich das beurteilen kann, ist nichts gebrochen.

Cara stöhnt auf. »Tut mir echt leid. Ich bin total am Ende.«

»Gleichfalls«, murrt Naomi und starrt ihre aufgeschürften Handflächen an.

Wir richten uns auf und klopfen uns den Schmutz von der Kleidung. Wenigstens hat keine von uns ernsthafte Verletzungen davongetragen. Trotzdem werde ich diesen Sturz noch ein paar Tage in den Knochen spüren. Sobald wir halbwegs stehen können, eilen wir auch schon zu den Wachen hinüber. Cara kontrolliert ihren Puls und wirkt zufrieden.

»Ab jetzt bin ich euch erst mal keine große Hilfe mehr«, meint sie müde. »Los, wir müssen uns beeilen, bevor sie aufwachen.«

So schnell wir können, durchsuchen wir sie nach einem Schlüssel für den Eingang. Ich hasse es, eine andere Person auf diese Weise zu betatschen, aber leider muss es sein. Als ich in der Brusttasche des einen Mannes einen silbernen Schlüssel finde, fällt mir ein Stein vom Herzen.

»Na los«, ruft Cara. »Sie kommen bald zu sich. Ihr Atem wird schneller.«

Ich eile zum Eingang und drehe den Schlüssel im Schloss herum, woraufhin ein erlösendes Klicken ertönt. Sofort springt Cara auf, schnappt sich den Schlüssel und platziert ihn wieder in der Brusttasche des Mannes. Naomi öffnet derweil die Tür einen Spaltbreit.

»Rein da!«, ruft sie.

Wir verschwinden im Inneren des Gebäudes und schließen die Tür hinter uns, bevor die Wachen ihr Bewusstsein wiedererlangen und etwas bemerken können.

»Lasst uns keine Zeit verlieren«, dränge ich. »Vielleicht kommt ihnen die Sache so komisch vor, dass sie drinnen nachsehen. Wenn drei Wachen zur gleichen Zeit in Ohnmacht fallen, ist das ziemlich verdächtig.«

Ein mulmiges Gefühl beschleicht mich. Eigentlich dachte ich, reinzukommen wäre der schwere Teil. Jetzt fürchte ich, die Archive ungesehen wieder zu verlassen, wird noch mal eine ganz andere Nummer.

KAPITEL 6

Wir eilen durch die Eingangshalle, wo ein dunkelgrüner Teppich große Teile des weißen Marmors bedeckt, sodass unsere Schritte gedämpft werden. Das Tageslicht fällt spärlich herein und entblößt tanzende Staubkörner in der Luft. Am Ende des Korridors, hinter einer bereits offen stehenden Tür, verbirgt sich ein Raum, in dessen Zentrum einer der prächtigsten Bäume steht, die ich je gesehen habe. Seine fächerartigen Blätter leuchten rubinrot, während die Blüten an seinen Ästen zartrosa sind. Der Boden besteht vollständig aus weicher Erde, als wären wir draußen in einem Wald.

Mitten im Raum halten wir inne und blicken von links nach rechts. Auf beiden Seiten befindet sich jeweils eine Tür, und hinter dem Baum verbirgt sich noch eine weitere. An den Wänden dazwischen stehen zahlreiche Steinstatuen, die äußerst realistisch aussehen.

»Was jetzt?«, fragt Cara.

Ich überlege kurz. »Jede von uns könnte hinter einer der Türen nachschauen. So finden wir den Weg schneller.«

Irgendwo muss es einen Zugang zum Keller geben. Zumindest hat Mum das mal erwähnt, und wenn es jemand aus meiner Familie gewusst hat, dann sie.

Wir teilen uns auf und marschieren jeweils zu den verschiedenen Türen, doch bevor ich überhaupt die Klinke von der vor mir herunterdrücken kann, ertönt hinter mir ein Knacken, gefolgt von einem anderen undefinierbaren Geräusch.

»Was zur Hölle?«, ruft Naomi.

Aus dem Erdboden brechen dicke, weiße Wurzeln hervor und kriechen schlangenartig auf die Tür auf der linken Seite zu. Sie winden sich über das verzierte dunkle Holz, verschränken sich miteinander und blockieren den Durchgang.

»Ich glaube, wir haben die richtige Tür gefunden«, sage ich.

Cara kommt zurück an meine Seite. »Sieht aus, als wäre der Baum so was wie ein Wächter.«

Ich beobachte seine strahlend roten Blätter. Wie ist das möglich? Pflanzen sind zwar Lebewesen, aber er kann doch wohl kaum erkennen, dass wir unbefugt hier drin sind, oder? Je länger ich ihn anstarre, desto unsicherer werde ich. Anscheinend sind die Wachen beim Eingang nicht alles gewesen.

»Glaubst du, er sieht uns als Eindringlinge?«, frage ich Cara.

»Kann sein. Wären wir Frühlingshexen, könnten wir was machen, aber so …«

»Überlasst das mir«, sagt Naomi.

Sie geht zwei Schritte auf die versperrte Tür zu. Eine rote Flamme zuckt über ihrer Handfläche.

»Was hast du vor?«, will ich wissen.

Sie wirft mir über ihre Schulter ein lässiges Grinsen zu. »Na, was schon? Nervige Wurzeln bekämpft man am besten mit Feuer.«

»Nein, stopp!«, ruft Cara, als Naomi ihren Blick wieder nach vorn wendet. »Wenn du den Baum verbrennst, werden die wissen, dass jemand hier war!«

»Und? Es gibt viele Sommerhexen in der Stadt.«

»Aber keine von denen hat eine Freundin, die den Frühlingserben kürzlich um Einlass in die Archive gebeten hat«, denke ich laut.

Cara nickt. »Reva hat recht. Das ist viel zu riskant. Da draußen gibt es Leute, die auf mich zählen, ich kann nicht ernsthaft ins Gefängnis gehen!«

Naomi dreht sich zu uns um. Mit einem bedeutungsschweren Blick versuche ich, ihr zu vermitteln, dass auch auf *uns* einige Personen zählen. Es muss noch einen anderen Weg geben.

Ich gehe auf die Tür zu und bleibe vor den Wurzeln stehen, die sie blockieren. Obwohl sie beweglich scheinen, sind sie gleichzeitig ungewöhnlich dick.

»Ich könnte versuchen, den Baum mit meiner Magie dazu zu bringen, sich zurückzuziehen. Pflanzen hassen Kälte, und sie hinterlässt weniger Spuren. Vielleicht gibt er ja nach.«

»Einen Versuch ist es wert«, meint Cara.

Vorsichtig lege ich meine Hände auf die rauen Wurzeln. Dann schließe ich die Augen, bündele meine Magie und leite die Kraft des Winters direkt in die Auswüchse des Baumes.

Etwas regt sich unter meinen Fingerspitzen, als würde der Baum sich wegen meiner kalten Hände erschrecken und zusammenzucken. Er schüttelt seine Äste, wodurch die roten Blätter rascheln.

Von der Reaktion motiviert, leite ich noch mehr Kälte in die Wurzeln. Wieder bewegt sich der Baum unter meinen Fingern, woraufhin mich ein Gefühl von Reue durchflutet. Er lässt mich spüren, wie sehr er verabscheut, was ich tue. So intensiv, dass Galle in mir aufsteigt. In diesem Moment wird mir eines klar: Er ist nicht nur ein lebendiger Baum, sondern mehr. Alt und mächtig. Je mehr Kälte ich ihn spüren lasse, desto mehr Selbsthass und Schmerz empfinde ich. Die Gefühle sind so überwältigend, dass ich zu zittern beginne.

Seine Auswüchse mit Frost zu überziehen, fühlt sich an, als würde etwas in mir sterben. Als würde dieser Baum vergehen und mich mit in den Tod ziehen, weil ich versuche, ihm zu schaden.

Ich will dich nicht töten, denke ich mit zusammengepressten Zähnen. *Nur an dir vorbei.*

»Reva!«

Caras Stimme bringt mich dazu, die Augen zu öffnen. Erst jetzt realisiere ich die Bewegung an meinen Armen und Beinen. Die Wurzeln des Baumes winden sich plötzlich wie Schlangen um meine Handgelenke, als wollten sie mich festhalten.

»Wir müssen was tun«, höre ich Naomi sagen.

»Nein, bleibt zurück!«, schreie ich. »Ich hab das im Griff. Nur noch ein bisschen mehr.«

Es wird funktionieren. Der Baum widersetzt sich mir, weil er ein Frühlingsgewächs ist. Aber in meinen Adern fließt die Macht des Winters.

Schmerz zuckt durch meinen Kopf wie ein schriller Schrei, der aus einer anderen Welt stammt. Ein Schrei, der eintausend Worte transportiert und doch kein einziges. Der Baum wehrt sich gegen mich, zieht seine Schlingen immer weiter zu. Je mehr er sich sträubt, desto mehr Magie fließt aus mir heraus. Reine, alles verzehrende Kälte. Ich keuche auf, kämpfe gegen den Schmerz in meinen Muskeln und in meinem Kopf an, gegen das dumpfe, dunkle Bedauern in mir. Ich bin dabei, etwas zu töten, das nicht sterben will, vielleicht nicht sterben kann, und darum klammert es sich an mich.

Tränen laufen mir über die Wangen, heiß und kalt zugleich. Im nächsten Moment gefrieren sie zu Eis. Das Gefühl ist mir vertraut. Dieses Mal sind es jedoch nicht meine Emotionen, die den Winter in meinem Blut an die Oberfläche locken. Es ist der Baum, der meine eigene Natur gegen mich aufbringt. Er zerrt die Magie aus mir heraus und bemächtigt sich ihrer, während mir gleichzeitig die Kontrolle darüber entgleitet. Die Erkenntnis lässt Panik in mir aufsteigen.

»Nein«, wispere ich. »Du sollst mich nur durchlassen.«

Eiseskälte beißt sich unbarmherzig in meine Haut, eine Kälte, wie ich sie noch nie zuvor gespürt habe. Es ist, als würde ich fühlen, was dieser Baum fühlt. Den Winter in jeder Pore meines Seins. Meine Fingernägel verfärben sich blau, und meine Hand schmerzt wie Feuer, bis sie schließlich völlig taub wird. Die schwere, kalte Decke gnadenloser Müdigkeit legt sich über mich.

»Reva, stopp!«, schreit Cara.

Es klingt, als wäre sie ganz weit weg. Ein Echo aus der Ferne, verborgen hinter unzähligen Schleiern. Aber hier, in diesem Augenblick, sind nur der Baum und ich.

Mein Herz schlägt langsam, obwohl meine Gedanken rasen. Mein Blut ist ruhig, während meine Magie schreit.

»Reva!«

Die Gewissheit von unbändiger Macht schlägt mir entgegen. Der Macht dieses Wächters. Sie ist größer als alles, was ich je in Gegenwart einer Hexe gespürt habe. Roher. Älter. Eine schreckliche Ahnung durchzuckt mich wie ein Blitz. Bevor dieser Baum stirbt, erfriere ich an meiner eigenen Kälte.

Hör auf, denke ich verzweifelt. *Wir müssen keine Feinde sein. Ich bin hergekommen, weil ich das Richtige tun will. Bitte, ich brauche nur deine Hilfe.*

Frost überzieht den Erdboden unter meinen Schuhen und breitet sich aus wie eine kalte Krankheit. Doch der Baum bleibt unversehrt, ein Leuchtturm des Frühlings inmitten tiefsten Winters. Trotzdem halte ich ihn weiter fest. Wenn ich loslasse, war alles umsonst.

Meine Freundinnen rufen unverständliche Dinge, die kaum zu mir durchdringen. Der Sturm aus Eis und Kälte umschließt mich wie eine unüberwindbare Mauer. Würden sie versuchen, zu mir zu gelangen, um mich zu berühren, würden sie sofort erstarren. Selbst ich bin gegen diese Kälte nicht mehr immun, wie könnten sie es also aushalten? Sie wollen mir helfen, das weiß ich. Doch ich muss weitermachen, denn es ist unsere beste Chance, diesen Mörder zu finden. Aufgeben ist keine Option.

Bilder prasseln in meinem Kopf auf mich ein. Erinnerungen, die ich nicht gerufen habe. Meine Mutter, die mit harter, enttäuschter Miene auf mich herabblickt. Eine Gruppe jugendlicher

Hexen, die flüsternd die Köpfe zusammenstecken und dann lachen, als ich an ihnen vorbeigehe. Kurz darauf lässt jemand Wasser aus einer Pfütze in mein Gesicht spritzen, und das Gelächter wird noch lauter. Etwas wühlt sich durch all die schmerzhaften Momente, die ich tief in meinem Herzen vergraben habe. Schicht um Schicht legt die fremde Präsenz sie frei, um herauszufinden, was sich in mir verbirgt. Angst. Selbsthass. Wut. Sehnsucht.

Eine der Erinnerungen tritt klarer hervor.

Da sind grüne Augen, die im Sonnenlicht glühen. Glitzerndes Wasser, umgeben von Bäumen und zarten Nebelschwaden. Ich erlebe den Moment erneut, nehme alles so intensiv wahr, als wäre ich wieder dort.

Sein schwerer Atem und sein warmes Lachen dringen an mein Ohr. Die gespielte Beleidigung darüber, dass ich meine Magie genutzt habe, um ihn beim Wettschwimmen zu schlagen. Das Wasser schwappt gegen seine nackte Brust, sein Haar hängt ihm feucht in die Stirn. Er sieht mich an, lange und eindringlich, bis sich etwas in seinem Blick verändert. Es ist, als ob die Zeit stillstehen würde.

Nein, flehe ich den Baum an. *Nicht das. Bitte.*

Die Kälte in mir wird noch unbarmherziger, die Wurzeln schlingen sich fester um mich, und die Erinnerung bleibt. Das ist es, was dieser Wächter sehen will. Genau diesen Moment. Er lässt mich nicht daraus entkommen, zwingt mich, noch einmal zu erleben, was ich einst weggesperrt habe. Ich verliere mich darin, während ich mit jeder Sekunde schwächer werde.

Bevor ich darüber nachdenken kann, was ich da eigentlich tue, küsse ich ihn. Ganz zart, fast schon vorsichtig, als könnte er unter der Berührung meiner Lippen zerbrechen. Der Kuss ist so schnell vorbei wie ein Wimpernschlag. Nachdem ich mich zurückgezogen habe, sieht er mich mit einer Intensität an, die nur schwer zu ertragen ist.

Ich bin sicher, der Baum weiß, was ich damals gedacht habe. Fühlt, was ich gefühlt habe. Furcht. Scham. Verlangen. Er lässt nicht locker, krallt sich mit aller Macht in die Erinnerung, die mein ganzes Sein einnimmt. Es tut so, so weh.

Ich öffne den Mund, will mich für meine impulsive Reaktion entschuldigen. Ihm sagen, dass ich da wohl etwas missverstanden habe. Aber in dem Moment küsst er mich zurück. Intensiver. Hungriger. Und viel, viel länger, als er es tun sollte. Seine Lippen sind heiß, seine Zunge heißer. Das Gefühl brennt sich lichterloh durch meinen Körper und lässt alles zu einem einzigen explosiven Augenblick verschwimmen. Sein Stöhnen, das tief aus seiner Brust kommt. Meine prickelnde Haut, überall dort, wo er mich berührt. Seine Hand an meiner Wange, die an meinem Hals bis zu meinem Schlüsselbein herabgleitet. Seine geschickten Finger, die hastig die Schnüre meines nassen Mieders lösen und den Stoff beiseiteschieben, der meine Brüste bedeckt. Mein eigenes Stöhnen, als er mit der Zunge über meine Unterlippe leckt. Sein Körper, der sich gierig gegen meinen drückt. Ich kann keinen klaren Gedanken mehr fassen, will ihn einfach nur überall spüren. Im Wasser sind wir schwerelos und schweben in gemeinsamer Ekstase dahin.

Der Baum umarmt das Gefühl, schlägt seine Wurzeln in meinen Geist, als versuchte er, die Erinnerung aus meinem Kopf herauszureißen. Er lechzt nach mehr, will alles von diesem einen Moment, den ich so sehr verfluche und der mich gleichzeitig mit so viel Leben erfüllt.

»Gabe«, seufze ich heiser, woraufhin er seine Finger noch fester in meine Haut drückt.

Ich spüre seine brennende Lust und seinen harten Körper, der wie ein Echo auf den Ruf von meinem antwortet. Eine süße, verbotene Versuchung. Winter und Frühling zusammen in eiskaltem Wasser, Sonne und Mond, die im roten Morgengrauen verschmelzen. Nur ein einziger langer Kuss, der sich anfühlt wie einhundert. Dieser Augenblick ist pure Poesie. Er ist alles, was ich mir so lange gewünscht habe, und noch so viel mehr.

Trotzdem zieht Gabriel sich kurz darauf zurück. Entsetzen spiegelt sich in seinem Gesicht, als würde er aus einem schrecklichen Traum erwachen. Er atmet immer noch heftig. Es hat ihn erschöpft, diese dunkle, sündige Sehnsucht zu offenbaren, die wie ein Schatten unter seiner perfekten Maske gelauert hat.

»Ich muss gehen«, sagt er hastig. »Vorbereitungen treffen für die Feier heute Abend.«

Mit einer einzigen fließenden Bewegung steigt er aus dem Wasser. Ich rufe seinen Namen, doch er wagt es nicht, mich anzusehen, während er sich das Hemd überzieht.

»Wir können später reden«, murmelt er.

Dann geht er fort, während ich im Wasser zurückbleibe und seine Berührungen noch immer am ganzen Körper spüre. Mich nach mehr verzehre, als er mir gegeben hat. Weil ein Moment zu wenig ist, nachdem ich eine Ahnung dessen bekommen habe, was wir beide sein könnten.

Der Baum lockert seinen Griff. Es ist, als ob er einen Seufzer ausstößt, mit mir trauert und sich wünscht, Gabriel käme zurück. Als in meinen Gliedern bereits kein Gefühl mehr existiert und die Müdigkeit mich zu überwältigen droht, bewegen sich die Wurzeln unter meinen tauben Fingern. Er scheint zufrieden mit dem, was er gefunden hat. Vielleicht war das eine Art Test. Ich weiß nur nicht, warum ich ihn bestanden habe.

KAPITEL 7

Entkräftet sinke ich auf die Knie und stütze meine Hände auf dem harten Erdboden auf, dessen Frostschicht sich langsam zurückzieht. Ich versuche, tief und bewusst zu atmen, doch meine Lungen brennen vor Kälte.

»Scheiße, geht's dir gut?«, ruft Cara.

In Windeseile ist sie bei mir und geht vor mir in die Hocke. Mit beiden Händen umfasst sie mein eiskaltes Gesicht, während sie mich anstarrt, als müsste sie herausfinden, ob sich hinter meinen Augen noch Leben verbirgt.

»Ach, was frage ich überhaupt? Deine Lippen sind verdammt noch mal blau.« Schuldbewusstsein macht sich in ihrer Miene breit. »Wir haben versucht, zu dir durchzukommen, aber dieser Kälteausbruch war so heftig, dass er dich verschluckt hat. Wir dachten, du stirbst!«

Ihr zerknirschter Gesichtsausdruck tut mir unfassbar leid. Eigentlich sollte *ich* ein schlechtes Gewissen haben, immerhin habe ich sie hierhergeschleift.

»Es geht mir gut. Mir ist bloß ein bisschen kalt.«

Was ich für mich behalte, ist die erschreckende Erkenntnis, dass sich das eben tatsächlich wie Sterben angefühlt hat. Ich *bin* gestorben. Der Baum hat sich lediglich dazu entschieden, es nicht zu Ende zu bringen.

Naomi kommt an Caras Seite und mustert mich besorgt. »Nimm meine Hände.«

Cara macht Platz, damit ich Naomi berühren kann. Ihre Hände sind wie immer warm, und sie lässt wohltuende Sommermagie in mich hineinfließen, die allmählich die hartnäckige Kälte vertreibt. Nach ein paar Sekunden ist die blauviolette Färbung meiner Nägel verschwunden.

»Wir müssen weiter«, dränge ich, bevor ich aufstehe.

»Bist du sicher?«, fragt Naomi. »Du siehst total fertig aus, und Cara ist auch müde. Wir sollten abhauen.«

»Auf keinen Fall.«

Nachdem ich dem Tod und meinem gebrochenen Herzen ins Auge geblickt habe, mache ich bestimmt keinen Rückzieher mehr.

Wir öffnen die Tür, die der Baum nun freigegeben hat, und gelangen in einen kleinen, fensterlosen Raum, in dessen Mitte ein schwarz glänzender Obelisk steht. Mit goldenen Buchstaben wurde etwas in den Stein graviert.

Die Wahrheit ist das schärfste Schwert. Wer altes Wissen nicht ehrt, dem bleibt der Pfad zu ihm auf immer verwehrt.

»Das ist eine Sackgasse«, entfährt es mir. »Aber das kann nicht sein. Irgendetwas muss hier sein. Was könnte das bedeuten, *altes Wissen ehren*?«

Wir sehen uns gemeinsam im Raum um. Mum hat definitiv gesagt, die Archive seien unterirdisch, also was übersehen wir?

»Hm«, macht Cara nachdenklich. »Vielleicht gibt es eine versteckte Tür?«

»Wahrscheinlich«, erwidert Naomi. »Nur wie finden wir die?«

»Ich könnte überprüfen, ob es einen Luftzug gibt.« Cara schließt die Augen und versucht, etwas zu spüren, das uns verborgen bleibt. Nach einigen Sekunden öffnet sie die Augen und marschiert zur östlichen Wand des Raumes. »Hier.«

Ein violettes Leuchten erscheint unter ihrer Hand. Kurz darauf ertönt ein metallisches Klicken. Während sich im Stein eine Geheimtür offenbart, macht Cara zwei Schritte zurück.

»Ein magischer Mechanismus«, sagt sie zufrieden.

Ich strahle sie begeistert an. »Du bist ein Genie.«

Sie grinst und atmet tief durch. »Manchmal.«

»Vergiss das *manchmal*. Ohne dich wären wir absolut aufgeschmissen.«

Cara vergräbt ihre Finger in ihrem Haar. »Am besten geht ihr ohne mich weiter. Wenn wir alle da drin sind und jemand kommt, können wir nicht verhindern, dass sie uns entdecken. Aber wenn ich bleibe und im richtigen Moment reagiere, haben wir eine Chance.«

Ich mustere sie besorgt. »Bist du sicher? Du musst doch erschöpft sein.«

»Bin ich«, bestätigt sie. »Solange ich allerdings die Wahl habe, entweder für den Einbruch in die Archive verknackt zu werden oder den letzten Rest meiner Magie zu mobilisieren, würde ich mich immer für Letzteres entscheiden.«

Dankbar berühre ich sie am Oberarm. »Du hast wirklich was gut bei mir.«

»Ich erinnere dich dran, darauf kannst du dich verlassen.«

Gemeinsam mit Naomi mache ich mich auf den Weg durch die geheime Tür, hinter der sich eine Menge Stufen befinden, die weit in die Tiefe führen. Naomi entzündet eine Flamme über ihrer Hand und geht voraus, um uns den Weg zu leuchten. Die Treppe ist schmal und von einer scharfkantigen Steinwand umgeben, so als würden wir geradewegs in eine Höhle hinabsteigen. Mit jeder Stufe wird die Luft kühler und trockener. Ich habe das Gefühl, dass wir eine halbe Ewigkeit unterwegs sind, bis wir endlich auf eine weitere Tür stoßen.

Wir gehen hindurch und befinden uns kurz darauf auf einer Art Empore, von der aus wir über den riesigen Raum unter uns hinwegblicken können. Sobald wir auf die Balustrade zutreten, entflammt goldenes Feuer in den Laternen, die von der Decke hängen, und taucht den großen Saal in mystisches Licht. Unter uns befinden sich Abertausende Bücher und Akten, die sauber aufgereiht in Regalen stehen und sich bis zur hohen steinernen Decke stapeln. Der Geruch von altem Pergament hängt schwer in der Luft.

»Wo sollen wir bloß anfangen?«, fragt Naomi und nimmt den Saal in Augenschein.

»Irgendwo müssen wir«, meine ich. »Wenn wir in einem der Bücher Namen finden, sind wir vielleicht schon richtig.«

Trotz meiner Überlegung verlässt mich der Mut. Es sind so viele Regale, wie soll es uns da ohne Kenntnis dieses Ortes gelingen, Unterlagen zu vier einzelnen Personen zu finden? In New London leben Tausende Hexen, und das schon seit Jahrhunderten. Es erscheint mir fast unmöglich, in so kurzer Zeit die Informationen zu finden, die wir brauchen.

Meinen Missmut teile ich jedoch nicht, sondern betrete die Stufen, die in die Halle hinunter führen. Jetzt sind wir hier, also können wir es wenigstens versuchen.

»Dann legen wir mal besser los«, sage ich. »Wenn du Unterlagen mit Namen findest, gib mir Bescheid.«

Wir teilen uns auf und durchstöbern die verstaubten Regale. Zu wissen, dass wir nicht viel Zeit haben, macht mich in Anbetracht der Größe dieses Saals nervös. In höchster Eile schnappe ich mir Bücher, Akten oder sonstige Unterlagen, die fein säuberlich sortiert wurden, und spähe hinein. Mitschriften von Ratssitzungen, archivierte Zeitungen und Geschichtsbücher, die das Leben der Hexen in der Menschenwelt beschreiben, bevor sie sich in ihre magischen Refugien zurückgezogen haben. Wäre ich nicht so unter Zeitdruck, würde ich das alles lesen wollen, aber jetzt brauche ich etwas anderes.

Frustriert arbeite ich mich von Regal zu Regal, nur um immer wieder die falschen Dinge zu finden. Auch Naomi scheint keine

Fortschritte zu machen. Verdammt, die Uhr tickt. Ob wir wieder verschwinden sollten, bevor es zu spät ist?

»Hier sind ein paar Namen«, ruft Naomi, als ich kurz davor bin aufzugeben. »Allerdings scheinen diese Leute schon lange tot zu sein. Geboren vor über zweihundert Jahren.«

Ich gehe zu ihr hinüber. »Nicht gut. Die Opfer waren alle zwischen zwanzig und dreißig Jahre alt.«

Wir suchen weitere Regale ab, in der Hoffnung, aktuellere Unterlagen zu finden. Doch egal, wo wir nachsehen, wir entdecken nur Einträge zu Personen, die längst tot sind.

Ich raufe mir die Haare und lege den Kopf in den Nacken. Irgendwie müssen wir an die oberen Regale herankommen. Wenn die älteren Einträge unten sind, dann befinden sich die neueren vielleicht dort.

»Würden wir wenigstens Informationen zu *einer* Person finden«, seufze ich. »Der Name Josephine Hill sagt mir was, aber mir fällt nicht ein, woher ich ihn kenne.« Verdrossen ziehe ich ein weiteres Buch aus dem Regal und blättere es durch, doch die Jahreszahlen und Informationen, die zu den Namen darin gehören, sind bei Weitem nicht jene, die ich bräuchte.

»Reva«, ruft Naomi. »Schau mal!«

Ich sehe erst sie an und folge dann ihrem überraschten Blick, der auf etwas über uns gerichtet ist. Als ich es ebenfalls erspähe, traue ich meinen Augen kaum. Ein Buch mit schwarzem Einband schwebt in der Luft und kommt langsam auf uns zu. Es sinkt herab, bis es sich direkt vor mir befindet. Ich greife danach und schaue Naomi an, die verwirrt mit den Schultern zuckt.

Neugierig werfe ich einen Blick in das Register des Buches. Eine Liste mit Namen, nach Geburtsjahr und alphabetisch geordnet. Ich lese alles sorgfältig und blättere Seiten um, bis ich den einen Namen finde, den ich gesucht habe. Josephine Hill. Mein Herz rast vor Aufregung. Kommentarlos zeige ich Naomi den Namen im Register.

»Aber wie …?«, fragt sie.

»Magie.«

Ich blättere auf die angegebene Seite und lese die Informationen zu Josephine Hill. Sie war einundzwanzig Jahre alt. Der Name ihrer Mutter lautet Elizabeth Hill, eine geborene Kent.

Plötzlich weiß ich, wer sie ist.

Ihre Mutter ist eine der drei Schwestern von Edward Kent, dem Ratsmitglied der Herbsthexen. Sie gehört zu einer Adelsfamilie. Wenn Jonathan jetzt bei uns wäre, würde er mir selbstgefällig vorhalten, was für eine großartige Idee es doch war, mich hierherzuschicken. Ob er das geahnt hat?

»Denkst du, es bringt was, wenn wir die anderen Namen auch laut aussprechen?«, fragt Naomi. »Als du vorhin den Namen gesagt hast, kam dieses Buch angeflogen. Vielleicht klappt das bei den anderen ja genauso.«

»Einen Versuch ist es wert.« Ich schaue wieder nach oben. »Florence Parker.«

Es dauert nur wenige Sekunden, bis sich ein weiteres Buch aus einem der obersten Regale löst und zu uns schwebt. Ein Grinsen stiehlt sich auf meine Lippen.

»Emma Morris«, fahre ich fort.

Das nächste Buch macht sich auf den Weg, noch bevor das andere bei uns angekommen ist.

»Milton Nicholls.«

Ich sammele die Bücher ein, bevor wir uns mit ihnen auf den Boden knien und sie durchsuchen. Die übrigen drei Opfer kann ich aufgrund ihrer Namen und dem der Eltern keiner bestimmten Familie zuordnen, aber alle wurden ebenfalls in der Hexenwelt geboren. Außerdem gibt es eine weitere Gemeinsamkeit.

»Da sind überall geschwärzte Passagen«, murmele ich.

»Ist dir das sonst noch irgendwo aufgefallen?«, fragt Naomi.

Ich blättere durch die Seiten von einem Buch. »Bisher nicht. Das scheint unüblich zu sein.«

»Hm«, macht Naomi. »Was da wohl verborgen werden sollte?«

Gute Frage. Leider haben wir keine Möglichkeit, das herauszufinden. Zumindest nicht, wenn niemand erfahren soll, dass wir hier gewesen sind.

»Lass uns alles aufschreiben und dann verschwinden«, sage ich, woraufhin Naomi aus der Innentasche ihres Umhangs ein Stück Pergament und einen Stift zieht.

»Sollen wir Cara holen, damit sie die Bücher wieder dorthin zurückfliegen lässt, wo sie hergekommen sind?«, fragt sie, als wir fertig sind. »Oder kennst du zufällig den geheimen Trick, mit dem sie wieder in ihr Regal fliegen?«

Noch einmal spreche ich alle vier Namen laut aus, in der Hoffnung, dass die Bücher zurück an ihren Platz schweben – ohne Erfolg. Wir probieren noch einige Wortkombinationen durch, aber nichts, was wir sagen, hat einen Einfluss auf sie, und wir schaffen es auch nicht allein, sie wieder nach oben zu befördern. Also machen wir uns auf den Weg zu Cara, damit sie die Bücher für uns an ihren Platz stellt.

Als wir auf der Empore ankommen, sehen wir jedoch, wie die Bücher nach und nach von selbst in die Luft steigen und zu ihrem Regal zurückkehren.

Naomi grinst. »So was bräuchte Jonathan auch, dann würden sich nicht überall in seinem Büro Akten türmen.«

Zufrieden verlassen wir den Saal und erklimmen mithilfe von Naomis Feuer die Stufen. Doch als wir zurück in den Raum mit dem Obelisken kommen, finden wir von Cara keine Spur mehr.

Ich blicke mich um. »Wo ist sie hin?«

»Vielleicht schon wieder beim Eingang?«, überlegt Naomi. »Immerhin wollte sie sicherstellen, dass keiner reinkommt.«

»Wahrscheinlich hast du recht.«

Um den Geheimgang kümmern wir uns nicht. Stattdessen ist mein Kopf schon damit beschäftigt, wie wir ungesehen wieder rauskommen. Am besten wäre es, nach einem Fenster zu suchen und dort auszusteigen, damit wir unauffällig das Gelände verlassen können. Aber was, wenn es noch weitere Fallen neben dem Baum gibt? Wenn uns draußen jemand sieht? Hoffentlich konnte Cara sich in der Zwischenzeit etwas regenerieren. Und hoffentlich bleibt der Baum uns freundlich gesinnt.

Als wir vorsichtig die Tür öffnen, ist es jedoch nicht der Baum selbst, der dafür sorgt, dass sich mein Puls beschleunigt, sondern unsere Freundin, die mithilfe eines äußerst biegsamen Astes an seinen Stamm gefesselt wurde.

»Es tut mir so leid«, ruft Cara unglücklich.

Ganz in ihrer Nähe steht eine Person, auf deren Anwesenheit ich in diesem Moment und auch in so ziemlich allen anderen verzichten könnte.

Das Sonnenlicht, das in den Raum fällt, zaubert goldene Reflexe in Gabriels Haar und lässt seine Augen genauso glühen wie damals im See.

Er taxiert mich. »Manche Dinge ändern sich wohl nie, nicht wahr?«

KAPITEL 8

Verdammt, was macht er hier?

Mit zusammengepressten Lippen windet sich Cara im Klammergriff des Baumes, doch gegen seine Macht ist sie chancenlos. Falls sie versucht, ihre Magie zu nutzen, hat sie dabei keinen Erfolg. Ihre Blässe und die Schatten unter ihren Augen offenbaren, dass all ihre Kräfte aufgebraucht sind.

Ich balle die Fäuste.

»Das würde ich an deiner Stelle lassen«, warnt Gabriel mich, als er es bemerkt.

Den dunklen Unterton kann er nicht aus seiner Stimme verbannen, egal, wie ruhig und bedacht er spricht. Er ist wütend.

»Was machen wir denn jetzt?«, wispert Naomi hinter mir.

Für diese Situation könnte ich mich ohrfeigen, weil ich diese Sache – oder vielmehr *ihn* – unterschätzt habe. Jetzt müssen meine Freundinnen den Preis dafür zahlen. Das alles ist meine Schuld. Ich muss dringend etwas unternehmen.

Obwohl die Erschöpfung mir bereits in den Knochen steckt, stärkt das Sonnenlicht meine Kräfte. Ich konzentriere meine Magie auf Gabriel, woraufhin sich eine dünne Frostschicht zu seinen Füßen ausbreitet und die sauber polierten Lederschuhe hinaufkriecht.

Sein durchdringender Blick ruht auf mir. »Reva.«

Mein Name gleicht einem Knurren, das bedrohlich aus den Tiefen seiner Brust emporsteigt.

Ich hebe die Augenbrauen. »Ist was?«

Er neigt seinen Kopf. »Du solltest das hier nicht komplizierter machen, als es sein muss.«

Fast hätte ich darüber gelacht. Zwischen uns waren die Dinge zuletzt immer kompliziert, es ist also nur passend, dass diese Tendenz sich fortsetzt.

»Danke, aber ich schätze meine Chancen ganz passabel ein.«

»Ihr habt bereits ein Gesetz gebrochen, indem ihr euch unerlaubten Zugang zu diesem Ort verschafft habt«, sagt er beherrscht, während der Frost bereits die Hälfte seiner Beine bedeckt. »Wenn du mich jetzt angreifst, handelst du dir noch eine weitere Strafe für die Attacke auf ein Ratsmitglied ein.«

Die Bemerkung bringt mein Blut zum Kochen. Gabriel und seine Gesetze. Ganz offensichtlich ein besseres Paar, als wir es je hätten sein können.

»Vielleicht ist es mir das wert«, erwidere ich.

Ein zynisches Lächeln huscht über sein Gesicht. »Ja, ich kann mir denken, dass dir das Spaß machen würde. Es wäre nur ziemlich unklug.«

»Wäre nicht meine erste zweifelhafte Entscheidung«, erwidere ich bedeutungsschwer. »Falls du dir also den Kälteschock ersparen willst, musst du uns ziehen lassen.«

Sein Lächeln wird süffisant. »Äußerst großzügig von dir, aber ich verzichte. Aus dieser Sache kommst du nicht raus.«

Verflucht, er hat recht. Ich könnte ihn unter Umständen außer Gefecht setzen, aber er wüsste trotzdem, dass wir in den Archiven waren. Irgendwen wird er für diesen Einbruch drankriegen, also kann ich nur noch versuchen, meine Freundinnen vor den Konsequenzen zu schützen.

»Dann lass zumindest die beiden gehen«, fordere ich. »Sie sind nur wegen mir hier. Es war *meine* Idee.«

»Reva, nein!«, ruft Cara.

Gabriels Blick ruht weiterhin ausschließlich auf mir, als wären er und ich allein in diesem Raum. »Das glaube ich gern. Trotzdem haben auch sie das Gesetz gebrochen und sind erwachsen genug, um sich dafür zu verantworten.«

»Wie würde diese Verantwortung denn aussehen?«, fragt Naomi nervös.

»Kommt darauf an, wie kooperativ ihr euch zeigt. Ihr könnt mich zum Hohen Gericht begleiten, das über eure Strafe entscheiden wird, oder ihr könnt euch weigern, und man wird dafür *sorgen*, dass ihr dorthin gelangt. Eure Wahl.«

Jedes Wort, das seine Lippen verlässt, ist eine Machtdemonstration. Diese Selbstsicherheit macht mich so wütend, dass ich seine Kleidung weiter mit Frost überziehe. Ich sollte damit aufhören, aber ich kann nicht anders. Obwohl ich früher unzählige Privatstunden bei Sonnenlicht hatte, fällt es mir immer noch schwer, meine Magie zu zügeln, wenn ich zornig bin.

»Sofern du nicht als Eisskulptur enden willst, lässt du sie jetzt gehen«, warne ich.

Gabriel bleibt gelassen. »Warum sollte ich? Ihr alle wart unbefugt an diesem Ort.«

»Das Hohe Gericht wird bei jemandem wie mir gnädiger urteilen, das weißt du genau. Die beiden haben diesen Vorteil nicht, also lass mich die Strafe verbüßen.«

In unserer Gesellschaft genießen Mitglieder einflussreicher Familien genauso viele Vorteile, wie es mächtige Menschen hinter dem Schleier tun. Deshalb habe ich immer alles auf mich genommen, wenn wir drei etwas angestellt haben. Die Erbin einer adligen Familie wird man vor dem Gesetz stets milder bestrafen, auch wenn man sie moralisch stärker verurteilt.

»Sie haben mit der Sache nichts zu tun, Gabriel.«

Als ich seinen Namen ausspreche, huscht ein seltsamer Ausdruck über sein Gesicht.

»Hör auf, uns ständig zu beschützen«, raunt Naomi und stellt sich neben mich. »Wir wussten, worauf wir uns einlassen.«

Ich schenke ihr ein wehmütiges Lächeln. »Euch werde ich immer beschützen. Sogar dann noch, wenn ihr alt und grau seid und es besser wissen solltet.«

Ganz besonders, wenn es darum geht, für meine eigenen riskanten Pläne geradezustehen.

Ich wende mich wieder Gabriel zu. »Eigentlich willst du *mich* bestrafen, stimmt's? Ich bin es, die erst in dein Haus kam und dann deine Autorität untergraben hat.«

Er schüttelt den Kopf. »Hier geht es nicht um meine Autorität. Es gibt gute Gründe, warum niemand außer mir ohne Begleitung eines Archivars Zutritt zu diesem Ort hat!«

Cara keucht, als der Ast sich enger um ihre Körpermitte schlingt und sie fester gegen den Stamm drückt. Ich funkele Gabriel wütend an, doch ihm scheint das Ganze völlig zu entgehen. Hat er etwa unabsichtlich die Kontrolle verloren? Das ist bei ihm ja ganz was Neues.

»Sag mir, was du da drin gesucht hast«, verlangt er von mir.

»Das kann ich nicht.«

»Wenn du es tust, dürfen sie gehen.«

»Und was ist mit Reva?«, fragt Cara gepresst.

»Sie bleibt bei mir.«

Tatsächlich lasse ich mir sein Angebot durch den Kopf gehen. Für jemanden, der so sehr auf Gesetzestreue pocht, ist es äußerst großzügig. Schließlich könnte er uns auch alle verhaften lassen und mit einem Wahrheitskristall die Antworten aus uns herauskriegen. Das Hohe Gericht würde ihm so eine Befragung sicher erlauben. Was bezweckt er also damit?

Ich sehe von Cara zu Naomi. Die beiden haben mich begleitet, weil sie an mich glauben, und ich habe sie enttäuscht. Deshalb muss ich dafür sorgen, dass ihnen nichts passiert. Wenn das bedeutet, Gabriel entgegenzukommen, soll es wohl so sein.

»Also schön«, sage ich.
»Reva, was tust du?«, wispert Naomi.
Ich senke meine Stimme. »Vertrau mir.«
Noch immer starrt Gabriel mich an. Dieser intensive Blick löst ein nervöses Kribbeln in meinem Magen aus. Ohne ihn von mir abzuwenden, hebt er die Hand, woraufhin der Baum Cara freigibt.
»Sobald wir diesen Ort verlassen haben, können sie gehen. Ich mache es allerdings von deiner Antwort abhängig, ob sie weitere Konsequenzen zu befürchten haben.«
»Du glaubst, ich würde dich belügen?«, frage ich.
Er erwidert die Frage mit einem zynischen Lächeln.
Als ich meinen Kältezauber beende, wird mir kurz schwindelig. Feine schwarze Punkte tanzen vor meinen Augen. Der Baum hat mir ganz schön viel Kraft entzogen. Am liebsten würde ich mich hinlegen und schlafen, doch Gabriel bedeutet uns mit einem Kopfnicken, ihm zu folgen.
»Was hast du vor?«, flüstert Cara, sobald sie zu mir aufgeschlossen hat.
Ich grinse schief. »Das Gleiche wie immer.«
»Spiel nicht die Heldin, Reva. Bitte. Wir stehen das zusammen durch.«
»Ich komme zurecht«, beharre ich. »Ihr seid für mich da und ich für euch, schon vergessen? Alles wird gut.«
Obwohl ich mir dabei mehr als unsicher bin, werfe ich Naomi einen beschwichtigenden Blick zu. Der Zettel mit den Informationen befindet sich in ihrer Obhut, und weder das Gericht noch die Polizei dürfen ihn in die Finger bekommen. Wenn das Ganze tatsächlich mit der Elite in Verbindung stehen sollte, können wir auf keinen Fall die Polizei von New London einschalten. Sobald es um die Belange der Elite geht, sind diese Leute hochgradig bestechlich.

Draußen warten bereits die Wachen auf uns. Sie sind zwar allem Anschein nach wohlauf, aber das schlechte Gewissen plagt mich trotzdem. Gabriel sagt ihnen, dass er sich persönlich um die Situation kümmern werde, und befiehlt ihnen, auf ihrem Posten zu bleiben. Gemeinsam mit ihm verlassen wir das Gelände durch das nun offen stehende Haupttor. Die Sonne bewegt sich rot glühend auf den Horizont zu, und ich fühle mich müder als je zuvor.

»Wir nehmen die nächste Kutsche, die wir finden«, weist Gabriel mich an.

Ich verabschiede mich von meinen Freundinnen und gehe für einige Zeit schweigend hinter ihm her. Trotz der Temperaturen trägt er keinen Umhang. Seine schwarze Hose sitzt eng auf seinen Hüften und verleiht ihm eine untrügliche Eleganz. Dennoch wirkt er unsicher auf den Beinen. Sein Gang ist mechanisch, und er atmet außerdem schwerer, als er sollte. Ich schließe zu ihm auf und mustere ihn von der Seite. Jetzt, da er nicht länger in direktem Sonnenlicht steht, fällt mir seine ungewöhnliche Blässe auf.

»Du siehst ziemlich fertig aus«, merke ich an, obwohl ich sicher auch schon bessere Tage hatte. »Macht dir deine geliebte Politik zu schaffen?«

Sein verkniffenes Lächeln unterstreicht seine miese Laune. »Mir geht es blendend. *Du* bist das Einzige, das mir Kopfschmerzen bereitet.«

»Entschuldige. Unkooperativen Leuten gehe ich gern auf die Nerven.«

Sein Kiefer spannt sich an. »Weil du die Ungeduld in Person bist. Du hattest kein Recht dazu, die Archive zu betreten.«

»Tja, in dieser Stadt lernen Leute wie ich schon früh, dass sie sich selbst um ihre Rechte kümmern müssen.«

»Verdammt, Reva!«

Er stellt sich mir in den Weg und funkelt mich zornig an. »Du hättest da drin sterben können! Du hättest sterben *müssen.*«

Ich recke das Kinn, um seinem eindringlichen Blick zu begegnen. »Würde dir wohl so passen, hm?«

Gabriel stößt einen Seufzer aus und fährt sich mit der Hand

durch sein Haar, wobei er seltsam unbeholfen wirkt. »Der Baum ist ein uralter magischer Wächter. Er lässt niemanden unerlaubt passieren.«

Ich kneife die Augen zusammen. »Wovon redest du?«

Sein Atem ist noch flacher als eben. »Sind dir denn nicht die Statuen in der Halle aufgefallen? Die, die so realistisch aussehen?«

»Was –«, beginne ich, schweige jedoch, als es mir dämmert.

»Ja, das waren mal Hexen, die etwas Ähnliches im Sinn hatten wie du«, bestätigt er meinen Verdacht. »Sie dachten, weil sie Frühlingshexen sind, könnte ihre Affinität zu Pflanzen ihnen Zutritt verschaffen. Der Baum hat sie unwiderruflich in Stein verwandelt. Von Sommerhexen, die ihn angegriffen haben, blieb nur ein Haufen Asche übrig, und Winterhexen hat man schon erfroren auf dem Boden der Halle gefunden.«

Ein kalter Schauer jagt mir den Rücken hinab. Heißt das, wenn Naomi vorhin tatsächlich den Baum angegriffen hätte, wäre sie jetzt tot? Mir wird schlecht.

»Was hast du getan, damit er dich gewähren lässt?«, will Gabriel wissen. »Hast du einen Blutzauber genutzt?«

Ich reiße die Augen auf. »*Das* traust du mir zu? So etwas würde ich nie tun, das weißt du!«

Egal, wie sehr ich das Gesellschaftssystem der Hexen und seine Regeln verabscheue, gegen *diesen* Grundsatz würde ich nie verstoßen. Blutzauber sind finster. Wenn man seine Magie mit Blut nährt, werden Zauber mächtiger, aber auch gleichzeitig unberechenbar. Altes Blut wie das von Gabriel und mir ist dabei besonders gefährlich. Würden wir damit experimentieren, könnte uns nicht einmal unser Status schützen.

»Ich weiß nur, dass du die Archive betreten hast«, raunt er. »Also sag mir, was du getan hast.« In seinen Augen liegt ein fiebriger Glanz, und auf seiner Stirn schimmert ein hauchzarter Schweißfilm. Was ist los mit ihm? Frühlingshexen werden niemals krank, wie kann er also bei diesen Temperaturen dermaßen schwitzen?

»Ich wollte ihn mit einem Kältezauber dazu bringen, mich durchzulassen«, erkläre ich. »Aber er hat sich gewehrt. Bis er etwas in mir gefunden hat, das mich wohl würdig erscheinen ließ.«

Skepsis huscht über Gabriels feine Gesichtszüge. »Und was?«

»Eine Erinnerung.« Ich schlucke. »Von dir.«

Jetzt sieht er mich an, als suchte er nach etwas Verborgenem. Nach einer anderen Antwort als der, die ich ihm gegeben habe. Sein Blick gleitet zu meinen Lippen und verweilt dort einige Sekunden, bis er ihn wieder abwendet.

»Komm«, sagt er dann und dreht mir den Rücken zu.

Verwundert starre ich ihm hinterher. Was soll das denn? Ist ihm das Ganze plötzlich egal?

Ich folge ihm, doch er spricht das Thema nicht noch einmal an. Eine Straße weiter finden wir schließlich eine Kutsche. Gabriel öffnet die Tür und betrachtet mich abwartend.

»Angst, dass ich abhaue?«, frage ich.

»Du tendierst dazu.«

»Und du tendierst dazu, mir eintausend Gründe dafür zu geben«, kontere ich.

Mit erhobenem Kopf steige ich in die Kutsche und lasse mich auf der linken Seite nieder. Gabriel nimmt gegenüber von mir Platz. Er tippt den Kristall unter dem Fenster an, der sich durch seine Magie grün verfärbt. Daraufhin schlägt die Tür zu, und die Kutsche rollt los.

Auf so engem Raum kann ich seinen Duft wahrnehmen. Es ist immer noch der gleiche wie damals, eine Mischung aus edlen Hölzern und einer frischen Zitrusnote. Der Geruch von roher, geheimnisvoller Natur. Er erinnert mich an die Geborgenheit seiner Umarmung. Damals habe ich mich so gut und sicher in Gabriels Nähe gefühlt, doch jetzt tut der Gedanke an unsere Freundschaft einfach nur weh. Ich weiß nicht, wann das alles kaputtgegangen ist. War es wirklich nur dieser eine verhängnisvolle Moment im

See, oder hat es schon angefangen, als ich zum ersten Mal diese verwirrenden verbotenen Gefühle bemerkt habe?

»Du schuldest mir eine Antwort«, sagt er und reißt mich aus meinen Gedanken. »Wonach hast du in den Archiven gesucht?«

Ich schaue demonstrativ nach draußen und beobachte die goldenen Blätter der Bäume am Wegesrand, die sich sanft im Wind wiegen. »Nach Informationen.«

»Tatsächlich?« Seine Stimme trieft vor Spott. »Wenn du mir jetzt noch verrätst, welcher Art diese ominösen Informationen sind, wäre ich dir sehr verbunden.«

»Auf eine Verbundenheit mit dir kann ich verzichten.« Eine Weile lasse ich die Antwort in der Luft hängen. »Aber wenn du es unbedingt wissen musst: Ich habe nach Informationen über bestimmte Personen gesucht.«

»Ah, verstehe. Was habe ich doch für ein Glück, dass du mir immer so präzise Antworten gibst.«

Meine Mundwinkel zucken, bevor ich sie davon abhalten kann. Verdammt, er sollte mich nicht zum Lachen bringen, immerhin will er mich beim Hohen Gericht anzeigen! Trotzdem ist es so schrecklich leicht, sich in dieser seltsamen Vertrautheit zwischen uns zu verlieren. Vielleicht hat er recht, und manche Dinge ändern sich nie.

»Mehr werde ich dir nicht verraten«, erwidere ich. »Es muss dir reichen, zu wissen, dass ich da drin keine verbotenen Zauber oder Rituale recherchiert habe.«

»Muss es das?«, wiederholt Gabriel zynisch. »Du warst eine Ewigkeit nicht in der Stadt. Wieso solltest du jetzt wieder hier auftauchen, nur um etwas über jemanden herauszufinden?«

Weil es meine Arbeit ist, denke ich zornig. Aber das geht ihn wohl kaum etwas an.

Ich wende mich vom Fenster ab und begegne seinem Blick. »In den letzten Jahren war ich durchaus in der Stadt. Ich hatte bloß kein Interesse daran, *dich* zu treffen.«

Ein alberner Teil von mir will seine Reaktion auf diese Worte sehen. Will wissen, ob sie ihm etwas ausmachen. Doch da ist nur eine Mauer aus Gleichgültigkeit auf seinem abgekämpften Gesicht. Warum macht mich das so wütend? Wieso verspüre ich permanent den Drang, ihn zu reizen?

»Du könntest mir auch vertrauen, wenn ich dir sage, dass ich da drin nichts Verbotenes getan habe«, werfe ich ihm vor und hasse, wie verbittert ich dabei klinge.

Seine Augen weiten sich. »Dir vertrauen? Wie könnte ich, nachdem du ohne ein einziges Wort verschwunden bist? Wegen der Sache auf der Feier hast du dich ganze vier Jahre geweigert, auch nur ein Wort mit mir zu reden!«

Er klingt verletzt.

Ungläubig starre ich ihn an. »Denkst du ernsthaft, ich bin nur wegen *dir* gegangen?«

Dieses Mal spricht sein Blick eine deutliche Sprache. Er räuspert sich und betrachtet frustriert seine Hände, die in seinem Schoß ruhen. Eine Schweißperle rinnt ihm die Schläfe hinab. Irgendetwas ist mit ihm. Das Ganze scheint ihn mehr aufzuregen, als er mir zeigen will.

»Wegen dieser Sache hätte ich nicht mein ganzes Leben zurückgelassen«, mache ich ihm klar.

»Warum bist du dann weggelaufen und hast dein Erbe abgelehnt? Ich habe versucht, mit dir zu reden, aber du wolltest mich nicht sehen.«

Schweigend denke ich an all die Male, als meine Schwester ihn weggeschickt hat. An die ungeöffneten Briefe und die blauen Rosen, die einsam vor der Haustür lagen. Diese seltenen Blumen, die ich immerzu in seinem Garten bewundert habe. Damit wollte er mich sicher an unsere Freundschaft erinnern. Für mich waren sie jedoch nur ein weiterer Stich ins Herz, weil ich so viel mehr als Freundschaft wollte und dachte, ihm würde es genauso gehen.

»Im Rat hätten wir gemeinsam Gutes für diese Stadt bewirken

können«, meint er mit rauer Stimme. »Einen Wandel für alle, so wie wir es immer geplant haben.«

Wir.

Er sagt das mit solch einer Leichtigkeit, so als würden wir noch immer dieselben Dinge wollen.

Ein Kloß bildet sich in meinem Hals. »Das waren naive Träumereien, Gabriel. Ich habe lange genug unter der Ungerechtigkeit unseres Systems gelitten, um zu wissen, dass sich die Leute an diesem Ort nie ändern werden. Du hast die Schmiererei, die gegen deine Politik wettert, doch gesehen! Manchmal ist es besser, Dingen, die einem nur wehtun, den Rücken zu kehren, statt vergeblich auf Besserung zu hoffen. *Deshalb* bin ich gegangen. Weil ich das alles nicht länger wollte. Man kann nur ein bestimmtes Maß an Demütigung ertragen, bis es zu viel wird.«

Lange Zeit habe ich geglaubt, es wäre mein Schicksal, unter dem Makel meiner Geburt zu leiden. So viele Personen haben mir das Gefühl gegeben, ich wäre weniger wert, weil ich das Pech hatte, zur falschen Tageszeit geboren zu sein. Sie haben mich für etwas bestraft, das ich nicht ändern konnte. Aber ich habe begriffen, dass ich nicht verpflichtet bin, diese Gemeinheiten für immer zu ertragen.

Gabriel presst die bleichen Lippen aufeinander. »Vielleicht hättest du das gleiche Vertrauen in mich haben sollen, das du jetzt von mir erwartest.«

Er macht sich nicht die Mühe, den gekränkten Unterton in seiner Stimme zu verbergen. Seine Worte schmerzen in einem Teil meiner Seele, den ich vergessen wollte. Den, der zu dem kleinen Mädchen gehört, das von einem gerechteren New London fantasiert hat, bis es aus diesem törichten Traum erwacht ist. Gabriel war dagegen schon immer ein Idealist, aber so, wie er sich die Dinge vorstellt, laufen sie nun mal selten. In der Fantasie scheint vieles so leicht. Wären da nicht all die Leute, die es unmöglich machen, eine bessere Welt für alle zu schaffen, weil sie das Beste nur für sich selbst wollen. Als wäre es weniger wert, wenn man es teilt.

»Ich bin eben erwachsen geworden«, antworte ich und schlucke die Tränen herunter. »Leute wie du können sich ihren Optimismus leisten. Du musstest nie lernen, was es bedeutet, weniger wert zu sein als die anderen.«

»Weniger wert?«, wiederholt er atemlos. »Du –«

»Hör auf. Sprich mir nicht ab, wie ich die Behandlung durch die Mondgeborenen erlebt habe. Inklusive der meiner eigenen Mutter. Du hast keine Ahnung, wie das für mich war. Die verurteilenden Blicke. Die verletzenden Worte. *Lichterfee. Sonnenschlampe. Falschgeburt.* Jeden verdammten Tag.«

Die Tränen kommen mit Macht zurück, genau wie die Erinnerungen. Es hat so wehgetan. Wie kann er mir verübeln, dass ich es hinter mir lassen wollte?

Gabriel öffnet den Mund, um etwas zu erwidern, aber es kommen keine Worte heraus. Stattdessen starrt er mit weit aufgerissenen Augen auf den Kristall unter dem Fenster. Seine Brust hebt und senkt sich hektisch.

»Was ist los?«, frage ich ernst.

Er wirft sich mit einer seltsamen Bewegung gegen die Wand der Kutsche. Dabei scheint er den Kristall berühren zu wollen, doch er verfehlt ihn und sackt in sich zusammen. Die grüne Farbe verschwindet aus dem Inneren des Artefakts. Kurz darauf bleibt die Kutsche stehen, was nur eins bedeuten kann. Er hat keinen Zugriff mehr auf seine Magie.

»Gift«, ächzt er. »Jemand hat mich vergiftet.«

KAPITEL 9

Mein Puls beschleunigt sich. Alles, was ich vorher gefühlt habe – Wut, Enttäuschung, Schmerz –, tritt in den Hintergrund. Da ist nur noch Gabriel, der wie ein Häufchen Elend auf seinem Platz kauert.

»Aber das kann nicht sein«, entfährt es mir. »Du bist ein Frühlingshexer. Du bist immun gegen Gifte.«

»Gegen die *meisten*.« Er stöhnt. »Es gibt Gifte, die mich trotzdem umbringen können. Sie brauchen nur länger, bis sie ihre Wirkung entfalten.«

Sofort springe ich auf und setze mich neben ihn auf die Kante der Polsterbank. Er lehnt kraftlos an der Innenwand der Kutsche. Ich lege meine Hand an seinen verschwitzten Hals und spüre seinen Puls unter meinen Fingern rasen.

»Meine Arme und Beine sind gelähmt«, keucht er. »Das ist wahrscheinlich … Rabenwurzelextrakt. Wenn ich kein Gegengift zu mir nehme, wird es sich bald in weitere Muskeln ausbreiten. Meine Atmung wird versagen. Mein Herz. Und dann …«

Seine grünen Augen schimmern wie unter dem Einfluss einer bewusstseinserweiternden Substanz. Er wirkt gefasst, doch seine Unterlippe bebt.

»Wie bald?«, will ich wissen.

»Sehr bald. Eine Frage von … Minuten.«

Minuten?

Verdammter Mist.

»Ich habe ein Gegenmittel«, murmelt er verwaschen, als ließe ihn seine Zunge bereits im Stich. »In meinem Arbeitszimmer. Dort lagere ich welche für alle Gifte, die … mir schaden können.«

»Was? Wieso solltest du …? Ach, scheiß drauf.«

Ich presse meine Hand auf den Kristall und leite meine Magie in ihn, während ich mir die Bernsteinvilla in Erinnerung rufe. Ihren wilden, verwunschenen Garten mit den blauen Rosen und den mächtigen Weiden, der so voller Leben ist. Die Kutsche rollt weiter.

»Wie sieht das Gegengift aus?«, frage ich ruhig, obwohl ich am ganzen Körper zittere. Durch meine Arbeit habe ich bereits einige Tote gesehen, zuletzt sogar ziemlich entstellte. Aber noch nie habe ich erlebt, wie jemand stirbt. Ich dachte immer, in solchen Situationen würde man einfach funktionieren, weil das Adrenalin einen antreibt. Jetzt gerade donnert mein Herz jedoch so heftig gegen meine Brust, dass ich Angst habe, gleich selbst umzukippen.

»Es ist ein verkorktes Glasgefäß mit … türkisblauer Flüssigkeit«, nuschelt Gabriel.

Ich beiße mir fest auf die Zunge und treibe meinen bleiernen Körper an, damit er aufsteht. Dann hebe ich Gabriels Beine hoch, um sie auf der Bank abzulegen.

»Wo genau finde ich es?«, hake ich nach.

»Im Schrank unter dem Fenster. Du brauchst … einen Schlüssel.«

»Und wo liegt der?«

»Unter dem Baum im Zentrum. Das Kästchen ist … vergraben.«

»Ist das dein verdammter Ernst?«

Ich bin kurz davor durchzudrehen. Passiert das gerade wirklich?

»Reva.«

Mein Blick fällt auf seine erschöpfte Miene. Der ergebene Ausdruck in seinen Augen jagt mir eine Riesenangst ein.

So sieht jemand aus, der sich mit seinem Tod abgefunden hat.

Ich knie mich unmittelbar neben ihn auf den Boden der Kutsche und lege meine Hand auf seine. Sie ist fiebrig heiß.

»Lass diesen Tonfall sein«, ermahne ich ihn. »Du bist zwar ein pedantischer Regelfanatiker und kannst manchmal ein echter Mistkerl sein, aber noch bist du nicht tot, okay? Und ich werde dafür sorgen, dass das auch so bleibt. Immerhin hält mir sonst niemand mehr vor, wie unverschämt kriminell ich bin.«

Seine Mundwinkel zucken.

Ich rufe meine Magie und fühle mit ihrer Hilfe nach Gabriels Blutfluss. So gut ich kann, verlangsame ich ihn, um das Gift an seiner Ausbreitung zu hindern. Er stöhnt auf.

»Ganz ruhig«, murmele ich. »Du wirst nicht in dieser Kutsche sterben. Das ist viel zu unwürdig für einen aalglatten Politiker wie dich.«

Er schließt erschöpft die Augen. »Mit dir ist sogar das Sterben anstrengend.«

»Hörst du mir überhaupt zu? Du wirst überleben.«

»Das weißt du nicht.«

»Wenn dich jemand erfolgreich vergiftet, bin das immer noch ich. Also reiß dich zusammen, und kämpf dagegen an, sonst bin ich ziemlich beleidigt.«

Das zynische Lächeln kehrt auf seine Lippen zurück. »Du bist unerträglich.«

»Unsere eine große Gemeinsamkeit, hm?«

Er öffnet die Augen und starrt mich an. Ich halte weiterhin seine Hand, habe meine zittrigen Finger unbewusst mit seinen verschränkt, als müsste ich mich an ihm festhalten. Vielleicht muss ich das ja wirklich. Vielleicht falle ich ins Bodenlose, wenn ich es nicht tue.

Einen ewig währenden Moment verharren wir auf diese Weise, weil keiner von uns mehr in der Lage scheint, zu sprechen. Meine Gedanken rasen. Wer würde Gabriel vergiften? Mag sein, dass einige Bürger unzufrieden mit seiner Politik sind, aber von denen hätte keiner die Gelegenheit, einen Anschlag auf ihn zu verüben. Oder etwa doch?

Als die Kutsche endlich langsamer wird, entziehe ich ihm meine Hand und springe auf.

»Bin gleich wieder da«, verspreche ich. »In meiner Abwesenheit erteile ich dir Sterbeverbot, verstanden?«

Gabriel macht ein Geräusch, das wie Lachen und Stöhnen in einem klingt. »Dann solltest du hoffen, dass ich … deine Anweisungen besser befolge als du meine.«

Ich verdrehe die Augen. »*Diese* Hoffnung wirst du niemals enttäuschen.«

Sobald die Kutsche stehen geblieben ist und die Tür aufspringt, haste ich nach draußen und renne den Weg entlang, der mich zur Villa führt. Dieses Mal bleibt mir keine Zeit, um ihre goldene Schönheit zu bewundern.

So fest ich kann, hämmere ich den Klopfer gegen die Haupteingangstür und warte. Wie getrieben wippe ich mit meinen Füßen auf und ab. Unglücklicherweise tut sich nichts. Wahrscheinlich schlafen gerade alle, aber irgendwer *muss* mich hören. Das Personal. Grace und Charlie, die mal wieder das Haus unsicher machen.

»Kommt schon«, murmele ich.

Nichts.

Das darf doch nicht wahr sein!

Geradezu besessen schlage ich den Klopfer gegen das Holz, immer und immer wieder, als würde nicht nur Gabriels Leben davon abhängen, sondern auch mein eigenes. Doch egal, wie laut und oft ich klopfe, niemand öffnet mir.

Mist, Mist, Mist.

Ich drehe mich um meine eigene Achse, fühle mich verloren und schrecklich hilflos. Gabriel stirbt, wenn ich mich nicht beeile. Ich muss da rein. Egal, wie.

Die Sekunden verstreichen gleichzeitig quälend langsam und viel zu schnell. Keiner öffnet die Tür. Ich stöhne auf und laufe daraufhin zielstrebig um das Haus herum. Der Einbruch in die Archive war eigentlich schon ein Verbrechen zu viel, aber wenn mich niemand reinlässt, muss ich mir eben auf anderem Weg Zutritt zur Bernsteinvilla verschaffen. Selbst ist die Frau, schätze ich. Wahrscheinlich ist mit diesem Spruch eher selten Hausfriedensbruch gemeint, aber extreme Situationen erfordern extreme Maßnahmen.

Ich eile an der Westseite entlang, in der Hoffnung, doch noch jemanden vom Personal zu entdecken, aber in dem weitläufigen Gartenbereich, den ich von hier überblicken kann, bin ich die einzige Person weit und breit. Typisch. Immer, wenn man die Leute mal braucht, machen sie sich rar.

Gabriels Arbeitszimmer befindet sich im ersten Stock, in der Nähe einer großen Weide, die vor dem Fenster steht. Ich gehe zu dem Baum und starre frustriert zu dem durch Sprossen geteilten Glas hinauf. Wäre ich eine Frühlingshexe, könnte ich den Baum dazu bringen, mich mit seinen Ästen hochzuheben. Stattdessen muss ich das auf meine Art regeln.

Ich gehe zum nächstbesten Fenster und lege beide Hände auf die Scheibe. Im rot glühenden Sonnenlicht fühle ich mich trotz meiner Müdigkeit stark, spüre die Wintermagie überdeutlich in meinem Blut und leite sie in das kühle Glas, bis die gesamte Fläche von Frost überzogen ist. Ich friere die Scheibe so stark ein, dass sie unter dem Eis instabil wird. Dann positioniere ich mich, wende mein Gesicht ab und trete das fragile Glas ein. Es zerbirst klirrend. Sofort arbeite ich mich weiter voran, wobei ich alle Rückstände im Fensterrahmen entferne.

Hastig steige ich über die knirschenden Scherben und klettere durch das entstandene Loch ins Musikzimmer, wo Gabriel früher stundenlang am weiß lackierten Flügel gesessen und gespielt hat.

Durch die Tür auf der linken Seite gelange ich in einen lang gezogenen, verlassenen Korridor, an dessen Ende eine Treppe ins Obergeschoss führt. Es ist seltsam, wieder hier zu sein. An den mit Blumen dekorierten Fensterbänken vorbeizuhasten, die ich unzählige Male bewundert habe. Unter den Wurzeln hindurchzulaufen, die zu den Bäumen aus dem oberen Stockwerk gehören. Außerdem könnte der Anlass ein besserer sein.

Auf dem Weg zu Gabriels Arbeitszimmer begegne ich zum Glück niemandem. Als ich endlich dort ankomme, schließe ich die Tür hinter mir. Ein erdiger, grüner Duft schlägt mir entgegen, der zweifellos von den zahlreichen Pflanzen stammt, die in Tontöpfen um das große Pult beim Fenster aufgestellt wurden. Die beeindruckendste Pflanze ist jedoch der Baum in der Zimmermitte, dessen Blätter im Licht aussehen, als hätte eine Märchengestalt sie mit Gold gesponnen. Zarte weiße Blüten sprießen an den elfenbeinfarbenen Ästen, die farblich zu den randvollen Bücherregalen an der Ostseite des Raumes passen. In einer handbemalten Vase auf dem imposanten Schreibtisch steckt eine einzelne blaue Winterrose. Hier erinnert mich alles so sehr an Gabriel, dass es wehtut. Allein der Gedanke daran, dass er nie wieder hinter seinem Tisch sitzen wird, wenn ich scheitere, lässt mein Herz noch mehr rasen.

Ich marschiere zum Baumstamm und überprüfe die Erde des Beetes, in dem er wächst, auf weiche Stellen. Es dauert nur wenige Sekunden, bis ich fündig werde. Hektisch grabe ich die kleine Schatulle aus, in der sich der Schlüssel befindet, und eile damit zum Schrank.

Das Innere ist voll mit Glasfläschchen, deren Inhalte die unterschiedlichsten Farben haben. Da drin befindet sich ein verdammter Regenbogen an Gegengiften. Ich habe keinen blassen Schimmer, warum Gabriel einen Lebensvorrat von denen aufbewahrt, aber ich halte Ausschau nach einem Behälter mit türkisblauer Flüssigkeit. Zu meinem Leidwesen gibt es gleich mehrere davon, die jedoch unbeschriftet sind. Insgesamt drei Stück. Weil ich keine Möglichkeit habe, herauszufinden, welches davon das richtige ist, schnappe ich mir alle drei und verstaue sie in den Taschen meines Umhangs.

Ein Räuspern hinter mir lässt mich zusammenfahren. Als ich mich zur Tür umdrehe, steht Lydia im Raum. Großartig, die hat mir gerade noch gefehlt.

»Was hast du hier zu suchen?«, fragt sie.

Sofort schießen mir alle möglichen Ausreden durch den Kopf, von Es-ist-nicht-so-wie-es-aussieht bis zu Du-schlafwandelst-einfach-nur. Am besten bleibe ich bei der Wahrheit.

»Es hat niemand aufgemacht, also …«

»… dachtest du dir, du brichst hier ein?«, fällt sie mir ins Wort.

Sie macht eine schnelle Handbewegung, woraufhin sich die Äste des Baumes von hinten um meine Oberarme schlingen. Mit bemerkenswerter Kraft heben sie mich hoch, wobei zwei der Glasphiolen aus meinen Taschen rutschen und klirrend auf dem Marmorboden zerplatzen.

Mist, die Gegengifte!

»Was soll das?«, rufe ich schrill.

Lydia schließt die offene Hand zur Faust, wodurch sich die Wurzeln noch tiefer in meine Arme drücken und den Stoff meines Umhangs aufreißen. »Sieh mal einer an. Allem Anschein nach bist du auch noch eine dreckige Diebin. Es wird Gabriel sicher interessieren, dass du in seinen Sachen herumgeschnüffelt hast.«

»Gabriel wurde vergiftet und braucht dringend ein Gegenmittel! Also lass mich gefälligst runter, damit ich es ihm bringen kann!«

Für den Bruchteil einer Sekunde wirkt Lydia überrascht, doch dann erscheint ein zynisches Lächeln in ihrem Gesicht. Kurz darauf spüre ich einen weiteren rauen Ast in meinem Nacken.

»Gabriel ist ein Frühlingshexer. Selbst wenn jemand es geschafft hätte, ihn zu vergiften, hätte er genug Zeit, um sich selbst zu retten. Dafür würde er eine Lügnerin wie dich nicht brauchen.«

Ein pelziges Kribbeln breitet sich in meinen Händen aus. »Als er es bemerkt hat, war er nicht in der Nähe seiner Gegengifte. Warum sonst sollte ich ausgerechnet hierherkommen und danach suchen? Ich meine es ernst, Lydia!«

Meine Worte scheinen sie nicht im Geringsten zu beeindrucken. »Vielleicht wolltest du sie ja heimlich stehlen, weil *du* es auf ihn abgesehen hast. Um zu verhindern, dass er einen Anschlag überlebt.«

»Was?«, frage ich fassungslos. »Warum sollte ich das tun?«

Sie zuckt mit den Achseln. »Du wärest nicht die Erste, die ihm oder dem Rest der Familie schaden will. Ich habe mich schon die ganze Zeit gefragt, wieso du wieder in New London aufgetaucht bist.«

Verdammt, das läuft in eine ganz falsche Richtung. Wie kommt sie auf diese Ideen?

»Er ist unten in der Kutsche, die vor dem Haus steht!«, rufe ich hektisch. »Geh, und schau nach, dann wirst du sehen, dass ich die Wahrheit sage!«

Sie schüttelt den Kopf. »Netter Versuch. Ich lasse nicht zu, dass du dich aus dem Staub machst, nachdem du bei uns eingebrochen bist.« Durch eine weitere Handbewegung von ihr schlingt sich der Ast in meinem Nacken wie ein Seil um meinen Hals. Mir entfährt ein tonloses Keuchen. Er liegt so eng um meine Kehle, dass ich nicht mehr richtig atmen, geschweige denn sprechen kann.

»Ich werde Gabriel selbst hiervon erzählen, sobald er wach ist«, meint Lydia. »Sonst nimmt er euch Sonnengeborene immer in Schutz, aber bei dir wird er sicher eine Ausnahme machen. Eine Bestrafung für dein unangebrachtes Verhalten ist schon lange überfällig.«

Ich winde mich im Klammergriff des Baumes, habe jedoch keine Chance. Lydia sollte diese verfluchte Feier endlich vergessen. Das ist gerade der falsche Zeitpunkt, um nachtragend zu sein!

Bei dem Versuch, etwas zu sagen, bekomme ich kein Wort

heraus. Meine Lungen drücken sich verzweifelt gegen meinen Brustkorb und lechzen nach Sauerstoff. Das Blut rauscht in meinen Ohren. Mein Kopf ist ganz heiß. Was auch immer Lydia da macht, ist kein Bluff. Sie wird mir so lange die Luft abschnüren, bis ich ohnmächtig werde. Wer weiß, was sie dann tut. Ob sie nach Gabriel sucht, wenn sie feststellt, dass er nicht in seinem Bett ist? Darauf darf ich es nicht ankommen lassen.

In meinen Gliedern steckt eine bleierne Müdigkeit, und eigentlich habe ich keine Kraft mehr übrig. Die Strapazen in den Archiven haben ihre Spuren hinterlassen. Aber draußen scheint noch immer die Sonne, also muss ich es versuchen.

Ich kratze den letzten Rest meiner Magie zusammen und lasse das Blut in Lydias Adern kälter werden.

»Hör auf damit!«, ruft sie.

Obwohl sie sich weiter darauf konzentriert, mich zu würgen, sind die Äste des Baumes kurz zusammengezuckt. Das bedeutet, mein Zauber beeinträchtigt sie.

Ich lasse alles raus, was ich noch in mir habe. Nähre die Kälte mit der Wut, die sich über die Jahre hinweg in mir angestaut hat. Lydia hat mich schon immer gehasst. Hat mich als unwürdig erachtet, als nutzlose *Lichterfee*, die dem Ansehen der Elite schadet. Jede Beleidigung und jeden Blick habe ich heruntergeschluckt, habe brav den Mund gehalten und es weggelächelt. Jetzt werde ich sie spüren lassen, was es bedeutet, minderwertig zu sein.

Sie beginnt, unkontrolliert zu zittern. Der Ast um meinen Hals lockert sich, sodass ich endlich wieder etwas Luft bekomme. Mein Körper schmerzt, meine Magie ist beinahe taub, aber ich reiße die Wintermagie weiter aus mir heraus. Ich will, dass Lydia jedes Gefühl in ihren Gliedern verliert, bis sie nur noch ihre eigene Machtlosigkeit spürt.

Die Kälte frisst sich erbarmungslos durch ihre Adern. Sie geht bebend in die Knie, woraufhin die Äste mich freigeben. Es gelingt mir, den Sturz abzufangen und mich weiter darauf zu konzentrieren, die magische Verbindung zu Lydia zu halten. Noch bin ich nicht mit ihr fertig.

Ich gehe zu ihr. Sie sieht auf, starrt mich feindselig an. Ihre Glieder müssen so kalt sein, dass sie sich nicht länger rühren kann. Ihre Lippen sind bläulich verfärbt. Ich sollte es gut sein lassen, aber ich denke an ihre Unterstellungen und spüre meine blutenden Wunden, wo die Äste den Stoff meines Umhangs zerrissen und sich in meine Haut gegraben haben.

»Du hast wohl vergessen, was ich bin«, sage ich und zeige ihr demonstrativ das Sonnenzeichen auf meinem Handgelenk. »Ziemlich ironisch, wenn man bedenkt, dass du es *mich* nie hast vergessen lassen.«

Als sie den Mund öffnet, zittert ihre Unterlippe. »Gabriel wird hiervon erfahren.«

Ich drücke die Fingernägel in meine Handflächen. »Dafür sorge ich selbst, falls es noch nicht zu spät ist. Bete, dass du mit deinem sinnlosen Hass nicht dazu beigetragen hast.«

Noch einmal verstärke ich die Kälte in ihr, bevor ich aus Gabriels Büro verschwinde und nach draußen eile.

KAPITEL 10

Als ich zur Kutsche zurückkehre, ist mir so schwindelig, dass ich das Gefühl habe, gleich ohnmächtig zu werden. Doch sobald ich Gabriel erblicke, der leichenblass in der Kutsche liegt, treibt das Adrenalin mich von Neuem an.

»Gabriel!«, rufe ich.

Seine Augen sind geschlossen.

»Gabe.«

Keine Reaktion.

Nein, nein, nein. Ich darf nicht zu spät sein.

Hektisch setze ich mich neben ihn auf die Kante der Lederpolsterung und lege meine Finger an seinen Hals. Sein Puls ist vorhanden, aber schrecklich schwach. Er lebt. Nur wie lange noch, falls es sich bei dem Gegengift in meiner Tasche um das falsche handelt? Was, wenn er stirbt?

Trotz meiner panischen Gedanken nehme ich das Gefäß und entkorke es. Sobald ich es an Gabriels Lippen halte, stöhnt er auf, ohne die Augen zu öffnen.

»Trink das«, weise ich ihn an.

Er scheint außerstande, seinen Körper zu bewegen, aber ich lege ihm den Kopf in den Nacken und schütte die Flüssigkeit dennoch in seinen Mund. Die Schluckbewegung an seinem Hals lässt mich aufatmen. Zumindest für einen Moment.

Es muss funktionieren.

Ich beobachte ihn, während mein Herz unaufhaltsam in meiner Brust rast. Was, wenn es das falsche Gegengift war? Noch vor Kurzem war ich absolut bereit, Gabriel nie wiederzusehen, doch dabei hatte ich etwas anderes im Kopf als seinen Tod. Er verdient ihn nicht, ganz egal, wie das zwischen uns gelaufen ist. Dafür hat er ein zu gutes Herz. Er ist einer der wenigen Mondgeborenen, die sich je für Leute wie mich interessiert haben und nicht wegschauen, wenn sie Ungerechtigkeit sehen.

»Komm schon, Silverstein.«

Wieso rührt er sich denn nicht? Warum ist er immer noch so aschfahl?

Ich hätte ihn zu einem anderen Frühlingshexer bringen müssen. Zu irgendwem, der sich mit solchen Dingen auskennt. Was, wenn es das richtige Gegengift war, er aber das falsche Gift vermutet hat?

»Bitte«, flüstere ich und lege meine Hand auf seine Brust. »Bleib am Leben.«

Meine Augen brennen. Unter meinen Fingern pocht sein Herz quälend langsam. Die Anspannung zerreißt mich fast. Was soll ich nur tun? Er stirbt, und das ist allein meine Schuld, weil ich in die Archive eingebrochen bin und er deshalb dorthin kommen musste. Ohne mich hätte er das Gegenmittel rechtzeitig geschluckt. Ich trage die Verantwortung für diese Situation.

In meinem Hals bildet sich ein Kloß. »Du kannst nicht sterben, hörst du? Dafür, dass du halb tot bist, siehst du noch viel zu gut aus. Überhaupt nicht wie eine Leiche. Glaub mir, ich weiß, wovon ich spreche.«

Verdammt, warum sage ich so was überhaupt? Ich weiß nicht mehr, was ich denken soll. Was ich tun soll, wenn er in dieser Kutsche stirbt.

Die Tränen laufen mir aus den Augenwinkeln, ohne dass ich darauf vorbereitet bin. Es fühlt sich nicht einmal wie echtes Weinen an. Sie fließen einfach nur meine Wangen hinab, als würde mein Körper etwas fühlen, gegen das sich meine Seele noch wehrt.

Eine kalte Hand legt sich auf meine. Die Berührung ist zaghaft und schwach, aber sie verschafft mir das stärkste Gefühl, das ich seit Langem empfunden habe – grenzenlose Erleichterung.

»Du weinst ja.«

Gabriel sieht mich an. Erst jetzt wird mir klar, wie dicht ich mich über ihn gebeugt habe. So dicht, dass ich seinen warmen Atem auf meinem Gesicht spüre. Er hebt den Arm und legt die andere Hand sanft an meine Wange, um die Tränen dort wegzuwischen.

»Ich weine nicht«, stelle ich klar.

Ein schiefes Lächeln huscht über seine Lippen. »Dann muss es draußen wohl geregnet haben.«

»In Strömen.«

Sein Lächeln weitet sich auf seine Augen aus. Ich bin ihm dankbar, dass er nicht erwähnt, wie auffällig trocken der Rest von mir ist.

»Du findest also, ich sehe gut aus?«, will er wissen.

Mein Gesicht brennt vor Scham. »Habe ich nie gesagt.«

Er hebt die Augenbrauen. »Ach? Dann habe ich mir offenbar auch das eingebildet. Scheint, als hätte ich eine lebhafte Fantasie.«

»Du warst im Delirium. Da kann das schon mal passieren.«

Sein schelmisches Grinsen verrät, dass er meine Lüge keine Sekunde glaubt. Wenn er so lächelt, wirkt er viel jünger und strahlt eine Wärme aus, die das schützende Eis um mein Herz zum Schmelzen bringt. Ich hatte schon wieder vergessen, wie leicht er damit dieses aufregende Flattern in meinem Bauch erzeugen kann.

Zwischen seinen Brauen entsteht eine Falte. »Was ist mit deinem Hals passiert?«

Reflexartig muss ich schlucken, woraufhin sich ein dumpfer Schmerz in meiner Kehle ausbreitet. Den habe ich in den letzten Minuten komplett verdrängt.

»Du hast eine sehr nachtragende Verwandtschaft«, antworte ich.

»Was soll das heißen?«

»Na ja … *vielleicht* musste ich in euer Anwesen einbrechen, weil keiner aufgemacht hat, und *eventuell* hat deine Tante mich in deinem Arbeitszimmer erwischt. Leider wollte sie mir nicht glauben, dass ich dich retten will. Ich musste also *möglicherweise* Gewalt anwenden, damit sie aufhört, mich mithilfe eines Baumes bis zur Bewusstlosigkeit zu würgen. Das wird definitiv keine neue Vorliebe von mir.«

Gabriel sieht mich besorgt an. Er nimmt die Hand von meiner Wange und legt sie vorsichtig an meinen Hals.

»Darf ich?«, fragt er leise.

Ich sollte aufstehen und es ablehnen, weil die Nähe zwischen uns schon jetzt zu vertraut für mich ist. Stattdessen nicke ich.

Als er seine wiederhergestellte Magie nutzt, flutet ein warmes Kribbeln meinen Körper. Die Stelle an meinem Hals beginnt, auf angenehme Weise zu prickeln. Nur wenige Frühlingshexen sind so fähige Heiler wie Gabriel, und kaum einer ist so einfühlsam. Müsste er nicht sein Erbe fortführen, wäre er ein toller Arzt geworden.

Sobald er fertig ist, lässt er seinen Arm sinken, ohne mich dabei aus den Augen zu lassen. Seine andere Hand liegt noch immer auf meiner und hält sie fest, als hätte er Angst, mich gehen zu lassen. Ihm so tief in die Augen zu sehen, nimmt mich auf eine Art gefangen, die ich nicht erklären kann. Diese verdammten Augen, bei denen ich nie ganz sagen konnte, ob sie nur grün oder auch ein bisschen blau sind, und deren Blick so eindringlich ist, dass ich mich nackt unter ihm fühle.

Wir sind wie eingefroren in diesem Moment, bis Gabriel seine Hand von meiner nimmt und eine Haarsträhne hinter mein Ohr streicht. Die sanfte Berührung seiner Finger sendet Schockwellen durch meinen Körper. Dieses ganz bestimmte elektrisierende Gefühl, das nur er allein mir jemals geben konnte, ganz egal, wie oft ich mir gewünscht habe, es wäre anders. In den letzten Jahren habe ich einige Männer kennengelernt, bin mit manchen weiter gegangen als mit ihm, aber keiner von denen konnte mir dieses ekstatische Kribbeln verschaffen, das ich bei Gabriel spüre. Das mit ihm ist anders. Etwas in mir sehnt sich mit aller Macht nach ihm, und ich kann es nicht abstellen.

Sein Blick wandert von meinen Augen zu meinen Lippen und verweilt dort länger, als er sollte. Er hat aufgehört zu atmen.

Ich will ihn küssen.

Der Gedanke erschreckt mich, weil es ganz sicher nicht das ist, was ich jetzt fühlen sollte. Trotzdem stelle ich mir vor, wie es wäre, ihn noch auf andere Weise zu berühren. Würde er genauso hektisch atmen, wenn da kein Stoff mehr wäre, der unsere Körper trennt?

Okay, stopp.

Bevor ich das letzte bisschen Vernunft ignoriere, das mir noch geblieben ist, kehre ich auf meinen eigenen Platz zurück. Sofort ist der Zauber zwischen uns gebrochen.

»Tja …«, sage ich. »Jedenfalls bin ich froh, dass ich helfen konnte. Bitte versuch zukünftig nicht mehr, in meiner Anwesenheit zu sterben. Das ist nämlich ziemlich stressig, und ich werde äußerst ungern von deiner Tante gewürgt.«

Gabriel richtet sich auf, sodass er mir wieder gegenübersitzt. »Ich rede mit ihr.«

Gedankenverloren fasse ich mir an den Hals. »Sorg einfach dafür, dass sie von einer Anzeige wegen Körperverletzung absieht. Das würde mir reichen.«

Wieder umspielt ein kleines Lächeln seine Mundpartie. Mir wird warm unter seinem durchdringenden Blick.

»Schau mich nicht so an«, sage ich.

Er legt den Kopf schief. »Wie schaue ich dich denn an?«

Zu intensiv. Wie jemand, der mich küssen will. Den *ich* küssen will, bis wir uns gegenseitig die Kleider vom Leib reißen. Vielleicht fühle ich mich auch nur so, weil wir gerade einen Ich-kannnicht-fassen-dass-du-fast-gestorben-bist-Moment hatten. Vorher haben wir uns noch gestritten, es gibt also keine logische Erklärung dafür, wo diese anderen Gefühle herkommen. Absolut keine. Wahrscheinlich bin ich vom heutigen Tag so fertig, dass ich nicht mehr klar denken kann.

»Schon gut«, antworte ich. »Verrate mir lieber mal, wer dich vergiften würde.«

Gabriel seufzt. »Wenn ich das wüsste, wäre ich schon einen Schritt weiter. Durch den verzögerten Eintritt der Symptome könnte das überall geschehen sein.«

»Immerhin habe ich das richtige Gegengift zurückgebracht. Dank Lydia sind zwei von drei Gefäßen kaputtgegangen.«

»In allen war das gleiche Gegenmittel. Ich stelle meistens mehrere her, weil der Prozess so aufwendig ist.« Er lehnt sich mit dem Rücken gegen die Polsterung und starrt mich an. »Willst du mir jetzt sagen, wonach du in den Archiven gesucht hast?«

Obwohl mich die Frage kaum überraschen sollte, habe ich tatsächlich für einen Moment vergessen, warum wir eigentlich hier sind.

»Ich kann nicht«, murmele ich. »Bitte versteh das, Gabriel.«

Diese Kutsche ist viel zu klein für uns beide. Wenigstens spricht er mich nicht darauf an, was da gerade eben zwischen uns passiert ist, denn auch da könnte ich ihm keine gute Antwort geben. Aber vielleicht hat er das Ganze auch anders wahrgenommen als ich. Die Mauer, hinter der er seine Emotionen versteckt, ist so intakt wie eh und je.

Er legt seine Hand auf den Kristall, der sich grün verfärbt. Die Kutsche setzt sich erneut in Bewegung.

»Was machst du da?«, frage ich verwirrt.

Gabriel wendet sich von mir ab. »Verzeih mir, Reva. Aber ich muss wissen, was du in den Archiven gemacht hast. Wenn du es mir nicht erklären willst, habe ich keine andere Wahl, als dich zum Hohen Gericht zu bringen.«

Fassungslos starre ich ihn an. Das kann doch wohl nicht sein Ernst sein.

»Willst du mich verarschen?«, fahre ich ihn an. »Ich habe dir gerade das Leben gerettet, und du willst mich immer noch anzeigen?«

Ein reuevoller Ausdruck macht sich in seinem Gesicht breit. »Für das, was du getan hast, bin ich dir sehr dankbar. Mehr als das. Aber es ändert nichts an dem, was vorher passiert ist.«

Dieser elende Mistkerl.

KAPITEL 11

Gabriels Worte bringen mein Blut so sehr zum Kochen, dass ich doch noch einen letzten Rest Wintermagie darin finde. Unwillkürlich setze ich sie frei und kühle die Luft in der Kutsche auf Minusgrade herunter. Unser Atem wölkt sich vor uns, und auf seinen Unterarmen zeichnet sich eine Gänsehaut ab. Eigentlich sollte er zittern, aber das scheint er zu unterdrücken. Wie ich diese Selbstbeherrschung hasse. Sogar jetzt, nachdem er fast gestorben wäre, wirkt er über allem erhaben.

»Kommt jetzt der Teil, in dem du mit mir das Gleiche machst wie mit der Dekoration auf der Feier damals?«, fragt er.

»Jetzt kommt der Teil, in dem ich dir sage, wie undankbar es ist, auf einer Anzeige zu bestehen, obwohl ich dir das Leben gerettet habe!«

»Ich kann keine Ausnahme machen«, beharrt er und verschränkt die Arme vor der Brust. Der einzige Beweis dafür, dass er die Kälte durchaus spürt.

Meine Wut auf ihn wächst mit jedem neuen Wort, das ihm über die Lippen kommt. Parallel dazu fällt die Temperatur weiter. Die Erschöpfung von vorhin ist wie weggeblasen.

»Reva«, warnt Gabriel grimmig.

Ich lächele unschuldig. »Was denn? Bringt dich dein eisiges Herz zum Frieren?«

»Stell meine Geduld nicht auf die Probe.«

»Zeigst du mich sonst etwa beim Hohen Gericht an? Oh, ich vergaß, das hast du ja sowieso vor, weil du ein charakterloser Regelfanatiker bist.«

»Ah, endlich erfahre ich, was du *wirklich* von mir hältst«, sagt er mit bebender Unterlippe.

»Ich halte noch eine Menge mehr von dir, glaub mir.«

Er wird nicht nachgeben, das weiß ich genau. Den Hang zu ungesunder Sturheit haben wir nämlich gemeinsam. Stellt sich nur die Frage, was ich jetzt tun soll. Ich habe Jonathan versprochen, niemandem von den Morden zu erzählen. Von ihm habe ich jedoch auch gelernt, dass manche Situationen Planänderungen erfordern. Das Hohe Gericht darf unter keinen Umständen von alldem erfahren. Wenn ich die Wahl zwischen denen und Gabriel habe, muss ich mich für ihn entscheiden, auch wenn ich eigentlich keine weitere Person in die Sache hineinziehen wollte. Die Konsequenzen hat er sich selbst zuzuschreiben.

»Du legst es drauf an, oder?«, frage ich und lasse meine Magie versiegen. »Willst du wissen, warum ich hier bin? Warum ich dir freiwillig unter die Augen getreten bin und dich um Hilfe gebeten habe? Weil meine Arbeit es von mir verlangt. Ich bin zurückgekommen, weil in der Menschenwelt Hexen ermordet werden. Von jemandem, der höchstwahrscheinlich aus New London stammt. Ich brauchte Zugang zu den Archiven, um mehr über die Opfer herauszufinden, und ich konnte keinen Antrag stellen, weil dann jeder Bescheid gewusst hätte. Von dieser Sache darf absolut keiner erfahren. Weder die Polizei noch der Rat.«

Jetzt ist es also raus. Jonathan würde mir die Hölle heißmachen, wenn er wüsste, dass ich gleich in den ersten Tagen jemanden eingeweiht habe und bei meinen Nachforschungen erwischt wurde. Noch dazu ausgerechnet von einem Ratsmitglied.

Der strenge Zug verschwindet aus Gabriels Miene. »Warum hast du mir das nicht gleich gesagt?«

»Weil das Ganze unbedingt geheim bleiben muss. Leider hast du mir ja keine Wahl gelassen, und jetzt muss ich dich bitten, Stillschweigen darüber zu bewahren. In den Archiven habe ich herausgefunden, dass eines der Opfer zum Kent-Clan gehört hat. Falls die Herkunft bei den Morden eine Rolle spielt, haben wir es mit einer Verschwörung in den höchsten Kreisen von New London zu tun. Dann ist niemand mehr vertrauenswürdig, bis die verantwortliche Person gefunden ist.«

Noch haben wir keinen Schimmer, was hinter diesen Taten steckt. Kaum auszudenken, wenn der Mörder es wegen ihres adligen Blutes auf Josephine Hill abgesehen hatte. Wusste er, wer sie war?

Gabriel starrt mich lange an, fast so, als würde er mich nun mit anderen Augen sehen. »Du jagst einen Serienmörder? Allein?«

»Gemeinsam mit Naomi. Das gehört zu unserer Arbeit als Detektivinnen.«

Ich weiß nicht, warum ihn das so überrascht. Als würde er mir eine so gemeinnützige Arbeit nicht zutrauen, weil ich vor meinen Pflichten im Rat davongelaufen bin. Aber im Gegensatz zu meinem Erbe durfte ich mir diese Arbeit wenigstens aussuchen.

»Seit wann?«, fragt er. »Und wie viele Opfer?«

»Seit vier Monaten. Jeden Vollmond eine neue Leiche.«

»Bei Vollmond?«

»Ja. Es könnte eine Art Ritual im Spiel sein.«

Eine Weile beobachtet er mich schweigend, bevor er kommentarlos seine Hand auf den Kristall legt. Wenig später hält die Kutsche an.

Ich hebe eine Augenbraue. »Willst du mir das erklären?«

Er nimmt einen tiefen Atemzug, bevor er sich durch sein zerzaustes Haar fährt. »Um ehrlich zu sein, hatte ich nie vor, dich beim Hohen Gericht anzuzeigen. Ich wollte lediglich von dir wissen, warum du in die Archive eingebrochen bist, damit ich die Sache möglichst ohne offizielle Verurteilung regeln kann.«

Mir weicht gerade sicher sämtliche Farbe aus dem Gesicht. »Soll das ein schlechter Scherz sein?«

»Nein. Hast du dich denn überhaupt nicht gefragt, warum ich euch persönlich in den Archiven abgepasst habe? Normalerweise rufen die Wachen sofort die Polizei. Aber weil ich erwartet habe, dass du versuchen könntest, dir Zutritt zu verschaffen, habe ich im Vorfeld mit den Wachen gesprochen. Ich habe sie angewiesen, mich – und nur mich – zu alarmieren, wenn ihnen in nächster Zeit etwas Verdächtiges auffallen sollte. Hätte ich allerdings geahnt, dass du und deine Freundinnen euch solcher Zauber bedient, um die Wachen auszuschalten, wäre ich gleich vor Ort gewesen.«

Es fällt mir schwer, das Gesagte zu verarbeiten. Er hat die ganze Zeit über damit gerechnet?

Vielleicht kennst du mich ja schlechter, als du denkst.

Das habe ich ihm damals auf der Feier an den Kopf geworfen. Ich wünschte, es würde der Wahrheit entsprechen.

»Du hast mich manipuliert!«, werfe ich ihm vor. »Die Sache mit dem Gericht war für dich nur Mittel zum Zweck, um mich dazu zu bringen, dir alles zu sagen!«

»Das tut mir leid«, behauptet er. »Hätte ich es dir erzählt, hättest du die Antworten für dich behalten.«

»Natürlich hätte ich das!«

Er bleibt ernst. »Das konnte ich leider nicht zulassen. Die Archive beherbergen gefährliches Wissen, und ich bin dafür verantwortlich. Auch wenn ich nicht geglaubt habe, dass du dort nach verbotenen Zaubern suchst, musste ich mich absichern.«

Ich gebe mir Mühe, mich zu beruhigen. Er hat mich getäuscht. Gleichzeitig hat er mich irgendwie beschützt, obwohl ich ihm keinen guten Grund dafür geliefert habe. Ich war ihm gegenüber feindselig und vielleicht sogar ein bisschen ungerecht, schließlich weiß ich genau, wie wichtig ihm seine Aufgaben sind. Aber warum fühle ich mich dann trotzdem so hintergangen?

»Lass mich dir im Gegenzug eins meiner eigenen Geheimnisse anvertrauen«, sagt er, als könnte er die Enttäuschung in meinem Gesicht sehen. »Vor etwas weniger als vier Monaten habe ich nach einer Sitzung intensive Magenkrämpfe bekommen. Ich kenne mich mit Pflanzen und Giften aus, darum habe ich sofort an Letzteres gedacht. Glücklicherweise war ich auf so etwas vorbereitet, sonst wäre ich vermutlich schon tot. Vor zwei Monaten hat mir dann ein vermummter Mann im Vorbeigehen ein Messer in den Unterleib gerammt. Vergiftet. Weil ich mich heilen musste, konnte ich ihn nicht verfolgen. Das heute war der dritte Mordversuch.«

Zum Beweis hebt er sein Hemd an und offenbart eine längliche blassrosa Narbe, die sich über seinen trainierten Unterbauch zieht.

»Das ist dir zum *dritten* Mal passiert?«, frage ich entsetzt. »Ich meine … nicht, dass ich es nicht absolut verstehen würde, aber wer …?«

Sein süffisantes Lächeln ist wohl so was wie ein Mittelfinger-Ersatz. »Ich vermute, ein Gegner meiner Politik. Das könnte jeder sein. Aber ist es nicht merkwürdig, dass diese Anschläge auf mich genau zu der Zeit begonnen haben, als diese Morde in der Menschenwelt losgingen?«

Ich sehe ihn fragend an. »Du glaubst, das könnte zusammenhängen?«

»Möglich ist es, oder? Zumindest wurde ich vorher nie vergiftet. Und abgesehen von den Taten des Rippers habe ich auch noch nie etwas von einer Mordserie in der Menschenwelt mitbekommen, die Hexen betrifft.« Er lässt sein Hemd los. »Du hast gesagt, eines der Opfer hat zum Kent-Clan gehört. Vielleicht stammen auch die anderen aus der Oberschicht. Es könnte sich lohnen, mehr über sie herauszufinden.«

»Genau deshalb war ich doch in den Archiven«, antworte ich verständnislos.

Gabriel lehnt sich vor und stützt die Ellenbogen auf den Knien ab. »Dort wirst du aber kaum genauere Informationen finden.«

Ich denke über das nach, was wir gesehen haben. »In den Akten der vier Personen waren Passagen geschwärzt. Kommt so etwas öfter vor?«

Er schiebt seine Brauen zusammen. »Manchmal. Es ist allerdings ungewöhnlich, wenn du es bei allen gefunden hast.«

»Was könnte dort gestanden haben?«

»Das weiß ich nicht. Etwas scheint diese Leute zu verbinden. Wenn du jedoch einfach bei deren Familien aufkreuzt, werden sie dir kaum mehr über sie erzählen, ohne deine Gründe zu kennen. Das benötigt mehr Feingefühl – und den richtigen Anlass.«

»Den richtigen Anlass? Du meinst doch nicht etwa die Ballsaison, oder?«

Er zuckt mit den Schultern. »Nirgends kann man besser die Geheimnisse der Leute erfahren als bei den wichtigsten Feiern des Jahres.«

Ich fahre mir über mein Kinn. »Eigentlich habe ich mir geschworen, nie wieder Teil dieser Partys zu sein.«

»Wenn wir mehr über diese Sache herausfinden wollen, muss es wohl sein.«

»Wir?«, wiederhole ich ungläubig. »Das ist meine Aufgabe.«

Gabriel sieht mich ernst an. »Und mein Leben, das bedroht wird. Diese Dinge hängen eventuell zusammen, also habe ich ein berechtigtes Interesse daran, die Wahrheit aufzudecken. Deine Freundin Naomi wird bei diesen Feiern nicht anwesend sein können. Ich schon. Vergiss für einen Moment deinen Stolz, Reva. Hier geht es um mehr.«

Unglaublich, dass er das gerade gesagt hat. Er, der selbst so unfassbar stolz ist. Der mein Herz gebrochen hat. Natürlich fällt es ihm leicht, das auszublenden, schließlich bin ich es, die darunter gelitten hat.

Ich balle die Hände in meinem Schoß. Das Schlimme ist, dass er wahrscheinlich recht hat, und ich hasse es. Dadurch, dass ich so lange kein Teil der New Londoner Elite war, habe ich keine

Ahnung, ob überhaupt irgendwer mit mir reden, geschweige denn mir Informationen geben würde. Gabriel ist dagegen ein Ratsmitglied und kennt viele Leute. Zusammen könnten wir besser ermitteln, und er liegt ebenfalls richtig, wenn er sagt, dass Naomi mir bei solchen Anlässen kaum wird helfen können. Diese Partys sind die exklusivsten Feiern der Oberschicht. Cara ist auf manchen von denen als Sängerin zugegen, aber sie werde ich nicht noch einmal in Gefahr bringen. Wenn ich außerdem meine Geschwister schützen will, bleibt mir nur Gabriels Hilfe.

Mir entfährt ein Seufzer. »Also schön, kümmern wir uns gemeinsam darum. Aber du darfst kein Wort zu niemandem sagen, verstanden? Und sobald wir die Wahrheit kennen, werde ich in die Menschenwelt zurückkehren, und wir werden nie wieder ein Wort miteinander reden.«

Zwischen uns schweben eine Menge ungesagte Worte, aber keiner von uns scheint etwas an der seltsamen Stille ändern zu wollen.

»Einverstanden«, sagt Gabriel dann schließlich doch.

Das ist alles. Als hätte er mich eben nicht so angesehen wie damals. Als hätte er nicht meine Hand gehalten, so unfassbar sanft meine Verletzung geheilt und mir das Haar aus dem Gesicht gestrichen. Als hätte er nicht meine Lippen angesehen und dabei vergessen zu atmen.

Ich hoffe, dass ich meine Entscheidung nicht bitter bereuen werde. Denn wenn ich eines weiß, dann, dass die Nähe zueinander in einer handfesten Katastrophe für uns enden wird.

KAPITEL 12

Prüfend betrachte ich mich im goldgerahmten Standspiegel neben meinem Himmelbett. Der samtige schwarze Stoff meines schulterfreien Abendkleides schmiegt sich sanft an meine Haut, und die aufgenähten Pailletten funkeln darauf wie goldene Sternenbilder. Sie passen farblich perfekt zum gleißenden Sonnenanhänger des Satinbands, das meinen Hals schmückt. So extravagant habe ich mich ewig nicht gefühlt.

Daisy steht hinter mir und zupft meine Frisur zurecht, sodass mein Haar in glanzvollen pechschwarzen Wellen über meine Schultern fließt.

»Du willst uns heute ganz sicher begleiten?«, fragt sie besorgt. »Immerhin wäre es das erste Mal seit …«

»… dem Vorfall«, beende ich ihren Satz.

Wir nennen den Reva-hat-aus-Liebeskummer-die-Bernsteinvilla-eingefroren-Abend inzwischen nur noch *den Vorfall*. Klingt harmloser, als es in Wirklichkeit war.

Meine Schwester nickt. »Zu der Eröffnungsfeier der Campbells kommen traditionell die meisten Leute. Die werden dich alle anstarren. Vor allem in *diesem* Outfit.«

Ich verstehe ihre Vorbehalte. In der Vergangenheit habe ich nie etwas getragen, was für eine Wintererbin derart unziemlich gewesen wäre. Innerhalb dieser Familie kleidet man sich zu offiziellen

Anlässen stets in den repräsentativen Blautönen und entscheidet sich für klassische, zurückhaltende Schnitte. Unser Status muss über unseren körperlichen Attributen stehen, denn womit wir imponieren, soll einzig und allein unsere Macht sein.

Nur was, wenn man in den Augen der hohen Hexengesellschaft keine Macht besitzt?

Bei Daisy mag die Philosophie unserer Familie funktionieren. Mich haben die Leute dagegen bloß als das wahrgenommen, was ich bin. Die sonnengeborene Erbin, die für den Ratssitz der Winterhexen ungeeignet ist. Deshalb habe ich Kleider mit langen, weiten Ärmeln getragen, um das Zeichen auf meinem Handgelenk zu überdecken. Habe schamhaft die Wahrheit kaschiert, die man mich nie hat vergessen lassen. Aber diese Zeiten sind jetzt vorbei. Sie *werden* mich sehen, dafür sorge ich.

»Lass sie starren«, sage ich zu meiner Schwester. »Sie hätten mich sowieso angegafft. Wird Zeit, ihnen einen echten Grund zu geben.«

Der beklommene Ausdruck in ihrem Gesicht bleibt bestehen. Im Gegensatz zu mir hält sie mit ihrer stilvollen eisblauen Robe an unseren Traditionen fest. Dank der schicken, mit weißen Perlen veredelten Hochsteckfrisur kommen ihre Silberohrringe in Schneeflockenform perfekt zur Geltung. Sie hat schon immer eine mühelose Eleganz verkörpert, die ich nie hatte.

Ein Gefühl von kalter, bitterer Minderwertigkeit macht sich gegen meinen Willen in mir breit. So sollte ich nicht empfinden, schließlich ist Daisy meine Schwester. Abgesehen davon verdanke ich ihrer Perfektion meine Freiheit. Nur wegen ihr konnte ich mein Erbe aufgeben. Warum fühle ich mich manchmal also trotzdem so?

»Müssen wir dich heute vor Junggesellen beschützen?«, fragt Rami scherzhaft.

Als ich mich zur Seite drehe, lehnt mein Bruder mit einem breiten Grinsen am Türrahmen. Das dunkle Blau seines Gewands verleiht ihm eine geheimnisvolle Aura, und die Saphirringe an seinen Fingern sind allesamt darauf abgestimmt.

»Keine Angst«, erwidere ich. »Eine in Ungnade gefallene Erbin wäre eine ziemlich unpassende Wahl.«

Er schmunzelt. »Unpassend ist genau das, was die meisten Leute anzieht.«

Wo er recht hat …

Obwohl ich wenig Interesse daran habe, mir noch mal einen dieser feinen Herzensbrecher anzulachen, gehe ich zu meiner Kommode mit den handgeschnitzten Schubladenfronten und trage einen Spritzer Parfüm über meinem Dekolleté auf. Betörender Lavendelduft mit einem Hauch frischem Wasserjasmin breitet sich im Raum aus.

Ich sehe meine Geschwister zufrieden an. »Wollen wir dann los?«

Rami eilt voraus, um uns eine Kutsche zu organisieren, während Daisy und ich noch bei Dad anhalten, der draußen im Flur steht. Bei unserem Anblick schleicht sich ein seliges Lächeln auf seine Lippen, durch das die Falten um seine dunklen Augen tiefer werden. Mit der Rami-Gedächtnis-Sturmfrisur und dem Teefleck auf seinem weißen Leinenhemd wirkt er etwas entrückt, so als wäre er heute Nachmittag mal wieder über seinen Skizzen eingeschlafen. Typisch Dad. Er gönnt sich sogar an einem Samstag keine Pause.

»Meine beiden bezaubernden Schneestürme«, sagt er feierlich und schließt mich fest in seine Arme. »Eure Mutter wäre so stolz auf euch.«

Sie wäre stolz auf Daisy, schießt es mir durch den Kopf.

Ich bezweifele, dass Mum je stolz auf *mich* gewesen ist, die Tochter, die sie jeden einzelnen Tag an ihre eigene Schwäche erinnert hat. Ihr Unvermögen, meine Geburt nicht lange genug hinausgezögert zu haben, damit meine Magie sich an den Mond bindet. Ausgerechnet sie ist an etwas gescheitert, das so vielen gelingt, und das hat sie weder sich selbst noch mir jemals verziehen.

In Dads Augen finde ich jedoch keine Enttäuschung, als er mich loslässt. Nur warme, liebevolle Glückseligkeit.

»Denk an das, was ich dir immer gesagt habe«, murmelt er. »Arroganter bedeutet nicht besser.«

»Und nur, weil jemand auf dich herabblickt, heißt das nicht, dass er über dir steht«, vollende ich seine Predigt.

Er zwinkert mir verschwörerisch zu. »Das ist mein Mädchen.«

Sofort bessert sich meine Laune. Dad hatte schon immer ein Talent dafür, andere aufzubauen. Egal, wie oft ich nach einem langen Schultag niedergeschlagen nach Hause kam, er hat es jedes Mal geschafft, mich zu trösten. Hat mich so lange mit seinen altklugen Sprüchen zum Lachen gebracht, bis mir die Bauchmuskeln wehtaten, und mir dann höchstpersönlich eine Tasse Gewürztee gezaubert.

»Danke, Dad.«

Er schenkt mir sein Alles-wird-gut-Lächeln und drückt dann Daisy an sich. »Hör auf dein Herz, meine Kleine. Auch den stärksten Geist zwingt ein liebloses Leben in die Knie.«

Wir verabschieden uns von ihm und machen uns auf den Weg nach unten, wobei einige Angestellte uns bewundernde, verträumte Blicke zuwerfen. Die Aufmerksamkeit ist mir immer noch unangenehm, darum versuche ich, sie auszublenden.

»Was war das denn eben?«, will ich von meiner Schwester wissen.

»Meinst du den Lebensratschlag von Dad?«

»Ja.«

»Dachtest du, die hebt er sich alle für dich auf?«

Ich zucke mit den Schultern. Ehrlicherweise habe ich geglaubt, er hätte damit aufgehört, sie Daisy zu geben, nachdem er festgestellt hat, dass sie ihr Leben auch ohne seine Wie-überlebe-ich-da-draußen-Anleitungen im Griff hat. Neben ihr wirke ich wahrscheinlich *sehr* bedürftig.

»Meinen habe ich wenigstens verstanden«, merke ich an.

Sie wird ernst. »Ich meinen auch.«

Die Bedeutung von Dads Ratschlag interessiert mich brennend, aber wenn sie so wortkarg ist, will sie nicht darüber reden, also lasse ich das Thema ruhen. Ich hüte selbst mehr als genug Geheimnisse. Zum Beispiel den Grund dafür, warum ich die Party der Campbells besuche. Oder die Tatsache, dass ich mich mit Gabriel zusammengetan habe, um diesem Serienmörder auf die Schliche zu kommen. Daisy würde mir eine endlose Moralpredigt halten. Die beiden haben zwar im Rat miteinander zu tun, aber abseits davon meidet sie ihn wie ein Schneemann das Feuer.

Auf der Straße vor dem Anwesen steht eine Kutsche bereit, die Rami für uns aufgetrieben hat. Wir klettern hinein und stimmen den magischen Kristall im Inneren auf den Rubinpalast ein. Das letzte Mal war ich vor vier Jahren dort, und allein beim Gedanken daran, heute da aufkreuzen zu müssen, werden meine Handflächen feucht. Eigentlich kann es mir egal sein, was die Leute auf dieser protzigen Feier von mir halten, aber die Erkenntnis muss meinen Körper wohl erst noch erreichen.

Ich betrachte die Straßen und Gebäude von New London durch das Kutschenfenster. An einigen Hausfassaden und Steinmauern prangen Schriftzüge, die mir schon vor ein paar Tagen auf meinem Weg zur Schneiderei aufgefallen sind.

Die Sonne strahlt heller als der Mond, steht in blutroten Lettern an einer Außenwand geschrieben. Protestnachrichten von Sonnengeborenen, die sich gegen das System richten. Ein paar von denen gab es schon immer, aber es sind mehr geworden. Auch Anfeindungen gegen Gabriel entdecke ich unter den frustrierten Schmierereien. *Nur Verräter gehen mit der Sonne ins Bett.*

Mir wird schlecht, wenn ich das sehe.

Etwas hat sich verändert. Die Stimmung scheint auf beiden Seiten mächtig zu brodeln. Ob das in anderen Hexenstädten auch so ist? Ich habe mal gehört, in manchen von ihnen gibt es mehr

Sonnenstunden. Vielleicht hätte ich nach New Lissabon oder New Madrid ziehen sollen.

Als wir beim Rubinpalast ankommen, stehen dort bereits so viele Kutschen, dass unsere in einer Parallelstraße anhalten muss. Sowohl vor dem Grundstück als auch im hell erleuchteten Innenhof des prächtigen dreistöckigen Gebäudes tummeln sich unzählige Hexen. Wir müssen uns regelrecht durch die Massen kämpfen. Die wenigsten von denen sind zur Feier geladen, doch das hält sie nicht davon ab, trotzdem hier aufzutauchen. Niemand lässt sich das Spektakel entgehen, wenn die Ballsaison eröffnet wird. Einige hoffen bestimmt, sich an jemanden mit einer Einladung für zwei Personen heften zu können.

Ich wünschte, Naomi wäre hier. Cara arbeitet heute zwar als Sängerin auf der Party, wird deswegen allerdings kaum Zeit haben.

Mühevoll bahnen wir uns einen Weg durch das Meer von edlen Umhängen, aufwendigen Frisuren und teuren Accessoires. In den pechschwarzen Laternen, die an Seilen über unseren Köpfen hängen, brennen rubinrote Flammen. Dafür war sicher einige Sommermagie nötig, aber Alexandra Campbell scheut grundsätzlich keine Kosten und Mühen für ihre aufgeblasenen Veranstaltungen.

Daisy kündigt uns bei den Wachen neben der halb geöffneten Doppeltür an. Ihre Stimme klingt so autoritär, dass die Männer nicht einmal ihren Wahrheitskristall nutzen, um unsere Identität zu überprüfen.

Bereits am Eingang schlägt mir der Geruch von einem frisch angezündeten Streichholz entgegen, ein untrügliches Zeichen dafür, dass man die Domäne der Sommerhexen betritt. In goldenen Schalen, die überall aufgestellt worden sind, lodern die gleichen rot glühenden Flammen wie draußen, nur dass die im Innenbereich von Zeit zu Zeit die Form eines sich windenden Drachen annehmen. An den Wänden hängen unzählige Porträts der allesamt bleichen, blauäugigen Familienmitglieder, deren herablassender Gesichtsausdruck den Anschein erweckt, als könnten sie das Wort *Spaß* nicht einmal buchstabieren.

Mein Blick fällt auf die sonderbaren lebensgroßen Obsidian-Figuren, die im schummrigen Licht der Flure verdammt unheimlich aussehen.

»Unsere Dekoration hat mir immer besser gefallen«, raune ich.

»Mit der Eleganz von Eis kann Feuer eben nicht mithalten«, meint Rami. »Dafür zünden sie um Mitternacht sicher wieder ein denkwürdiges Feuerwerk.«

Daisy verdreht die Augen. »Bevor es so weit ist, müssen wir uns leider erst durch eine zwei Stunden andauernde Feuershow quälen.«

Hätte mich auch gewundert, wenn sie diese Tradition abgeschafft hätten. Die Campbells lieben es, ihren Reichtum zur Schau zu stellen, was bereits die Einrichtung des Palasts eindrucksvoll demonstriert. In den goldenen Kronleuchtern an der Decke schimmern glühende Rubine, deren Farbe perfekt zu den schweren roten Samtvorhängen vor den bodentiefen Fenstern passt. Sie halten neugierige Blicke von ungebetenen Gästen draußen und machen diese Party damit zu einem exklusiven Event.

Je mehr Leute uns begegnen, desto nervöser werde ich. Als Detektivin, die sich regelmäßig an Tatorten herumtreibt, sollte ich in so einer Situation definitiv gelassener sein, aber was man sein sollte und was man tatsächlich ist, sind wie immer zwei grundverschiedene Dinge.

Wir erreichen den großen Festsaal, der an das Innere eines Vulkans erinnert. Das liegt einerseits an dem schwarzen Granitboden, in den feinste glitzernde Partikel eingearbeitet wurden, wodurch er aussieht wie veredelte Asche, und andererseits an der Tatsache, dass es hier drin viel zu heiß ist. So schnell wir können, geben wir unsere Umhänge bei einem Bediensteten ab. Jetzt bin ich doppelt froh über mein schulterfreies Kleid.

Schon als wir bei den breiten Marmorstufen ankommen, die in den Hauptbereich des Saals hinunterführen, richten sich zahlreiche Blicke auf uns. Ich würde mir gern einreden, dass sie alle Daisy gelten, aber das kollektive Geflüster lässt mich anderes vermuten. Während die Gäste vornehm an ihren Kristallgläsern mit Goldrand nippen, beobachten sie eindeutig *mich*. Manche Personen ganz in der Nähe geben sich wenig Mühe, ihre Stimme zu senken.

Siehst du, was ich sehe?

Ist das etwa …?

Meine Haut prickelt, weil die alten Ängste auf einen Schlag zurückkehren. Die Furcht davor, einen falschen Schritt zu machen. Etwas Unpassendes zu sagen und dafür verurteilt zu werden. Am liebsten würde ich wieder aus dem Saal stürmen, aber das würde ihnen bloß zeigen, wie sehr sie mich mit ihren Blicken und Worten verunsichern können.

Bleib ruhig, Reva. Du musst nicht länger die perfekte Erbin sein.

Ihre Mienen sind noch genauso kritisch wie damals, doch in manchen von ihnen entdecke ich auch etwas anderes. Neugier. Bewunderung. Und … Interesse?

In all den Jahren haben sie auf mich herabgeblickt, haben nur mein Sonnenzeichen wahrgenommen, und jetzt nehmen sie *mich* wahr. Das ist es, was ich immer wollte, doch jetzt bin ich unsicher, ob mir das gefällt.

»Einfach lächeln«, flötet Rami und winkt jemandem zu. »Damit können sie am wenigsten umgehen.«

»Und wenn man ihnen direkt in die Augen sieht«, fügt Daisy hinzu. »Also schön den Kopf oben halten.«

Obwohl sich mir vor Nervosität der Magen umdreht, setze ich ein selbstbewusstes Lächeln auf und begegne der unentwegt tuschelnden Menge. Einige von denen dachten wahrscheinlich, meine Familie hätte mich verstoßen.

Als die fröhliche, entspannte Musik aus der hinteren Ecke des

Saals verklingt, ist uns auch der letzte Rest Aufmerksamkeit der etwa vierhundert Gäste sicher.

Je länger sich das Ganze hinzieht, desto unangenehmer wird es. Ich hasse die herablassende elitäre Hexengesellschaft, weil sie all jene ausschließt, die ihrer Meinung nach nicht gut genug sind. Mit den meisten dieser Leute würde ich nicht einmal freiwillig zu tun haben wollen, und doch fühle ich einen Stich in meinem Herzen, wann immer mir klar wird, dass ich nie richtig zu ihnen gehören werde.

Ich mache den Rücken gerade.

Augen zu und durch.

»Ja, ihr habt richtig gesehen«, verkünde ich dann lautstark. »Ich bin wieder da. Keine Angst, heute bin ich nicht in der Stimmung für einen Wintereinbruch, auch wenn die Luft hier drin ein bisschen kühler sein könnte. Falls ihr also irgendwann genug davon haben solltet, mich anzustarren oder über mich zu reden, dürft ihr mich gern zum Tanzen auffordern. Ich beiße auch nicht, versprochen. Es sei denn, ihr wollt es.«

Schwer zu sagen, wo ich in dieser Situation den Mut dafür hernehme, dem nächstbesten Kerl in der Menge zuzuzwinkern.

Die Leute sehen mich an, als wäre ich gerade vom Himmel gefallen. Vielleicht hätte ich das lassen sollen.

KAPITEL 13

Im Saal ist es jetzt noch stiller geworden. Ein Teil von mir bereut, die kleine Ansprache gehalten zu haben, aber ich zwinge mich zu einem Lächeln, so als schmeichelte mir die Aufmerksamkeit. Glücklicherweise setzen die Musiker in diesem Moment ihr Spiel fort, woraufhin sich die meisten wieder von mir abwenden. Cara scheint die Strophe extralaut zu singen, als wollte sie die Blicke auf sich lenken, um mich zu retten.

»Das hätten wir geklärt«, sage ich zu meinen Geschwistern. »Hättet ihr was dagegen, wenn ich mir ein Getränk organisiere? Ich brauche was, das meine Nerven beruhigt.«

»*Du* wolltest unbedingt mitkommen«, erinnert mich Daisy.

»Stimmt. Auf das Gestarre hätte ich trotzdem verzichten können.«

»Willst du uns wirklich nicht verraten, warum du dir das antust?«, fragt Rami.

»Irgendwann bestimmt.«

Für den Augenblick lasse ich meine Geschwister allein und gehe zur langen Tafel im hinteren Teil des Saals. Die vielen Häppchen, die auf goldgerahmten Tellern aufgereiht sind, sehen köstlich aus, aber dank der ganzen Aufregung bekäme ich gerade keinen Bissen herunter. Daher fällt meine Wahl auf einen prickelnden Schampus mit einer verführerischen Vanillenote. Auf so eine Spielerei können nur Frühlingshexen kommen, und natürlich findet man ihre Kreationen auf jeder einzelnen Party.

»Einen denkwürdigen Auftritt hast du da eben hingelegt«, ertönt eine weiche Stimme hinter mir, die etwas in mir zum Schwingen bringt.

Wenn man vom Teufel spricht.

Ich drehe mich um und stehe Gabriel gegenüber, der ein Glas mit tiefroter Flüssigkeit in der Hand hält. In diesem dunkelgrünen Gewand mit den goldbestickten Ärmelaufschlägen sieht er genauso aus wie der wichtige Politiker, der er ist.

Er lässt seinen Blick an mir herabgleiten, angefangen bei meinem Gesicht, über mein Dekolleté, bis hin zum Saum meines langen Kleides, das beinahe den Boden berührt.

Hastig nehme ich einen Schluck aus meinem eigenen Glas und rede mir ein, dass mir nur wegen des Alkohols so heiß ist.

»Sie tuscheln so oder so«, sage ich dann. »Ich wollte ihnen einen besseren Grund dafür geben als ihre Vorurteile.«

»Ihre Aufmerksamkeit hast du jetzt, das steht fest.«

Mit den Fingern streiche ich mein Kleid glatt. »Hoffentlich. Meine letzte Shoppingtour soll sich schließlich gelohnt haben.«

Wieder spüre ich seinen Blick überdeutlich auf mir. »Davon kannst du ausgehen. Du siehst großartig aus.«

Bei diesen Worten leuchtet mein Innerstes in den schillerndsten Farben, und mein verräterisches, verratenes Herz pocht glückselig in meiner Brust.

Okay, Abbruch. So was von Abbruch.

»Was war das denn gerade?«, spreche ich meine Gedanken laut aus. »Du solltest mir keine Komplimente machen!«

»Ach?« Er hebt die Augenbrauen. »Verzeih, dass ich nett sein wollte. In Zukunft werde ich dir nur noch sagen, wie furchtbar du bist.«

Gegen meinen Willen muss ich grinsen. »Sehr gut. Das ist der Gabriel, den ich kenne.«

Er lacht leise, wobei zarte Fältchen neben seinen Augen erscheinen. Wenn er sich dieses warme Lächeln erlaubt, verliert er mit seiner Ernsthaftigkeit auch gleichzeitig seinen Mantel der Unerreichbarkeit. Dann verwandelt er sich wieder in den Gabriel von damals, mit dem ich im See um die Wette geschwommen bin.

Stopp. Nicht schon wieder.

Langsam komme ich mir vor wie Coulter, der ständig in die falsche U-Bahn steigt. Nach meiner letzten Irrfahrt in Richtung Gabriel-Silverstein-Station sollte ich es besser wissen.

»Und, wie sieht dein Plan heute Abend aus?«, fragt er mich mit gesenkter Stimme.

Ah, der Plan. Endlich etwas, das mich von gefährlichen Gedanken abhält.

»Ich muss mich mit jemandem vom Kent-Clan unterhalten. Am liebsten mit einer anderen Person als Keira.«

Keira Kent gehört zu den Personen, mit denen man weder befreundet noch verfeindet sein will. Im Grunde hofft man, für sie ein Leben lang unsichtbar zu bleiben, was sich als schwierig erweist, wenn man als sonnengeborene Erbin der Winterhexen aufwächst. Sie hat meine Schulzeit in ein ständiges Sich-Kleinmachen verwandelt und keine Gelegenheit ausgelassen, mich bloßzustellen. Bis heute weiß ich nicht, warum andere solche tyrannischen Personen tolerieren.

»Dann werde ich mich mal bei Oliver Brewster nach den Kents erkundigen«, meint Gabriel. »Er ist seit einer Weile nicht gut auf sie zu sprechen und schuldet mir noch was. Wer weiß, ob das eine oder andere Glas Whiskey ihm interessante Gerüchte entlockt.«

Ich beobachte die Leute im Saal. »Klingt gut. Hoffentlich erfahren wir –«

»Silverstein!«

Die hohe Männerstimme schabt wie spitze Klauen über mein Trommelfell.

Ein junger Hexer mit zurückgekämmtem Haar und abgründig dunklen Augen gesellt sich zu uns. Wie ich dieses schmierige Lächeln verachte. Eliott Cummings gehört genauso wenig zu meinen Lieblingen in dieser Stadt wie Keira. Alles an ihm schreit Halt-dich-fern-von-mir, nur leider drängt *er* sich trotzdem jedem auf.

Sein Blick gleitet schlangenartig über mich, bevor er sich wieder auf Gabriel konzentriert, aus dessen Gesicht jegliche Freundlichkeit gewichen ist. »Hätte nicht gedacht, dass du noch mit ihr redest, nachdem sie die Party deiner Familie ruiniert hat.«

Der abfällige Tonfall, mit dem er spricht, ist mir bei seinesgleichen oft genug begegnet. Für diese Leute war und bin ich ein Ärgernis, das zufällig in ihre elitäre Schicht hineingeboren wurde und dank ihrer Gnade dieselbe Luft atmen darf. Aber da ist auch etwas Lüsternes in der Art und Weise, wie er mich ansieht, und das jagt mir einen kalten Schauer über den Rücken.

Als Gabriel den Mund öffnet, entscheide ich mich dazu, ihm zuvorzukommen.

»Ruiniert?«, wiederhole ich betont freundlich. »Ich würde es vielmehr *veredelt* nennen, schließlich ist der Abend nur dank mir so besonders gewesen. Die wenigsten haben die Begabung, für denkwürdige Momente zu sorgen. Habe ich recht, Cummings? Oder sollte ich lieber *Borings* sagen?«

Kurzzeitig verschlägt es ihm die Sprache, was mir ein süßes Siegesgefühl verschafft.

Eliott schürzt die Lippen. »Du hast recht, ich bin furchtbar langweilig. Ein langweiliger Mondgeborener im Vergleich zu einer Außenseiterin wie dir.«

»Lieber eine Außenseiterin als ein Mitläufer, der mich mit Worten herabsetzt, aber mit Blicken auszieht«, kontere ich.

Er lacht gekünstelt, als hätte ich einen absolut köstlichen Witz gemacht. Ich kenne diese Art von Lachen. Es dient nur dazu, um sich selbst besser darzustellen.

»Viel muss man bei dir nicht mehr ausziehen, Graham.«

Ich lächele unbeeindruckt. »Wie viel genau, wirst *du* niemals herausfinden, denn zum Glück entscheide immer noch ich über meinen Körper.«

Er fummelt an seinem Kragen herum. »Du kleine Sonnenanbeterin könntest dich glücklich schätzen, wenn –«

»Verschwinde, Cummings«, grollt Gabriel. »Bevor es noch peinlicher für dich wird.«

Das amüsierte Funkeln ist aus seinen Augen verschwunden. Jetzt liegt etwas Kaltes darin, eine ganz eigene Art von Wintermagie, die Eliotts widerwärtiges Grinsen einfriert.

»Warum so dünnhäutig, Silverstein? Bist du wegen heute Abend etwa nervös?«

Gabriel antwortet nicht, sondern straft ihn mit eisigem Schweigen und einem bedrohlichen Blick. Eins davon – oder beides – bringt Eliott letztendlich dazu, uns den Rücken zuzukehren und in der Menge zu verschwinden.

»Das hättest du nicht tun müssen. Ich hatte das im Griff.«

Seine Miene wird weicher. »Ich weiß. Aber nur, weil du dich selbst verteidigen kannst, bedeutet das nicht, dass du das auch immer musst. Was er da von sich gegeben hat, war unter aller Würde. Sogar für ihn. Solche Geschmacklosigkeiten werde ich niemals unkommentiert lassen.«

Durch seine Worte fühle ich mich in die Vergangenheit zurückversetzt. So ist Gabriel immer gewesen. Er hat mich oft gegenüber anderen verteidigt, obwohl er nicht dazu verpflichtet war. Bei ihm hatte ich nie das Gefühl, mich beweisen oder verstellen zu müssen. Auch jetzt, nachdem so viel zwischen uns vorgefallen ist, nimmt er mich in erster Linie als *Person* wahr und nicht als Sonnengeborene oder verantwortungslose Ex-Erbin.

»Darf ich um eure Aufmerksamkeit bitten?«

Die klare Stimme hallt durch den Saal und nutzt eine weitere Spielpause der Musiker. Sie gehört zu Alexandra Campbell, dem Oberhaupt des Hauses und damit Ratsmitglied der Sommerhexen. Das dunkelrote Satinkleid passt zur Rubinhalskette an ihrem Hals. Ihr platinblondes Haar hat sie zu einem strengen Knoten gebunden, aus dem auf jeder Seite je eine Strähne sorgfältig herausgekämmt wurde. Auf ihrem Kopf ruht das Diadem aus Obsidian, in das ebenfalls Rubine eingearbeitet wurden.

Nach und nach verstummen die Unterhaltungen im Saal. Von ihrem Podest aus lächelt sie gönnerhaft in die Menge.

»Wie wundervoll, euch heute Abend so zahlreich bei meiner bescheidenen Feier begrüßen zu dürfen. Auch dieses Jahr habe ich die Ehre, die Ballsaison zu eröffnen, während der die Heiratswilligen unter euch eine ebenso herausragende Partie finden können, wie ich es vor dreißig Jahren getan habe.«

Sie macht eine bedeutungsschwere Pause, um zu Benedict Campbell hinüberzusehen, einem drahtigen Mann mit ergrauten Schläfen.

»Den vielversprechendsten Heiratskandidaten habe ich wie üblich einen magischen Rubinring ausgehändigt. An ihm werden Interessierte heute diejenigen erkennen, denen man besondere Aufmerksamkeit zukommen lassen sollte. Ich hoffe, ihr werdet sie zu einigen Tänzen auffordern. Es wird sich lohnen, versprochen. Diese Saison wird sicher unvergesslich.«

Während Applaus aufbrandet, breitet sie die Hände aus und wirkt Magie. Die hell leuchtenden Flammen in den Kronleuchtern und Feuerschalen werden kleiner, sodass sich ein verruchtes Flair über den Saal legt. Man sieht noch immer genug, um sich gefahrlos fortzubewegen, aber die Atmosphäre erinnert jetzt vielmehr an einen edlen Nachtclub.

Im schummrigen Licht beginnen die magiegetränkten Edelsteine von Alexandras Zauberringen zu leuchten. Ich beobachte das Schauspiel und versuche herauszufinden, wer diese Saison heiraten will. Dabei bleibe ich an einem Ring hängen, der an einer mir sehr vertrauten Hand steckt. An der meiner eigenen Schwester.

Aber …

Wie kann das sein?

Daisy hat mit keinem Wort eine Hochzeit erwähnt. Oder eine Trennung. Das letzte Mal, als ich sie besucht habe, war sie noch mit ihrer Freundin Lou zusammen. Ich habe sie noch nie so glücklich und gelöst gesehen wie mit ihr. Was ist in den vergangenen Monaten passiert? Dieser Ring … hat sie den eben vor mir versteckt?

Schockiert wende ich mich wieder Gabriel zu.

»Hast du gesehen, was –«

Schwer zu sagen, warum ich überhaupt das Bedürfnis hatte, ausgerechnet mit ihm über die geheimen Heiratspläne meiner Schwester zu reden. Ich bereue es sofort, als ich das verräterische Leuchten wahrnehme, das von seiner Hand ausgeht. Er trägt den gleichen Ring wie Daisy, was nur eines bedeuten kann. Gabriel will ebenfalls heiraten.

KAPITEL 14

Aus einem Impuls heraus leere ich das Glas in meiner Hand. Es fällt mir schwer, einen klaren Gedanken zu fassen, aber einer läuft wie ein unheilvolles Lied auf Repeat-Taste in meinem Kopf ab.

Er sucht eine Ehefrau.

Warum spüre ich dieses kalte, alles Glück verzehrende Gefühl in der Magengrube, wenn ich daran denke? Ich wusste, dass das eines Tages passieren würde. Er ist der Frühlingserbe. Das bedeutet, er muss seine Linie fortführen, und für diese Aufgabe bin ich eine unmögliche Wahl.

Und trotzdem …

»Warte.«

Inmitten des Trubels um uns herum gleicht seine Stimme einem Flüstern.

Ich will ihn anschreien. Will ihn fragen, warum er nach einer Ehefrau sucht, wenn er mich noch immer mit diesen Blicken ansieht, die mich Dinge fühlen lassen, die so viel gewaltiger sind als alles, was ich je in seiner Gegenwart fühlen wollte. Aber ich habe kein Recht mehr dazu. Vor vier Jahren habe ich all meinen Mut zusammengenommen, habe ihm mein Herz zu Füßen gelegt und musste dabei zusehen, wie er darauf herumtrampelt. Er hat seinen Standpunkt klargemacht. In den letzten Tagen scheine ich das aus irgendeinem Grund vergessen zu haben.

»Ich hätte dich vorwarnen sollen«, sagt er.

»Warum?«

»Weil …«

Ich schüttele den Kopf. »Bitte, Gabriel. Du musst mir nichts erklären. Es ist deine Sache, und ich wünsche dir von Herzen jemanden, der dich glücklich macht. Ich hoffe nur, neben deiner Suche nach ewiger Liebe bleibt dir noch Zeit für die Suche nach Antworten. Dabei könnte ich nämlich deine Hilfe gebrauchen.«

Er schenkt mir ein Lächeln, das seine Augen nicht erreicht. »Das lässt sich einrichten.«

»Sehr gut. Aber tu mir einen Gefallen, und kümmere dich zuerst um diese ganzen Verehrerinnen, die dich ansehen wie ein Sonderangebot am Black Friday.«

»Am was?«, fragt er verwirrt.

Ich hebe zum Abschied nur lässig die Hand, was deutlich cooler wirkt, als ich mich gerade fühle. Innerlich klopfe ich mir für meine erwachsene Reaktion auf die Heiratssache auf die Schulter, aber eigentlich will ich in wütende Tränen ausbrechen. Warum muss ich so empfinden? Warum brenne ich immer noch lichterloh, wenn wir uns länger als ein paar Sekunden in die Augen sehen?

Seine Worte von damals geistern mir im Kopf herum. *Du musst vergessen, was da im See zwischen uns passiert ist.*

Das versuche ich ja, aber egal, wie weit ich weglaufe, mein Herz ist fest an seines gekettet. Weil er mir nie gesagt hat, dass er mich nicht will. Er hat das mit uns einen Fehler genannt, der sich auf keinen Fall wiederholen darf, und dabei mehrfach seine Position betont. Wie kann man über jemanden hinwegkommen, der einen möglicherweise nur deshalb weggestoßen hat, weil seine Gefühle verboten sind? Es ist, als hätte er mir eine Tür ins Gesicht geschlagen und sie dabei aus Versehen einen Spalt offen gelassen, sodass ich mich von nun an immer fragen werde, wie die Welt hinter ihr wohl aussehen mag.

Um mich abzulenken, halte ich nach einem Mitglied des

Kent-Clans Ausschau, wobei ich lediglich Keira in der Menge entdecke. Die sieht mich allerdings so finster an, dass ich freiwillig auf Abstand bleibe, bevor sie auf die Idee kommt, mich anzusprechen. Sie würde mir aus Prinzip auf keine meiner Fragen antworten.

Während einige Gäste bereits die Tanzfläche gestürmt haben, steht Daisy abseits und unterhält sich mit einem jungen Mann. Wenn ich ihre Mimik richtig deute, muss er gähnend langweilig sein, darum beschließe ich, sie zu retten.

»Entschuldigen Sie, dürfte ich kurz mit meiner Schwester reden?«

Daisys Gesprächspartner wirkt alles andere als glücklich über diese Unterbrechung und sieht hilfesuchend zu ihr. Als sie jedoch wortlos nickt, rauscht er mit hängenden Schultern ab.

»Danke«, sagt sie. »Wenn ich noch eine Minute länger dabei hätte zuhören müssen, wie er die einhundert verschiedenen Arten aufzählt, mit denen man sich mithilfe von Herbstmagie die Haare föhnen kann, wäre ich im Stehen eingeschlafen.«

Ich kichere. »Wieso hast du Mr Föhnfrisur nicht abgewimmelt?«

»Weil ich verhindern wollte, dass er in Tränen ausbricht.«

»Nobel von dir. So großzügig bist du selten.«

Sie lächelt verkniffen.

Ich deute auf ihren magischen Ring. »Was hat es damit auf sich? Wolltest du mir das vorenthalten?«

»Absolut.«

»Im Ernst? Soll das heißen, du hast mit Lou Schluss gemacht?«

Ein Schatten huscht über ihr Gesicht. »Ich habe meine Gründe, okay? Genau wie du.«

Bei den Sternen, sie hat tatsächlich mit Lou Schluss gemacht. Warum hat mir niemand davon erzählt? Ich habe ihr damals mein ganzes Herz ausgeschüttet, bis ich wie ein heulendes Häufchen Elend auf ihrem Bett gelegen und geschworen habe, nie wieder

Gefühle für jemanden zu entwickeln. Sie war für mich da und hat mich getröstet. Das Gleiche hätte ich auch für sie getan.

»Weißt du«, setze ich an. »Normalerweise würde ich behaupten, es ist immer ein guter Zeitpunkt, um genau wie ich zu sein. Aber nicht, wenn es um Geheimnisse geht.«

Meine Worte bringen sie gleichzeitig zum Grinsen und zum Kopfschütteln.

»Oh«, ruft sie dann überrascht. »Ist das etwa ... Lydia Silverstein mit Alexandras Ehemann? Auf der Tanzfläche? Was machen *die* denn da?«

Ich glaube, so schnell wie in diesem Moment habe ich noch nie irgendwo hingeschaut. Doch statt des neuesten Skandals finde ich ... nichts. Weder Lydia noch Benedict Campbell.

Enttäuscht drehe ich mich wieder zu Daisy, nur um festzustellen, dass sie mich bloß abhängen wollte, bevor sie selbst Richtung Tanzfläche verschwindet. Sie hat mich eiskalt ausgetrickst!

Ausnahmsweise gönne ich ihr den Sieg, weil sie anscheinend nicht darüber reden will, und kehre zum Getränketisch zurück, wo ich mir ein weiteres Glas Schampus genehmige. Dieses Vanillegesöff ist viel zu gut. Mum hätte mich so was nie trinken lassen.

»Lady Graham«, erklingt eine erfreute Stimme.

Unweit entfernt entdecke ich Robert Darwin, der mir gut gelaunt entgegenschlendert. Er trägt noch dasselbe rote Brillengestell wie damals, aber es ist seltsam, ihn ohne den silbergrauen Lehrerumhang zu sehen.

Ich grinse ihn an. »Mr Darwin. Wie schön, Sie zu treffen.«

»O bitte, nennen Sie mich Robert. Die Schulzeit liegt bereits hinter Ihnen.«

»Dann nennen Sie mich doch Reva.«

Er lächelt. »Also gut. Wie geht es Ihnen, Reva? Man hört, Sie leben inzwischen in der Menschenwelt.«

Die meisten anderen hätten an seiner Stelle abwertend geklungen, aber in seinen Worten schwingt ehrliche Faszination mit.

Obwohl er nicht einmal Menschenkunde unterrichtet, hat er sich immer für die Welt hinter dem Schleier interessiert. In seinen damaligen Stunden ist er viel zu oft abgeschweift und hat uns von seinen Besuchen dort erzählt. Seine Begeisterung und Abenteuerlust waren der Grund, warum er Naomis Lieblingslehrer war. Cara fand ihn dagegen sterbenslangweilig und hat seine Stunden genutzt, um unvorteilhafte Karikaturen aller Leute zu zeichnen, die ihr unrecht getan haben.

»Mir geht's gut«, antworte ich. »Die Tower Bridge ist wirklich so beeindruckend, wie Sie erzählt haben.«

Seine Augen leuchten. »Nicht wahr? Haben Sie schon einmal Westminster Abbey aus der Nähe gesehen? Mein letzter Besuch ist leider schon länger her, ich sollte ihn dringend wiederholen.«

Er verfällt in eine regelrechte Schwärmerei, und ich lausche gebannt seinen Ausführungen. Es tut gut, mit jemandem aus meinem alten Leben zu reden, der mich behandelt wie jede andere Person. Sehr selten für einen mondgeborenen Lehrer. Am Ende gehören Leute wie er zu den wenigen, die einen durchhalten lassen, egal, wie schlimm es auch sein mag.

Nach der Unterhaltung sehe ich mich wieder im Saal um. Auf meinem Weg begegnen mir einige junge Hexer, die mich zum Tanzen auffordern, was ich jedes Mal ablehne. Erst als ich zu den Getränken zurückkehre, finde ich endlich die richtige Person. Alistair Kent würde ich zwar normalerweise nie als *die richtige Person* für irgendwas bezeichnen, aber er ist mir immer noch lieber als seine Schwester Keira. Hoffentlich bereue ich diesen Gedanken nicht …

KAPITEL 15

Kent steht an der langen Tafel und schenkt sich ein Glas Rotwein ein. Der Herbsterbe war nicht unbedingt meine erste Wahl, aber man muss mit dem arbeiten, was das Schicksal einem vor die Füße wirft.

Ich gehe auf ihn zu. Mit seinen goldblonden Locken und den bernsteinfarbenen Augen sieht er wie der absolute Stereotyp eines Herbsthexers aus, auch wenn er optisch perfekt in Gabriels Villa passen würde. Er ist drei Jahre älter, einen Kopf größer und deutlich mondgeborener als ich.

Selbstbewusst stelle ich mich neben ihn. »Kein Rubinring, Lord Kent? Und das im Jahr der heiratswilligen Erben.«

Er schaut mich an, woraufhin seine Lippen sich zu einem amüsierten Grinsen verziehen. Wahrscheinlich brauchen die Leute gar keine zusätzliche Motivation, um sich ihm an den Hals zu werfen. Mit diesem schelmischen Lächeln und dem engen Hemd, das seine Muskeln betont, wickelt er sicher reihenweise Hexen um den Finger.

»Zu meinem Glück ist Vater ziemlich zäh«, antwortet er. »Da bleibt mir die Ratsmitgliedschaft noch eine Weile erspart. Ich habe also genug Zeit, um mir die richtige Partnerin zu suchen. Nichts gegen deine Schwester, Reva, aber ich halte wenig davon, sich aus Pflichtgefühl ins Verderben zu stürzen.«

Sofort habe ich das Gefühl, Daisy verteidigen zu müssen. »Sie weiß, was sie tut.«

»Wirklich?«, zweifelt er. »In eurer Familie gab es in der Vergangenheit so manch *interessante* Entscheidung.«

Ich runzele die Stirn. »Worauf willst du hinaus?«

Er nimmt in aller Seelenruhe die Rotweinflasche und schenkt mir ein. »Das weißt du sicherlich. Aber ich verurteile dich nicht dafür, dass du dich gegen die Pflicht entschieden hast. An deiner Stelle hätte ich dasselbe getan.«

»Ist das so?«, frage ich wenig überzeugt.

Plötzlich muss ich daran denken, wie gelangweilt meine Schwester vorhin gewirkt hat. Als könnte sie sich einhundert schönere Dinge vorstellen, als heute nach einem Partner fürs Leben zu suchen. Glaubt sie, es wäre ihre Pflicht, diese einschläfernden Gespräche zu ertragen?

»Wer weiß, vielleicht kehre ich dem ganzen Trubel ja noch den Rücken«, sinniert Alistair. »Es ist immerhin nicht meine Schuld, dass unsere Familientradition einen männlichen Erben vorsieht.«

Seine Überlegung bietet die perfekte Gelegenheit für mich, um ihn auf das richtige Gesprächsthema zu lenken.

»Würdest du auch in die Menschenwelt abhauen?«, will ich wissen.

»Himmel, nein. Nichts könnte mich dazu bringen, an einem so deprimierenden Ort zu leben.«

Abscheu begleitet seine Worte. Kein Wunder, dass jemand wie er kein Interesse daran hat, die Stadt zu verlassen. Aber vielleicht kann er mir dennoch etwas über Josephine Hill verraten, immerhin müsste sie seine Cousine gewesen sein.

Ich nehme einen Schluck aus meinem Glas. »Soviel ich weiß, sind nicht alle Mitglieder deiner Familie der Menschenwelt so abgeneigt. Tatsächlich habe ich mal deine Cousine dort getroffen.«

Es ist eine Lüge, doch nur so komme ich weiter. Josephine wurde in der Menschenwelt getötet, also muss sie sich zumindest in irgendeiner Form dort aufgehalten oder sogar dort gelebt haben.

Alistairs Miene verfinstert sich. »Das ist so ziemlich genau der Grund, warum mir dieser Ort gestohlen bleiben kann. Meine Cousine ist vor Kurzem ermordet worden.«

Überrascht reiße ich die Augen auf. Woher weiß er davon? Erst durch meinen Einbruch in die Archive habe ich überhaupt erfahren, wer sie war. Meine Abteilung hätte seine Familie in Kenntnis gesetzt, wenn wir es gewusst hätten, aber Jonathan hatte bisher keine Informationen dazu.

»Was?«, frage ich so schockiert wie möglich. »Das ist ja schrecklich. Tut mir furchtbar leid, ich hatte keine Ahnung.«

Er nickt mir zu. »Danke. Wir wissen es auch nur, weil ihre Schwester sie besuchen wollte und die Polizei bei ihrer Londoner Wohnung angetroffen hat. So hat sie erfahren, dass Josy Opfer eines Verbrechens geworden und der Täter auf freiem Fuß ist. Ich dachte ehrlich gesagt, die Zeit, in der Nicht-Magische uns Hexen ermorden, wäre vorbei.«

Wie gern würde ich ihm die Wahrheit verraten – dass eine Hexe seine Cousine auf dem Gewissen hat. Doch solange der Fall ungeklärt ist, muss ich Stillschweigen darüber bewahren.

»Warum war sie überhaupt in der Menschenwelt?«, will ich wissen.

Der Ausdruck in seinem Gesicht wird noch grimmiger. »Ich habe gehört, dort fragen sie gern, was das Opfer eines Verbrechens anhatte. Ist das unser Hexen-Äquivalent dazu?«

»Nein.«

Er trinkt den Rest Wein in seinem Glas in einem Zug leer. »Soweit mir bekannt ist, hat sie New London verlassen, weil sie Drohbriefe erhalten hat. Die haben sie so verunsichert, dass sie Zuflucht hinter dem Schleier gesucht hat.«

Ich werde hellhörig. Diese Briefe klingen wie eine Spur, die es sich zu untersuchen lohnen würde.

»Was stand denn darin?«, will ich wissen.

Seine Augen werden schmal. »Warum interessiert dich das?«

Jetzt scheint mein Schauspieltalent wieder gefragt zu sein. Ich fühle mich zu dem Gespräch mit dem Polizisten zurückversetzt. Der war im Vergleich zu Alistair Kent allerdings eher ein harmloser Welpe.

»Weil eine Hexe in der Stadt getötet wurde, in der ich lebe«, antworte ich ernst. »Und ich würde demnächst gern wieder dorthin zurückkehren. Wundert dich mein Interesse da wirklich? Ich habe keine Lust, das nächste Opfer zu werden. Wenn irgendwer Jagd auf Hexen macht, die in der Menschenwelt leben, will ich mich schützen, und die Briefe könnten was mit ihrem Tod zu tun haben.«

Ich denke an die Briefe zurück, die ich früher bekommen habe. Damals habe ich beinahe täglich Schmähungen und Beleidigungen in meiner Schultasche gefunden. Naomi hat es zu einem Ritual gemacht, sie lichterloh in Brand zu setzen und die Asche in die Taschen der Verantwortlichen zu schütten.

Alistair zuckt mit den Schultern. »Die Briefe habe ich nie gelesen. Mein Vater bewahrt sie in seinem Arbeitszimmer auf.«

»Was würde es mich kosten, damit du sie mir beschaffst?«, frage ich.

Er runzelt die Stirn. »Wozu würdest du sie brauchen?«

»Habe ich doch schon gesagt.«

Das entlockt ihm ein schiefes Lächeln. »Ich bezweifele, dass das alles ist. Aber zu deinem Glück mag ich Frauen mit Geheimnissen.«

Den rauen Unterton in seiner Stimme kann dieser Charmeur sich sparen. Mir reicht *ein* Erbe, der mir nachts den Schlaf raubt.

»Wir könnten einen Handel eingehen«, schlägt Alistair vor. »Du willst etwas von mir, und ich brauche ebenfalls etwas.«

»Ach. Was genau willst du denn von mir?«

Wenn er jetzt einen anzüglichen Kommentar von sich gibt,

lasse ich ihn wahrscheinlich auf der Stelle stehen und flehe seine Schwester auf Knien um Hilfe an.

Alistair grinst. »Das verrate ich dir, wenn du mit mir tanzt.«

Fassungslos starre ich ihn an. »Ist das dein Ernst? Du nutzt die Briefe an deine tote Cousine, um mich zum Tanzen zu überreden? Findest du das nicht ein *bisschen* geschmacklos?«

Er wirkt ungerührt. »Ich habe nie gesagt, dass ich besonders hohe moralische Standards habe. Außerdem habe ich keine Ahnung, wozu du die Briefe sehen willst. Vielleicht will ich dich besser kennenlernen, bevor ich dir so was anvertraue.«

»Du könntest mit mir reden.«

»Das habe ich vor. Beim Tanzen.«

Unfassbar, mit was für einer Selbstverständlichkeit er mir das vorschlägt. Einerseits will ich diese Briefe unbedingt sehen, weil der Mörder aus dieser Stadt stammt und sie damit selbst geschrieben haben könnte. Andererseits ist Alistair ein Erbe, noch dazu ein unverschämter.

Gerade, als ich ihn von der Idee mit dem Tanz abbringen will, erspähe ich Gabriel in der Menge. Mit beeindruckender Eleganz führt er eine junge Frau über das Parkett, die ebenfalls einen der glühenden Rubinringe trägt. An ihrem verträumten Blick kann ich ablesen, wie sehr er sie fasziniert. Sofort regt sich beißende Eifersucht in mir, die ich am liebsten unterdrücken würde. Mieser, verräterischer Körper!

Ich straffe die Schultern. Das hier werde ich so was von bereuen.

»Du willst also mit *mir* tanzen?«, frage ich Alistair. »Dein Vater wird dich umbringen wollen.«

»Das Gefühl ist ihm vertraut«, versichert er mir glaubhaft. »Erst vor drei Wochen hat er herausgefunden, dass ich ein paar nette Stunden mit unserer jungen, äußerst talentierten Köchin verbracht habe, und sie daraufhin gefeuert. Die Entscheidung zwischen Schokoladen-Soufflé und dem Image seines Sohnes fiel ihm überraschend schwer.« Er lacht, als wäre das witzig.

Okay, ich bereue das Ganze jetzt schon.

Trotzdem stelle ich mein Glas ab und lasse mich auf die Tanzfläche führen, wo wir zwischen den Paaren sofort auffallen. Doch die Blicke prallen an Alistair ab. Er badet regelrecht in der Aufmerksamkeit, als machte sie ihm überhaupt nichts aus. Diese Gelassenheit hätte ich gern.

»Frauen sind so viel leichter zufriedenzustellen als Väter«, seufzt er.

»Wenn du das denkst, hast du nie meine Mutter kennengelernt.«

Er grinst. »Deine Mutter war auch nicht die Art Frau, die ich gern zufriedenstelle.«

Ich gebe mir keine Mühe, mein Augenrollen zu unterdrücken.

»Bist du immer so unverschämt?«, will ich wissen.

»Nur samstags.«

Ein amüsiertes Funkeln liegt in seinen goldbraunen Augen. Es macht ihm eindeutig zu viel Spaß, mich mit seinen Kommentaren auf die Palme zu bringen. Vermutlich lässt er die sogar extra vom Stapel, um mich aus der Reserve zu locken. Aber wenn ich dieses provokante, pseudo-charmante Gerede ertragen muss, damit ich der Wahrheit auf die Spur komme, werde ich das tun. Er will mich testen? Das kann er haben.

KAPITEL 16

So gern ich auch das Gegenteil geglaubt hätte, Alistair Kent bewegt sich geradezu traumwandlerisch gut und manövriert mich elegant zwischen den anderen Hexen hindurch. Wir tanzen zur fröhlichen Melodie und führen den traditionellen Tanz auf, bei dem wir die Handflächen gegeneinanderpressen und uns wie vornehme Raubtiere umkreisen. Viel Zeit bleibt mir dabei nicht, um mich mit Alistair zu unterhalten, denn man wechselt in regelmäßigen Abständen den Partner.

»Was verschlägt dich wieder in diese Stadt?«, fragt er, weil ihm das sicher auch bewusst ist.

»Meine Familie.«

»Deine Familie hättest du auch abseits des Trubels sehen können. Hast du etwa noch mehr Geheimnisse, Lady Graham?« Als ich die Augen verenge, zwinkert er mir zu. »Du hast nie aufgelöst, was damals auf der Feier der Silversteins passiert ist.«

Ich wende meinen Blick ab und lasse ihn durch die tanzende Menge schweifen, während ich meine Handfläche gegen die von Alistair drücke. Unweit von uns entfernt tanzt meine Schwester mit einem jungen Mann, der so sehr strahlt, als hätte er den Hauptgewinn bei einer Lotterie gezogen.

»Liest du denn keine Zeitung, Lord Kent?«, frage ich in gespielter Empörung. »Man hat mich beleidigt.«

Alistair lacht leise, legt seine Hände an meine Taille, hebt mich leicht hoch und dreht mich, bevor er mich wieder loslässt. »Das bezweifele ich. Welche Beleidigung hätte das sein sollen? Du hast in deinem Leben sicher genug gehört, um wegen ein paar Worten nicht auf diese Art die Fassung zu verlieren.«

Er ist gut, das muss ich ihm lassen.

Ich erspähe Gabriel unter den Tanzenden, der gerade in eine Schrittfolge mit einer neuen Partnerin vertieft scheint. Sie himmelt ihn mit leuchtenden Augen an, aber seine Aufmerksamkeit liegt woanders. Als sein Blick meinen trifft, verfinstert sich seine Miene. Schnell konzentriere ich mich wieder auf Alistair.

»Du kennst mich nicht«, werfe ich ihm vor. »Woher willst du also wissen, was mich aus dem Konzept bringt?«

»Weil einem solchen Ausbruch immer sehr starke Emotionen zugrunde liegen. Als meine Tante vom Tod meiner Cousine erfuhr, hat sie das Mobiliar der gesamten Eingangshalle unseres Anwesens durch die Luft gewirbelt und dabei komplett zerstört. Es braucht schon ein einschneidendes Erlebnis, damit so etwas passiert.«

Verdammt, dieser Kerl ist eindeutig zu aufmerksam. Aber was soll ich ihm sagen? Dass der Mann, den ich nicht lieben darf, mir das Herz gebrochen hat und ich daraufhin der gesamten Hexengesellschaft den magischen Mittelfinger zeigen wollte?

»Ich habe die Kontrolle verloren«, sage ich, bevor er mich erneut hochhebt. »Als Sonnengeborene fehlt mir leider die bahnbrechende Selbstbeherrschung von euch Mondgeborenen.«

»Hm«, macht er nur. »Das glauben die Leute sicher gern von dir.«

Wir tanzen weiter, und ich muss gestehen, dass seine sorglose, forsche Art meine Laune hebt und er ein fabelhafter Tänzer ist. Das hier ist anders als in der Menschenwelt, wo in brechend vollen Clubs der Bass durch den Raum dröhnt und im Körper vibriert. In diesem Saal ist es zwar genauso warm, aber weniger stickig.

Statt des Geruchs von Alkohol und Schweiß liegt ein Hauch von knisternder Magie in der Luft, die nach einem gerade erloschenen Streichholz duftet. Sosehr mir die anderen Leute auch gestohlen bleiben können, die Atmosphäre dieser Feiern habe ich tatsächlich vermisst.

Immer wieder richte ich meine Aufmerksamkeit auf Gabriel, der erneut seine Partnerin gewechselt hat. Er umkreist mich förmlich, als würde er beim nächsten Partnertausch die Gelegenheit ergreifen wollen, mit mir zu tanzen. Ich manövriere Alistair und mich geschickt durch die Menge, um das zu verhindern. Hierbei wird Gabriel mich nicht unterbrechen, da kann er noch so finster schauen. Was ist überhaupt sein Problem?

Statt mich ihm zu nähern, lasse ich mich in einen Tanz mit einem anderen Hexer verwickeln, wobei ich das Gespräch jedoch auf höfliche Floskeln beschränke. So langsam finde ich Freude an dieser Sache. Für die Dauer von ein paar Tänzen gestatte ich mir, das Interesse zu genießen, bevor ich das Parkett verlasse.

Alistair wartet in einer ruhigen Ecke auf mich.

»Und?«, frage ich ihn. »Habe ich mir die Briefe verdient?«

Er mustert mich zufrieden. »Noch nicht. Aber da du so freundlich mit mir getanzt hast, bin ich bereit, sie dir zu geben. Sofern auch du mir im Gegenzug etwas beschaffst. Eine besondere Taschenuhr, die im Besitz meines Onkels war, bis er sie beim Kartenspiel verloren hat.«

Ich sehe ihn verständnislos an. »Kannst du dir nicht eine neue Uhr kaufen?«

»Sie hat sentimentalen Wert.«

Meine Augenbrauen wandern in die Höhe. Ich hätte nicht gedacht, dass ausgerechnet Alistair Kent an einer Taschenuhr hängt. Irgendwie bezweifele ich, dass das schon alles ist.

»Was verschweigst du mir?«

Ein schelmischer Ausdruck legt sich über seine Gesichtszüge. »Vermutlich genauso viel wie du mir. Wir sollten die Geheimnisse des jeweils anderen wohl akzeptieren und uns auf den Handel konzentrieren. Ich habe etwas, das du willst, und du kannst mir im Austausch einen Gegenstand beschaffen, den ich will.«

»Wo ist der Haken?«

Er blickt sich nach allen Seiten um und kommt näher. »Der Haken ist, dass er sich im Besitz von Alexandra Campbell befindet, die ihn für keinen Preis der Welt herausrücken will. Du kennst Alexandra, sie sammelt alles Mögliche. Um an die Uhr zu kommen, müsste man sie also aus ihrem Stadthaus stehlen.«

Sofort schüttele ich den Kopf. »Vergiss es. *Sie* werde ich ganz sicher nicht bestehlen.«

Kein Wunder, dass er sich diese Uhr nicht selbst besorgt hat. Niemand mit auch nur einer funktionierenden Gehirnzelle würde es wagen, bei Alexandra einzubrechen.

»Das ist sehr schade«, meint Alistair. »Die Uhr ist nämlich das Einzige, was du mir anbieten könntest. Solltest du dich also umentscheiden, kannst du mir das gern mitteilen.« Er deutet eine Verbeugung an und lässt mich dann stehen.

Verdammt, meint er das ernst? Wieso bezahlt er niemanden, um diese Uhr zu stehlen, wenn er sie unbedingt will? Ich kann unmöglich in Alexandras Stadthaus einsteigen und sie ausrauben!

»Was war das denn?«, fragt Cara hinter mir.

Überrascht drehe ich mich um. Sie steht mit einem Glas Wasser vor mir und wischt sich mit dem Handrücken über die schweißbedeckte Stirn, an der ihre kurzen Locken festkleben.

Ich lächele sie an. »Hast du gerade Pause?«

Sie nickt. »Habe ich, aber lenk bloß nicht ab. War das Alistair Kent?«

»Vielleicht?«

Ihr tadelnder Blick sagt alles. »Nimm dich vor ihm in Acht. Dem Kerl eilt sein Ruf voraus, und ich wette, er macht vor sehr wenig Halt.«

Obwohl sie vermutlich noch nie mit ihm gesprochen hat, ist es ihr gerade gelungen, ihn ziemlich perfekt zu analysieren.

Ich schmolle. »Du tust so, als wäre ich ein unschuldiges Wesen, das gerettet werden muss.«

Sie stemmt ihre Hände in die Seiten, als wollte sie mir eine mütterliche Standpauke halten. »Das letzte Mal, als ich nicht da war, um dich zu retten, hast du es zur Titelschlagzeile in der Zeitung gebracht.«

»So was passiert mir nur einmal.«

Das Schlimme ist, dass ich das wirklich denke. Dass ich nie wieder jemanden so sehr begehren werde wie Gabriel. Sogar jetzt finde ich ihn spielend leicht in der Menge, als wäre ich ein Quellenstein und er die magische Fährte, die ich aufgenommen habe.

»Mach dir keine Sorgen«, beschwichtige ich Cara. »Mein Interesse an Alistair ist rein beruflich.«

Ihre Miene wird weicher. »Wenn du meine Hilfe brauchst, musst du es nur sagen.«

Ich lege ihr den Arm um die Schultern und drücke sie kurz an mich. Am liebsten würde ich sie in alles einweihen, aber ich muss meine Freundin um jeden Preis schützen. Sie hat in den Archiven schon mehr als genug für mich getan.

»Danke, alles gut«, versichere ich. »Du könntest höchstens dieses Schmählied zum Besten geben, das du in der achten Klasse mal über Keira geschrieben hast. Ihre Reaktion wäre bestimmt unbezahlbar.«

Sie lacht. »Danach würde man mich wahrscheinlich nie wieder für eine Party engagieren.«

Eine Weile plaudern wir weiter und beobachten die Leute. Obwohl Cara nicht zu diesen elitären Kreisen gehört, bekommt sie eine Menge Klatsch mit, den sie gut gelaunt mit mir teilt. Am Ende habe ich meine Meinung über mindestens fünf Personen komplett geändert und frage mich, warum ausgerechnet ich der Skandalgast dieser Party bin.

Auch nachdem Cara gegangen ist, halte ich mich im Hintergrund und lasse den Blick durch den Saal schweifen. Dabei bemerke ich eine Person, die ein paar Meter von mir entfernt steht und mit dem Rücken gegen die Wand lehnt.

Lou nippt an einem Weinglas und hat ihre großen, puppenhaften Augen starr auf die Tanzfläche gerichtet. Direkt auf meine Schwester, die sich in der tanzenden Menge von einem hochgewachsenen Mann im Kreis drehen lässt. Lou sieht sie an, wie ich vorhin Gabriel angeschaut habe, und ich erahne, wie sie sich fühlt.

Was wohl zwischen den beiden vorgefallen ist? Immerhin waren sie noch zusammen, als ich das letzte Mal zu Besuch war. Weder Daisy noch Rami oder Dad haben irgendetwas erzählt, und auf einmal tanzt meine Schwester mit potenziellen Heiratskandidaten. Ich weiß, dass sie Männer genauso attraktiv findet wie Frauen, aber Lou und sie waren so verliebt, dass ich sie mir mit niemand anderem vorstellen kann, ganz egal, wie unterschiedlich sie sein mögen. Mit ihren blonden Locken und den dunklen Augen ist Lou optisch das Gegenteil meiner Schwester, und auch mit ihrer aufgeweckten, risikofreudigen Art unterscheidet sie sich von ihr. Trotzdem war da etwas Magisches zwischen ihnen. Zumindest dachte ich das bis vor Kurzem.

»Reva, Schätzchen.«

Obwohl die Stimme hinter mir freundlich klingt, schrillen in meinem Kopf sämtliche Alarmglocken.

Ich wende mich von Lou ab und blicke in das Gesicht von Alexandra Campbell, die mich anlächelt wie eine stolze Tante, so als würde sie mir gleich in die Wangen kneifen wollen. In ihrem blutroten, reich verzierten Kleid sieht sie aus wie die Königin des Abends. Wahrscheinlich könnte sie mit diesem Outfit in den Buckingham Palace spazieren und die Menschen dazu bringen, sie als neue Königin von England anzuerkennen.

Alexandra legt lächelnd den Kopf schief. »Meine Güte, wie

hübsch Sie aussehen in dieser Farbe. Und die Kette steht Ihnen hervorragend.«

Diese Frau ist die furchterregendste Person, die ich jemals getroffen habe. Nicht, weil sie so gemein aussieht, sondern weil man es bei diesem strahlenden, fast schon liebevollen Lächeln überhaupt nicht vermuten würde. Jedes Wort, das ihr über die dunkelrot geschminkten Lippen kommt, scheint so freundlich und ehrlich, aber ihre Komplimente sind die zweifelhaftesten, die ich je gehört habe. Man hat ständig das Gefühl, als würde sie einen beleidigen, ohne es beweisen zu können. Da ist mir sogar Lydia lieber. Bei der weiß man wenigstens, wenn sie einen umbringen will.

»Danke«, sage ich und berühre meine Halskette. »Ich dachte, es wird Zeit, die Wahrheit mit Stolz zu tragen.«

Ihr Lächeln wird doppelt so breit und viermal so unheimlich. »Wie wundervoll. Es ist gut, Sie wieder bei uns zu haben. Was verschafft uns die Ehre?«

Alexandra Campbell wäre die Letzte, der ich dieses Geheimnis anvertrauen würde.

»Sicher wissen Sie, dass Daisy entschieden hat, in dieser Saison einen Ehemann zu finden. Was wäre ich für eine Schwester, wenn ich sie dabei nicht unterstützen würde?«

Sie sieht mich an, als wäre ich ein herzallerliebstes Hündchen, das gerade einen Trick vorgeführt hat. »Daisy kann sich in der Tat glücklich schätzen, eine so verantwortungsbewusste Schwester zu haben. Ich wette, sie ist Ihnen sehr dankbar.«

Wieso habe ich das Gefühl, dass sie sich gerade über mich lustig macht? Was sie sagt, klingt zwar wie ein echtes Kompliment, aber sie hat das Talent, einen an jedem einzelnen Wort zweifeln zu lassen. Ich bin keine verantwortungsvolle Person, das weiß sie ebenso gut wie ich. Es fühlt sich an, als verfinge ich mich gerade im Netz einer passiv-aggressiven Spinne.

»Ich werde mir Mühe geben, sie so gut wie möglich zu beraten«, versichere ich.

»Natürlich werden Sie das, Schätzchen. Sie sind immer so engagiert.«

Am besten frage ich sie gar nicht erst danach, ob sie mir die Taschenuhr von Alistairs Onkel freiwillig aushändigen würde. Nach allem, was ich weiß, wird sie so tun, als gäbe sie mir das Ding mit Freuden, bevor sie mich dann damit erschlägt.

Aus dem Augenwinkel sehe ich, wie Gabriel die Tanzfläche verlässt und mir ein Handzeichen Richtung Seitenausgang gibt, bevor er selbst dorthin eilt.

Was will er denn jetzt? Hat er etwas herausgefunden?

»Entschuldigen Sie mich«, sage ich zu Alexandra und schiebe mich an ihr vorbei.

»Oh, lassen Sie sich von mir nicht stören«, erwidert sie hinter mir. »Ich freue mich, dass Sie die Party genießen. Mir war gar nicht bewusst, dass Sie ein Faible für Maskenbälle entwickelt haben.«

Für einen Augenblick bleibe ich stehen. Ich muss den Impuls unterdrücken, mich wieder umzudrehen und sie zu fragen, was sie damit meint. Aber wenn ich das täte, hätte sie ihr Ziel erreicht, also setze ich mich in Bewegung und folge Gabriel zum Seitenausgang.

KAPITEL 17

Im langen Korridor mit den hohen Decken ist die Temperatur deutlich angenehmer als im überhitzten Festsaal. Gabriel ist bereits ganz am Ende angelangt und biegt nach links in einen weiteren Gang ab. Was hat er vor? Die Toiletten befinden sich woanders, und zum Garten, wo bald die alljährliche Campbell-Show stattfindet, geht es rechts lang. Will er, dass ich ihm folge?

Um keinen Lärm zu machen, ziehe ich mir die Schuhe aus und eile ihm unauffällig hinterher. Ohne auf mich zu warten oder mit mir zu reden, hastet er die Stufen ins Obergeschoss hinauf und biegt dort am Ende des Korridors wieder nach rechts ab. Warum schleicht er durch Alexandras Anwesen?

Ich finde ihn auf einem Balkon mit weißer Steinbalustrade und einigen Marmorsäulen, die einen weiteren Balkon des Stockwerks über uns halten. Bei einer Feuerschale zündet er sich gerade eine Zigarette an. Als er den Rauch in die Luft bläst, schließt er die Augen und seufzt.

Das ist neu.

»Rauchen ist viel zu teuer dafür, dass es dich langsam umbringt«, tadele ich ihn, bevor ich mir wieder die Schuhe anziehe.

Gabriel dreht sich halb zu mir und grinst. »Das ist keine normale Zigarette. Darin befindet sich eine spezielle Kräutermischung, die mit Lavendel und Zitronengras verfeinert wurde.«

Er wedelt mit seiner Hand in der Luft herum, wodurch der herbe Geruch auch bei mir ankommt. Tatsächlich kein Vergleich zum Gestank eines echten Glimmstängels.

»Es dient der Entspannung.« Als ich die Augenbrauen hebe, lacht er. »Nicht *so* eine Entspannung. Das Ganze ist weder bewusstseinserweiternd noch süchtig machend. Man könnte es mit einem wohltuenden Tee vergleichen.«

Obwohl seine Erklärung dubios klingt, glaube ich ihm das. Für Gabriel war es schon immer wichtig, in jeder Situation einen klaren Kopf zu bewahren. Drogen oder etwas anderes, das sein Urteilsvermögen beeinträchtigen könnte, wären das Letzte, was er zu sich nehmen würde.

Ich geselle mich zu ihm und lehne mich mit dem Rücken gegen eine der Säulen. »Entspannung also, hm? Wird dir die ganze Aufmerksamkeit schon zu viel?«

Er schneidet eine Grimasse. »Es kommt mir vor, als hätte ich statt des Rings an meinem Finger eine Zielscheibe auf dem Rücken. Ich hasse es. Wie sie sich verstellen, um mir zu gefallen, und glauben, ich würde es nicht bemerken.«

Erst jetzt fällt mir auf, dass er den Ring anscheinend abgenommen hat, denn ich entdecke ihn nirgendwo an seiner Hand.

»Von mir darfst du kein Mitleid erwarten, du armer begehrter Junggeselle«, antworte ich. »Was wolltest du überhaupt? Doch wohl kaum, dass ich herkomme und dich bedauere, oder?«

Gabriel nimmt einen weiteren Zug und starrt in die Schwärze der Nacht. Durch das Feuer in den Schalen, die hier draußen die einzige Lichtquelle sind, zuckt ein rötlicher Schein über sein Gesicht. Wir befinden uns mitten im Sommerviertel, aber es wirkt, als wäre die Stadt ganz weit weg, verborgen in der endlosen Finsternis.

»Ich habe dich mit Alistair gesehen«, sagt er. »War dieser Tanz Teil deiner Recherche?«

Eigentlich sollte ich das bejahen, aber sein leicht bitterer Tonfall gefällt mir nicht. Ich denke an seine seltsamen Blicke zurück, die er uns auf der Tanzfläche zugeworfen hat, so als wäre er mein Vater, der die Wahl meines Partners missbilligt.

»Vielleicht«, erwidere ich. »Was, wenn es nur zum Spaß gewesen wäre?«

Er bläst bläulichen Rauch in die Nacht. »Alistair bedeutet nichts als Ärger, Reva. Sein Ruf und seine Pflichten sind ihm völlig egal. Er tut immer nur das, was ihm Spaß macht, und so, wie er dich vorhin angesehen hat …«

Moment mal. Warnt er mich gerade vor einem anderen Kerl? Ist *das* etwa der Grund, warum er mich hierher zitiert hat?

Angriffslustig ziehe ich einen Mundwinkel hoch. »Klingt perfekt. Ich mag Männer mit Prioritäten. Ganz besonders, wenn ich eine davon bin.«

Gabriels Brust hebt und senkt sich sichtbar. »Für ihn ist alles nur ein Spiel, das musst du mir glauben. Was er nicht haben kann, reizt ihn dabei umso mehr.«

Unglaublich, dass er so tut, als wüsste ich nicht genau, wer Alistair Kent ist. Der Typ hatte diese verwegene Mir-ist-alles-egal-Art schon damals. Wieso denkt Gabriel, er müsste mich vor ihm beschützen? Was ich mit wem tue, ist immer noch *meine* Angelegenheit.

»Dann stehen meine Chancen ja außerordentlich gut«, provoziere ich ihn weiter.

»Reva …«

Ein bisschen genieße ich es, ihn damit aufzuziehen. Immerhin hat er nicht darüber zu bestimmen, mit wem ich tanze. Aber auch wenn sein gequälter Gesichtsausdruck urkomisch aussieht, offenbart er gleichzeitig, wie wichtig es ihm ist, mich vor Alistair zu warnen. Ob zwischen den beiden in den letzten Jahren etwas vorgefallen ist?

»Hör zu«, sage ich dann. »Dank dieses aufopferungsvollen Tanzes habe ich eine neue Spur. Alistair hat mich nämlich um einen

Gefallen gebeten, damit er mir hilft, etwas zu bekommen, was für meine Ermittlungen interessant sein könnte. Ich denke darüber nach, du brauchst also gar nicht so zu schauen. Außerdem hast du kein Recht, mich für den Tanz mit ihm zu kritisieren, während du fröhlich deine Runden mit allen möglichen Frauen drehst. Ich mische mich schließlich auch nicht in deine Entscheidungen ein.«

Eigentlich erwarte ich, dass er wegen des Gefallens für Alistair nachbohrt, doch er bleibt still.

»Ich will nur nicht, dass er dich verletzt«, murmelt er dann.

»Das kommt ausgerechnet von dir? *Alistair* könnte mich nie so verletzen, dass ich wegen ihm ein halbes Anwesen in die Eiszeit versetze.« Ich fahre mir durch mein Haar. Keine Ahnung, warum ich das überhaupt noch einmal zur Sprache bringe. Vielleicht, weil ich ihm gegenüber nie so klar formuliert habe, wie sehr er mir wehgetan hat. Hätte ich es zugegeben, hätte ich mich noch armseliger gefühlt.

Gabriel starrt mich schuldbewusst an.

»Tut mir leid«, antwortet er zu meiner Überraschung. »Ich hätte damals einen anderen Zeitpunkt wählen müssen, um mit dir darüber zu reden. Was auf der Feier passiert ist, war meine Schuld, weil ich die Situation so schnell wie möglich klären wollte. Das war ein Fehler.«

Mit seiner Entschuldigung besänftigt er unerwartet den Schmerz in mir. Ich hätte nicht gedacht, dass er zu dieser Einsicht gelangen und es sogar offen zugeben würde. Schwer zu sagen, ob ich das Ganze je vergessen kann, aber seine Reue ist Balsam für meine Seele. Durch meine Enttäuschung habe ich nie in Betracht gezogen, dass er mich gar nicht verletzen wollte, sondern mit der Situation überfordert war.

»Es tut gut, das von dir zu hören«, gestehe ich. »Wer weiß, vielleicht waren es am Ende ja genau die richtigen Worte zur richtigen Zeit. Das auf der Feier hat sich befreiend angefühlt.«

»Wie schön, dass du etwas Positives in meinen Fehlentscheidungen finden konntest«, antwortet Gabriel ironisch. »Aber ich bin froh, dass es dir jetzt besser geht.«

Ich nicke. Seit ich in der Menschenwelt lebe, bin ich tatsächlich zufriedener. Weil ich endlich ich selbst sein kann, statt einer unmöglichen Rolle gerecht werden zu müssen.

»Was ist mit dir?«, frage ich ihn. »Bist du … glücklich?«

Bei dieser Frage huscht eine Emotion über sein Gesicht, die ich nicht deuten kann. »Ich habe eine Aufgabe in meinem Leben, für die ich brenne. Das ist mehr, als die meisten von sich behaupten können.«

Das war kein Ja.

Schon oft habe ich mich gefragt, wie er so sein kann. Jemand, der sich um alles und jeden kümmert, außer um sich selbst. Hat er denn nie das Bedürfnis, sein eigenes Glück über seine Pflichten zu stellen? Einerseits bewundere ich ihn für seine aufopferungsvolle Haltung, andererseits habe ich Mitleid.

Ich sehe ihm tief in die Augen. Sofort bemerke ich wieder dieses verräterische Kribbeln, das ich nicht ausblenden kann, wenn ich in seiner Nähe bin. So gern ich es auch mit dem Alkohol begründen würde, ich müsste mich selbst belügen. Bereits vor einigen Tagen in der Kutsche habe ich diese Anziehung gespürt, die mich völlig aus dem Konzept bringt. Weil ich mich trotz allem, was zwischen uns passiert ist, so verdammt wohl bei ihm fühle. Er hat diese beschützende Aura, und obwohl ich gut auf mich allein aufpassen kann, verzehre ich mich nach dieser Geborgenheit.

Etwas Sehnsuchtsvolles liegt in seinem Blick. Es ist derselbe Ausdruck wie damals im See, bevor er mich geküsst hat. Ich sollte nicht daran denken, aber ich würde gern wissen, ob dieser Funke die letzten Jahre überdauert hat. Ob ich ihn an die Oberfläche locken könnte.

»Darf ich mal?«, frage ich und deute auf die Zigarette.

Gabriel dreht sie um und hält sie mir hin.

»Ein bisschen höher.«

Zunächst irritiert ihn meine Anweisung, aber dann hebt er den Glimmstängel an. Ich nehme seine Hand und dirigiere sie weiter nach oben.

Wahrscheinlich bin ich von allen guten Geistern verlassen, aber statt ihm das glühende Ding abzunehmen, mache ich einen Schritt nach vorn, bis ich dicht vor ihm stehe. Ich schließe meine Lippen um den Filter und nehme einen langen Atemzug, während ich Gabriel dabei tief in die Augen sehe. Unsere Blicke verschränken sich ineinander, und er hält die Luft an. Selbst als ich den wohltuenden Rauch auspuste, wagt er es nicht einmal, zu blinzeln. Als er endlich wieder atmet, tut er das sehr, sehr langsam.

»Was machst du da?«, raunt er heiser und senkt den Kopf.

»Deine Entspannungsmethode austesten«, erwidere ich unschuldig.

»Ich glaube, du testest etwas ganz anderes.«

Er richtet seinen Blick auf die Zigarette, an deren Filter nun Rückstände meines roten Lippenstifts kleben. Dann nimmt er einen neuen, verflucht genüsslichen Zug. Als wäre es nicht die Zigarette, sondern das Echo meiner Lippen, das er kosten will.

Grundgütiger, hoffentlich bin ich bloß von diesem Vanille-Schampus betrunken. Es ist peinlich und demütigend, wie sehr ich diesen Mann begehre und mir sogar einbilde, er würde darauf eingehen. Ich sollte es besser wissen, immerhin ist mir klar, dass ich ihn nicht haben kann. Niemals. Doch die Erinnerung an meine letzte Verbrennung hält mich nicht davon ab, erneut ins Feuer fassen zu wollen.

So dicht bei ihm zu sein, berauscht mich. Trotzdem werde ich ihn nicht küssen, ganz egal, wie verführerisch seine Nähe ist. Weil ich schon einmal den ersten Schritt gemacht und es bitter bereut habe. Dieses Mal muss er derjenige sein, der seine Prinzipien vergisst. Ich kann ihm höchstens einen kleinen Schubs geben und abwarten, was passiert.

»Halte sie noch mal hoch«, weise ich ihn an. »Und dann sieh mir ganz genau zu.«

Gabriel kommt meinem Wunsch zögerlich nach und hält mir erneut die Zigarette hin.

»Du hast ja keine Ahnung, was du da tust«, warnt er mit rauer Stimme.

Ich lächele schief, weil ich es sehr wohl weiß. »Mach mich nicht für deine schmutzigen Gedanken verantwortlich, Gabe.«

Bei der Erwähnung seines Spitznamens schluckt er. »Du spielst mit dem Feuer. Wortwörtlich.«

»Mh.«

Als ich meinen nächsten Zug nehme, presst er seine Lippen fest zusammen. Okay, das Zeug, das er raucht, wirkt definitiv nicht beruhigend. Mein Herz rast, als hätte ich eine tödliche Dosis siedend heißer Energydrinks zu mir genommen. Meine Wangen glühen vor Verlangen. Das ist so beschämend. Es sollte nicht funktionieren, aber so, wie er mich gerade ansieht, tut es das. In seinen Augen lodert eine dunkle, ursprüngliche Begierde, und ich genieße es, diese Wirkung auf den beherrschten, unfehlbaren Gabriel Silverstein zu haben, weil es mir ein Gefühl von Macht gibt und beweist, dass ich mir die Anziehung zwischen uns nicht einbilde.

Gerade, als ich mich in meinem Triumph sonnen und ihn weiter provozieren will, fange ich an zu husten. Zu meinem Leidwesen ist es kein niedliches, zaghaftes Keuchen, sondern ein Bilderbuch-Hustenanfall, bei dem man denken könnte, dass ich gerade elendig ersticke. Gabriel klopft mir auf den Rücken, während ich mit heißem Kopf vor mich hin röchele.

Natürlich. Kaum fühlt man sich mal einen Moment sexy und baut so etwas wie erotische Spannung auf, verreckt man im nächsten an einer Kräuterzigarette. Darin ließe sich bestimmt irgendeine poetische Weisheit finden, aber jetzt gerade will ich nur im Boden versinken.

Gabriel starrt mich auch dann noch überrascht an, als ich mich beruhigt habe. Und dann, völlig aus dem Nichts, fängt er an zu lachen.

»Freut mich, dass meine Nahtoderfahrung dich so gut unterhält«, meine ich halb beleidigt, muss dabei jedoch auch grinsen.

Er wischt sich eine Träne aus dem Augenwinkel. »Entschuldige. Manch einer würde das wohl kosmische Gerechtigkeit nennen.«

Ich schürze die Lippen. »Wenn es die wirklich gäbe, würdest du den ganzen Tag hustend durch die Gegend laufen.«

Sein Lächeln wird breiter und dann schlagartig wehmütig. Für einen Moment wirkt er so unbeschwert, wie ich ihn lange nicht mehr gesehen habe.

»Danke«, sagt er und nimmt mir die Zigarette ab. »Du hast meinen Abend ein ganzes Stück besser gemacht.«

»Indem ich fast gestorben bin?«, zweifele ich.

Er schüttelt den Kopf. »Indem du es mir erlaubt hast, wenigstens für einen Moment ich selbst zu sein. Es ist ermüdend, immer das sagen und tun zu müssen, was die Leute zufriedenstellt.«

Das lässt mich an die Zeit zurückdenken, als wir noch befreundet waren. Wir konnten einander all unsere Zweifel anvertrauen. Mussten nicht schauspielern, so wie man es in der Öffentlichkeit von uns verlangt hat.

»Also ich hätte nichts dagegen, wenn du versuchen würdest, mich zufriedenzustellen«, scherze ich, woraufhin mir klar wird, dass ich gerade Alistairs miesen Witz reproduziert habe.

Gabriels Gesichtsausdruck wird ernst. »Du musst dringend damit aufhören, solche Dinge zu sagen. Oder *solche* Dinge zu tun.« Er hebt die Hand mit der Zigarette und nimmt noch einen Zug, wobei er deutlich gestresster aussieht als bei seinem ersten.

Ich zucke mit den Schultern. »Du kannst mich jederzeit davon abhalten. Hier geschieht nichts gegen deinen Willen, versprochen.«

»Mein Wille ist gerade alles andere als hilfreich«, erwidert er und wirft die heruntergebrannte Zigarette in die Feuerschale. »Wenn du mich das nächste Mal rauchen siehst, halte bitte deine Lippen davon fern. Sonst tue ich noch etwas, das ich bereue.«

»Was denn?«, frage ich interessiert.

Gabriel weicht einen Schritt zurück. »Wie wäre es, wenn du wieder anfängst, mich zu hassen? Damit kann ich besser umgehen als mit deinen Verführungen.«

»Oh, du denkst, ich wollte dich verführen? Du bist ganz schön überzeugt von dir. Ich habe nur eine Zigarette geraucht, sonst nichts.«

Ein amüsiertes Grinsen macht sich auf seinen Lippen breit. »Spiel die Unschuldige, so viel du willst. Ich bin der Letzte, der dir das abkauft.«

»Ist das so? Vielleicht sollte ich meine hinterhältigen Verführungen fortsetzen. Mal sehen, was du dann tust.«

Er vergräbt die Hände in seinen Hosentaschen. »Jetzt gerade würde ich gern eine ganze Menge tun, Darling. Dinge, über die ich nicht einmal nachdenken sollte. Und glaub mir, wenn ich dir sage, dass ich mindestens so verführerisch sein kann wie du. Deshalb verschwinde ich jetzt besser, und wir vergessen, dass wir diese Unterhaltung je geführt haben.«

Der Schock darüber, dass er das gerade laut ausgesprochen und mich dabei *Darling* genannt hat, macht es mir unmöglich, mich zu rühren. Ich kann ihm nur wortlos dabei zusehen, wie er den Balkon verlässt und währenddessen etwas zu sich selbst murmelt, das verdächtig nach *Scheiße* klingt.

Als er gegangen ist, lehne ich mich wieder gegen die Säule und schließe die Augen.

Hilfe, war das peinlich. Aber auch verwirrend. Und irgendwie … heiß?

Ich öffne die Augen, betrachte die Zigarette in den Flammen und komme nicht umhin, eine Parallele zu mir selbst zu sehen, während ich mich in der Hitze meiner irritierenden Gefühle winde. Bald bin ich wahrscheinlich ebenfalls zu Asche heruntergebrannt.

Der Garten der Campbells ist genauso atemberaubend wie die Gärten aller anderen hohen Familien von New London. Statt einer saftigen grünen Wiese finde ich mich allerdings auf schwarzem, glitzerndem Sand wieder. Ich ziehe meine Schuhe aus und gehe mit ihnen in der Hand weiter. Trotz der Dunkelheit ist der Sand unter meinen Fußsohlen warm. Fackeln mit roten Flammen leuchten den Weg durch den Garten. Auch draußen gibt es Getränke, aber niemand tanzt, und die Stimmung ist viel ungezwungener. Um mich herum lachen die Leute und erzählen sich Geschichten. Sie schließen Wetten darauf ab, wer am Ende der Saison wen heiratet, und ich muss mich bemühen, nicht hinzuhören, wenn sie über Daisy oder Gabriel sprechen. Zum Glück war ich damals zu jung, um Gegenstand von solchem Gerede zu sein.

Ich geselle mich zu Rami, der mit einigen Freunden um ein magisches Feuer im Sand sitzt und sich entspannt. Obwohl ich mich anfangs etwas unwohl fühle, werde ich in ihrer Runde schnell gelöster, weil sie herrlich witzig sind. Die flüchtigen Blicke auf mein Handgelenk entgehen mir zwar nicht, aber im Gegensatz zu vielen anderen Personen bringen sie mir keine offene Abneigung entgegen.

Bald darauf beginnt die typisch übertriebene Campbell-Show, die sie jedes Jahr auf Partys abziehen. Einige Sommerhexen führen einen feurigen Tanz auf, und zwar im wahrsten Sinne des Wortes. Sie nutzen ihre Sommermagie, um das Feuer der Fackeln, die überall herumstehen, zum Leben zu erwecken. Aus den Flammen formen sie Tiergestalten – einen Löwen, ein Pferd und einen Drachen –, bringen sie zum Tanzen und das Publikum damit zum

Staunen, so als hätte es diese Show noch nie gesehen. Ich muss zugeben, dass es faszinierend ist.

»Daisy hat mir nichts von ihren Heiratsplänen erzählt«, sage ich zu meinem Bruder, als die anderen gerade von der Show abgelenkt sind.

Rami starrt mich einen Moment an, dann seufzt er. »Ich weiß es auch noch nicht sehr lange.«

»Aber du wusstest davon, oder? Als ich euch das letzte Mal besucht habe, war sie noch mit Lou zusammen. Vorhin habe ich sie gesehen. Sie hat ziemlich unglücklich gewirkt. Was ist passiert?«

»Darüber solltest du mir Daisy reden, Schwesterchen.«

»Ich hatte heute das Gefühl, sie will nicht darüber sprechen.«

Er versucht, mich mit einem seiner klassischen Rami-Grinsen aufzuheitern, das ihn so sehr wie Dad aussehen lässt. »Du enthältst uns auch so manches vor, schon vergessen? Gib ihr Zeit. Dann wird sie dir sicher alles sagen.«

Ich lehne mich zurück und starre ins Leere. »Ja, vielleicht. Ich habe Angst, dass sie sich aus Pflichtgefühl ins Unglück stürzt. Sie tut alles, um ihrer Position gerecht zu werden, und ich habe das Gefühl, dass …«

»… du für ihr Unglück verantwortlich bist?«

Seine Antwort trifft den Nagel auf den Kopf.

Rami legt mir die Hand auf die Schulter. »Du kennst Daisy. Sie ist zwar die Jüngste von uns, aber sie wird nichts tun, was sie sich nicht gut überlegt hat. Hab ein wenig Vertrauen in sie.«

Mit gesenktem Blick male ich undefinierbare Muster in den dunklen Sand, während der Feuerschein der Show über ihn hinweghuscht. »Du hast ja recht.«

»Natürlich habe ich das.«

Wir grinsen uns an und konzentrieren uns dann wieder auf die Show. Bald darauf startet das alljährliche Feuerwerk, und ich muss zugeben, es übertrifft sogar das letzte, dem ich beigewohnt habe. Über dem Anwesen geht ein Farbenregen aus Lila, Gold, Silber und Rot nieder, der glitzernde Pusteblumen auf den Sternenhimmel malt. Bei der Geräuschkulisse muss ich mir die Ohren zuhalten. Alexandra würde die Silvesterfeiern in der Menschenwelt lieben, da bin ich sicher.

Während ich den Funkenregen bewundere, versuche ich, wenigstens kurzzeitig zu verdrängen, dass ein Mörder unter den Gästen sein könnte und ich immer noch nicht weiß, wer es ist. Vielleicht sollte ich mich doch auf Alistairs Handel einlassen. Oder ich überrede meine Schwester, mir zu einer Abkürzung zu verhelfen.

KAPITEL 18

»Auf keinen Fall.«

Obwohl Dad uns heute zum Sonntagsfrühstück seine unglaublich leckeren Reisküchlein gezaubert hat, ist Daisys gute Laune sofort dahin, als ich ihr meine Bitte vortrage. Offensichtlich will sie meine weiteren Erklärungen gar nicht erst hören, aber ich muss es trotzdem versuchen.

»Die Quelle könnte mir die Antwort auf eine Frage geben, von der sehr viel abhängt. Bitte, Daisy, ich brauche unbedingt deine Hilfe!«

Meine Schwester schüttelt vehement den Kopf. »Du kennst die Regeln. Mum hat dir genug über die Quelle erzählt, damit du weißt, warum wir sie niemals nutzen können. Unsere Familie bewacht sie seit den Anfängen dieser Stadt.«

Natürlich bin ich mir der Regeln bewusst. Die *Quelle des Wissens* ist ein magischer Ort, der sich unter den Mauern unseres Anwesens verbirgt. Sie ist das wichtigste und gleichzeitig gefährlichste Erbe unserer Familie. Eine Art magisches Artefakt, das angeblich jede Frage beantworten kann, die man ihm stellt. Durch sie könnte ich herausfinden, wer für die Morde verantwortlich ist. Bis gestern habe ich diese Möglichkeit gar nicht in Betracht gezogen, weil Mum uns immer davor gewarnt hat. Aber weder Naomi noch ich sind bislang bei unseren Recherchen weitergekommen, und auch von Gabriel habe ich nichts Neues gehört. Ich bin, gelinde gesagt, verzweifelt. Uns läuft die Zeit davon.

»Wir *beschützen* die Quelle«, antworte ich. »Vor Außenstehenden, nicht vor unserer eigenen Familie. Mum wollte bloß sichergehen, dass wir nie ihre Macht missbrauchen. Das hier ist eine Ausnahme. Sie würde einem guten Zweck dienen.«

Daisy hebt die Hand, als wollte sie damit gern eine Mauer zwischen uns errichten. »Der Zweck spielt keine Rolle, Reva. Die Quelle ist unberechenbar. Mitglieder unserer Familie, die sich in der Vergangenheit Antworten von ihr erhofft haben, haben wegen ihr den Verstand verloren. Sie ist keine Wohltäterin, sondern ein mächtiges magisches Erbe, und Macht hat immer einen Preis.«

Sofort muss ich an den alten Baum denken, der die Archive bewacht. Sein Preis wäre beinahe mein Leben gewesen.

»Mum war es sehr wichtig, dass wir die Quelle nie nutzen«, fährt Daisy energisch fort. »Solange ich die Erbin dieses Hauses bin, werde ich nicht zulassen, dass wir herausfinden, wie teuer das Wissen dieser Magie ist. Mit einer so alten Macht spielt man nicht.«

»Ich habe nicht vor zu spielen!«, rufe ich lauter als beabsichtigt.

Ich will Leben retten.

Soll ich ihr davon erzählen? Immerhin habe ich es auch Gabriel gesagt, und der gehört genauso zum Rat wie sie. Aber was würde es mir bringen? Selbst wenn sie es wüsste, würde sie mir den Zutritt zur Quelle verweigern. Das hat ihre vehemente Verteidigung von Mums Anweisungen gezeigt. Bevor sie zulässt, dass ich diese Regeln breche, würde sie zunächst alle anderen Wege in Erwägung ziehen, um den Fall zu lösen.

»Gut«, sagt sie nur. »Genau aus dem Grund solltest du nie wieder darüber nachdenken, die Quelle wegen etwas zu fragen. Keine Antwort kann den Preis wert sein, den sie verlangt.«

Ob der Preis der Quelle wirklich so schlimm ist? Der Baum in den Archiven war auch gefährlich, aber aus irgendeinem Grund scheint er mich verschont zu haben. Was, wenn die Quelle das auch tun würde? Schließlich gehöre ich zu dieser Familie.

Wären die Leben, die ich mit der Antwort auf meine Frage retten könnte, es nicht wert, den Preis herauszufinden? Vielleicht hat Daisy aber auch recht und ich sollte zuerst andere Möglichkeiten ausschöpfen. Ich fürchte nur, auch bei der Alternative muss ich die Regeln brechen.

»Du willst *was* stehlen?«, ruft Naomi und wendet sich von den bunten, mit Glitzerstaub veredelten Kerzen ab, die sie im Schaufenster eines kleinen Ladens im Frühlingsviertel entdeckt hat.

Ich sehe Naomi schuldbewusst an. Mir ist klar, dass diese Sache in einer waschechten Katastrophe enden könnte. Genau deshalb brauche ich die Unterstützung meiner besten Freundin. Wenn ich meinen Plan allein durchziehe, würde es bestimmt noch viel schlimmer werden.

»Es könnte uns helfen, an wertvolle Informationen zu kommen«, argumentiere ich. »Wir haben bisher keine echte Spur. Das hast du selbst gesagt.«

»Stimmt«, gibt sie zu. »Aber keine Spur ist immer noch besser, als für Alistair Kent etwas Wertvolles aus der privaten Sammlung von Alexandra Campbell zu stehlen. Der einen Person, die man nicht verärgern sollte.«

Wo sie recht hat, hat sie recht. Alexandra ist die Art von Hexe, die keine Fehler verzeiht. Nach außen hin tut sie zwar immer großmütig, aber ich wette, sie führt eine imaginäre Liste mit den Namen aller Personen, die ihr je unrecht getan haben. Jeder einzelnen davon wird sie es bei Gelegenheit bestimmt heimzahlen, also sollte ich sie definitiv nicht bestehlen. Leider brauche ich dringend diese Uhr.

»Alistair hat mir eine Attrappe gegeben«, sage ich und zeige ihr das kleine braune Kästchen, in dessen Deckel sich eine goldene Gravur befindet. »Die Uhr steckt wohl in genau so einem Ding. Es würde Alexandra eine ganze Weile nicht auffallen, wenn die echte fehlt.«

Als ich mich gestern mit Alistair getroffen habe, um die Sache zu besprechen, hat er mir ans Herz gelegt, die richtige Uhr mit einer falschen auszutauschen. So langsam frage ich mich, ob er dieses Ding tatsächlich will oder mich nur auf die Probe stellt.

Naomi scheint nicht überzeugt. »Wenn es so einfach ist, wieso holt er sich das Teil dann nicht selbst?«

»Weil er ein Erbe mit Verpflichtungen ist, der viel zu verlieren hat, während ich nach dieser Sache wieder in der Menschenwelt sein werde. Außerdem glaube ich kaum, dass es Alexandra Campbell auffallen wird, wenn ein Sammlerstück aus ihrer Zweitresidenz nicht mehr ganz das ist, das sie beim Kartenspiel gewonnen hat. Selbst wenn, wen interessiert das? Ich bin in dieser Welt niemandem mehr etwas schuldig. Wenn ich so bei den Ermittlungen weiterkomme, lohnt sich der Aufwand. Im schlimmsten Fall werde ich zu einer Strafe verurteilt, und dann wird Jonathan die Sache geraderücken.«

Naomi streicht sich gedankenverloren über ihren langen Zopf. »Was, wenn Kent lügt und sich einen Spaß mit dir erlaubt hat?«

»Was hätte er davon? Er ist ein Opportunist, kein Lügner. Zumindest war er das nie.«

»Leute verändern sich.«

Ich lasse mir den Gedanken durch den Kopf gehen, kann mir jedoch kaum vorstellen, dass Alistair sich die ganze Geschichte mit seiner Cousine und den Briefen spontan aus den Fingern gesaugt hat. Er konnte nicht wissen, dass ich auf dieser Feier auftauchen und genau diese Dinge fragen würde. Es gibt absolut keinen Grund, warum er lügen sollte. Wahrscheinlich will er diese Situation nur zu seinem Vorteil nutzen.

»Warum stehlen wir nicht die Briefe?«, fragt Naomi. »Immerhin ist in fünf Tagen die Party der Kents. Du könntest dich davonschleichen und nach ihnen suchen.«

Ich hebe skeptisch die Brauen. »Du würdest während einer Feier mit der gesamten Oberschicht in einem fremden Anwesen auf die Suche nach Briefen gehen? Sie jemandem stehlen, der genau weiß, dass du sie willst? Und das, ohne bemerkt zu werden? Ich glaube, mein Plan ist tatsächlich weniger gewagt.«

Solange wir nicht erwischt werden, kann Alexandra keinesfalls wissen, dass ich die Diebin bin. Schließlich habe ich nichts mit dieser Taschenuhr zu tun, und es gibt auf den ersten Blick keinen Grund, warum ich sie haben wollen sollte. Theoretisch weiß ich nicht einmal von ihrer Existenz.

Naomi wirkt zerknirscht. »Wozu genau brauchst du noch mal meine Hilfe bei dieser Sache?«

Ich lächele. »Du bist meine allerbeste Freundin und die tollste Kollegin der Welt.«

Sie kämpft erfolglos gegen das Grinsen an, das sich auf ihren Lippen formt. »Okay, ich liebe Komplimente. Aber sonst ist eher Cara für die besonders gewagten Angelegenheiten zuständig.«

»Cara ist eine Herbsthexe. Die Archive wurden von Frühlingsmagie bewacht, und ich wette, im Haus von Alexandra finden wir in irgendeiner Form Sommermagie. Ich brauche also jemanden, der sich damit auskennt. Zufällig bist du die talentierteste Sommerhexe, die ich kenne.«

»Es ist unfair, dass du mir so schmeichelst«, meint Naomi. »Dann kann ich schlecht Nein sagen.«

»Perfekt. Genau genommen gehört es nämlich zu deinem Job, mir zu helfen.«

Sie seufzt. »Es gehört auch zu meinem Job, dafür zu sorgen, dass du nicht bei der Arbeit draufgehst.«

»Dann wirst du mich wohl begleiten müssen, um sicherzustellen, dass ich im Haus von Alexandra Campbell nicht von Sommermagie zu einem Häufchen Asche verarbeitet werde«, antworte ich grinsend.

Ihr Gesichtsausdruck ähnelt dem, den sie hat, wenn sie feststellt, dass sich ihre Reichweite auf ihrem Social-Media-Kanal verschlechtert hat. »Am Ende werde ich mehr Probleme damit haben, dich am Leben zu halten, als diesen Fall aufzuklären.«

KAPITEL 19

Wir warten bis Dienstag, um unseren Plan mitten in der Nacht in die Tat umzusetzen. Alexandra Campbells zweiter Wohnsitz wirkt weniger protzig, als ich erwartet hätte. Das schmale Gebäude ist vierstöckig, mit schwarz gestrichenen, oben abgerundeten Fenstern. Im Licht der aufgehenden Sonne sehen die roten Ziegel, mit denen das Dach gedeckt wurde, aus, als würden sie in Flammen stehen.

Niemand hält Wache, was mich stutzig macht, schließlich soll sich da drin eine wahre Schatzkammer verbergen. Selbst dann, wenn nur wenige von der Existenz dieses Hauses wissen, finde ich das seltsam. Ich gehe jede Wette ein, dass es magische Wachen gibt, genau wie in den Archiven. Etwas, das Alistair Kent davon abhält, sich diese Taschenuhr selbst zu beschaffen.

»Ich war mal eine aufrechte Bürgerin dieser Stadt«, meint Naomi verdrossen und sieht sich nach allen Seiten um.

»Bist du immer noch. Du folgst mir nur zufällig, wenn ich in ein Haus einbreche. Quasi wie mein Bodyguard.«

»Ein Bodyguard wirft sich todesmutig zwischen dich und die Kugel. Aber du, meine Liebe, springst freiwillig in die Schusslinie. Dafür übernehme ich keine Verantwortung.«

In gespielter Verletzung fasse ich mir an die Brust. »Und ich dachte, du bist meine Freundin.«

»Bin ich auch. Deine Freundin, die sehr an ihrem eigenen Leben hängt. Was würde meine Community sagen, wenn ich nicht mehr aus dem Schweigekloster zurückkehre?«

Das bringt mich zum Lachen. »Sie würden die Kommentarspalte von deinem letzten Beitrag wahrscheinlich mit Pseudo-Anteilnahme fluten und den Verlust der wundervollsten Seele betrauern, die sie je kennenlernen durften.«

»Zwei Tage später folgen sie statt mir dann der nächsten Influencerin, die sie mit Rabattcodes lockt.« Sie seufzt. »Das wäre sehr deprimierend.«

Wir schleichen vorsichtig um das Haus und gelangen in einen Hinterhof, der trotz des Sonnenlichts erstaunlich düster ist, weil die umliegenden hohen Häuser ihre Schatten hinunterwerfen und kein Sonnenstrahl durch die Kronen der hier wachsenden Bäume dringt. Ich riskiere einen Blick nach oben, um zu schauen, ob ich hinter den Fenstern irgendwen entdecke, der uns beobachten könnte, sehe aber niemanden. Um diese Uhrzeit schlafen die meisten, die keine Sonnengeborenen sind.

Statt einer Hintertür finden wir an der Rückwand des Hauses eine kurze steinerne Treppe, an deren Ende sich eine Art Spiegel befindet. Oder vielmehr ein trübes Glas, denn als wir davorstehen, sehen wir nicht etwa uns selbst oder die Umgebung darin, sondern rein gar nichts.

Naomi und ich tauschen einen Blick, dann fasse ich mir ein Herz und lege meine Hand auf das kalte Glas. Als eine Person darin erscheint, ziehe ich sie erschrocken zurück.

Es ist Alexandra Campbell.

Sie sieht aus wie bei ihrer Feier vor wenigen Tagen. Auf ihrem weißblonden Haupt trägt sie das Obsidian-Diadem, in das fein geschliffene Rubine eingearbeitet wurden. Ihr Gesichtsausdruck ist herrschaftlich, und sie hat ihr Kinn angehoben, so als würde sie auf uns herabblicken wollen. Gedanklich gehe ich eintausend gute Gründe durch, warum wir hier sein könnten.

»Was ist nicht lebendig und kann dennoch wachsen, hat keine Lungen und benötigt dennoch Luft, hat keinen Mund und kann dennoch durch Wasser sterben?«

Ihre Stimme klingt zwar genauso wie immer, doch der Unterton ist kühler. Es hört sich an, als wäre sie weiter weg. Sie bewegt sich kein Stück, und ihr Blick wirkt, als würde sie ihn auf etwas in der Ferne richten statt auf mein Gesicht. Wäre das die echte Alexandra Campbell, würde sie sich anders verhalten.

»Ein Rätsel?«, flüstert Naomi mir zu.

Ich zucke mit den Schultern. Bei Alexandra hätte ich so was erwarten müssen. Wann immer sie meine Mutter wegen einer Ratsangelegenheit besucht hat, hat sie mir ebenfalls solche Rätsel aufgetragen. Früher fand ich es spannend, aber nach allem, was ich inzwischen weiß, wollte sie mich damit wahrscheinlich nur bloßstellen. Heute bietet sich mir die ultimative Möglichkeit, es ihr heimzuzahlen.

»Vertrauen«, sage ich zum Spiegel, doch es tut sich nichts. Alexandra starrt mich immer noch an, als würde sie geradewegs durch mich hindurchsehen.

»Gefühle?«, überlegt Naomi.

Keine Reaktion.

Ich reibe mir über den Hinterkopf. Etwas, das nicht lebt, also kein Mensch, kein Tier und keine Pflanze sein kann. Es hat keine Lungen, braucht aber trotzdem Luft, und Wasser kann es töten. Fieberhaft denke ich nach, während Naomi weitere Ideen ausspricht. Bis mir etwas einfällt, das perfekt passen könnte. Zu perfekt.

»Feuer.«

»Korrekt«, antwortet Alexandras Spiegelbild, ohne das Gesicht zu verziehen. »Willkommen in Haus Campbell.«

Ihr Antlitz verschwindet, und wir stehen wieder vor dem milchigen Spiegelglas. Zögerlich lege ich meine Hand darauf und spüre eine Veränderung. Es ist nicht mehr fest und kalt, sondern durchlässig und warm. Ein Prickeln entsteht dort, wo ich es berühre.

»Scheint eine Art Schleier zu sein«, sage ich, bevor ich einen Schritt nach vorn wage und hindurchgehe.

Sobald ich das Innere des Hauses betrete, entfachen sich die zahlreichen Kerzen in dem schmalen Flur, die auf Kommoden aus dunklem Holz stehen und sich im schwarzen Kronleuchter an der Decke befinden. Trotz des Lichts wirkt der Raum immer noch finster. Das Feuer wirft einen warmen Schein auf die großen, goldgerahmten Bilder an den Wänden, die allesamt eine junge Frau mit blassblauen Augen und weißblondem Haar zeigen. Sie trägt dunkelrote Kleidung und ist nur etwas jünger als ich. Das muss Alexandras Tochter Nell sein. Seltsam, dass ich sie vor drei Tagen nicht auf der Familienfeier gesehen habe, immerhin ist sie die Sommererbin.

»Denkst du, hier kommt jeder rein, der dieses Rätsel löst?«, fragt Naomi, nachdem sie hinter mir durch den Spiegel getreten ist.

»Gute Frage«, antworte ich.

Wahrscheinlich wird sie Gästen, die sie erwartet, die Losung im Voraus mitteilen. Aber es schützt nicht vor ungebetenen Besuchern.

»Am besten fassen wir absolut nichts an«, warne ich. »Irgendwie traue ich der Sache nicht. Lass uns nur Ausschau nach dem Holzkästchen mit goldener Gravur halten. Laut Alistair stellt Alexandra ihre Errungenschaften und Schätze hier drin aus wie in einem Museum.«

Wir bewegen uns vorsichtig durch den Flur. Heute findet eine Ratssitzung statt, falls Alexandra also nicht ohnehin schläft, wird sie sich darauf vorbereiten und nicht an diesem Ort auftauchen. Dieses Haus muss ihr geheimer, privater Rückzugsort sein, wo sie sich mit Leuten trifft, die sie nicht in der Villa ihrer Familie empfangen will.

»Hallo?«, rufe ich lautstark.

Naomi fährt zusammen. »Bist du von allen guten Geistern verlassen?«

Ich hebe die Hände. »Noch könnten wir so tun, als wären wir eingeladen worden. Wenn wir zuerst rumschleichen, wäre das unglaubwürdiger.«

Niemand meldet sich, woraufhin sich Naomi etwas entspannt. Als wir den nächsten Raum betreten, entzünden sich auch dort einige Kerzen. Ringsherum befinden sich Tische, auf denen die kuriosesten Dinge ausgestellt sind. Ein lila Kristall, der so groß ist wie ein Kopf. Eine goldene Karaffe mit schwarzer Gravur, die in Runensprache verfasst ist. Ein Messer mit einem auffälligen Griff, der aussieht wie aus Malachit gefertigt.

»Denkst du, das sind magische Gegenstände?«, fragt Naomi.

»Keine Ahnung.«

Ich weiß, dass Alexandra ein Faible dafür hat, aber Gegenstände, in denen Magie kanalisiert wurde, sind äußerst selten. Die einzigen, die noch regelmäßig hergestellt werden, sind jene, die von der Polizei, dem Hohen Gericht oder von der magischen Abteilung genutzt werden. Um solche Artefakte anzufertigen, muss man sie mit Magie speisen und diese darin versiegeln, damit sie später einmal ihren Zweck erfüllen können. Abgesehen von den gängigen Gegenständen wie Quellensteinen oder Wahrheitskristallen wird so etwas kaum mehr erschaffen. Früher war das anders. In einer Zeit, als Hexen noch ohne jegliche Restriktion Wunderdinge mit ihrer Magie vollbracht haben, hat man ständig Artefakte hergestellt.

In den Archiven würde sich einiges darüber finden lassen, darum ist Gabriel vermutlich so empfindlich, was diesen Ort angeht. Zur Zeit der Gründung von New London waren die Hexen laut Mum in Aufbruchsstimmung, weil sie ihre Magie endlich frei wirken konnten. Sie durften sein, wer sie waren, ohne sich verstecken zu müssen. Es gab keinerlei Regeln. Nur reine magische Ekstase. Selbst Blutzauber waren erlaubt, doch unkontrollierte Macht birgt Risiken, und so hat man Gesetze erlassen, die uns einschränken. Uns vor uns selbst beschützen.

Ich blicke mich um. Ob die Gegenstände, die hier herumliegen, Relikte aus der alten Zeit sind? Würden sie noch funktionieren, wenn man sie ausprobieren würde?

Bei dem Gedanken, was das alles sein könnte, erschaudere ich. Was man mit solchen Schätzen anstellen könnte. Aber vielleicht sind es auch nur teure Sammlerstücke, und es gibt nichts Magisches daran. Warum sollte Alexandra solche Dinge in diesem Haus aufbewahren, wenn sie magisch wären? Ihr Anwesen ist weitaus besser bewacht.

»Lass uns weitergehen«, murmele ich.

Wir arbeiten uns durch die oberen Etagen, in denen es ähnlich aussieht wie im Erdgeschoss. Uns begegnen noch mehr Gegenstände, die äußerst wertvoll aussehen und jedes Sammlerherz höherschlagen lassen würden. Im zweiten Stockwerk befindet sich eine Art Esszimmer mit einer großen, edlen Tafel. Wir entdecken weitere Räume und sogar ein kleines Schlafgemach, das sich seltsam intim anfühlt. Ich habe mich nie gefragt, wie wohl die Privaträume von Alexandra Campbell aussehen, und ich wollte es eigentlich auch nie wissen. Wenig überraschend, dass sie bordeauxfarbene Seidenbettwäsche und eine ganze Wand voller Bücher in ihrem Schlafzimmer hat. Ihre Vorliebe für Kristalle und Tarot war mir allerdings nicht bekannt. Diese Dinge stammen aus einer anderen Zeit, als Hexen noch vermehrt damit gearbeitet haben. Das Wissen vieler Menschen über uns ist genau darauf beschränkt – Wissen in Bezug auf Heilsteine, Kräuter und Hellseherei. Aber das sind wir längst nicht mehr. Es wundert mich, dass ausgerechnet Alexandra, die so stolz auf die Gegenwart ist, so sehr der Vergangenheit nachzuhängen scheint.

Mit jedem neuen Raum wird mein Frust größer. Wir haben bereits drei Stockwerke durchsucht und noch immer nicht gefunden, was wir brauchen. Zum ersten Mal kommt mir der Gedanke, dass Naomi recht haben könnte und Alistair mich angelogen hat. Oder er hatte die falsche Vermutung, und Alexandra bewahrt die Taschenuhr woanders auf.

Wir sollten gehen, das weiß ich. Aber ohne das Erbstück werde ich die Briefe nicht bekommen. Wenn ich schon keine Uhr finden kann, wie soll ich dann einen Mörder aufspüren?

»Reva, sieh mal.« Naomi deutet auf einen Tisch in der hinteren Ecke des kleinen Raumes.

In dem Moment, in dem ich das Kästchen sehe, weiß ich, dass wir genau danach suchen. Es ist so groß wie das in meiner Tasche und mit den gleichen goldenen Runen verziert. Vorsichtig gehe ich darauf zu und hole die Kopie aus der Tasche meines Umhangs. Dann nehme ich das Kästchen vom Tisch und platziere meins exakt an derselben Stelle. Als ich jedoch den Verschluss öffnen will, um seinen Inhalt zu überprüfen, glüht es plötzlich auf wie heiße Kohlen. Erschrocken lasse ich das Kästchen fallen.

Ich drehe mich zu Naomi um, wobei ich mit Entsetzen feststellen muss, dass auf der Türschwelle ein hüfthohes loderndes Feuer aufgetaucht ist. Obwohl es den Holzrahmen unversehrt lässt, geht eine sengende Hitze davon aus. Diese Flammen sind echt.

»Kannst du es löschen?«, frage ich Naomi panisch.

»Ich versuch's.«

Während sie sich bemüht, das Feuer unter Kontrolle zu bekommen, bücke ich mich nach dem Kästchen. Sobald meine Fingerspitzen es berühren, schreie ich auf.

Verflucht, wieso ist es immer noch so heiß?

Ich konzentriere mich und kühle es mit meiner Wintermagie ab. Obwohl die Hitze weiterhin bestehen bleibt, kann ich es nun zumindest anfassen, auch wenn sie schwer auszuhalten ist.

Unterdessen hat Naomi es geschafft, das Feuer zu verkleinern.

»Irgendwie bekomme ich es nur halb aus«, ächzt sie. »Die Flammen sind zu stark.«

»Bist du sicher? Wir müssen hier weg!«

»Ich kann versuchen, sie so weit wie möglich unten zu halten, damit wir über sie springen können«, schlägt sie vor. »Du zuerst.«

Ein Teil von mir will protestieren, aber die Anspannung in ihrer Miene verrät, dass es keine andere Möglichkeit gibt. Nicht einmal ich bin draufgängerisch genug, um freiwillig über loderndes Feuer zu springen, doch die Alternativen sind spärlich, schließlich können wir schlecht aus dem vierten Stock dieses Hauses klettern. Dafür hätte ich Cara um Hilfe bitten müssen.

Ich fasse mir ein Herz und hüpfe über die züngelnden Flammen. Kurz werden meine Stiefel heiß, und ich fürchte schon, dass sie Feuer gefangen haben, aber zum Glück schaffe ich es heil hinüber. Naomi folgt mir. Schon jetzt schwitzt sie auf der Stirn. Hier drin ist es aber auch unsagbar heiß, seit dieser kleine Brand ausgelöst wurde. Das kann doch nicht nur an den Flammen liegen. Selbst abseits davon fühlt sich die Raumtemperatur an, als stünde ich direkt vor einem Großbrand.

»Schnell, wir müssen weiter«, rufe ich.

Wir laufen zur Treppe, aber in dem Moment, als wir die Stufen nach unten nehmen wollen, schießen erneut Flammen nach oben und blockieren wie eine Wand den Zugang zur Treppe.

Die Temperatur wird stetig höher, und die Luft ist so drückend, dass wir uns auch in einer Sauna befinden könnten. Inzwischen schwitze ich genauso wie Naomi und schaffe es nicht, meinen Körper zu kühlen, während ich meine Magie darauf konzentriere, die Hitze des Kästchens in meiner Hand halbwegs unter Kontrolle zu halten.

Naomi wirkt ihre Magie, um auch dieses Feuer zu bändigen, doch wieder misslingt ihr der Versuch, es gänzlich zu löschen. So ein Mist.

»Beeil dich!«, ruft sie angestrengt. »Ich kann es nicht viel länger halten!«

An der Stelle, an der sie die Flammen niedriger werden lässt, eile ich mit einem großen Satz darüber hinweg, geradezu erschlagen von der Hitze in diesem Haus. Das ist mächtige Sommermagie. Der Verteidigungsmechanismus, den ich befürchtet habe. Trotzdem habe ich ihn mir anders vorgestellt.

Als wir beide an der Flammenwand vorbei sind, erlöscht sie hinter uns, aber die Hitze bleibt. Wir laufen weiter, treffen bei der nächsten Treppe auf eine neue Feuermauer. Naomi sieht bereits völlig entkräftet aus. Die Hitze macht ihr weniger zu schaffen als mir, doch ich sehe ihr an, wie sehr es an ihr zehrt, diese Flammen zu beherrschen. Sie ist eine Zwischengeborene, bei Tag und bei Nacht gleich mächtig, was leider auch bedeutet, dass ihre Magiereserven kleiner sind als die von einer Sonnengeborenen bei Tag und die einer Mondgeborenen bei Nacht.

»Ich bin total fertig«, keucht sie, als wir die nächste Schikane hinter uns gebracht haben. »Diese Flammen sind so zäh, ich kann sie kaum beeinflussen!«

»Du musst es versuchen«, flehe ich. »Nur noch diese eine Etage. Bitte, Naomi. Sonst kollabieren wir!«

Sie nickt und konzentriert sich erneut auf die Feuerwand, doch dieses Mal schrumpfen die Flammen nur minimal. Naomi streckt die Hände nach vorn aus und ballt sie dann zu Fäusten. Ihr schweißbedecktes Gesicht ist schmerzverzerrt.

Verdammt, warum tut sich denn nichts?

Mir ist unendlich heiß. Es kostet mich all meine Magie, dieses sengende Kästchen auf einer erträglichen Temperatur zu halten. Die Luft ist so dünn, dass ich kaum atmen kann. Ich spüre, wie mein Kreislauf mich langsam im Stich lässt. Naomi sieht aus, als ginge es ihr genauso.

»Ich … schaffe es nicht«, ächzt sie.

Schwarze Punkte flimmern vor meinen Augen. Ich beiße mir fest auf die Zunge, versuche mit letzter Kraft, meine Magie zu kanalisieren und mit Kälte auf das Feuer einzuwirken, bin dabei jedoch erfolglos. Das Kästchen erhitzt sich wieder stärker in meiner Hand. Sowohl Naomi als auch ich sind am Ende. Unsere Magie ist zu schwach, um uns aus dieser Hölle rauszubringen. Wer weiß, ob dieser seltsame Spiegel uns jetzt noch entkommen lassen würde, nachdem wir die magischen Fallen im Haus aktiviert haben.

Was jetzt?

Wir könnten sterben, und selbst wenn wir überleben sollten, verlieren wir mindestens das Bewusstsein. Jemand könnte uns finden. Dann würde man uns anklagen, und es könnte ewig dauern, bis Jonathan davon erfährt. Diese Zeit haben wir nicht. Wir müssen hier raus. Aber wie?

KAPITEL 20

»Suchen wir nach einem anderen Weg!«, rufe ich.

Naomi bricht die Manipulation des Feuers ab. Während es weiter lodert, sehen wir uns fieberhaft in den Räumen um. Das Einzige, was mich auf den Beinen hält, ist das Adrenalin in meinem Körper, doch auch das wird nicht mehr lange reichen. Die Schwäche macht sich in meinen Armen und Beinen bemerkbar. Ich bin so müde, dass jeder weitere Schritt zu viel ist. Meine Kleidung ist schweißdurchtränkt. Das Haus riecht nach Asche und Räucherstäbchen, ein Indiz dafür, wie viel Magie am Werk ist. Was habe ich mir nur dabei gedacht, herzukommen?

»Da hinten gibt es einen Balkon!«, schreit Naomi.

So schnell ich kann, folge ich ihrer Stimme und entdecke die bereits offene Tür, die auf einen schmalen Balkon hinausführt, der über der dunklen Seitengasse thront. Sofort eile ich nach draußen und schließe die Tür hinter mir. Alexandra wird sehen, dass sie geöffnet wurde. Hoffentlich schöpft sie keinen Verdacht.

Auf dem Balkon beuge ich mich erschöpft über das Geländer und schnappe nach Luft. Der frische Herbstwind tut nach der erbarmungslosen Hitze da drin verdammt gut, lässt mich aufgrund meiner nassen Kleidung jedoch schnell frösteln. Von hier geht es sicher zwei bis drei Meter in die Tiefe. Kaltes, hartes Kopfsteinpflaster befindet sich unter uns.

»Wir müssen da runter«, sage ich.

»Das ist ein Witz, oder?«, erwidert Naomi.

»Es ist die einzige Möglichkeit.«

»Scheiße. Ich bin Detektivin, keine Profi-Einbrecherin!«

Ich schnappe nach Luft. »Du weißt doch, was Jonathan immer sagt: *Ihr müsst mit allem rechnen.*«

»Auch damit, uns den Hals zu brechen?«, fragt sie mit hoher Stimmlage. »Nur ein einziges Mal will ich sehen, wie Jonathan so was macht!«

»Wenn wir eingebuchtet werden, weil wir nicht rechtzeitig wegkommen, wirst du das vielleicht nie.«

»Schon gut«, murrt sie.

Naomi klettert vorsichtig über das Geländer und klammert sich an das Metall. Sie steht mit dem Rücken zum Abgrund, während ich weiter versuche, das Kästchen zu kühlen, das auch jetzt noch sengend heiß ist.

Nachdem Naomi sich vergewissert hat, wie sie es am besten anstellt, geht sie erst in die Hocke und beginnt dann damit, sich an den Balkon zu hängen. Sieht aus, als machten sich ihre Workouts, die sie auf Social Media teilt, jetzt bezahlt.

»Drück die Daumen, dass ich überlebe!«, ruft sie, bevor sie sich fallen lässt.

Einen Moment lang bleibt mir das Herz stehen, aber Naomi kommt ohne Sturz an, indem sie den Schwung mitnimmt und in die Knie geht.

»Alles in Ordnung?«, frage ich.

»Ja.« Sie klingt selbst überrascht. »Wow, hätte nicht gedacht, dass ich Talent für Parkour habe! Schade, dass du das nicht gefilmt hast.«

»Nächstes Mal«, versichere ich mit trockener Kehle. »Kannst du das auffangen?« Ich halte das Kästchen hoch. »Aber Achtung, es ist heiß. Leg es am besten sofort auf den Boden, wenn du es hast.«

Naomi streckt den Daumen nach oben, woraufhin ich unser Diebesgut loslasse. Sie fängt es auf und legt es hastig auf dem Boden ab.

Mir ist ziemlich elend zumute, und meine Arme und Beine sind zittrig, aber ich schaffe es, mich genau wie Naomi über das Geländer zu hangeln. Dann gehe ich in die Knie. Von hier aus sieht die Entfernung zum Boden deutlich größer aus.

»Wenn ich es geschafft habe, schaffst du es auch!«, ermutigt mich Naomi.

Bevor ich einen Rückzieher machen kann, wische ich meine schweißnassen Hände an meiner Hose ab und hänge mich langsam an den Rand des Balkons.

Als ich noch überlege, wie ich mich am besten fallen lasse, rutsche ich ab.

Alles geht blitzschnell. Kurz nachdem der Balkon mir entglitten ist, komme ich mit meinen Füßen unglücklich auf dem Boden auf und knicke weg. Ein beißender Schmerz fährt mir in den rechten Knöchel, während ich es knacken höre. Ich schreie auf.

Reflexartig lasse ich mich zur Seite fallen. Der Schmerz in meinem Knöchel ist so gewaltig, dass ich sofort einen Bruch vermute.

Naomi berührt mich am Oberarm. »Scheiße, das sah heftig aus! Bist du verletzt? Kannst du aufstehen?«

Ich will mich aufrichten, doch sobald ich versuche, den Fuß zu belasten, wird das Stechen so schlimm, dass ich am liebsten alles zusammenschreien würde. Tränen brennen in meinen Augen.

»Es … geht nicht«, ächze ich. »Kannst du mich stützen?«

»Bist du sicher, dass du dich bewegen solltest? Ich kann irgendwen holen, der dich trägt.«

»Nein. Wir müssen hier weg.«

Ich strecke meine Hand nach dem Kästchen aus, das unweit von mir entfernt liegt. Als ich es berühre, ist es jedoch nicht mehr heiß, sondern fühlt sich ganz normal an. Fast schon kühl.

Was zum …?

Scheint, als hätte der Schutzzauber außerhalb des Hauses seine Wirkung verloren. Ich wette, die Flammen im Inneren sind jetzt ebenfalls verschwunden.

Naomi schiebt vorsichtig ihre Hände unter meinen Körper und hilft mir dabei, mich aufzurichten, wobei ich den verletzten Fuß in der Luft halte.

»Wir finden dir jetzt schnell eine Kutsche und bringen dich nach Hause«, sagt sie. »Oder sollen wir direkt einen Heiler suchen? Eine Frühlingshexe kann das bestimmt richten.«

Durch den quälenden Schmerz fällt es mir schwer, einen klaren Gedanken zu fassen. Je schneller ich ihn wieder loswerde, desto besser. Aber wenn ich bei einer der wenigen Hexen auftauche, die in der Lage sind, mit ihrer Magie einen Bruch oder eine ähnliche Verletzung zu heilen, habe ich keine Garantie, dass sich mein Besuch nicht herumspricht. Im Gegensatz zur Menschenwelt gibt es für solche Dinge in New London keine Schweigepflicht. Die Leute werden Fragen stellen, besonders bei jemandem wie mir. Was, wenn es genau die falschen wären? Wenn Alexandra auf diese Weise herausfindet, dass ich in ihrem Haus war?

»Ich muss … zur Bernsteinvilla«, keuche ich, während ich mit Naomis Hilfe aus der Gasse humpele.

Sie bleibt abrupt stehen. »O nein. Nein, nein, nein. Du machst Witze. Ich bringe dich ganz bestimmt nicht zu Silverstein. Wir hassen ihn.«

»Du musst! Er ist der Einzige, der das für sich behalten wird.«

Wenn ich eins weiß, dann das. Er würde mich niemals verraten, das hat er mir nach dem Einbruch in die Archive bewiesen.

Aus dem Augenwinkel sehe ich, wie Naomi das Gesicht verzieht. »Bist du sicher?«

Absolut nicht. Trotzdem nicke ich.

Sie stöhnt auf. »Okay. Aber ich werde nicht nett zu ihm sein. Und falls er Nein sagt, fackele ich seinen Vorgarten ab.«

Ihre etwas dramatische Reaktion bringt mich zum Lächeln, obwohl ich wegen des heftigen Schmerzes gerade am liebsten weinen will. »Klingt fair. Wenn auch leicht übertrieben.«

»Ich übertreibe niemals«, beharrt sie, »sondern bringe jeder Situation genau das richtige Maß an Eskalation entgegen.«

Als wir bei der Bernsteinvilla ankommen, ist die Sonne untergegangen, und der Tag in New London beginnt damit erst richtig. Während Naomi nach Gabriel sucht, liege ich mit ausgestreckten Beinen in der Kutsche und versuche, den Schmerz wegzuatmen. Mit mäßigem Erfolg. Schon beim Ausziehen meines Stiefels bin ich beinahe ohnmächtig geworden. Der Knöchel ist bereits übel angeschwollen, und wo die Brandstriemen meine Handflächen zieren, schmerzt meine Haut fast genauso sehr. Verdammte Alexandra Campbell.

Nach wenigen Minuten reißt jemand die Kutschentür auf. Bei meinem kläglichen Anblick wird Gabriels Miene finster.

»Keine Belehrungen«, warne ich ihn.

Er nimmt einen tiefen Atemzug, bevor er einsteigt und die Tür hinter sich schließt.

»Wo ist Naomi?«, will ich wissen.

»Sie wartet draußen.«

Bestimmt hält sie Wache, damit niemand uns stört. Oder sie hat keine Lust, sich mit ihm in einer Kutsche aufzuhalten. Vielleicht ist das besser so, sonst setzt sie noch etwas in Brand. Ich kann mir den Gesichtsausdruck, mit dem sie ihn begrüßt hat, genau vorstellen. Wenn es nach ihr geht, ist er ein hochnäsiger, elitärer Mondgeborener, für den niemand gut genug ist. Dabei könnte das nicht weiter von der Wahrheit entfernt sein.

»Was ist passiert?«, fragt Gabriel ernst.

Ich senke den Blick. Am besten behalte ich für mich, dass ich *mal wieder* in das Haus von einem Ratsmitglied eingebrochen bin und etwas habe mitgehen lassen.

»Böser Sturz«, antworte ich knapp.

Er kniet sich auf den Boden der Kutsche und inspiziert meinen Knöchel. »Hat das eventuell etwas mit dem Angebot von Kent zu tun?«

»Willst du nicht wissen.«

Gabriel schnaubt. »Das bedeutet dann wohl Ja. Und wahrscheinlich war es auch noch illegal.«

So gern ich das jetzt verneinen würde, ich bin bloß zu betretenem Schweigen imstande. Daraus wird er sicher die richtigen Schlüsse ziehen.

Ein gequälter Ausdruck huscht über sein Gesicht. »Bitte sag mir, dass ich irgendetwas tun kann, um dich von der ungemütlichen Gefängniszelle fernzuhalten, in die du anscheinend gern gesteckt werden möchtest.«

»Wenn du diese Mordserie für mich lösen kannst, dann ja.«

»Wenn ich es könnte, würdest du trotzdem Wege finden, dich in Schwierigkeiten zu bringen.«

Er legt seine warme Hand auf meinen Knöchel, wobei ein heftiger Schmerz durch meinen Fuß jagt. Ich ziehe zischend die Luft ein.

»Entschuldige«, murmelt Gabriel und schließt die Augen. »Du hast eine Fraktur im Sprunggelenk. Aber das haben wir gleich.«

Sobald er seine Magie in meinen Körper leitet, breitet sich das vertraute Prickeln seines Heilungszaubers in mir aus. In sanften Wellen fließt er in mich hinein, schwappt vor und zurück, bis meine Muskeln sich entspannen. Die Hitze von Gabriels Frühlingsmagie ist anders als die Sommermagie in Alexandras Haus. Wohltuend statt bedrohlich. Der Schmerz lässt in kürzester Zeit nach.

»Das müsste es gewesen sein«, meint Gabriel und nimmt die Hand von meinem Knöchel, dessen Schwellung sich bereits zurückgebildet hat.

Als er sich aufrichten will, fällt sein Blick auf meine Hand, woraufhin er innehält. »Was ist das?«

»Hab mich verbrannt.«

Gabriel presst die Lippen fest aufeinander. »Ich bringe ihn um.«

»Was?«

»Er hat dich in Alexandras Stadthaus geschickt.«

»Woher weißt du das?«, frage ich geschockt.

Seine Konzentration scheint dahin. »Ich kenne Alexandra gut genug, um zu wissen, dass sie ihre Errungenschaften mit Abwehrzaubern sichert. Was wollte Kent ausgerechnet von dort?«

»Ein Erbstück seines Onkels«, antworte ich, weil ich genau weiß, dass Gabriel nicht lockerlassen wird, bis ich es ihm gesagt habe. Ich zeige ihm das Kästchen. »Er hat mir ein Duplikat gegeben, mit dem ich das echte ausgetauscht habe. Falls sie die Gegenstände in ihrem kleinen Museum also nicht jedes Mal sorgfältig auf Fälschungen prüft, wird sie nichts bemerken.«

Mit finsterem Gesichtsausdruck mustert er das Kästchen. »Was ist da drin?«

»Eine Taschenuhr.«

»Öffne sie.«

Für Diskussionen bin ich zu müde, und ein Teil von mir ist neugierig, was sich darin befindet, darum öffne ich den Verschluss. Vorsichtig nehme ich die goldene Uhr heraus, die an einer langen Kette hängt. Als ich sie aufschnappen lasse, finde ich statt Zeigern jedoch nur eine bewegliche Nadel, die unmittelbar auf Gabriel zeigt, und ein Ziffernblatt ohne Beschriftung.

»Es ist … ein Kompass«, entfährt es mir.

Gabriel starrt ihn prüfend an. »Zweifellos ein magischer, sonst würde er sich nämlich nach Norden richten.«

»Was er wohl anzeigt?«

»Ich habe keinen blassen Schimmer. Aber was auch immer Kent damit will, hat sicher nichts mit Nostalgie zu tun. Er hat kein sonderlich gutes Verhältnis zu seinem Onkel.«

Seine Ernsthaftigkeit besorgt mich. »Ist das Ding gefährlich?«

»Das bezweifele ich.« Er betrachtet meine Hand. »Darum sollte ich mich lieber kümmern, bevor jemand die Verbrennung sieht.«

Da das eine berechtigte Sorge ist, lege ich meine Hand in seine. Er streift mit dem Daumen sanft über die Verbrennung. Zuerst tut es höllisch weh, doch dann lässt der Schmerz nach, und kurz darauf ist meine Haut wieder so makellos wie zuvor. Trotzdem lässt Gabriel mich nicht los, sondern bewegt seinen Finger gedankenverloren über meine Handfläche, während er erneut den Kompass mustert. Ich glaube, die Verbrennung ist soeben in andere Körperteile übergegangen. Jetzt muss ich wieder an unsere Unterhaltung auf dem Balkon der Campbells denken. Die ich dringend vergessen sollte, denn er hat das sicher bereits getan.

»Bitte bring dich nicht ständig in Schwierigkeiten«, murmelt Gabriel, bevor er mich doch loslässt.

Ich lächele matt. »Wenn du mir versprichst, dich nicht umbringen zu lassen. Ein gebrochener Knöchel ist nichts im Vergleich zu mehreren Vergiftungen und einer lebensgefährlichen Stichwunde.«

Er erwidert mein Lächeln halbherzig. »Der Punkt geht an dich.«

»Ich werde ihn in Ehren halten«, versichere ich. »Wie lief eigentlich deine Recherche? Konntest du was rausfinden?«

»Brewster hatte leider wenig Neues über die Kents zu berichten, aber ich bleibe dran. Auch an den anderen Namen. Hoffentlich hast du mehr Glück mit deiner riskanten Aktion.«

Das hoffe ich auch. Alistair hat mir bei unserem Treffen gesagt, ich solle ihm die angebliche Taschenuhr im Laufe der Party seiner Familie geben, die am Freitag stattfindet. Dort will er mir die Briefe zeigen, während alle anderen beschäftigt sind. Auf seine Lüge werde ich ihn so was von ansprechen.

Gabriel erhebt sich und kehrt mir den Rücken zu.

»Danke«, sage ich.

Vor der Kutschentür hält er inne. »Dafür musst du dich nicht bei mir bedanken. Ich bin gut darin, Verletzungen zu heilen. Es hilft mir, zu vergessen, dass ich auch ein Talent dafür besitze, sie zu verursachen.«

Er drückt die Klinke herunter und öffnet die Tür.

»Gabe!«

Als er über die Schulter blickt, liegt ein wehmütiges Lächeln auf seinen Lippen. »Es ist schön, dass wir wieder miteinander reden. Ich habe unsere Freundschaft vermisst.«

Dieses Mal wartet er keine Antwort ab, sondern verlässt die Kutsche, während ich mit klopfendem Herzen im Inneren zurückbleibe.

Ich habe unsere Freundschaft vermisst.

Autsch.

Eigentlich ist das, was er da gerade gesagt hat, wirklich nett, vor allem, nachdem unser erstes Wiedersehen so unangenehm war. Aber warum fühlt es sich dann so furchtbar an?

Weil ich nicht nur Freundschaft will.

Weil ich die Frau sein will, ohne die er nicht leben kann. Die er am Abend vor dem Schlafengehen küsst und der er morgens dieses ganz bestimmte Lächeln schenkt, das er sonst niemanden sehen lässt. Ich will, dass er meinen Namen flüstert, wenn er träumt, und ihn sehnsüchtig haucht, wenn er mich liebt. Deshalb tut es so weh, ihn das zwischen uns Freundschaft nennen zu hören, nachdem er beim letzten Mal diese hochgradig verwirrenden Dinge gesagt hat.

Als Naomi wieder zurückkommt und sich gegenüber von mir hinsetzt, wirkt sie seltsam ruhig.

»Und?«, frage ich sie. »Hast du ihn schön finster angesehen?«

»Dazu hat er mir gar nicht die Gelegenheit gegeben«, meint sie etwas enttäuscht. »Ich hab ihm bloß gesagt, dass ich seine Hilfe brauche. Da wollte er gleich wissen, wo du bist, und ist aus dem Haus gestürmt.«

Mir wird warm ums Herz. Hoffentlich merkt Naomi nicht, was das in mir auslöst, sonst hält sie mir stellvertretend für Daisy eine Standpauke.

Ich lache nervös. »Der dachte wahrscheinlich, ich bin wieder in seine Archive eingebrochen.«

Darauf gibt sie mir keine Antwort, sondern legt ihre Hand nachdenklich auf den Kristall in der Kutsche.

Während der Fahrt zum Anwesen meiner Familie mustert sie mich besorgt. »Du weißt doch, was du tust, oder?«

Bei der Frage muss ich den Blick senken. »Seltener, als mir lieb ist.«

KAPITEL 21

Schon von unserer Kutsche aus ist das Anwesen der Kents bestens zu sehen, denn es ist das höchste Gebäude der Stadt. Der Turm im Zentrum, hinter dem der Vollmond silbern hervorlugt, erinnert mich ein wenig an den Shard im London der Menschenwelt, nur ohne all das Glas und das Metall. Eine violett geziegelte Kuppel bildet das Dach des Gebäudes. Durch mehrere überdachte Brückendurchgänge ist der Turm mit vier weiteren Teilen des Anwesens verbunden, die nicht ganz so hoch erbaut wurden, aber immer noch beeindruckend sind. Unser Ziel ist heute allerdings der Amethystturm.

»Sosehr ich Partys auch liebe, diese würde ich mir am liebsten sparen«, meint Rami neben mir.

Schon die ganze Fahrt über tippt er unruhig mit dem Fuß auf und ab und klammert sich geradezu an die Kontrollkonsole. Ich bin überrascht, dass die Kutsche nicht den Kurs abbricht, so sehr, wie er sich zu wünschen scheint, an einen anderen Ort zu reisen.

»Du musst nicht gehen, wenn du nicht willst«, rede ich ihm gut zu. »Ich werde sehr gern allen erzählen, dass du heute den Porzellangott anbetest.«

Er lacht gequält. »Früher habe ich oft versucht, den sterbenden Schwan zu spielen, aber Mum wollte nichts davon wissen. Sie hat es immer durchschaut.«

»Für sie war alles ein offenes Buch«, sage ich. Manchmal wünsche ich mir, so scharfsinnig zu sein, wie sie es war. Vielleicht würden diese Mordfälle für mich dann einen Sinn ergeben. »Heute zwingt dich niemand mehr, da aufzukreuzen. Ich bin ja da und kann Daisy unterstützen, einen Mann zu finden. Auch wenn ich immer noch keine Ahnung habe, warum sie das überhaupt will.«

Bei meinen Worten überschlägt Daisy die Beine. »Sie hat ihre Gründe.«

»Die sie nicht mit ihrer Schwester teilen will«, erwidere ich. »Dabei könnte ich ihr helfen, wenn ich wüsste, was sie will.«

»Oh, das glaube ich sofort.«

Der Blick aus ihren blauen Augen bohrt sich in meinen, so als würde sie mich still fragen: *Wie war das noch mal mit dem letzten Kerl, den du gut fandest?*

Ich grinse sie an. »Wenn jemand weiß, von welchem Typ Mann man sich auf der Suche nach Lebensglück fernhalten sollte, dann ich.«

»Hört auf zu streiten, und entspannt euch«, ruft Rami. »Ihr macht mich nervöser als dieser Turm.«

»Wir streiten nicht, wir diskutieren«, korrigiert Daisy.

Stimmt, aber das ist nur die halbe Wahrheit. Wir haben durchaus Diskussionen miteinander. Die hatten wir schon damals. Weil ich all das nicht war, was ich in meiner Position hätte sein müssen, und Mum mich hat spüren lassen, dass Daisy eine so viel bessere Erbin gewesen wäre. Das hat mich Neid auf meine eigene Schwester empfinden lassen. Daisy hatte im Gegenzug das Gefühl, meine Retterin sein zu müssen. Meine Defizite ausgleichen zu müssen, statt nur sie selbst zu sein. Obwohl ich meine Schwester über alles liebe, hat das dank unserer Erziehung immer zwischen uns gestanden.

Noch heute habe ich das Gefühl, dass das meine Schuld und meine Schwester unglücklich ist, weil ich diese eine Entscheidung für uns beide getroffen habe. Wäre ich auch dann gegangen, wenn ich nicht gewusst hätte, dass es mit Daisy eine fähige Person gab, die meinen Platz einnehmen würde?

»Tu einfach nichts, was du nicht tun möchtest, okay?«, sage ich sanft. »Deine Position ist wichtig, aber dein Herz ist wichtiger.«

Das bringt sie dann doch zum Lächeln. »Du bist genau wie Dad.«

Unsere Kutsche hält unweit vom Grundstück der Kents. Schon jetzt ragt der imposante Gebäudekomplex über uns auf. Jede Residenz der vier alten Familien ist auf ihre Weise protzig, aber diese übertrifft alle anderen. Der Kent-Clan ist allerdings auch deutlich größer als unsere Familie, kein Wunder also, dass sie zehnmal so viel Platz brauchen.

In der Straße, die zum Amethystturm führt, wurden einige Stände aufgebaut, wo Hexen Selbstgemachtes verkaufen. Funkelnden Schmuck, um dem heutigen Outfit noch den letzten Schliff zu verpassen, oder Sirup in allen möglichen Geschmacksrichtungen, den man mit Getränken mischen kann. Mir fällt ein Stand ins Auge, an dem eine junge Frau Blumenschmuck verkauft. Ich halte an und betrachte das Angebot. Die Brosche mit der schwarzen Nachtlilie würde perfekt zu meinem rückenfreien schwarzen Kleid passen, das vorne mit Silberfäden durchzogen ist. Aber mein Blick bleibt an etwas anderem hängen.

»Wie viel für diese blaue Winterrose?«, frage ich die Verkäuferin, die vermutlich eine Frühlingshexe ist.

»Zwei Silberlinge«, antwortet sie lächelnd. »Sie gehört zu den seltensten Stücken, die ich verkaufe.«

Ich drehe mich zu Rami um, der zwei Silbermünzen aus seiner Hosentasche zaubert und sie mir überlässt.

»Du bist der Beste«, sage ich zu ihm.

»Habe ich nie bezweifelt.«

Die Verkäuferin händigt mir die Rosenblüte aus, und ich befestigte sie hinter meinem Ohr. Daisy sieht mich seltsam von der

Seite an, während wir die letzten Meter zu unserem Ziel laufen. Ich weiß genau, was sie denkt.

»Freu dich doch, dass es was Blaues ist«, raune ich ihr zu.

»Alles, was ich sehe, ist *riskant*«, antwortet sie.

Wir reihen uns hinter den anderen Gästen ein und haben keine Probleme, auf das Grundstück zu gelangen. Wer wir sind, ist jedem klar.

Ich fange an, das London der Menschen zu vermissen. Dort ist man so wunderbar anonym, während man in diesen Kreisen schon auf den ersten Blick erkennt, wer ich bin. *Was* ich bin.

Das Innere des Amethystturms ist überwältigend. Hier herrschen die Farben Violett, Schwarz und Silber vor. Der pechschwarze, spiegelglatte Granitboden erinnert mich mit seinen glitzernden Silberpartikeln an den im Rubinpalast und erweckt den Eindruck, als ginge man über den Nachthimmel. Die silberviolette Decke erstreckt sich so weit entfernt über unseren Köpfen, dass mir vom Nach-oben-Starren schwindelig wird. An den Seiten sind jeweils auf verschiedenen Ebenen eine Menge Balkone, die man entweder über die Treppe an der Seite erreicht oder – wenn man den Mut hat – über die magischen Luftströme, für die einige Herbsthexen sorgen, die extra für diese abenteuerliche Spielerei angestellt wurden. Weiteres Personal ist dafür verantwortlich, Getränke zu den Gästen schweben zu lassen. Zum Glück ist es bei dieser Party wenigstens kühl.

Man muss bei dem Trubel ganz schön aufpassen, nicht aus Versehen gegen eines der schwebenden Gläser zu laufen. Weil wir spät dran sind, ist bereits eine Menge los, und einige Leute tummeln sich auf der Tanzfläche im Zentrum. Die Roben der anderen Hexen wallen in der leichten Brise, die hier drin weht.

Sobald wir uns einen Überblick verschafft haben, bestellt Rami sich einen Drink.

»Du musst auf keinen der Balkone gehen«, beruhige ich ihn, als das Glas zu ihm schwebt und er es in einem Zug leert.

Er erschaudert. »Allein der Anblick dieser Höhe macht mich ganz nervös. Wenn das Mitternachtsgewitter an der Kuppel losgeht, bin ich weg, ich sag's euch.«

»Hast du etwa ein geheimes Liebesabenteuer geplant, von dem wir nichts wissen sollen?«, ziehe ich ihn auf.

»Ich bitte dich, das würde ich niemandem verheimlichen. Kein Abenteuer kann so unangemessen sein, dass ich nicht damit angeben würde.«

Wenn du wüsstest, wie unangemessen so etwas sein kann, denke ich, und falls ich Daisys Seitenblick richtig deute, dann geht ihr gerade genau das Gleiche durch den Kopf.

»Du musst mit niemandem angeben«, sage ich. »Die werden mit *dir* prahlen.«

Er legt sich eine Hand auf die Brust. »Nett von dir, Schwesterchen. Wärest du nicht schon volljährig, würde ich behaupten, das sagst du nur, damit ich dir ein Sprudelgetränk organisiere.«

»Du denkst so schlecht von mir«, erwidere ich scherzhaft.

»Ich bitte dich, ich habe ein Herz für Opportunismus.«

Das bringt mich zum Lachen. Dann müsste er Alistair ja eigentlich mögen. Den sehe ich allerdings gerade nirgends, obwohl ich nach einem goldblonden Schopf Ausschau halte. Als Sohn des Gastgebers sollte er hier irgendwo sein, aber vielleicht hält er sich auch auf einem der Balkone auf. Den Kompass habe ich in einer Halterung verstaut, die ich an meinem Bein unter meinem Kleid befestigt habe. Es wird Zeit, ihn loszuwerden.

Alexandra ist unter den Gästen leichter auszumachen, denn sie gibt sich wenig Mühe, ihre Anwesenheit zu verstecken. Sie trägt das rubinbesetzte Diadem auch heute auf ihrem Kopf, damit jeder es sehen kann. Ihr Stand und ihre Identität bedeuten ihr viel. Ich hoffe, sie liebt die Ausstellungsstücke in ihrer Stadtwohnung nicht halb so sehr, denn wenn sie das Fehlen ihres Kompasses bemerkt, möchte ich nicht wissen, was sie tut, sobald sie herausfindet, wer ihn jetzt gerade besitzt.

»Ist das da hinten etwa Lou?«, fragt Rami und schnappt sich seinen zweiten Drink des Abends.

»Ja«, meint Daisy knapp, bevor sie ebenfalls an ihrem Getränk nippt. »Mit Gabriel Silverstein, wenn ich es richtig sehe.«

Sie klingt gelassen, aber ich höre den unerfreulichen Unterton in ihrer Stimme dennoch heraus, weil ich sie gut kenne. Und weil auch sie mich gut kennt, betont sie Gabriels Namen ein bisschen mehr, als sie sollte.

Sofort lasse ich meinen Blick über die Menge gleiten und finde Lous blonden Schopf mittendrin. Sie trägt ein weißes Kleid und sieht damit wie ein zarter, ätherischer Engel aus. Trotz der mörderisch hohen Schuhe, die sie trägt, ist sie noch immer einen Kopf kleiner als Gabriel, der gerade ihren zierlichen Körper dreht und dann wieder in seine Arme zieht. In meinem Bauch bildet sich ein kalter Knoten. Wenn ich seine Hand auf ihrem nackten Rücken sehe und daran denke, dass er damit vor wenigen Tagen noch sanft meinen Knöchel berührt hat, wird mir ganz elend zumute.

»Sie hat offensichtlich einen Typ, was die Position ihrer Auserwählten betrifft«, murmelt Rami.

Daisys Miene ist jetzt genauso finster wie meine Gedanken.

»Wer hat die Beziehung eigentlich beendet?«, frage ich leise, sodass nur sie es hören kann.

»Ich«, erwidert meine Schwester, als ich schon denke, sie würde auch diese Information für sich behalten.

»Warum?«

»Weil ich ihr gesagt habe, ich brauche einen Ehemann, um mein Erbe fortzuführen. Das hat ihr nicht gefallen. Jetzt scheint es, als hätte sie sich in den Kopf gesetzt, es mir gleichzutun.«

Kurz lege ich ihr beschwichtigend die Hand auf den Rücken, weil ich höre, wie verletzt sie ist. So verkrampft, wie sie gerade ihr Weinglas hält, habe ich das Gefühl, dass sie immer noch etwas für Lou empfindet, auch wenn sie sich bemüht, es zu verstecken. Nur warum hat sie die Beziehung dann beendet? Daisy ist gerade mal einundzwanzig Jahre alt, da kann wohl niemand eine Hochzeit oder Kinder von ihr erwarten. Doch meine Versuche, mit ihr darüber zu reden, hat sie schon in den letzten Tagen abgeblockt. Wenn sie sich etwas vorgenommen hat, bleibt sie bei ihrem Plan. Das haben wir wohl gemeinsam.

»Ihre Wahl ist nicht zufällig, nehme ich an?«, frage ich.

Auf Daisys Lippen erscheint ein schiefes Lächeln. »Nichts, was sie tut, ist zufällig. Das hat mir immer am meisten an ihr gefallen.«

Stoisch beobachte ich Lou dabei, wie sie Gabriel schöne Augen macht. »Kann nicht sagen, dass ich das Gefühl teile.«

Eigentlich mochte ich sie immer gern. Sie ist geradeheraus und tut das, was ihr gefällt. Sagt, was sie denkt, auch wenn es selten das ist, was andere hören wollen. Daisy hat ihre Ehrlichkeit immer geschätzt. In unserer Welt ist Aufrichtigkeit eine bewundernswerte Eigenschaft. Aber das, was Lou gefällt, hätte nicht unbedingt der Frühlingserbe sein müssen.

»Wir sollten dir wohl auch einen Tanzpartner suchen«, schlage ich meiner Schwester vor, um mich von der Tatsache abzulenken, dass ihre Ex mit meinem Was-auch-immer tanzt.

»Leider kann ich mir keinen Erben oder ein Ratsmitglied suchen, um damit zu konkurrieren«, meint sie.

»Oh, ich bin sicher, Alistair Kent würde sich anbieten. Er hat sogar mit mir getanzt.«

»Das habe ich gesehen.«

Ich beschließe, ihr Missfallen zu überhören. »Wenn ihr ihn seht, sagt Bescheid.«

»Ist das dein Ernst?«, fragt Daisy fassungslos.

»Es ist nicht so, wie du denkst.«

»Es ist meistens so, wie man denkt.«

Rami pfeift leise. »Was höre ich da, Schwesterchen? Reizt uns das Verbotene?«

Wenn du wüsstest.

Wenn. Du. Wüsstest.

»Mich reizt die Aussicht«, lenke ich ab. »Deshalb organisiere ich mir jetzt ein Getränk, und dann gehe ich mich auf den oberen Etagen umsehen. Wenn ich jemand Brauchbaren finde, schicke ich ihn runter.«

»Je nüchterner, desto besser«, antwortet Daisy.

Ich lasse meine Geschwister allein und bestelle mir noch ein Glas von diesem köstlichen Vanille-Schampus, der ein paar Minuten später angeschwebt kommt. Was für eine Dekadenz, dass sie das ganze Zeug mit Magie von einem Ort zum anderen bringen. Ein simples Tablett wäre unkomplizierter gewesen.

Nachdem ich ausgetrunken und das Glas abgestellt habe, bahne ich mir einen Weg durch die Menge, um zur Treppe am äußeren Rand des Saals zu gelangen, die spiralförmig nach oben verläuft. Dabei gebe ich mir Mühe, keinen Blick mehr an die Tanzfläche zu verschwenden. Ich habe einen Auftrag, der wichtiger ist als meine verletzten Gefühle.

»Hast du eine Minute?«

Beim Klang seiner Stimme halte ich auf den Stufen inne. Wie kann es sein, dass er ständig auftaucht, wenn ich an ihn denke? Verfolgt er mich? Oder denke ich einfach nur permanent an ihn?

Als ich mich umdrehe, steht Gabriel zwei Stufen unter mir. Seine Wangen sind vom Tanzen gerötet, und er scheint ein wenig außer Puste. Eigentlich will ich gar nicht darüber nachdenken, dass Lou für diese Lebendigkeit in seinem Gesicht verantwortlich ist.

Ich nicke wortlos und nehme eine Stufe nach unten. Am äußeren Rand des Treppenaufgangs warten wir, bis niemand mehr in unserer Nähe ist. Während wir schweigen, mustert Gabriel mich, und sein Blick gleitet einige Male zu der Blume in meinem Haar. Falls er etwas dazu sagen will, hält er sich davon ab.

»Triffst du dich heute mit Kent?«, fragt er mich dann.

»Was? Woher …?«

»Tu es nicht.«

Ich kneife die Augen zusammen. »Woher weißt du davon?«

Er fixiert einen Punkt hinter mir. »Vorhin habe ich ihn auf einem der Balkone mit seinen Freunden reden hören. Er hat ihnen gesagt, er würde heute Abend heimlich eine Frau treffen, mit der sein Vater sicher nicht einverstanden wäre. Und wenn sie wollte, würde er ihr auf dessen Schreibtisch das *Vergnügen ihres Lebens* bereiten.«

Gabriel verzieht das Gesicht, als er den letzten Teil ausspricht. Offenbar hält er das für eine haltlose Übertreibung.

»Hast du dir das gerade ausgedacht?«, frage ich ungläubig.

Ich kann mir kaum vorstellen, dass Alistair unser geheimes Treffen heute irgendwem gegenüber erwähnen würde, immerhin steht auch sein Ruf auf dem Spiel. Gabriel hat dagegen schon von Anfang an versucht, ihn schlechtzumachen.

»Wie bitte?«, erwidert er.

»Hast du dir das ausgedacht, weil du ihn nicht leiden kannst?« Ich verschränke die Arme vor der Brust. »Was ist eigentlich dein Problem mit ihm? Dass er freigeistiger ist als du und sich sein Leben nicht von sinnlosen Gesetzen diktieren lässt?«

»Ich habe mir das nicht ausgedacht«, raunt er. »Er hat also wirklich dich gemeint, oder? Reva, bitte. Ich will nur nicht, dass er dich ausnutzt.«

So gern ich auch weiter daran festhalten würde, an ein Lügenmärchen von Gabriel zu glauben, er sagt wahrscheinlich die Wahrheit. Trotzdem macht es mich wütend, dass er sich anmaßt, mich wie ein eifersüchtiger Verehrer vor einem anderen Mann beschützen zu wollen, wenn er das zwischen uns gerade erst zu einer Freundschaft degradiert hat.

»Selbst wenn er mich nur ausnutzen will, was dann?«, erwidere ich. »Es ist meine Sache, wer mich ausnutzen und mir Vergnügen auf Schreibtischen bereiten darf. Im Gegensatz zu dir bin ich nämlich nicht an einer vielversprechenden Partie interessiert. Ich will einfach nur Spaß, okay? Und ich glaube nicht daran, dass ich in Flammen aufgehe, wenn ich ein uraltes Gesetz breche. Warum sollte ich da keinen netten Abend mit jemandem haben, der genauso denkt? Wenn du mir also keinen guten Grund dafür nennen kannst, warum ich auf Spaß verzichten sollte, entschuldige mich jetzt.«

Gabriels Atem geht noch schwerer als zuvor. »Ist diese ganze Sache mit Kent dazu gedacht, mich eifersüchtig zu machen?«

Fassungslos starre ich ihn an. »Wieso sollte sie?«

Er kommt näher. »Glaubst du, ich hätte vergessen, was während der Party der Campbells zwischen uns passiert ist?«

Mir wird heiß. Aber nicht nur deshalb, weil ich an das Verlangen zurückdenke, das mich auf der Feier überkommen hat. Jetzt gerade bin ich wütend auf ihn. Wie kann er das ansprechen, wenn er vorhin noch so eng mit Lou getanzt hat, und es dann wagen, *mir* vorzuwerfen, dass ich ihn eifersüchtig machen will?

»Tja, im Gegensatz zu dir habe ich das durchaus vergessen«, zische ich. »Immerhin war es genau das, was du wolltest.«

Sein Blick huscht für einen Moment seitwärts. »Warum trägst du dann diese Rose in deinem Haar?«

Jemand kommt die Treppe herunter. Ich schweige, bis die Person an uns vorbeigegangen ist, aber meine Gefühle tun gerade alles andere als das. Sie sind laut und intensiv und zu viel für mich.

»Weil ich dachte, sie könnte Alistair gefallen«, lüge ich und lege eine Kälte in meine Stimme, deren Intensität sogar mich überrascht. »Falls du einen Tipp brauchst, mit welchem Accessoire du *deine* Auserwählte beeindrucken kannst, solltest du Daisy fragen. Sie kann dir sicher weiterhelfen.«

Obwohl Gabriel aussieht, als würde er etwas sagen wollen, starrt er mich nur wortlos an. Darum beschließe ich, mich umzudrehen und zu gehen.

Tränen brennen in meinen Augen, die ich sofort wegwische. Es war unfair von mir, ihn so zu behandeln und glauben zu lassen, ich würde mich aus romantischen Gründen mit Alistair treffen, aber ich konnte nicht anders. Ihn mit Lou tanzen zu sehen, hat mir wehgetan. Wieso müssen diese Gefühle mein Herz so vereinnahmen? Ich will besser sein als das. Warum verwandelt diese unstillbare Sehnsucht nach ihm mich in eine ungerechte, unerträgliche Version meiner selbst?

Ich sehe mich auf den verschiedenen Balkonen um, in der Hoffnung, Alistair zu finden, aber ich entdecke nur alle möglichen anderen Hexen der Oberschicht, die in Grüppchen zusammenstehen und sich über die tanzenden Gäste unter ihnen auslassen.

Als ich ungefähr auf der mittleren Höhe des Turms angekommen bin, lehne ich mich über die Balustrade des spärlich gefüllten Balkons und versuche, etwas zu erkennen. Tatsächlich entdecke ich auf einem Balkon weiter oben, auf der anderen Seite, eine Gruppe junger Männer, unter denen auch eine Frau mit goldblondem glattem Haar ist. Keira. Vielleicht hält Alistair sich in ihrer Nähe auf.

Obwohl ich mir eintausend schönere Dinge vorstellen kann, verlasse ich den Balkon, um dort hinaufzugelangen. Hoffentlich hat Alistair zumindest einen angesehenen Freund dort oben, den ich meiner Schwester empfehlen kann.

Auf meinem Weg hinauf muss ich unerwartet innehalten, als eine mir bekannte erhabene Gestalt auf den Stufen über mir stehen bleibt, sobald sie mich sieht. Mit einem Mal wiegt der Kompass unter meinem Kleid gefühlt doppelt so viel.

»Reva, Schätzchen«, begrüßt Alexandra mich mit ihrem typisch pseudo-freundlichen Tonfall. »Oh, Sie sehen ein wenig mitgenommen aus. Machen diese Feierlichkeiten Sie sentimental? Das kann ich nachvollziehen. Wann immer ich an ihnen teilnehme, vermisse ich Ihre Mutter. Sie war eine gute Freundin.«

Da sie die Überbleibsel meiner Tränen ohnehin bemerkt hat, kann ich ihr genauso gut direkt in die Augen sehen. Ich frage mich, ob es wahr ist, was sie da zuletzt gesagt hat. Ob dieser Frau je etwas Wahres und Aufrichtiges über die Lippen kommt.

»Dann verraten Sie mir eines«, verlange ich. »War sie je erschöpft von alldem? Dem Lügen und dem Selbsthass, den sie auf andere übertragen hat?«

Mein Tonfall ist bitter. Noch nie habe ich es gewagt, solche Dinge in Gegenwart von jemandem wie ihr auch nur anzudeuten, aber ich bin dieser Scharade so müde.

Alexandra erwidert meine Frage mit einem Lächeln, das dieses Mal sehr leicht als falsch zu erkennen ist. »Was ist mit Ihnen? Fühlen Sie sich wohl hinter Ihrer selbstbewussten, verführerischen Maske, mit der Sie die Unsicherheit verstecken, die Sie zweifellos noch immer in dieser Umgebung empfinden?« Als ich mir auf die Unterlippe beiße, wird ihr Lächeln breiter. »Wir alle tragen Masken, meine Liebe. Und wir können uns keine Erschöpfung leisten. Denn das Leben schläft nie, also tun wir es auch nicht. Sonst wachen wir irgendwann in einer Welt auf, die uns missfällt.«

Ich schnaube. »Vielleicht wäre das ja eine bessere Welt.«

Mit erhobenem Kopf eile ich an ihr vorbei.

»Glauben Sie, Ihre Mutter wäre heute stolz auf Sie?«

Die Frage kommt unerwartet, auch wenn ich damit hätte rechnen müssen.

Ja, denkt der hoffnungsvolle Teil von mir. Sie wäre stolz, dass ich mutig genug bin, selbst über mein Leben zu bestimmen. Dass ich mich für etwas Wichtiges einsetze und meiner Schwester das Erbe überlassen habe, für das sie so viel besser geeignet ist als ich, und die alles verkörpert, was Mum sich für dieses Amt gewünscht hat. Aber der Teil, der sie kannte, denkt *Nein*. Sie wäre enttäuscht, weil ich weggelaufen bin. Weil ich etwas, das ihr wichtig war, mit Füßen getreten habe.

»Spielt das jetzt noch eine Rolle?«, rufe ich, bevor ich mich endgültig entferne.

Während ich die weiteren Stufen erklimme, merke ich die Halterung an meinem Bein überdeutlich. Aber jetzt, nachdem ich Alexandra hinter mir gelassen habe, verspüre ich ein klein wenig Vergnügen dabei, ihr den Kompass gestohlen zu haben.

KAPITEL 22

Als ich auf dem Balkon ankomme, schenken mir die wenigsten Leute dort Beachtung. Es ist der größte von allen, und nur noch einer davon liegt höher – der Balkon, auf dem Edward Kent traditionell die Ansprache zur Eröffnung dieser Feier hält. Die wir verpasst haben.

Ich entdecke Alistair im hinteren Teil, unmittelbar bei der Balustrade. Er unterhält sich mit einem dunkelhaarigen jungen Mann, der etwa in seinem Alter zu sein scheint. Als ich versuche, mich zu ihm durchzuschlängeln, ohne dabei jemanden anzurempeln, stellt sich mir Keira in den Weg.

»Kein Zutritt für Sonnengeborene auf diesem Balkon«, sagt sie und funkelt mich geringschätzig an.

Sie scheint alles an mir zu missbilligen – meinen tiefen Ausschnitt, die transparenten Stellen an meinem Kleid, meinen Lippenstift. Aber es gibt nur eine Sache, die ihr wirklich missfällt, und die wird gerade von meinen langen Ärmeln versteckt. Dennoch drehen sich nach Keiras Worten einige Leute zu mir um.

»Oh, Verzeihung«, erwidere ich zuckersüß. »Ich muss wohl das Schild übersehen haben, das darauf hinweist.«

Sie verengt ihre Augen. »Du kannst so lange Ärmel tragen, wie du willst, Reva, aber du wirst nie verstecken können, was du bist.«

»Vielleicht will ich es ja gar nicht verstecken, sondern mag bloß das Kleid.«

Ihr Kichern klingt falsch. »Natürlich versteckst du es. So wie alle heute Abend versuchen, etwas zu verstecken, was ihnen nicht gefällt.«

»Und was verbirgst du?«, frage ich provokant. »Deinen Hang zu Mobbing jedenfalls nicht. Ich dachte, dem wärst du entwachsen, aber da habe ich mich wohl getäuscht.«

Ein paar der jungen Männer auf dem Balkon lachen leise vor sich hin. Es ist so schade. Im Grunde genommen haben Keira und ich einiges gemeinsam, aber sie hat sich schon früh dafür entschieden, mich zu verabscheuen. Oft heißt es, man solle über den Dingen stehen und die bessere Person sein. Ich habe allerdings keine Lust, nett zu jemandem zu sein, der mir nur Schlechtes getan hat.

Sie hebt die Hand, und eine Windböe kommt auf, die mein Haar durcheinanderwirbelt. »Das ist mein Zuhause. Ich kann nicht verhindern, dass du dieser Veranstaltung beiwohnst, aber ich werde dich sicher nicht auf diesem Balkon akzeptieren und mich von dir beleidigen lassen.«

»Du hast mich auch außerhalb deines Zuhauses oft genug beleidigt. Tu also nicht so, als würde der Ort einen Unterschied machen.«

»Tut er nicht. Aber hier solltest du meiner Aufforderung, zu gehen, nachkommen.«

»Vielleicht sollte ich unseren Gast von diesem Balkon geleiten«, mischt sich Alistair ein und stellt sich neben seine Schwester.

»Was soll das?«, zischt sie ihn an, während uns alle anderen anstarren.

»Ich bin bloß gastfreundlich«, meint er schulterzuckend, macht dann einen Schritt nach vorn und bietet mir seinen Arm an.

Ich ergreife ihn und lächele Keira an. »Sehr zuvorkommend.« Im Gehen hauche ich einen Kuss auf meinen Mittelfinger und strecke ihn ihr dann entgegen.

»Vorsicht, Lady Graham«, raunt Alistair mir zu, nachdem wir uns umgedreht und einige Schritte entfernt haben. »Meine Schwester mag bellen, aber anders, als der Spruch es suggeriert, kann sie durchaus beißen.«

»Warum hasst sie mich so?«, frage ich, als wir den Balkon verlassen haben. »Sie hat es schon immer auf mich abgesehen, obwohl ich ihr nie etwas getan habe. Es kann doch wohl nicht nur daran liegen, dass ich eine Sonnengeborene bin.«

»Natürlich nicht«, sagt er und lässt mich los. »Es ist nichts Persönliches, aber du bist die leibhaftige Erinnerung daran, was sie nie haben kann. Sie wollte immer die Erbin der Familie sein und unseren Vater stolz machen. Sie wäre die bessere Wahl, das sehe selbst ich so. Aber sie ist eine Frau. Bevor man sie als Erbin anerkennt, würde man eher einen Cousin dritten Grades auf den Ratsstuhl setzen. Keira hasst es, dass ihr Geschlecht sie davon abhält, zu sein, wofür sie ihrer Meinung nach bestimmt ist. Und dann bist da du, die alles hatte, was sie immer wollte. Du warst die Erbin deiner Familie. Trotz der Tatsache, dass du eine Sonnengeborene bist. Trotz dessen, dass du dich nicht um diese Sache geschert hast. Du hast das Privileg, das sie nie haben durfte, mit Füßen getreten.«

»Deshalb hasst sie mich?«, frage ich ungläubig.

»Hass ist selten rational«, meint er. »Oft verrät er etwas darüber, wie es in unserem Inneren aussieht. Aber du bist sicher nicht heraufgekommen, weil du mit mir über meine Schwester reden willst.«

»Nein«, antworte ich und blicke nach links und rechts, um sicherzugehen, dass sich außer uns niemand auf den Treppen befindet. »Ich bin hier, um meinen Teil der Abmachung zu erfüllen. Ich habe bei mir, was du wolltest.«

Alistair kommt einen Schritt näher, sodass wir uns jetzt direkt gegenüberstehen. »Ist das so? Du beeindruckst mich immer wieder, Lady Graham.«

Ich lächele verkniffen. »Warum diese Bewunderung? Liegt es

daran, dass du mich ohne Vorwarnung in die leibhaftige Hölle geschickt hast?«

Er legt den Kopf schief, bevor er geheimnisvoll lächelt.

»Ich hätte da drin sterben können«, werfe ich ihm vor. »Verbrennen. Kollabieren. Du wusstest das ganz genau, oder?«

»Ich wusste nicht, was da drin auf dich wartet. Aber natürlich war mir klar, dass es Fallen geben würde. Davor habe ich dich gewarnt.«

»Zu freundlich von dir«, zische ich.

»Nun, du bist offensichtlich unversehrt, also kein Grund für böses Blut. Wo ist es?«

»Ich trage es bei mir. Wenn du es haben willst, brauchen wir ein wenig mehr Privatsphäre.«

»Mh«, macht er nur, was anzüglicher klingt, als gut für ihn wäre. »Dann werden wir dir die wohl geben.«

»Vergiss nicht deinen Teil der Abmachung, Casanova.«

Er grinst. »Natürlich nicht. Komm.«

Ich folge ihm einige Treppenstufen nach unten, bevor er auf einer Zwischenebene stehen bleibt und wartet, bis ein Gast an uns vorbeigegangen ist. Erst danach legt er seine Hand auf einen der Steine. Nachdem kurzzeitig ein violettes Symbol unter seinen Fingern aufgeleuchtet ist, zeigt sich ein halb durchsichtiger Gang im Gemäuer.

»Nach dir, Mylady«, sagt er galant.

Ich erwarte eigentlich, gegen die Steinmauer zu laufen, komme jedoch problemlos hindurch, wie durch einen Schleier. Auf der anderen Seite befindet sich ein schmaler Korridor, der an die frische Luft und zu einer der Brücken führt, die den Turm mit einem Nebengebäude des Kent-Familiensitzes verbindet. Als ich nach hinten blicke, folgt Alistair mir bereits, und der Schleier ist verschwunden.

»Hübsches Kleid«, ruft er bewundernd. »Die Rückenansicht gefällt mir.«

»Dir gefällt wahrscheinlich alles, was mit nackter Haut zu tun hat.«

»Autsch, das tut weh. Ich bin wählerischer, als du denkst.«

»Freut mich für dich. Leider sind die Briefe das Einzige, an dem ich Interesse habe.«

»Wie schade«, raunt er mit samtweicher Stimme.

»Ja, ich kann mir denken, dass du das schade findest«, erwidere ich scharf. »Wie man hört, hast du heute vor, jemandem auf dem Schreibtisch deines Vaters Vergnügen zu bereiten. Ich kenne die Person nicht zufällig, von der du da geredet hast?«

Er lacht. »Du könntest diese Person *sein*, wenn du das willst.«

Sein unglaubliches Selbstbewusstsein bringt mich aus dem Konzept. Wir wissen beide, dass eine Affäre zwischen uns verboten ist, wie kann er also so offen und sorglos darüber reden? Wie kann es ihm nicht einmal etwas ausmachen, dass ich von seiner Prahlerei gehört habe?

»Ich hoffe für dich, dass du niemandem von unserem Treffen erzählt hast.«

»Angst, erwischt zu werden? Ich dachte, die Regeln wären dir egal.«

»Sind sie«, bestätige ich. »Aber meiner Schwester nicht, darum werde ich sicher keinen weiteren Skandal verursachen.«

Zumindest nicht mit ihm.

»Keine Angst, ich würde niemandem von unserem kleinen Handel erzählen. Was ich da gesagt habe, war nur Spaß. Die meisten meiner Freunde glauben, ich würde wieder eine Bedienstete verführen.«

Unfassbar, wie nonchalant er über solche Dinge spricht. Einerseits geht mir seine fehlende Ernsthaftigkeit auf den Geist, andererseits wünschte ich, andere Personen wären mehr so wie er.

Wir lassen die windige Brücke hinter uns und betreten das Innere des Nebengebäudes. In diesem Teil des Anwesens bin ich noch nie gewesen. Er erinnert mich an mein eigenes Zuhause. Der edle Teppich auf dem weißen Marmorboden ähnelt unserem, nur dass dieser grau statt blau ist. Die Säulen, die das Gebäude tragen, sind mit silbernen Bemalungen verziert. Vieles besteht aus dunklem, herrschaftlichem Granit, überall stehen violette Kristalle herum, und obwohl wir uns im Gebäudeinneren aufhalten, fegt eine sanfte Brise durch die Korridore.

Alistair öffnet eine Tür auf der linken Seite und macht eine galante Handbewegung. »Hereinspaziert.«

Ich trete ein und finde mich in einer Art Büro wieder. Durch den anthrazitfarbenen Teppichboden und die Möbel aus dunklem Holz wirkt der Raum reichlich düster, trotz des Mondes, dessen silbernes Licht durch die Fenster hereinfällt. Eine Wand besteht vollständig aus Bücherregalen, die prall gefüllt sind und bis zur Decke reichen.

Nachdem Alistair die Tür geschlossen hat, geht er darauf zu und zieht zielstrebig ein Buch mit schwarzem Einband aus dem Regal. Im Inneren verbirgt sich ein Schlüssel, mit dem er zum mächtigen Pult im Zentrum des Raumes geht und damit eine Schublade darin öffnet. Er kramt eine Weile, bis ein kleiner Stapel mit zusammengefaltetem Papier zum Vorschein kommt.

»Das sind die Briefe. Du kannst sie lesen, wenn du willst. Auch wenn ich nicht weiß, was dir das Ganze bringen soll.«

Ich nehme ihm die Briefe aus der Hand und gehe damit zum Fenster, wo genug Licht ist. Mir fällt direkt auf, wie kurz sie sind. Schon der erste gleicht eher einer Notiz als einem echten Brief.

Josephine,
du kennst mich nicht, aber ich kenne dich. Besser, als du denkst. Du hast ein Geheimnis, nicht wahr? Eines, das niemand wissen darf. Ich beobachte dich.

Ich drehe den Brief auf die Rückseite, aber mehr steht auf diesem Blatt Papier nicht. Es sieht aus, als wäre es bereits mehrfach zusammengeknüllt worden. Niemand hat es unterzeichnet. Sofort nehme ich den nächsten Brief in die Hand, der in einer komplett anderen Schrift verfasst wurde.

Meine liebe Josephine,
genießt du deine sonntäglichen Spaziergänge im Park des Herbstbezirks? Die Blumen, die du gepflückt hast, sahen entzückend aus. Denkst du, etwas so Schönes könnte mich dein hässliches kleines Geheimnis vergessen lassen? Ich weiß alles.

Mit halb zusammengekniffenen Augen starre ich die Zeilen an. Hat die Person, die Josephine diese Briefe geschrieben hat, sie beobachtet? Vielleicht sogar über einen längeren Zeitraum hinweg? Aber warum?

Liebe Josy,
das grüne Kleid, das du am Samstag getragen hast, war hinreißend. Grün ist die Hoffnung, heißt es. Hoffst du, dass niemand dein Geheimnis erfährt? Dass du es für immer bewahren kannst? Keine Farbe der Welt kann kaschieren, was du wirklich bist. Wäre es nicht eine Schande, wenn die ganze Stadt davon erfahren würde? Das wäre schlecht, oder?

Offensichtlich wusste diese Person etwas über Josephine, das nicht an die Öffentlichkeit gelangen sollte. Was könnte nur gemeint sein? Ich brauche Antworten.

Liebste Josephine,
ich weiß, was sie getan haben, damit es nicht herauskommt. Ich weiß, was die anderen nicht sehen können. Was du unter einer Lüge versteckst. Es würde dein Leben zerstören, habe ich recht? Deine sorgsam aufgebaute Illusion. Aber ich gebe dir eine Gelegenheit, die Lüge zu schützen. Du musst einfach nur verschwinden. Verlasse die Stadt, und dein Geheimnis ist bei mir sicher.

Stutzig starre ich den Brief an. Das ist das erste Mal, dass der Briefeschreiber etwas fordert. Sie sollte die Stadt verlassen. Aber wozu? Was hätte er davon?

Meine rebellische Josy,
du bist ja noch immer da. Hältst du das hier für einen Scherz? Denkst du, ich werde verschwinden, wenn du mich nur lange genug ignorierst? Die Wahrheit kann niemand ignorieren. Du bist nicht das, was du zu sein vorgibst. Die Spuren sind verwischt, aber die Wahrheit findet sich immer. Wenn du nicht gehst, werden auch andere sie finden. Lauf, bevor sie dich einholt.

Nach diesem Brief folgt nur noch ein weiterer, dessen Schrift wieder anders ist und deutlich unruhiger wirkt, als wäre der Schreiber ungeduldig oder wütend gewesen.

Josephine,
ich hoffe, die Begegnung mit meiner Klinge gestern hat dir klargemacht, in welch ernster Lage du dich befindest. Auch wenn du mich nicht gesehen hast, ich sehe alles. Mit deiner Magie bist du mir nicht gewachsen. Du weißt nicht, wer ich bin, aber ich weiß genau, wer du bist. Das ist meine

letzte Warnung. Tu besser, was ich dir sage. Niemand kann dich vor mir beschützen. Genauso wenig, wie du die Wahrheit beschützen konntest. Jeder wird es erfahren. Außer, du verschwindest von hier.

Noch einmal lese ich alle Briefe, doch ich kann mir keinen Reim darauf machen. Josephine wurde verfolgt, so viel ist klar. Ihr wurde sogar einmal mit einer Klinge aufgelauert, was mich an Gabriels Geschichte zu seiner Narbe erinnert. Anscheinend hat sie den Angreifer jedoch nicht gesehen. Warum wollte man, dass sie hinter den Schleier verschwindet? Sie wurde doch genau dort getötet. Von der Person, die diese Briefe geschrieben hat? Aber was hätte sie davon, das in der Menschenwelt zu tun statt hier? Und von welcher Wahrheit ist immer wieder die Rede? Nicht einmal die Handschrift hilft mir weiter, denn es wirkt, als hätten verschiedene Personen die Briefe geschrieben. Ein Täuschungsmanöver, damit man sie nicht zum Verfasser zurückverfolgen kann?

Ich packe die Briefe wieder ordentlich zusammen und gebe sie Alistair zurück.

»Es scheint, als hätte deine Cousine ein Geheimnis mit sich herumgetragen. Weißt du, was das gewesen sein könnte?«

Er schüttelt den Kopf. »So vertraut war unser Verhältnis auch nicht, obwohl wir eine Familie waren. Sie hat schon lange außerhalb des Anwesens gelebt, sogar vor ihrem Weggang in die Menschenwelt.«

»Hatte sie Feinde?«

»Keine, von denen ich weiß. Meine Familie hat alles und jeden überprüfen lassen, der dafür infrage käme, ihr diese Briefe geschrieben zu haben. Sie haben von denjenigen Schriftproben genommen und sie mit Wahrheitskristallen befragt. Nichts hat zu irgendetwas geführt.«

Hätte ich mir denken können, dass eine so wichtige Familie alle

Möglichkeiten auslotet, wenn jemand aus ihren Reihen bedroht und getötet wird. Das ist doch zum Haareraufen.

»Denkst du, die Person, die ihr diese Briefe geschrieben hat, könnte sie umgebracht haben?«, frage ich.

Alistair kneift die Augen zusammen. »Wie kommst du darauf?«

»Die Briefe waren voller Drohungen, und der Schleier ist keine unüberwindbare Mauer.«

»Diese Person wollte, dass sie verschwindet. Das hat sie doch erreicht.«

»Ja«, stimme ich zu. »Aber hältst du es nicht für einen merkwürdigen Zufall, dass sie getötet wurde, nachdem sie diese Briefe erhalten hat?«

Darüber denkt er einige Sekunden nach. »Warum sollte man von jemandem verlangen, dass er die Stadt verlässt, nur um ihn dann zu töten, sobald er es getan hat?«

Gute Frage.

Alistair verstaut die Briefe wieder im Fach und legt den Schlüssel zurück in das Buch im Regal. Dann dreht er sich zu mir um und verschränkt die Arme vor der Brust.

»Warum interessiert dich das alles?«, will er wissen. »Wahrscheinlich hat der Mörder am Ende gar nichts mit diesen Briefen zu tun, und es ist irgendein Mensch, der Hexen tötet. Manche von ihnen finden heraus, dass wir unter ihnen leben.«

»Ja, vielleicht«, meine ich, um nicht noch mehr sagen zu müssen.

Er kommt einige Schritte auf mich zu. »Da ich meinen Teil erfüllt habe, bist du jetzt dran.«

Ich gehe in die Hocke, fasse mir unter mein Kleid und ziehe den vergoldeten Kompass hervor, bevor ich mich wieder aufrichte.

»Du hast sie aus ihrem Kästchen genommen«, sagt er.

»So war sie leichter zu transportieren. Oder sollte ich lieber *er* sagen?«

Falls ihn meine Wortwahl irritiert, versucht er, sich nichts anmerken zu lassen.

»Es ist keine Taschenuhr, sondern ein Kompass.«

»Ist das so?«, fragt er unschuldig, aber ich gehe davon aus, dass er das bereits wusste.

»Wozu ist er gut?«

»Das weiß ich nicht«, behauptet er.

Nicht überzeugt händige ich ihm den Kompass an der Kette aus. Alistair öffnet den Verschluss und hebt die Augenbrauen. Die Nadel dreht sich für einen Moment, bevor sie schließlich stehen bleibt. Sie zeigt direkt in seine Richtung, woraufhin er den Verschluss zuschnappen lässt.

»Warum zeigt er auf dich?«, will ich wissen.

Er zuckt mit den Schultern. »Möglicherweise zeigt er ja auf die stärkste magische Quelle in der Umgebung.«

Das entlockt mir ein leises Lachen. »Oh, du hältst dich also für stärker als mich?«

»Es ist dunkel. Natürlich bin ich jetzt gerade stärker als du.«

Mit einem Ausfallschritt nach vorn und einer schnellen Handbewegung entreiße ich ihm das Ding und öffne den Verschluss, bevor er mir das Artefakt wieder abnehmen kann.

»He, das –«, ruft er, hält jedoch inne, als er sieht, dass der Kompass weder auf ihn noch auf mich zeigt, sondern auf etwas, das in Richtung des Turms liegt.

»Lügner«, zische ich und übergebe ihm das Ding wieder, weil ich nichts damit anfangen kann.

Alistair verstaut es in seiner Hosentasche. »Du bist nicht besser als ich, meine Liebe. Wir sollten uns wohl darauf einigen, die Motive des jeweils anderen nicht zu kennen. Belassen wir es dabei, dass wir beide bekommen haben, was wir wollten. Es sei denn, du willst noch mehr?«

Etwas in seinem Blick verändert sich, und ein anziehendes Lächeln erscheint auf seinen Lippen. Sogar ich kann mich seinem spielerischen Charme nicht vollkommen entziehen. Sein großes Selbstbewusstsein und dieser Schalk, der hinter seinen Augen aufblitzt, machen ihn unglaublich attraktiv. Vor allem jedoch schert er sich nicht darum, was andere denken oder welche Regeln in unserer Gesellschaft gelten. Er entschuldigt sich nicht dafür, wer er ist oder was er will. Am Ende des Tages sind wir uns gar nicht so unähnlich.

Ich lege meine Hand auf seine Brust, fahre damit über den seidigen Stoff seines Hemdes. Er atmet tief ein und lässt mich spüren, wie sein Herz unter der Berührung meiner Finger einen Hauch schneller schlägt. Diesen Effekt auf jemanden zu haben, der so selbstsicher ist, berauscht mich. Es gibt mir eine Macht, die ich viel zu lange nicht hatte.

Alistair senkt seinen Kopf. Ich komme ihm etwas näher, denke für den Bruchteil einer Sekunde darüber nach, wie es wäre, mich jetzt gehen zu lassen und mir diese Ablenkung zu gestatten. Doch bevor meine Lippen seine berühren können, halte ich inne. Weil ich weiß, dass ich bei ihm nicht das gleiche Gefühl habe, das eine andere Person in mir auslöst. Das hier ist prickelnd, aufregend und genau das Richtige, um mich frei und leicht zu fühlen. Aber ich würde es nur tun, weil ich eifersüchtig und verletzt bin, also schiebe ich Alistair sanft mit meiner Hand von mir weg.

»Tut mir leid. Aber ich fürchte, du bist nicht das, was ich will.«

»Das kann ich mir vorstellen«, raunt er unbeeindruckt. »Man muss sich nicht nacheinander verzehren, um eine gute Zeit zu haben, weißt du?«

Ich schmunzele. »Ist das dein Anspruch?«

»Ein ziemlich gesunder Anspruch, wie ich finde. Besser, man kostet all die wunderbaren Möglichkeiten aus, die das Leben einem bietet, als immer auf der Suche nach etwas zu sein, das den eigenen Wunschvorstellungen nicht gerecht werden kann. Ich bin sicher, wir beide könnten viel Spaß zusammen haben.«

Wieder beobachte ich seine schönen vollen Lippen und nehme seinen frischen Duft wahr, der an kalte Morgenluft erinnert. Er hat recht, wir könnten viel Spaß haben, und ich sehne mich nach

Körperlichkeit. Danach, berührt und gewollt zu werden. Alistair würde mich wollen, das hat er gerade mehr als deutlich gemacht. Ein Teil von mir ist neugierig darauf, wie er mir Vergnügen bereiten könnte. Aber in den letzten Jahren habe ich bereits zu viel Zeit damit verbracht, mich mit Spaß davon abzulenken, dass ich nie haben kann, was ich wirklich will. Es hat mich nicht glücklich gemacht, ein bodenloses Loch zu füllen. Stattdessen ist es immer größer und größer geworden.

»Wahrscheinlich könnten wir beide tatsächlich viel Spaß haben«, stimme ich zu, trete jedoch einen Schritt zurück. »Leider muss ich jetzt gehen. Zwei Erben sollten nicht zu lange gemeinsam wegbleiben, sonst reden die Leute noch.«

Alistair grinst. »Sollen sie ruhig. Ich bedauere nur, dass ihr Gerede nicht der Wahrheit entspricht.«

»Du findest sicher jemand anderen. Wenn du schon dabei bist, könntest du mir allerdings einen deiner Freunde empfehlen.«

»Jetzt beleidigst du mich aber.«

Ich verdrehe die Augen. »Nicht für mich. Sondern für meine Schwester. Pflichtbewusst, gute soziale Stellung und am besten ziemlich nüchtern. Hättest du da wen?«

Kopfschüttelnd stemmt er die Hände in die Seiten. »Abgewiesen und zum Liebeshelfer degradiert. Das hatte ich mir anders vorgestellt.«

»Wir erleben alle hin und wieder Enttäuschungen«, sage ich, bevor ich den Raum verlasse.

KAPITEL 23

Alistair ist tatsächlich ein guter Verlierer und hat einen seiner Freunde davon überzeugt, sich unten mit Daisy zu treffen. Sogar ich bin angenehm überrascht, dass dieser auf all die unnötigen Versuche verzichtet, meine Schwester zu beeindrucken. Kein Handkuss, keine offensichtlichen Schleimereien, und den Sternen sei Dank unternimmt er auch keinen Versuch, über magische Föhntechniken zu reden. Er ist sehr aufmerksam, und sein Lächeln wirkt natürlich, sodass einige Personen in der Umgebung ihm bewundernde Blicke zuwerfen, während er mit meiner Schwester tanzt. Die beiden wiegen sich im Takt der leisen Musik, und Daisy haucht mir ein tonloses *Danke* zu, bevor sie sich ganz auf ihre neue Bekanntschaft konzentriert.

Als ich Lou in ihrer Nähe entdecke, kehrt der kalte Knoten wieder in meine Magengrube zurück, denn sie tanzt erneut mit Gabriel. Dabei schaut sie ihm so tief in die Augen, dass ich es ein wenig bereue, vorhin Alistairs Angebot ausgeschlagen zu haben.

Gemeinsam mit Rami beobachte ich unsere Schwester noch eine Weile, und wir überlegen, ob wir sie retten müssen oder nicht. Bisher scheint Alistairs Freund allerdings eine Menge richtig zu machen, sonst würde sie längst nicht mehr mit ihm tanzen.

»Gleich ist Mitternacht«, meint Rami und leert sein Getränk.

»Für mich heißt das jetzt erst mal abhauen, bis die Gewitter-Show vorbei ist.«

»Kommst du danach wieder?«, frage ich.

»Mal sehen. Unserer Schwester gefällt der Kerl viel zu gut. Entweder müssen wir sie von ihm wegkriegen, oder wir müssen Lou von ihr wegkriegen, je nachdem, ob sie sich auf sie stürzt.«

»Lou ist viel zu beschäftigt mit Silverstein.«

Obwohl ich es vermeide, die beiden noch einmal anzusehen, bin ich mir dessen sicher. Sie waren sich bei diesem Tanz so nah, und im Gegensatz zu mir ist Lou absolut unkompliziert, weil sie nun einmal zu keiner verbotenen Familie gehört.

»Hm«, macht Rami. »Silverstein hat nicht einmal gelächelt, seit sie wieder angefangen haben zu tanzen.«

»Silverstein lächelt doch nie.«

»Dann habe ich mir das letzte Woche bei der Eröffnungsfeier wohl eingebildet. Oder du musst ihm den Witz des Jahrtausends erzählt haben.«

O nein, hat Rami uns etwa beobachtet? Das ist mir unangenehm, auch wenn mir bei seinen Worten ein bisschen warm wird.

»Vielleicht bin ich ja witziger, als du denkst«, erwidere ich.

»Versuch das mal bei Edward Kent. Wenn du aus dem alten Griesgram auch ein echtes, ehrliches Lächeln herausbekommst, kannst du dir das bestimmt als besondere Leistung anerkennen lassen.«

Das wiederum bringt mich zum Lachen.

Nachdem Rami mich verlassen hat, fühle ich mich unten verloren und gehe wieder nach oben, um mir einen Platz auf einem der kleineren Balkone zu sichern. Das Kuppelspektakel will ich mir heute auf keinen Fall entgehen lassen. Je weiter oben ich bin, desto besser kann ich es sehen.

Tatsächlich schaffe ich es, einen Balkonplatz zu ergattern und ihn ganz für mich zu haben. Nach mir kommt ein Pärchen, das wohl einen Rückzugsort für ein wenig Zweisamkeit gesucht hat, aber als die beiden mich entdecken, machen sie kehrt.

Ich sehe nach unten. Dorthin, wo meine Schwester noch immer tanzt. Obwohl es hier oben ziemlich dunkel ist, kann ich sie in ihrer saphirblauen Robe ausmachen. Bestimmt hat ihr Partner auch schon bemerkt, wie perfekt das Diadem auf ihrem Kopf zu ihren Augen passt. Hoffentlich hat sie eine gute Zeit mit ihm. Sie verdient es, glücklich zu sein, auch wenn ihr Herz noch an Lou hängt.

Ich beobachte die Menge unter mir, während ich über die Briefe nachdenke. Was könnte Josephines Geheimnis gewesen sein? Musste sie deswegen sterben? Ist das die Verknüpfung zu den anderen Opfern? Es muss etwas geben, das sie miteinander verbindet. Der Briefeschreiber könnte den anderen Opfern ebenfalls Drohungen geschickt haben. Vielleicht sind sie alle vor ihm in die Menschenwelt geflüchtet. Die große Frage ist allerdings, warum er sie ausgerechnet dort haben wollte. Um weniger Aufsehen zu erregen? Ich grübele und grübele, aber egal, wie viel Zeit vergeht, der Geistesblitz lässt auf sich warten.

»Hier bist du.«

Der Klang seiner Stimme jagt mir einen warmen Schauer über den Rücken. Nach allem, was ich vorhin unten gesehen habe, wehre ich mich gegen dieses Gefühl, doch es siegt trotzdem über meinen Verstand.

»Ich denke nach«, sage ich, ohne mich umzudrehen.

»Worüber?«

»Über meinen Auftrag. Manche Leute sind nämlich nicht zum Vergnügen hier.«

Ein bisschen schäme ich mich dafür, wie beleidigt ich klinge. Dazu habe ich kein Recht. Außerdem haben wir uns beim letzten Mal gewissermaßen vertragen, also sollte ich mich zusammenreißen, statt einen neuen Streit vom Zaun zu brechen.

Gabriel lehnt sich neben mir über die Balustrade. »Konntest du mit Kents Hilfe etwas herausfinden?«

Sein beiläufiger Tonfall hört sich an, als wollte er eigentlich etwas anderes fragen.

»Wenig«, gestehe ich. »Seine Cousine wurde schon lange vor ihrem Tod bedroht. Sie hatte wohl irgendein Geheimnis, das ein Unbekannter in Erfahrung gebracht hat. Er hat sie damit erpresst, es auffliegen zu lassen, wenn sie nicht die Stadt verlässt. Ich kann mir nur keinen Reim auf das Motiv dahinter machen … Hattest du in den letzten Monaten das Gefühl, beobachtet zu werden?«

»Kann man so sagen.« Gabriel sucht meinen Blick. »Zumindest bezweifele ich, dass die Person, die mich mit einem vergifteten Messer attackiert hat, mir spontan über den Weg gelaufen ist und dann dachte, man könnte mich ja mal abstechen. Leider konnte ich ihr Gesicht nicht sehen.«

»Hast du versucht, denjenigen zu finden?«

Er sieht mich fragend an. »Wie denn? Es hätte ausnahmslos jeder sein können.«

»Es hat also jeder ein Motiv, dich abzustechen?«, frage ich zweifelnd.

»Vermutlich mehr, als mir lieb wären.«

»Dann solltest du einen Personenschutz engagieren«, schlage ich vor.

Jetzt lächelt er mich an. »Dafür habe ich ja zum Glück dich.«

Ich weiß nicht, ob seine Worte oder sein Lächeln die unzähligen Schmetterlinge in meinem Bauch zum Tanzen bringen. Wieso ist es so leicht für ihn, mich diese Dinge fühlen zu lassen? Das muss dringend aufhören.

»Du *hattest* mich«, korrigiere ich.

Gabriel wendet sich von mir ab und starrt hinunter in die Tiefe. Er wirkt gedankenverloren.

»Entschuldige, ich hätte mich vorhin nicht in die Sache zwischen dir und Kent einmischen dürfen. Wahrscheinlich mag ich ihn nur deshalb nicht, weil er all diese Dinge tut, die mich in einen Abgrund aus Schuld und Selbsthass stürzen würden, und sich nicht einmal schlecht dabei fühlt. Er wirkt immer so … gleichgültig. Das ist für mich schwer zu ertragen.«

Seine Ehrlichkeit verwirrt mich. Jedes Mal, wenn ich ihn für seine Aussagen und Taten hassen möchte, gibt er mir diese nachvollziehbaren Erklärungen, die ihn so reflektiert erscheinen lassen.

»Manchmal wäre ich gern pflichtbewusst *und* egoistisch«, fährt er fort. »Aber ich fürchte, beides ist unmöglich.«

Er klingt frustriert. Ich habe nie verstanden, warum er so verflucht hart zu sich selbst ist und alles dafür tut, um seiner Rolle gerecht zu werden. Wir mögen Hexen sein, aber im Grunde sind wir auch nur Menschen mit magischen Talenten, die ihre Fehler haben. Seine menschlichen Schwächen konnte Gabriel sich schon früher schwer verzeihen. Während die utopischen Erwartungen meiner Mutter mich dazu gebracht haben, das Gegenteil von dem sein zu wollen, was sie sich von mir erhofft hat, wollte Gabriel den Erwartungen seines Vaters umso mehr gerecht werden, je unrealistischer sie wurden.

»Ist es das?«, frage ich.

»So ziemlich. Aber wenn es um dich geht, bin ich immer ein bisschen weniger pflichtbewusst, als ich sein sollte.«

Bei diesem Geständnis schließe ich resigniert die Augen. Weil es dennoch nie genug war, um mir das zu geben, was ich mir von ihm gewünscht habe. Weder damals noch in Zukunft wird es ausreichen, und egal, wie sehr er mich reizt, das darf ich nie vergessen. Was sind diese tiefen Blicke und heimlichen Berührungen schon wert, wenn ich nie diejenige sein kann, die er so hält, wie er Lou vorhin gehalten hat? Wie echt ist etwas, das sich nur im Nebel oder der Sicherheit von Träumen abspielt?

Einen Moment verharren wir so nebeneinander, und als er gerade Luft holt, um noch etwas zu sagen, wird sämtliches Kerzenlicht von einem auffrischenden Wind gelöscht. Kurz darauf zucken blau-violette Blitze durch die Kuppel über unseren Köpfen, bevor ein Donnergrollen die Luft erschüttert.

Ich lege meinen Kopf in den Nacken und beobachte das Schauspiel. Die gezackten Blitze tanzen anmutig über uns hinweg und scheinen in der Kuppel aus Silber und Amethyst einzuschlagen. Alistairs Familie ist für dieses Spektakel verantwortlich. Mit den Blitzen malen sie verzweigte elektrische Bilder an die Decke. Ich bin wie gebannt von der Show. Gewitter haben mich schon immer beeindruckt. Diese aufgestaute Energie, die sich entlädt, um der Welt einen Neuanfang zu schenken.

Trotz meiner Faszination merke ich, wie Gabriel dichter neben mich tritt. Sein Oberarm berührt meinen, und der Stoff unserer Kleidung trennt die Hitze unserer Haut nur bedingt voneinander.

»Ich weiß, welche Erinnerung den Baum dazu gebracht hat, dich in die Archive zu lassen«, sagt er zwischen zwei Donnergrollen.

Angespannt atme ich ein und aus. »Ach ja?«

Ihn so nah bei mir zu spüren, macht etwas mit mir, das ich nur schwer erklären kann. Es verschafft mir ein unvergleichliches Hochgefühl, so als wäre einer der Blitze von dort oben direkt durch meinen Körper geschossen.

»Es war die Erinnerung an unseren Kuss. Habe ich recht?«

Mein Mund wird ganz trocken. Jetzt gerade wäre ein wenig Regen durchaus willkommen.

»Warum hat er mich deshalb am Leben gelassen?«, frage ich.

»Als Wächter der Archive ist er gewissermaßen mit mir verbunden«, erklärt Gabriel, während das Schauspiel über uns seine Worte beinahe übertönt. »Er muss gespürt haben, was damals zwischen uns war. Dass ich dir mehr vertraut habe als jeder anderen Person. Deshalb hat er dich nicht als Gefahr wahrgenommen.«

Ich bekomme eine Gänsehaut am ganzen Körper. Mit wild pochendem Herzen drücke ich mich dichter an ihn.

»Was, wenn er sich geirrt hätte? Wenn meine Absichten keine guten gewesen wären?«

Gabriel seufzt leise. »Selbst ein jahrhundertealter mächtiger

Wächter lässt sich manchmal von Gefühlen an der Nase herumführen.«

Mein Puls rast immer mehr. Ich sollte gehen. Das hier kann nur auf genau die gleiche Weise enden wie damals, denn zwischen uns hat sich nichts geändert. Doch er ist trotz allem bei mir und sagt diese Dinge, obwohl er es besser wissen sollte. Dafür schulde ich ihm auch etwas Ehrlichkeit.

»Vorhin habe ich gelogen«, gebe ich zu. »Die Rose habe ich nicht wegen Alistair gewählt, sondern wegen dir. Ich wollte deine Reaktion sehen.«

Krachender Donner rollt über uns hinweg, bevor Gabriel den Kopf senkt und seine Lippen dicht vor mein Ohr hält, sodass ich seinen Atem auf meiner Haut spüre. »Weißt du, wofür sie steht?«

Ich schüttele langsam den Kopf.

»Für unerfüllte Sehnsucht.«

Seine Worte hallen mindestens so intensiv in mir nach, wie der Donner von den hohen Wänden des Turms widerhallt. Von dieser Bedeutung wusste ich nichts. Jetzt bekommen all die blauen Rosen, die ich nach der Feier vor vier Jahren für ein Friedensangebot gehalten habe, eine ganz neue Bedeutung.

»Es hat mich um den Verstand gebracht, ausgerechnet diese Blume in deinem Haar zu sehen«, fährt er fort. »Viel schlimmer war allerdings der Gedanke, dass du damit bei Kent bist und nicht bei mir.«

Meine Knie werden weich. »Zum Glück hatte ich herzlich wenig Interesse daran, den Schreibtisch seines Vaters auszuprobieren.«

Jetzt streifen seine Lippen mein Ohr. »Gut. Es gibt nämlich nur einen Schreibtisch, auf dem ich mir dich vorstellen möchte.«

Hätte ich gewusst, was eine einzige Blüte alles anrichten kann, hätte ich sie mir schon viel früher ins Haar gesteckt. Es erregt mich, seine Lippen auf meiner Haut zu spüren. Inmitten all dieser Leute, in dem Wissen, dass die Show jeden Moment vorbei sein und jemand die Kerzen wieder entzünden könnte. Dass man uns sehen könnte. Er geht ein Risiko ein, und das gibt mir wieder dieses erfüllende Gefühl von Macht, weil er seine Regeln für mich bricht. Etwas, das er für niemanden sonst tut.

»Auf der Campbell-Party hast du gesagt, du könntest genauso verführerisch sein wie ich«, erinnere ich ihn. »Sag mir, was du jetzt tun würdest, wenn wir jemand anderes wären. Wenn es keine Regeln für uns gäbe.«

Er lässt seine Finger gemächlich meinen nackten Rücken hinabwandern, während seine Lippen noch immer auf meinem Ohr liegen. »Ich würde dich von diesem Balkon führen, damit wir aus diesem Turm verschwinden können. Sobald wir an der frischen Luft wären, würde ich mit dir in die erstbeste Kutsche steigen und sie zu meinem Anwesen lenken.«

Seine Stimme ist jetzt so tief, dass ich mir einbilde, zu spüren, wie sie in meinem Körper vibriert.

»Ist das schon alles, du großer Verführer?«, provoziere ich ihn, woraufhin er seine Lippen zu einem Lächeln verzieht.

Der Donner über uns ist ohrenbetäubend, aber ich habe das Gefühl, mein Herzschlag ist so viel lauter als die magisch erzeugte Druckwelle.

»In der Kutsche würde ich den Vorhang zuziehen«, fährt Gabriel fort und zeichnet mit dem Zeigerfinger meine Wirbelsäule nach. »Du wärst direkt neben mir, deine Wangen gerötet von dem Schampus, für den du in den letzten Tagen anscheinend eine Vorliebe entwickelt hast. Wir hätten nur Augen füreinander. Ich würde meine Finger unter dein Kinn legen und mit dem Daumen langsam über deine Unterlippe streichen. Und dann würde ich dich küssen, bis du vergisst, wo du dich gerade befindest.«

Mit staubtrockener Kehle schließe ich die Augen. »Ich bin in einer Kutsche. Du musst dich schon etwas mehr anstrengen, damit ich das vergesse.«

Es ist keine gute Idee, ihn herauszufordern. Aber heute will ich es wissen. Denn vielleicht ist dieses Was-wäre-wenn-Szenario, das nie Wirklichkeit werden kann, alles, was wir jemals haben werden.

»Während wir uns küssen, würde ich dich auf meinen Schoß ziehen«, raunt er, und ich kann es mir in diesem Moment bis ins kleinste Detail ausmalen. »Du würdest dich dicht an mich drücken und spüren, wie sehr ich dich begehre. Ich würde deinen Hals küssen und mit meinen Lippen immer tiefer wandern, weil ich jede Stelle deines Körpers mit ihnen bedecken will.«

In meinem Kopf formen sich Bilder, die ich nicht einmal in Gedanken zulassen sollte. Trotzdem kann ich nicht anders, als sie bereitwillig heraufzubeschwören, weil ich mich so sehr nach ihm sehne.

»Was, wenn ich mehr wollen würde?«, frage ich leise.

Seine Hand hält auf meiner Hüfte inne. »Dann würde ich dich so berühren, wie du es dir von mir wünschst. So lange, bis mein Name dir auf jede erdenkliche Weise über die Lippen gekommen ist.«

Keiner der Blitze da oben könnte mich so pulverisieren, wie seine Worte es gerade getan haben. Die Muskeln in meinem Unterleib ziehen sich auf eine Art zusammen, die mir wehmütigen Schmerz bereitet.

»Und was, wenn ich alles von dir wollen würde?«

Gabriels Hand wandert minimal tiefer, und es reicht aus, um mich lichterloh in Brand zu stecken. »Dann würde ich dir sagen: *Hab Geduld, Darling*. Und wenn die Kutsche endlich anhält, würde ich dich auf Händen in mein Schlafzimmer tragen, wo ich dir jede einzelne deiner Sehnsüchte erfüllen würde. Wieder und wieder, bis dein Körper meinen so gut kennt, dass er sich für immer an ihn erinnern wird.«

Mit heftig rasendem Puls befeuchte ich meine Lippen. »Klingt vielversprechend.«

»Mh«, macht er, und ich glaube, ich habe noch nie ein sinnlicheres Geräusch von irgendjemandem gehört. »Und? Wo befindest du dich jetzt?«

»In einer sehr schwierigen Lage.«

Er lacht heiser. »Das ist wohl ein Punkt für mich.«

Gabriels Lippen streifen die empfindliche Stelle hinter meinem Ohr. Die Berührung lässt mich brennen, brennen, brennen, bis ich glaube, wir sind ganz allein in diesem Turm voller Hexen, die von dem Gewitter über uns abgelenkt sind.

Ich drehe meinen Kopf in seine Richtung und öffne meine Augen. Als weitere Blitze durch die Luft zucken, sehe ich ein dunkles Verlangen in seinem Blick, das nicht zu leugnen ist. Trotz unserer Kleidung spüre ich die Hitze seines Körpers so intensiv, dass mein Kopf vollkommen leer gefegt ist.

Er lehnt seine Stirn gegen meine und schließt seufzend seine Augen. »Weißt du, wie gern ich dich jetzt küssen und das alles wahr machen würde?«

»Wir dürfen nicht«, hauche ich. »Das hast du selbst gesagt.«

»Ich sage ständig schrecklich vernünftige Dinge, die ich später bereue.«

Keiner von uns zieht sich zurück. Irgendein Gast könnte jederzeit diesen Balkon betreten und uns erkennen. Wenn man uns in dieser Situation erwischt, sind wir geliefert. Gabriel noch mehr als ich. Ich sollte es besser wissen, sollte einmal diejenige sein, die die vernünftige Entscheidung trifft, wenn er es schon nicht kann. Aber seine Lippen sind so, so nah, und ich will das hier viel zu sehr. Nur für einen Moment möchte ich die süßen Verlockungen kosten, die er mir eben in den Kopf gesetzt hat.

Doch dann ertönt ein grausiger Knall, und erst als nach einem Moment der Stille kollektives Geschrei ausbricht, realisiere ich, dass er kein Teil des Gewitters war.

KAPITEL 24

Gabriel und ich springen auseinander, während über uns – oder vielmehr *unter* uns – die Hölle hereinbricht. Kurz darauf entzündet irgendein Sommerhexer auf magische Weise sämtliche Kerzen im Turm, sodass die verruchte Dunkelheit, die uns gerade noch umgeben hat, verschwindet. Ich beuge mich über die Balustrade, um nachzusehen, was den Tumult ausgelöst hat.

Als ich den Grund für das Chaos entdecke, erstarre ich.

Ein lebloser Körper. Jemand scheint von einem der Balkone gefallen zu sein.

Der Anblick ist alles andere als ansehnlich, und wenn ich eines mit Sicherheit behaupten kann, dann, dass diese Person den Sturz nicht heil überstanden haben kann. Ein eiskaltes Gefühl macht sich in mir breit, doch ich zwinge mich dazu, es zu unterdrücken. Neben mir zieht Gabriel scharf die Luft ein. Er lehnt sich ebenfalls über die Balustrade und beobachtet das Geschehen.

»Nichts mehr zu machen«, murmelt er.

Ich beiße mir fest auf die Unterlippe. »Wir müssen nach unten.«

Meinetwegen könnte ich darauf verzichten, aus nächster Nähe das zu betrachten, was bereits von oben ekelerregend aussieht. Aber mich beschleicht die leise Ahnung, dass es sich bei diesem Sturz um keinen Unfall handelt. Ganz egal, wie tief manche Gäste auf diesen Partys ins Glas schauen, zu solch unglücklichen Todesfällen kommt es eigentlich nie. Während der Gewitter-Show sind die magischen Luftströme inaktiv, und über die hohen Geländer würde kaum jemand versehentlich stürzen.

Wir treten vom Rand des Balkons zurück.

»Am besten gehen wir getrennt nach unten«, schlage ich vor und muss mir Luft zufächeln, um meine Konzentration wiederzufinden.

Als ich kurz darauf im Erdgeschoss ankomme, herrscht dort das reinste Chaos. Die übrigen Gäste drängen sich dicht aneinander, sodass ich nur mit Mühe zum Zentrum des Turms gelange, wo einige Leute um den Toten herumstehen. Der Körper hat eine ziemliche Sauerei auf dem Boden hinterlassen, und bei der Zahl der Hexen hier unten grenzt es an ein Wunder, dass anscheinend keiner von ihm getroffen worden ist.

Ich drücke mich an einzelnen Personen vorbei, bis ich in vorderster Reihe stehe und einen freien Blick auf das Grauen habe. Es ist kaum mehr zu erkennen, wer dort zu Tode gekommen ist.

»Keiner verlässt den Turm!«, ruft Alexandra Campbell in einer Tonlage, aus der jegliche falsche Freundlichkeit gewichen ist.

Sie steht in der Nähe der Leiche, wirkt ruhig und beherrscht inmitten des Tumults. Mit ihrer Autorität kommandiert sie diesen Raum, als wäre das heute Abend ihre Veranstaltung und nicht die der Kents. Keiner der Anwesenden wagt es, ihr zu widersprechen, und auf ihren Befehl hin ziehen tatsächlich zwei Männer die Türen im Eingangsbereich zu.

»Robert!«, schreit jemand aufgebracht. »Das ist mein Robert!«

Die Frauenstimme geht in ein schmerzerfülltes Schluchzen über. Ich suche die Menge nach der Person ab, zu der sie gehört, und entdecke sie auf der gegenüberliegenden Seite, ganz in der Nähe meiner Schwester. Die Frau wird von einer Freundin gestützt, doch ihrer Blässe nach zu urteilen, steht sie trotzdem kurz vor einem Zusammenbruch.

»Robert Darwin?«, hakt Alexandra nach. »Ist er das wirklich?«

Die bitterlich weinende Frau nickt, wobei ihr gesamter Körper zittert, als kämpfte sie gegen den Einfluss von Wintermagie. Sie will noch etwas hinzufügen, doch ihr versagt die Stimme, und sie vergräbt ihr Gesicht in der Halsbeuge ihrer Freundin, die den Arm um sie gelegt hat. Das zu sehen, bricht mir das Herz. Es ist schlimmer, als die entstellte Leiche auf dem Boden anzuschauen. Diese Frau hat dem Toten offensichtlich sehr nahegestanden, und wenn ich an ihrer Stelle wäre, könnte ich meine Kräfte kaum unter Kontrolle halten. Sogar mich lässt das Ganze nicht kalt, weil das da vorn allem Anschein nach Mr Darwin ist, mein früherer Lehrer. Ich kann nicht glauben, dass er tot sein soll. Erst vor wenigen Tagen haben wir uns noch unterhalten.

Alexandra wendet sich zwei jungen Männern zu, die in das gleiche Rot gekleidet sind wie sie. Sommerhexer.

»Überprüft die Treppe, und haltet jeden fest, der von dort herunterkommt«, weist sie die beiden an. »Die Polizei soll diejenigen befragen. Irgendwer muss etwas gesehen haben. Nicht wahr, Lady Graham?«

Ihr Blick fällt auf mich, und ich kann beinahe spüren, wie sämtliche Augenpaare im Saal ihm folgen. Die unerwartete Aufmerksamkeit prickelt auf meiner Haut wie eintausend Nadelstiche.

Es ist wie damals. All die Leute, die mich ansehen, als warteten sie nur auf einen Fehler, der ihre Vorurteile bestätigt. Für einen Moment wünsche ich mir, unsichtbar zu sein, so wie früher. Ein Teil der Masse, dem niemand besondere Beachtung schenkt.

Nein, schärfe ich mir ein. *Diese Zeiten sind vorbei.*

Mit erhobenem Kinn begegne ich Alexandras kühlem Lächeln. »Falls Sie auf etwas Bestimmtes hinauswollen, sagen Sie es mir doch gern direkt.«

Eine unangenehme Stille legt sich über den Turm, die nur von Mrs Darwins ersticktem Schluchzen durchbrochen wird.

Alexandra legt den Kopf schief. »Wenn ich mich richtig erinnere, dann waren Sie bis gerade eben auf einem der Balkone. Sie scheinen sich sehr beeilt zu haben, herunterzukommen, sobald das Licht wieder an war.«

Hektisches Gemurmel setzt ein.

Wie kann sie es wagen!

Sie hat mich vor einer gefühlten Ewigkeit hinaufgehen sehen, also kann sie überhaupt nicht wissen, dass ich vor Kurzem noch dort war. Ist das etwa die Retourkutsche für meine Feindseligkeit ihr gegenüber?

Ich könnte behaupten, woanders gewesen zu sein. Aber was, wenn jemand beobachtet hat, wie ich vorhin die Stufen hinabgestiegen bin? Eine Lüge würde mich unnötig verdächtig erscheinen lassen.

»Was genau hat die Tatsache, dass ich dort oben war, hiermit zu tun?«, frage ich und deute auf den leblosen Mr Darwin. »Glauben Sie, ich habe nichts Besseres zu tun, als die Gäste dieser Feier von einem der Balkone zu schubsen? Sie trauen mir seltsame Hobbys zu. Ich habe lediglich das Gewitter beobachtet, so wie die meisten anderen auch.«

Na ja, zumindest habe ich *versucht*, mich darauf zu konzentrieren. Was ziemlich schwer ist, wenn der verbotene Erbe mir verbotene Bilder in den Kopf setzt.

»Mr Darwin ist nicht durch den Sturz gestorben«, behauptet Alexandra.

Ich runzele die Stirn. »Für mich sieht er ziemlich tot aus.«

»Fällt Ihnen denn gar nichts auf?«, fragt sie ungläubig. »Zum Beispiel die Stichwunde im Bereich seines Herzens? Der arme Mann wird wohl kaum auf einen Dolch gefallen sein.«

Ihre Worte bringen mich dazu, noch einmal genauer hinzusehen. Sie hat tatsächlich recht. Da ist eine ziemlich unschöne Wunde in seiner Brust, die ich nicht bemerkt habe, weil ich dachte, all das Blut stammte von dem Aufprall.

Anspannung macht sich in mir bemerkbar. »Was hat das mit mir zu tun? Ich hatte weder Grund noch Gelegenheit, diesen

Mann von einem der Balkone zu stoßen. Und einen Dolch habe ich auch nicht bei mir.«

Alexandra wirft mir ein falsches mütterliches Lächeln zu. »Meine Liebe, Sie sind ein kluges Mädchen. Natürlich würden Sie nicht mit dem Beweisstück durch die Gegend laufen.«

»Warum verdächtigen Sie ausgerechnet mich?«, will ich wissen. »Außer mir waren noch zig andere Leute dort oben.«

Sie zuckt mit den Schultern. »Weil Sie in der Vergangenheit bei solchen Anlässen schon öfter negativ aufgefallen sind. Man erinnere sich nur einmal an Ihren Ausbruch auf der Party der Silversteins.«

Schräg hinter ihr ballt Daisy die Fäuste und macht einen Schritt nach vorn. O nein, ich werde nicht zulassen, dass sie sich in diese Auseinandersetzung einmischt. Sie hat sich wegen mir bereits genug aufgehalst.

Ich löse mich von der Menge und trete Alexandra entgegen. »Sie können mich gern für Vergangenes verurteilen, aber dadurch werden Ihre jetzigen Anschuldigungen nicht wahrer. Nach Ihnen haben mich noch genügend Leute gesehen. Ich hatte gar keine Möglichkeit, Mr Darwin etwas anzutun.«

»Würde das auch jemand für Sie bezeugen?«, ertönt eine tiefe Stimme.

Als ich mich umdrehe, schreitet Edward Kent mit schweren, bedeutsamen Schritten durch die Gästegruppen und bleibt schließlich neben Alexandra stehen. Man sieht auf den ersten Blick, dass er Alistairs Vater ist. Sie haben beide dieses lange, schmale Gesicht, die gleiche gerade Nase und hellbraune, fast schon bernsteinfarbene Augen. Im Gegensatz zu Alistairs schelmischen Zügen findet man bei ihm allerdings nur Strenge und Ernsthaftigkeit. Er ist ein Mann, der mit jeder Pore seines Seins ausstrahlt, dass er nicht gemocht, sondern respektiert werden will.

Ich halte verstohlen nach Gabriel Ausschau, kann ihn jedoch nirgends entdecken. Aber würde er wirklich dazu stehen, während der Show mit mir auf einem der Balkone gewesen zu sein? Das könnte zu Gerüchten führen, die er sich in seiner Position nicht leisten kann. Wenn herauskommt, dass wir mit unserem Kuss bereits vor Jahren das Gesetz gebrochen haben, würde er seinen Anspruch auf den Ratssitz verlieren. Man würde uns vors Hohe Gericht zerren, und egal, wie sehr ich mir auch wünsche, dass er endlich zu seinen Gefühlen steht, das könnte ich ihm niemals antun. Weil ich weiß, wie viel dieses Amt ihm bedeutet.

»Ich brauche niemanden, der für mich bürgt, nur damit Sie mich für glaubwürdig halten«, weise ich Kent zurecht. »Der Mann könnte vor Ihren Augen von jemand anderem abgestochen worden sein, und Sie würden wahrscheinlich immer noch behaupten, dass ich dafür verantwortlich bin.«

Ein Raunen geht durch den Turm. Nur wenige würden es wagen, Edward Kent auf seiner eigenen Party derart anzugehen, aber ich habe es satt, als Sündenbock herhalten zu müssen.

»Also haben Sie kein Alibi«, stellt Alexandra fest. Es klingt fast bedauernd.

»Ich brauche kein –«

»Sie war bei mir«, kommt es von oben.

Ich drehe meinen Kopf in die Richtung, aus der die Stimme zu hören war. Über einem der niedrigeren Balkone lehnt Alistair und starrt Alexandra an, bevor er den Blick auf seinen Vater richtet.

»Ach ja?«, hakt der mit eisiger Miene nach.

»Ja. Überrascht dich das, Vater? Lady Graham hat unser Haus so lange nicht mehr beehrt, da dachte ich, es wäre angebracht, ihr seine Vorzüge näherzubringen. Wir sollten das Ganze also an dieser Stelle beenden und die Polizei ermitteln lassen. Sie wird den Verantwortlichen sicher finden. Für solche Vorfälle gibt es schließlich Wahrheitskristalle.«

Alexandra wirkt alles andere als zufrieden. Sie wollte mich unbedingt in diese unangenehme Lage bringen. Dabei kann sie sich bestimmt denken, dass ich nichts mit Mr Darwins Tod zu tun habe. Aber warum hat Alistair für mich gelogen? Während der Show waren wir nicht mehr zusammen. Aus welchem Grund hat er mich also in Schutz genommen?

Während Edward Kent die Wachen anweist, alle Anwesenden im Turm festzuhalten, bis sie von der Polizei zu der Sache befragt wurden, fühle ich mich inmitten all der Aufmerksamkeit unwohl. Ich muss den Impuls unterdrücken, noch einmal Robert Darwins Leiche anzusehen. Warum musste er sterben? Hatte er Feinde? Unwillkürlich starre ich auf sein Handgelenk, wo der silberne Sichelmond, der ihn als Mondgeborenen kennzeichnet, inzwischen verschwunden ist. Beim Tod einer Hexe verblasst die magische Verbindung, für die er steht. Genau deshalb hat die magische Abteilung bei Mordfällen in der Menschenwelt oft Probleme, Opfer von Verbrechen eindeutig als Hexen zu identifizieren.

Ich richte mein Kleid, das sich auf einmal enger anfühlt. Eigentlich bin ich hergekommen, um die Verbrechen in London aufzuklären. Jetzt scheine ich Teil von einem weiteren in New London geworden zu sein.

Am liebsten würde ich raus an die frische Luft, um einen klaren Kopf zu bekommen, aber die Kents und die Polizei halten uns hier fest. Bis ich befragt wurde, darf ich nicht gehen, also geselle ich mich zu meiner Schwester und warte gemeinsam mit ihr.

»Unglaublich, dass sie das gerade getan hat«, schimpft Daisy und beobachtet Alexandra feindselig.

»Sie hat mich noch nie gemocht«, beschwichtige ich sie.

»Dieses Mal ist sie eindeutig zu weit gegangen. Meine Unterstützung für ihre Justizreform kann sie vergessen.«

Ich sehe mich um. Gabriel steht auf der anderen Seite des Raumes, wie immer die Selbstbeherrschung in Person. Einmal kreuzen sich unsere Blicke für kurze Zeit, bevor ich mich schnell wieder von ihm abwende. Was geht ihm wohl gerade durch den Kopf? Hätte er mich in Schutz genommen, wenn Alistair nicht eingesprungen wäre? Und was, wenn es diesen Vorfall nicht gegeben hätte? Hätten wir uns dann tatsächlich geküsst?

In den nächsten Minuten versuche ich, so wenig wie möglich daran zu denken. Als ich endlich mit der Befragung an der Reihe bin, antworte ich wahrheitsgemäß, dass ich Robert Darwin weder gesehen noch etwas mit seinem Tod zu tun habe. Da der Kristall sich bei meinen Worten grün färbt und die Aussagen bestätigt, hat die Polizistin keine weiteren Fragen an mich und erlaubt mir, den Turm zu verlassen.

Eigentlich will ich sofort nach draußen, doch dann sehe ich Alistair an einer der Säulen lehnen, die den untersten Balkon halten. Zielstrebig gehe ich zu ihm hinüber.

»Warum hast du für mich gelogen?«, frage ich ihn geradeheraus.

Er lächelt träge. »Möglicherweise habe ich mich ja schuldig gefühlt, weil ich dich in die feurige Hölle von Alexandras Stadthaus habe spazieren lassen.«

»Du und ein schlechtes Gewissen?«, zweifele ich.

Mit einer lässigen Bewegung fährt er sich durch sein goldblondes Haar. »Ich weiß, es ist schwer zu glauben, aber manchmal habe auch ich noble Momente.«

Das ist bei seinem Ruf in der Tat schwer zu glauben. Um meinen eigenen steht es allerdings nicht viel besser.

»Und was, wenn ich für den Tod von Mr Darwin verantwortlich gewesen wäre?«

»Du bist keine Killerin«, behauptet Alistair.

Ich verschränke die Arme vor der Brust. »Woher willst du das wissen? Du kennst mich nicht.«

Er wirkt amüsiert. »Deine Lebensentscheidungen verraten mehr über dich, als du denkst. Du würdest dir deine Zukunft nicht mit einem Mord verbauen, dafür bist zu selbstsüchtig. Das meine ich übrigens durchaus positiv.«

»Erstaunlich, was du alles über mich zu wissen glaubst«, sage ich. »Trotzdem danke, schätze ich.«

Geschmeidig wie eine Raubkatze stößt er sich von der Säule ab und bleibt dann neben mir stehen. »Für dich doch immer, Eisprinzessin. Schade, dass du vorhin gehen wolltest. Wer weiß, vielleicht änderst du deine Meinung ja irgendwann?«

Seine Worte klingen eher belustigt als hoffnungsvoll. Ohne meine Antwort abzuwarten, schlendert er davon und stellt sich zu einer Gruppe von Freunden. Den missbilligenden Blick, den Edward ihm aus der Ferne zuwirft, scheint er zu ignorieren. Kann es sein, dass er mich nur in Schutz genommen hat, um seinen Vater zu nerven?

Ich verlasse das Gebäude und betrete das Außengelände, das sich zusehends leert. Einige Gäste stehen jedoch weiterhin auf dem Grundstück, um aufgeregt über den neuesten Skandal der Saison zu diskutieren. Ich suche mir einen Platz abseits des Trubels und setze mich auf eine Bank im Vorgarten des Anwesens, die in der Nähe eines Pavillons steht. Erschöpft lege ich meinen Kopf in den Nacken. Der Sternenhimmel erscheint so traumhaft friedlich, dass ich es kurzzeitig schaffe, den Schrecken der letzten Minuten zu verdrängen. Lange dauert es jedoch nicht, bis die Bilder mich wieder einholen.

»Du siehst aus, als könntest du einen Drink gebrauchen.«

Rami steht etwas abseits von mir und lächelt mich mitleidig an. Seine Finger sind um den Hals einer blauen Flasche geschlossen.

»Wo warst du? Du hast den ganzen Spaß verpasst«, meine ich zynisch.

»Wenn das Spaß in deinem Gesicht ist, bin ich froh, ihn verpasst zu haben.« Er hält mir die Flasche hin. »Hab's schon gehört.«

Ich nehme sie ihm ab. »Danke.«

Mein Bruder lässt sich neben mir auf der Bank nieder. »Manchmal ist das die einzige Sache, die hilft. Es ist ungesund und unverantwortlich, aber es funktioniert.«

Zögerlich bringe ich die Flasche an meine Lippen. Als ich

merke, dass sich hochprozentiger Alkohol darin befindet, will ich sie sofort wieder absetzen. Doch dann muss ich an das denken, was ich im Turm gesehen habe, und trinke einen ziemlich großen, ziemlich ungesunden Schluck. Ein warmes, tröstliches Gefühl breitet sich in meinem Bauch aus.

»Es scheint, als bräuchtest du eine Menge Hilfe heute Nacht«, kommentiert Rami.

Erschöpft lasse ich den Arm sinken und starre auf das Gras unter meinen Füßen. Mich überkommt die geballte Ladung an Emotionen, die ich heute Abend zu kontrollieren versucht habe. Das Entsetzen über Mr Darwins Tod. Der Zorn wegen Alexandras Verdächtigungen. Diese schrecklich schöne Sehnsucht nach Gabriels Nähe, die mit jedem Aufeinandertreffen schlimmer wird.

Mir entfährt ein Seufzer, aber die Luft, die ich daraufhin einatme, reicht nicht, damit ich mich besser fühle. Ich muss diese quälenden Gedanken loswerden.

Aus müden Augen blicke ich mich um, entdecke außer Rami jedoch niemanden.

»Ich habe Gabriel Silverstein geküsst«, gestehe ich unvermittelt. »Vor vier Jahren, am Tag der Feier. Deshalb ist der Skandal passiert. Weil ich mit ihm darüber reden wollte und er mir gesagt hat, ich solle den Kuss vergessen und dass zwischen uns niemals mehr sein könne als das. Ich war wütend auf ihn. Auf diese Gesellschaft mit ihren sinnlosen Regeln. Und dann hat eins zum anderen geführt.«

Rami beobachtet mich schweigend, so als könnte er von meinem Gesicht ablesen, dass da noch mehr ist.

»Ich dachte, nach all der Zeit wäre ich endlich darüber hinweg«, fahre ich fort. »Aber das bin ich nicht. Meine Gefühle für ihn sind immer noch dieselben, und das Schlimmste daran ist, dass er anscheinend auch welche für mich hat. Was nur leider keine Rolle spielt, weil er der korrekteste Politiker aller Zeiten ist. Er würde lieber für den Rest seines Lebens gegen seine Gefühle ankämpfen, als das Gesetz zu brechen, und ich habe keine Ahnung, wie er das schafft. Wieso muss alles immer so kompliziert und so verflucht ungerecht sein?«

Eine Weile ist es so still, dass ich hören kann, wie der Wind um den Pavillon pfeift. Kurz darauf nimmt Rami mir den Schnaps aus der Hand und leert den letzten Rest in einem Zug.

»Scheint ein ziemlich atemberaubender Kuss gewesen zu sein«, meint er dann, bevor er die Flasche mustert. »Ich hole uns besser noch eine. Irgendwer muss das Zeug ja trinken, nachdem die meisten Gäste die Flucht ergriffen haben.«

Wenig später kehrt er mit einer neuen Flasche zurück, die ganz eindeutig mit dem legendären Vanille-Schampus gefüllt ist. Wir teilen ihn uns, während wir gemeinsam auf der Bank sitzen. Das ist genau das, was ich jetzt brauche, um mit diesem ganzen Mist klarzukommen. Rami hat ein Talent dafür, anderen ein gutes Gefühl zu geben. Er versteht mich, obwohl er mich genauso gut für die Sache mit Gabriel verurteilen könnte. Seine verständnisvolle Reaktion zeigt mir, dass ich mich ihm viel früher hätte anvertrauen sollen.

»Habt ihr noch Platz für eine mehr?«

Daisy steht unweit des Pavillons. Sie sieht wie immer perfekt aus, wirkt jedoch müde. Rami klopft grinsend auf den freien Platz neben sich.

»Was willst *du* heute ertränken?«, fragt er, als sie sich niedergelassen hat.

Sie nimmt ihm die Flasche ab und trinkt einen großen Schluck. »Alles. Verdammt noch mal alles.«

Unser Bruder hebt die Augenbrauen. »Flüche aus deinem Mund, Schwesterherz? Muss ja ziemlich übel sein.«

»Schon okay. Manche Tage sind einfach zum Vergessen.«

»Wie gut, dass wir dafür bestens ausgerüstet sind«, erwidert er.

Wir reichen die Flasche hin und her, wobei wir größtenteils

schweigen. Meine Geschwister gehören zu den wenigen Personen, mit denen die Stille erträglich ist.

»Was ist mit dir?«, frage ich Rami irgendwann. »Hast du auch ein Problem zu ertränken?«

Er grinst. »Ich bin Künstler. So dürfte ich mich wohl nicht mehr nennen, wenn ich keine hätte.«

»Das macht sie aber nicht besser, oder?«, meine ich wenig überzeugt.

Jetzt verrutscht das Grinsen auf seinen Lippen, bis es etwas Zynisches an sich hat. »Um ehrlich zu sein, fühle ich mich gerade ein wenig verloren«, gibt er zu. »Ich war immer froh darüber, kein Erbe sein zu müssen und tun zu können, was mir gefällt. Aber Freiheit ist auch verdammt gruselig. Woher weiß man, was man mit seinem Leben anfangen soll, wenn man keine Pflichten hat? Wenn da niemand ist, der die Richtung vorgibt? Woher weißt du, ob das, was du tust, richtig oder falsch ist? Es kommt mir vor, als würde ich durch dichten Nebel wandern, ohne den Weg vor mir zu sehen, und als müsste ich auch noch dankbar dafür sein.«

Daisy und ich starren ihn an. Zum ersten Mal habe ich das Gefühl, dass uns beiden gleichzeitig die Worte fehlen, um etwas Hilfreiches zu erwidern.

Früher war ich eifersüchtig auf Rami, weil er um die Pflichten der Familie herumkam. Ich wollte genauso frei sein wie er. Aus dieser Perspektive habe ich sein Leben allerdings nie gesehen. Dass Verpflichtungen nicht immer ein Käfig sein müssen, sondern auch ein Richtungsweiser sein können.

Ich übergebe meinem Bruder wortlos die Flasche. Er trinkt sie aus, bevor Daisy und ich unsere Köpfe auf seine Schultern legen. Eine Weile verharren wir so auf der Bank, in stiller Übereinkunft darüber, dass das Leben ziemlich beschissen sein kann, ganz egal, welches Blatt das Schicksal einem ausgeteilt hat.

KAPITEL 25

Zwei Tage später besuche ich Naomi im Kaffeehaus ihrer Mutter, weil sie aufgeregt bei mir aufgetaucht ist und meinte, sie hätte dank Informationen von Gabriel endlich etwas über eines der anderen Opfer herausfinden können.

»Warum ist er damit zu dir gekommen?«, frage ich, während wir nach einem freien Platz Ausschau halten.

Meine Verunsicherung lässt sich nur schwer unterdrücken. Geht er mir wegen vorgestern aus dem Weg?

»Gute Frage«, erwidert Naomi. »Eigentlich dachte ich, du könntest sie mir beantworten.«

Ihr Blick ist bedeutungsschwer. Seit sie mich nach unserem Einbruch in Alexandras Stadthaus zu Gabriel gebracht hat, scheint sie zu ahnen, dass ihn und mich mehr als eine zerbrochene Freundschaft verbindet.

»Schon gut«, sage ich, weil ich jetzt nicht darüber reden will. »Erzähl mir lieber, was es Neues gibt.«

Wir machen es uns in einer ruhigen Ecke auf zwei Sesseln gemütlich, wo uns niemand hören kann und von der aus wir gleichzeitig den gesamten Raum überblicken können. Ich liebe die düstere Behaglichkeit hier drin. Die purpurfarbenen Sitzpolster sind so weich, dass man in ihnen versinkt, und der Geruch von Kaffee und wohlriechenden Gewürzen wie Zimt und Ingwer hängt in der Luft. Auf sämtlichen Tischen stehen rote Kerzen, deren Flammen sachte vor sich hin zucken. Heute ist sogar Ruby da, die schwarze Katze von Naomis Mutter, die auf einem Stuhl ganz in der Nähe liegt und alle viere von sich streckt. Mit ihren gelben Augen blickt sie neugierig umher, als beobachtete sie ihren ganz persönlichen Hofstaat.

Nachdem ich Naomi auf dem Weg hierher erzählt habe, was ich vorgestern in Erfahrung bringen konnte, bin ich gespannt auf ihre Neuigkeiten. Hoffentlich sind sie hilfreicher als die seltsamen Briefe, die Alistair mir gezeigt hat.

»Silverstein hat ein paar Nachforschungen angestellt und herausgefunden, wo sich das Elternhaus von Emma Morris befindet. Also bin ich dorthin.« Naomi beugt sich über die Lehne ihres Sessels zu mir herüber. »Anscheinend hat sie dort mit ihrer Mutter gelebt. Bis vor wenigen Monaten, als sie gemeinsam aus New London verschwunden sind. Und vor Kurzem ist die Mutter dann zurückgekehrt. Allein.«

Das war bestimmt nach Emmas Tod. Ob ihre Mutter uns weiterhelfen könnte?

»Hast du mit ihr gesprochen?«, will ich wissen.

»Hab's versucht«, antwortet Naomi missmutig. »Sie hat sich geweigert, mit mir zu reden. Als ich sie nach ihrer Tochter gefragt habe, hat sie mehr oder weniger ihren ziemlich gefährlichen Hund auf mich gehetzt. Der hatte Zähne wie ein Haifisch, ich sag's dir. Da hab ich dann die Flucht ergriffen.« Sie sieht mich entschuldigend an.

»Schon in Ordnung«, beschwichtige ich sie. »Wir versuchen es noch mal. *Guter Cop, böser Cop* hat bisher immer funktioniert.«

Naomi grinst. »Klingt nach einem Plan.«

Was auch immer diese Frau weiß, werden wir aus ihr herausbekommen. Denn wenn ich eins von Jonathan gelernt habe, dann, dass jeder redet, wenn man nur die richtige Strategie nutzt. Bei ihm reicht in der Regel allerdings sein einschüchterndes Auftreten.

Unser Weg zu Emma Morris' Elternhaus führt uns ins Viertel der Herbsthexen. Der Amethystturm ragt heute friedlich in den Sternenhimmel auf, so als hätte es dort vor zwei Tagen keinen Mord gegeben. Bisher konnte niemand herausfinden, wer für Mr Darwins Tod verantwortlich ist. Mich lässt das Gefühl nicht los, dass dieser etwas mit den Verbrechen zu tun haben könnte, die wir aufzuklären versuchen. Zumindest habe ich noch nie zuvor so etwas bei einer Party erlebt, und das Timing kommt mir verdächtig vor.

Emmas Elternhaus ist ein kleines, unscheinbares Backsteingebäude mit mehreren Stockwerken, weiß gestrichenen Fensterrahmen und einer schwarzen Haustür. Es sieht genauso aus wie alle Häuser in dieser Reihe. Der einzig echte Farbtupfer in dieser Gegend ist der Blumenstand, an dem bunte Sträuße und floraler Schmuck verkauft werden. Ich glaube, es ist derselbe, bei dem ich vorgestern die Winterrose für mein Haar erstanden habe.

Wir erklimmen die grauen Steinstufen, die zur Haustür hinaufführen, und ich schlage den Türklopfer dreimal gegen das Holz.

»Ihr Hund ist echt furchteinflößend«, warnt Naomi und verschränkt die Arme vor der Brust, um sich ein wenig vor dem kühlen Wind zu schützen. »Wir hätten ein paar Leckerlis mitnehmen sollen.«

Ich tippe mit dem Fuß auf und ab. »Wenn die gute Frau nicht bald die Tür aufmacht, bin ich das Furchteinflößendste an diesem Ort.«

»Vielleicht ist sie nicht da. Auch Besitzerinnen von unheimlichen Hunden müssen mal an die frische Luft. Zum Beispiel, um ihren unheimlichen Hund auszuführen.«

»Falls niemand öffnet, muss ich wohl oder übel meine Einbruchsserie fortsetzen.«

»Bitte nicht«, fleht Naomi. »Sonst muss ich dich zur Bernsteinvilla bringen, weil du eine tiefe, stark blutende Bisswunde hast, und dann wird Silverstein mich wieder ansehen, als ob –«

Jemand öffnet die Tür. Eine Frau um die fünfzig, mit langem schwarzen Haar und grellpink geschminkten Lippen. In ihren Armen hält sie einen kleinen, knopfäugigen Hund mit weißem flauschigen Fell und Schlappohren, den sie am Kopf krault. Er sieht aus wie eine zuckersüße Wolke.

Als Naomi mich ansieht, ziehe ich die Brauen hoch. Was hat sie mir da vorhin erzählt? An diesem Engel auf vier Beinen ist so ziemlich gar nichts beängstigend.

»Du schon wieder«, sagt die Frau und mustert Naomi missbilligend. »Ich hab dir doch gesagt, du sollst mich in Ruhe lassen.«

»Wir haben ein paar Fragen an Sie«, mische ich mich ein, woraufhin sie mich ebenfalls böse anfunkelt.

»Für euch habe ich aber keine Antworten. Ich kenne euch nicht und habe auch kein Interesse daran, das zu ändern, also verzieht euch.«

Na, das nenne ich mal freundlich. Zu ihrem Pech bin ich absoluter Profi darin, mit Ablehnung umzugehen.

»Wir verschwinden, wenn wir unsere Antworten haben«, mache ich klar.

Sie wirkt unbeeindruckt. »Von zwei unerzogenen Gören lasse ich mich bestimmt nicht belästigen. Haut ab, sonst rufe ich die Polizei.«

»Haben Sie in die wirklich noch Vertrauen, nach allem, was mit Ihrer Tochter passiert ist?«, frage ich.

Ihre Augen weiten sich, doch sie versucht, ihre Überraschung schnell zu verbergen. »Ich habe keine Ahnung, wovon du redest«, behauptet sie.

»Wir wissen, was mit Emma geschehen ist«, sagt Naomi vorsichtig und in einem verständnisvollen Tonfall. »Die Polizei in der Menschenwelt konnte nicht herausfinden, wer ihr so etwas Furchtbares angetan hat, oder?«

Die Frau schluckt. »Ich weiß nicht, wie ihr davon erfahren habt, aber das geht euch nichts an.«

»Warum sind Sie gemeinsam in die Menschenwelt gegangen?«, hake ich nach.

Als sie schweigt, beschließe ich ins Blaue hinein zu raten.

»Sie hatte ein Geheimnis, oder? Eines, von dem niemand wissen durfte. Und jetzt ist sie tot.«

Wieder weigert sie sich, mir zu antworten, doch dieses Mal frischt der Wind merklich auf. Inzwischen krault sie den Kopf ihres Hundes kräftiger als zuvor.

»Wir könnten Ihnen helfen«, bietet Naomi an. »Wollen Sie denn keine Gerechtigkeit für Ihre Tochter?«

»Auf eure Hilfe kann ich verzichten«, erwidert Mrs Morris.

Sie kehrt uns den Rücken zu und zieht sich in den Hausflur zurück. Bevor sie uns die Tür vor der Nase zuschlagen kann, mache ich einen Schritt nach vorn und platziere meinen Fuß auf der Schwelle. Im nächsten Moment prallt die Tür dagegen.

Also schön. Wenn der gute Cop nicht zum Erfolg führt, muss es wohl der böse richten.

»Es ist mir egal, was Sie von uns halten«, zische ich. »Hier geht es um eine ganze Menge mehr als um Ihre Befindlichkeiten. Sie wollen sich nicht mehr mit der Sache befassen? Gut. Es vergessen, weil Ihre geliebte Tochter ohnehin nie zurückkommt? Verständlich. Was Sie dabei jedoch ausblenden, ist die Tatsache, dass da draußen noch immer die Person herumläuft, die Emma auf dem Gewissen hat. Und sie wird mit ihren Gräueltaten weitermachen. Das hat sie bereits. Wenn Sie also nur einen Funken Empathie besitzen, werden Sie jetzt mit uns kooperieren. Wir versuchen herauszufinden, wer hinter alldem steckt, und dafür brauchen wir Ihre Hilfe. Sorgen Sie dafür, dass nicht noch jemand den gleichen Schmerz durchmachen muss wie Sie. Verraten Sie uns, was Emma für ein Geheimnis hatte.«

Der Wind weht nun noch stärker, und der kleine Hund beginnt leise zu winseln. Ich fühle mich scheußlich dabei, einer trauernden Mutter so zuzusetzen, aber mir bleibt keine Wahl.

Mrs Morris schüttelt den Kopf. »Ich kann es nicht sagen. Niemandem. Niemals.«

»Sie können, und Sie werden«, entgegne ich.

»Geht jetzt.«

Ich blockiere mit meinem Fuß weiterhin die Tür. Um ohne Antworten zu verschwinden, habe ich bereits zu viele Opfer dieses Mörders gesehen. Ich lasse nicht zu, dass noch jemand stirbt, weil diese Frau ihr Wissen zurückhält.

»Sagen Sie mir die Wahrheit«, verlange ich und rufe meine Magie an die Oberfläche.

Eine andere Hexe mit Magie anzugreifen, steht in New London unter Strafe, aber ich kann nicht anders. Sie *muss* mir diese Information geben.

Ich lasse ihr Blut erkalten, woraufhin sie mich geschockt anstarrt. Dann wird ihr Gesichtsausdruck finster.

»Angus«, ruft sie.

Durch den Türspalt sehe ich, wie ein vierbeiniges Ungetüm mit dunkelbraunem Fell neben sie tritt, das ihr mindestens bis zur Hüfte reicht. Der Hund knurrt und bleckt seine messerscharfen Zähne.

»Ich hab's dir ja gesagt«, murmelt Naomi.

Mrs Morris hält eine Hand oben, und ich vermute, dieses Signal ist das Einzige, was Angus daran hindert, auf mich loszugehen.

»Selbst wenn ich wollte, könnte ich euch nichts verraten. Ich habe einen Blutschwur geleistet, der dieses Geheimnis schützt. Und ich werde sicher nicht für eine Gerechtigkeit sterben, die mir meine Tochter auch nicht zurückbringen wird. Also geht jetzt, bevor ich euch jagen lasse.«

Diese Drohung reicht aus, damit Naomi mich am Ärmel packt und von der Schwelle wegzieht. Nachdem die Frau uns die Tür vor der Nase zugeschlagen hat, machen wir kehrt und eilen die Stufen hinunter.

Unten angekommen, trete ich verärgert gegen die nächstbeste Mauer.

»Scheiße!«, fluche ich, während ein dumpfer Schmerz durch meinen Fuß schießt. »Autsch. Miese Idee.«

»Bist du sicher, dass du nach deinem Sturz von Alexandras Balkon gegen massive Objekte treten solltest?«, fragt Naomi besorgt.

Ich könnte jetzt behaupten, dass ich Gabriels Heilfähigkeiten auf die Probe stellen wollte, aber eigentlich bin ich bloß wütend.

»Mir geht's gut«, meine ich und beiße die Zähne zusammen. »Ich bin einfach frustriert. Die Frau hat einen verdammten *Blutschwur* geleistet, um das Geheimnis ihrer Tochter zu schützen. Sie war unsere einzige richtige Spur!«

Die können wir jetzt vergessen. Ein Blutschwur ist ein komplexer Zauber, den nur wenige Hexen je freiwillig wirken würden. Er bindet sie mit ihrem Leben an eine Vereinbarung. Wer ihn bricht, stirbt durch Magie. Es ist die einzige Art von Blutzauber, die offiziell erlaubt ist, aber die Legalität macht das Ganze nicht weniger gefährlich.

»Muss echt ein wichtiges Geheimnis sein«, mutmaßt Naomi. »Woher wusstest du überhaupt, dass sie eins hatte?«

»War nur eine Vermutung. In den Briefen an Josephine ging es auch um ein Geheimnis. Du hast gesagt, Emma und ihre Mutter hätten New London vor einigen Monaten abrupt verlassen. Eventuell gibt es da eine Verbindung. Aber wie sollen wir das herausfinden, wenn diejenigen, die uns helfen könnten, uns nichts verraten?«

Die Quelle meiner Familie kommt mir wieder in den Sinn. Dort würde ich möglicherweise die Antworten erhalten, die wir brauchen. Aber Daisy würde mir nie erlauben, sie zu befragen, solange sie eine andere Möglichkeit sähe, den Fall aufzuklären. Selbst für mich würde sie ihre Prinzipien nicht aufgeben.

Naomi reibt sich nachdenklich über den Hinterkopf. »Vielleicht finden wir ja doch etwas über die anderen heraus, dann –«

»Entschuldigung?«

Beim Klang der freundlichen Stimme drehen Naomi und ich uns abrupt um. Vor uns steht eine zierliche Frau mit Blumenkopfschmuck, die zweifellos zu dem kleinen Stand in der Nähe des Wohnhauses gehört. Ich erkenne sie wieder. Sie ist die Verkäuferin von vorgestern.

»Tut mir leid, ich wollte vorhin nicht lauschen, aber ich …« Sie senkt ihre Stimme und kommt einen Schritt näher. »Ich habe gehört, worüber Sie mit Cora gesprochen haben. Was Sie von ihr wissen wollten. Wir sind Nachbarinnen, und ich … könnte helfen.«

Naomi und ich tauschen einen Blick, bevor ich der Verkäuferin zunicke.

»Bevor sie gemeinsam mit Emma die Stadt verlassen hat, bat sie mich darum, mich um ihre Hunde zu kümmern. Sie hat gesagt, sie käme zurück, sobald ihre Tochter sich in der Menschenwelt eingelebt habe. Cora hat mir nicht gesagt, aus welchem Grund sie ging, aber es klang, als wäre es nicht freiwillig. Ich hatte einen Schlüssel für ihr Haus und war neugierig, deshalb … habe ich die Briefe gefunden. Jemand hat Emma bedroht. Wollte, dass sie die Stadt verlässt.« Sie sieht uns traurig an. »Emma war so ein liebes Mädchen. Hat immer Blumen an meinem Stand gekauft. Ich wünsche mir so sehr, dass sie Gerechtigkeit erfährt.«

Am liebsten würde ich dieser Frau jetzt um den Hals fallen, weil ich unser Glück kaum fassen kann. Also hat Emma ebenfalls diese Drohungen erhalten!

»Gab es einen hilfreichen Anhaltspunkt in diesen Briefen?«, frage ich aufgeregt.

Die Verkäuferin kratzt sich an der Nase. »Wirklich konkret wurden sie nie. Es waren nur Erpressungen ohne Absender. Emma sollte die Stadt verlassen, bevor man ihr Geheimnis auffliegen lässt. In einem stand, dass man wisse, was ihre Mutter vor einundzwanzig Jahren in der Ashford Street bei einem gewissen *Ferguson* getan hat. Emma war einundzwanzig.«

»Ashford Street«, murmelt Naomi. »Wissen Sie, ob es da was Bestimmtes gibt? Lebt dieser Ferguson noch dort?«

Sie schüttelt den Kopf. »Tut mir leid. Das ist alles, was ich weiß.«

»Kein Problem, Sie haben uns trotzdem sehr weitergeholfen«, sage ich dankbar. »Wenn ich das nächste Mal bei Ihrem Stand vorbeikomme, kaufe ich mehr als eine Blume, verlassen Sie sich drauf.«

Ihre Miene hellt sich auf, als sie mich genauer betrachtet. »Ah, ich erinnere mich an Sie! Die blaue Winterrose.«

Ich lächele.

»So eine schöne Blume«, freut sie sich. »Sie ist ein Symbol für –«

»Unerfüllte Sehnsucht«, murmele ich.

Sie zieht überrascht die Augenbrauen hoch. »Ja, manchmal. Aber sie drückt auch ehrliche Bewunderung aus. Man verschenkt sie nur an eine besondere Person.«

Mir wird heiß und kalt zugleich. Nach unserem Streit vor vier Jahren hat Gabriel mir mehrere dieser Rosen zukommen lassen. Jetzt frage ich mich, ob er mir damit etwas sagen wollte, das er nicht in Worte fassen konnte. Was, wenn er auf der Party nicht nur mir, sondern auch sich selbst das Herz gebrochen hat?

»Ich … danke«, sage ich zu der Frau.

Wir verabschieden uns von ihr, bevor wir unseren Weg fortsetzen. Während wir die Straße entlangeilen, beobachtet Naomi mich von der Seite.

»Es war nicht bloß Freundschaft, oder?«, fragt sie.

Sie muss keinen Namen nennen, damit ich weiß, was sie meint. Bisher habe ich dieses Geheimnis selbst vor meinen Freundinnen geschützt, aber es erscheint mir wenig sinnvoll, es Naomi gegenüber jetzt noch zu verheimlichen.

»Nein. War es nicht.«

Sofort legt sie ihren Arm um mich. »Dann wird es Zeit, dass wir diesen Fall lösen und aus New London verschwinden.«

Wahrscheinlich hat sie recht. Je länger ich hier bin, desto unerträglicher wird die Situation mit Gabriel für mich. Zum Glück haben wir jetzt eine Spur, was die Mordserie betrifft. In der Ashford Street könnten wir endlich Antworten finden. Mal sehen, was es mit diesem Ferguson auf sich hat.

KAPITEL 26

Am nächsten Tag setzen wir unsere Nachforschungen fort. Die Ashford Street befindet sich im äußeren Ring der Stadt. Hier lebt die Bevölkerung bunt durchmischt statt bevorzugt dort, wo das eigene Element vorherrscht. Früher habe ich mich mit Vorliebe in den dunklen, engen Gassen dieser Viertel herumgetrieben, weil Mum mich immer von diesem Ort fernhalten wollte. Zu ihrem Leidwesen hat mich das Verbotene in mehr als nur Liebesangelegenheiten gereizt.

Es ist bereits Abend in New London, aber die Sonne geht erst nach Mitternacht auf. In den Laternen am Wegesrand glühen blaue Flammen, die den Besuchern der Ashford Street den Weg weisen. Mir fällt sofort auf, wie interessiert und beinahe herausfordernd uns die anderen Hexen mustern. Welches Zeichen sich auf unseren Handgelenken befindet, scheint sie dabei wenig zu kümmern. Die offenherzige Kleidung der Leute und die gut gefüllten Gläser in ihren Händen verraten, dass jeder an diesem Ort eine gute Zeit haben will.

Obwohl heute Montag ist, scheint viel los zu sein. Aus einigen Pubs dringt Musik, und manche Besucher tanzen nicht nur im Inneren, sondern auch in den schmalen, verwinkelten Gassen. An Hauswänden lehnen einige Pärchen, die eng umschlungen Zweisamkeit genießen, während fröhliches Gelächter die Luft erfüllt. Im Vergleich zu den Feiern, die in meinen Kreisen stattfinden, wirkt die Stimmung in diesem Viertel viel lockerer. Sie erinnert mich an die Londoner Clubs, in denen immer ausgelassen getanzt und gefeiert wird.

Wir betreten einen Pub, wo wir uns direkt am Tresen positionieren. Im Laufe der nächsten Stunde beginnen wir wiederholt Gespräche mit anderen Gästen und versuchen, sie subtil nach Ferguson zu fragen, aber keine einzige Person, mit der wir reden, scheint von ihm gehört zu haben.

Je später es wird, desto öfter darf ich mir von wildfremden Männern anhören, wie gern sie dafür sorgen würden, dass ich diesen Ferguson vergesse. Kaum zu glauben, dass die Hexer von New London genauso aufdringlich sind und ebenso miese Sprüche auf Lager haben wie die Typen in der Menschenwelt. Auch Naomi wird von mehreren Hexern belagert, die unbedingt ihre geheimsten Sehnsüchte ergründen wollen. Andere wollen wissen, ob die Frage nach Ferguson eine Anmache sein soll, aber niemand kann uns tatsächlich weiterhelfen. War das bloß eine falsche Fährte?

»Vielleicht sind die Leute hier zu jung«, meint Naomi nach einer Weile. »Wenn Emma einundzwanzig war und ihre Mutter diesen Ferguson vor all der Zeit aufgesucht hat, kann es sein, dass ihn eher ältere Personen kennen.«

»Gut möglich«, meine ich nachdenklich.

Wir verlassen den Pub und suchen nach einem Ort, an dem sich auch einige ältere Hexen aufhalten. Das Etablissement, das uns zuerst ins Auge springt, befindet sich in einer Seitengasse und ist ebenso rauchverhangen wie das von vorhin, aber in diesem wird weniger getanzt, und es riecht stärker nach verschüttetem Bier. Einige Hexen spielen mit dem Feuer der Kerzen auf den Tischen, während andere sich einen Spaß daraus machen, sie mithilfe eines magischen Windhauchs auszublasen. Manche frieren sogar das Getränk ihres Gegenübers ein und lachen dabei herzhaft. Sie zelebrieren ihre Magie, das Leben und sich selbst.

Naomi und ich versuchen, uns so natürlich wie möglich zu verhalten, fallen aber dennoch schnell auf. Dieses Mal trennen wir uns und nehmen am jeweils entgegengesetzten Ende des hufeisenförmigen Tresens Platz. Ich sehe meiner Freundin von hier aus an, wie sehr sie es hasst, an diesem Ort zu sein. Hoffentlich dauert das nicht allzu lange.

Ich bestelle alibimäßig ein Bier und warte darauf, dass jemand von sich aus auf mich zukommt. Bereits nach wenigen Minuten lässt sich ein kahlköpfiger Hexer mittleren Alters auf dem Lederhocker neben mir nieder. Er nimmt einen Schluck aus seinem eigenen Glas und sieht mich interessiert an.

»Was magst du heute Nacht wohl hier suchen, schöne Frau?«, fragt er betont verführerisch, wobei er kläglich versagt. »Erfahrung?«

Wenn er noch mehr von diesen Sprüchen auf Lager hat, dann eher nach einem Eimer, in den ich mich übergeben kann.

Ich muss mich zurückhalten, um nicht *Mein nächstes Opfer* zu antworten. Aber wahrscheinlich würde er das sogar noch als erotische Aussage interpretieren. Alles ist eine Anmache, wenn dein Gegenüber nicht versteht, dass du nicht flirtest. Leider fürchte ich, wenn ich Antworten finden will, muss ich genau das tun.

»Kommt darauf an«, antworte ich kokett. »Welche Art von Erfahrung hast du denn zu bieten?«

Der Mann grinst ekelhaft, was mich wenig überrascht. Aufdringliche Typen sind schrecklich berechenbar.

»Wir sind wohl von der forschen Sorte, was? Wenn du willst, zeige ich dir Vergnügen, wie noch kein anderer es dir beschert hat.«

Würde ich gerade keine Rolle spielen, hätte ich jetzt gelacht. So wie Naomi gerade mit den Augen rollt, hat sie diesen beschissenen Spruch ebenfalls gehört. Am liebsten würde ich dem Kerl sagen, dass ich nicht auf Männer stehe und Frauen sowieso viel besser darin sind, Frauen Vergnügen zu bereiten. Vermutlich würde er dann jedoch so etwas sagen wie: *Du kannst gern deine Freundin einladen, und wir haben zu dritt Spaß.* Darauf kann ich heute verzichten.

»Weißt du, was mir Vergnügen bereiten würde?«, frage ich in sinnlichem Tonfall. Während ich die Pause absichtlich in die Länge ziehe, muss er zweimal schlucken. »Wenn du mir helfen könntest, etwas ganz Bestimmtes herauszufinden.«

Er rutscht näher an mich heran, sodass ich das Bier in seinem Atem rieche. »Und was wäre das?«

Nicht das, was du denkst, du aufdringlicher Perverser.

»Ich suche nach jemandem namens Ferguson«, flüstere ich geheimnisvoll.

Sein widerwärtiges Grinsen wird noch breiter. »Wirklich? Aber du hast doch jetzt mich gefunden.«

Ich ringe mir ein Lächeln ab und tue so, als fände ich seine Antwort charmant. »Das habe ich. Trotzdem könntest du mich sehr glücklich machen, wenn du mir verraten würdest, wo ich Ferguson finde. Es heißt, er treibt sich häufiger in der Ashford Street herum.«

Genau genommen weiß ich nicht einmal, ob das stimmt, aber ein bisschen künstlerische Freiheit muss sein.

Der Kerl starrt mich an, geradezu hypnotisiert von meinen Lippen. »Noch nie von dieser Person gehört.«

Mist.

»Kennst du jemanden, der mehr über ihn weiß? Ich wäre dir dankbar. *Sehr* dankbar.«

Er leckt sich über die Lippen.

Ugh, komm schon.

Es ist, als würde er Ekelhafter-Typ-Bingo spielen. Auf Sieg.

»Ich könnte ein paar Leute fragen, die quasi ihr halbes Leben hier verbracht haben«, meint er. »Wie dankbar wärst du denn genau?«

Diese Frage in Kombination mit seiner erwartungsvollen Miene zeigt mir, dass sein Kopfkino bereits in vollem Gange ist. Zum Glück kann ich keine Gedanken lesen. In manche Köpfe möchte man nicht hineingucken.

»Finde mir jemanden, der mir helfen kann, dann erfährst du es.«

»Sag mir deinen Namen«, fordert er und legt ungefragt seine Hand auf meine.

So weit kommt's noch.

»Jane«, behaupte ich selbstbewusst.

Von diesem falschen Lächeln tun mir schon die Mundwinkel weh. Mein Respekt vor Alexandra Campbell wächst sekündlich, denn gerade finde ich es verflucht schwer, auch nur halbwegs gut gelaunt auszusehen, während ich mir aus tiefstem Herzen wünsche, dem Kerl mein Bier ins Gesicht schütten zu können.

»Es ist mir eine Ehre, Jane«, murmelt er, senkt seinen Kopf und küsst meinen Handrücken.

Natürlich muss dieser Typ einen widerlichen, feuchten Handkuss auspacken. Wenn mir das kein Bingo sichert, weiß ich es auch nicht.

»Und mit wem habe ich das Vergnügen?«, frage ich widerwillig.

»Gregor.«

»Gregor«, wiederhole ich, als wäre sein Name eine Offenbarung. »Ich wäre über die Maßen erfreut, wenn du etwas über Ferguson herausfinden könntest. Solltest du das schaffen, können wir gern über Dankbarkeit reden.«

Er grinst siegessicher, lässt endlich meine Hand los und steht auf. Sobald er sich umgedreht hat und durch den Pub marschiert, husche ich zu Naomi, die nur mit dem Kopf schüttelt.

»Was?«, frage ich.

»Das war echt traurig. Den Ekel, den ich dabei empfunden habe, muss ich erst mal abduschen. Du solltest dagegen ein ausgiebiges Bad nehmen.«

Bei der Erinnerung an seine Berührung schüttelt es mich. »Spaß hat es bestimmt nicht gemacht, aber hast du eine bessere Idee?

Der Typ würde heute wohl alles für mich tun und kennt sicher ein paar Leute. Falls uns einer von denen weiterhelfen kann, war es das Opfer wert. Unterschätze nie einen verzweifelten Mann.«

»Und was tust du, wenn er wirklich was in Erfahrung bringt und eine Gegenleistung fordert?«

Ich zucke mit den Schultern. »Mir wird schon was einfallen, wie ich ihn abwimmeln kann.«

»Aber bitte nicht, indem du ihm das Blut in den Adern gefrieren lässt. Tu nichts, was dich in den Knast bringt. Die letzten Male waren wir schon verdammt nah dran.«

»Im Gefängnis wird bald nur unser Mörder sein«, versichere ich ihr.

Ich kehre zu meinem eigenen Platz zurück, wo ich die ganze Zeit über nervös hin und her rutsche. Aus dem Augenwinkel beobachte ich, wie Gregor mit verschiedenen Gästen spricht und dabei immer wieder zu mir herübersieht. Allerdings sehr kurz, so als glaubte er, ich würde es nicht bemerken. Obwohl ich betont langsam trinke, ist mein Glas schlussendlich schon eine gefühlte Ewigkeit leer, als er sich wieder auf den Hocker neben mir fallen lässt. Seine Euphorie kann er nur schwer verbergen.

»Wusste ich's doch, dass ich heute Abend ein großes Glück für dich sein würde«, tönt er großspurig.

Ich stütze das Kinn auf meiner Hand ab und warte auf das, was er zu sagen hat.

»Es gab hier mal jemanden, der sich Ferguson nannte«, fährt er fort. »Diesen Namen hat er allerdings abgelegt. Er hat jetzt einen anderen, und wenn du mir den genannt hättest, hätte ich dir auch gleich weiterhelfen können.«

»Ach ja?«

»Ja. Inzwischen ist er unter dem Namen *Byron* bekannt. Man nennt ihn auch *den Spieler*. Besitzt ein berüchtigtes Etablissement am Ende der Straße. Da drin geht's vor allem um zwei Dinge: Spaß und gewinnen. Dienstags und mittwochs veranstaltet er seine beliebten Maskenpartys. Er selbst lässt sich bei denen aber wohl selten blicken. Es ist nicht leicht, seine Aufmerksamkeit zu bekommen, damit er einen zu seinen privaten Spielrunden einlädt. Ich kenne keine einzige Person, die *wirklich* weiß, wer er ist. Warum suchst du nach ihm?«

»Ich habe meine Gründe«, weiche ich aus.

»Was du auch hast, sind Schulden«, erwidert er und blickt mich vielsagend an. »Die hast du hoffentlich nicht vergessen?«

Unauffällig rutsche ich an den Rand meines Hockers. Sich aufdringliche Typen anzulachen, ist die eine Sache. Sie wieder loszuwerden, eine ganz andere.

»Welche Schulden sollen das sein?«, frage ich mit einer Unschuldsmiene.

»Du hast mir Dankbarkeit versprochen.«

»Oh, der kannst du dir gewiss sein.«

Seine Mundwinkel zucken. »Wir wissen beide, dass ein paar nette Worte nicht die Dankbarkeit sind, die ich meinte.«

Natürlich wissen wir das. Leider. Nur ein einziges Mal möchte ich von so einem Kerl positiv überrascht werden. Könnte er mir nicht aus reiner Nächstenliebe geholfen haben?

»Tut mir leid, wenn du etwas anderes erwartet hast«, wehre ich ab. »Ich habe nie konkrete Versprechungen gemacht.«

In genau diesem Moment schlägt seine Ungeduld in etwas anderes, weniger Harmloses um. Er streckt seine Hand nach meinem Unterarm aus, doch bevor ich zulasse, dass er mich noch einmal berührt, springe ich auf. Gregor bewegt sich blitzschnell, um mich festzuhalten.

»Lauf!«, rufe ich Naomi zu.

Sie ist sofort auf den Beinen, und wir stürzen fluchtartig zum Ausgang des Pubs, ohne uns noch einmal umzublicken. Gregors zorniges Geschrei hinter uns ist dabei nur schwer zu ignorieren.

»Jane! Komm zurück, du verlogenes Miststück! Wir sind noch nicht fertig!«

Wir sind so was von fertig, auch wenn er gerade Schwierigkeiten hat, es zu glauben.

Uns ist bewusst, dass der Typ uns folgt, darum laufen wir, so schnell wir können. Diese hohen Schuhe eignen sich eindeutig nicht für überhastete Abgänge, aber wenn ich mich zwischen schmerzenden Füßen und einer erneuten Begegnung mit diesem schmierigen Kerl entscheiden muss, fällt mir die Wahl leicht.

Naomi hat inzwischen zu mir aufgeschlossen und sprintet neben mir durch die verzweigten Gassen.

»Das war also dein toller Plan für den Ernstfall?«, ruft sie atemlos.

»*Du* wolltest doch, dass ich das ohne Magie regele!«

Die Leute in unserem Weg sind so gut gelaunt und mit sich selbst beschäftigt, dass sie nicht beiseitespringen. Wir prallen gegen Schultern, streifen Hände, hören splitterndes Glas und hochkreative Flüche, aber rennen achtlos weiter.

»Jaaaaane!«

»Der scheint es echt nötig zu haben«, keucht Naomi.

»Vielleicht bin ich ja wirklich so besonders, wie er mir die ganze Zeit weismachen wollte.«

»Besonders *leichtsinnig*. Ich hätte dir gleich sagen können, dass das schiefgeht!«

»Es ist nicht schiefgegangen«, behaupte ich. »Immerhin weiß ich jetzt, wo wir Ferguson finden. Oder besser *Byron*, so heißt er nämlich in Wahrheit.«

»Zuerst müssen wir deinen neuen Fan abschütteln!«

Wir versuchen, im Zickzack zu laufen, und biegen dabei immer wieder schnell um die Ecke, damit er unsere Spur verliert. Er hat ziemlich sicher mehr getrunken als wir, also wird ihm auf Dauer die Puste ausgehen. Jetzt macht sich das schweißtreibende Training endlich mal bezahlt. Ich hätte das Problem aber auch mit einem meiner Kampfsportgriffe lösen können.

Sobald wir davon überzeugt sind, meinen unliebsamen Verfolger abgeschüttelt zu haben, bleiben wir schwer atmend stehen und suchen Halt an einer Hauswand.

»Ist er weg?«, fragt Naomi und beugt sich vornüber.

Ich sehe mich um. »Scheint so. Wenigstens hat sich das Ganze gelohnt. Dieser Byron gibt jeden Dienstag und jeden Mittwoch eine Art Maskenball in seinem Laden auf der Ashford Street. Das heißt, wir statten seiner kleinen Party gleich morgen einen Besuch ab.«

»Morgen?«, wiederholt Naomi unsicher. »Da hatte ich Cara versprochen, sie bei der Vorbereitung ihrer Demonstration zu unterstützen, die in drei Tagen stattfindet.«

Stimmt ja, die Demonstration. Ich erinnere mich, dass Cara uns davon erzählt hat. Sie will mit so vielen Leuten wie möglich gegen die ungerechte Behandlung der Sonnen- und Zwischengeborenen in der Hexengesellschaft protestieren. Es hat sich angehört, als würde das eine ziemlich große Sache werden.

»Aber unsere Ermittlungen sind wichtig«, werfe ich ein.

»Das ist Caras Demo auch.« Naomi wirkt unsicher. »Du weißt, wie viel ihr das bedeutet.«

»Natürlich. Trotzdem ist es unser Job, diese Mordserie zu stoppen. Jeder Tag zählt, da können wir nicht bis übermorgen warten! Cara organisiert bestimmt noch andere Veranstaltungen. Du könntest auch …«

»Ich hab's ihr versprochen«, unterbricht sie mich schuldbewusst. »Sie hat mich darum gebeten, weil sie sicher war, dass du ablehnen würdest.«

Ihre Worte versetzen mir einen Stich.

»Ich …«

»Sie versteht es. Und ich auch. Darum will ich sie für uns beide unterstützen. Es ist nur ein Tag mehr, und bis zum nächsten Vollmond bleibt uns noch etwas Zeit. Mir ist klar, dass Jonathan mir dafür die Hölle heißmachen würde. Aber Cara ist unsere Freundin. Wir haben sie mit der Sache alleingelassen, als wir gegangen sind.«

Schuld macht sich in mir breit. Cara hat schon immer wie eine Löwin dafür gekämpft, dass Sonnen- und Zwischengeborene in dieser Stadt besser behandelt werden. Sie wollte, dass ich meinen politischen Einfluss nutze und etwas in New London bewege. Damals wollte ich das auch. Aber je länger ich die Wintererbin war, desto mehr hat dieses Leben mich kaputtgemacht. Sie hat nie verstanden, warum ich alldem den Rücken gekehrt habe, statt weiterzumachen, und hat mir meine Resignation oft übel genommen.

»Sie *wollte* in New London bleiben«, sage ich kleinlaut. »Es war ihre Entscheidung.«

Naomi legt mir eine Hand auf die Schulter. »Ich weiß. Aber eine von uns sollte ihr helfen. Gib uns diesen einen Tag. Wenn der am Ende entscheidend sein sollte, übernehme ich die volle Verantwortung dafür.«

Nur ein Tag. Für mich ist das bereits einer zu viel, wenn ich bedenke, dass in zwölf Tagen wieder Vollmond ist. Was, wenn die Spur ins Leere läuft?

»Ich kann auch allein gehen«, schlage ich vor.

»Auf keinen Fall«, lehnt Naomi ab. »So wie ich Cara nicht hängen lasse, lasse ich auch dich nicht im Stich. Wer weiß, was bei dieser Maskenparty abgeht. Du wirst da nicht ohne Unterstützung hingehen, versprich mir das.«

Sie wirkt ehrlich besorgt. Was ich verstehen kann, nachdem ich mich in den letzten Tagen mehrfach in brenzlige Situationen gebracht habe.

»Na schön, ich verspreche es. Aber nur, weil mir wichtig ist, dass du nachts ruhig schlafen kannst.«

Naomi lächelt erleichtert. »Danke, zu freundlich von dir.«

Ich starre zu Boden. »Sag Cara, dass es mir leidtut.«

»Das weiß sie sicher.«

»Sag es ihr trotzdem. Bitte.«

Jetzt gerade fühle ich mich wie die schlechteste Freundin der

Welt. Erstens, weil ich Cara genauso unterstützen sollte wie sie mich, es aber dennoch nicht fertigbringe. Und zweitens, weil mir bereits in diesem Augenblick klar ist, dass ich mein Versprechen an Naomi morgen brechen werde.

KAPITEL 27

Am nächsten Abend sieht die Ashford Street noch verruchter aus als gestern. In einem der äußeren Viertel habe ich mir heute Nachmittag ein schlichtes schwarzes Kleid mit hohem Beinschlitz gekauft, um mich dem Stil an diesem Ort anzupassen. Darüber trage ich einen dunkelgrauen Umhang ohne jegliche Verzierungen. Man soll mir auf keinen Fall ansehen, aus welcher Schicht ich stamme, denn heute muss ich dazugehören.

Eine schwarze Spitzenmaske bedeckt meine Augen, meine Nase und die Hälfte meiner Stirn, sodass mich niemand erkennen dürfte. Mein Haar habe ich hochgesteckt, damit der Fokus auf meinem tief ausgeschnittenen Dekolleté liegt, und meine Lippen sind rot geschminkt. Hoffentlich wird mein Look es den anderen Gästen erschweren, sich beim Glücksspiel gegen mich zu konzentrieren.

Das Haus, nach dem ich gesucht habe, ist ein dreistöckiges altes Gebäude, das äußerlich nicht viel hermacht. Durch die dicken Stoffvorhänge vor sämtlichen Fenstern ist es unmöglich, zu erahnen, was sich im Inneren abspielt. Vor dem Eingang haben sich einige maskierte Hexen versammelt.

»Jane!«

Die unangenehm vertraute Stimme sorgt dafür, dass ich mich am ganzen Körper verkrampfe.

Bitte nicht.

Wenn ich keine Reaktion zeige, wird vielleicht auch niemand auf mich aufmerksam. Ob ich mich unauffällig entfernen und zu einem späteren Zeitpunkt wieder herkommen sollte?

»Versuch erst gar nicht, dich vor mir zu verstecken«, ruft Gregor.

Ich drehe meinen Kopf. Er stößt sich von der Hauswand des Nachbargebäudes ab und schlendert geradewegs auf mich zu. Im Gegensatz zu den anderen Leuten trägt er keine Maske, sodass ich das fiese Grinsen auf seinen spröden Lippen in all seiner Herrlichkeit ertragen muss. Mist, er hat damit gerechnet, mich heute an diesem Ort zu sehen.

»Sie müssen mich verwechseln«, behaupte ich und gebe mich verwirrt.

Er lacht trocken. »Das bezweifele ich. Wir beide haben noch eine Rechnung zu begleichen, meine Schöne.«

So selbstsicher, wie er klingt, habe ich keine Chance, ihn zu täuschen. Verdammt. Das kann ich jetzt absolut nicht gebrauchen.

»Lass mich in Frieden«, zische ich. »Ich schulde dir überhaupt nichts, okay? Statt deine Zeit mit einer Frau zu verschwenden, die kein Interesse an dir hat, solltest du lieber nach jemandem suchen, der dich will.«

Schlagartig macht er einen Schritt nach vorn und packt mein Handgelenk. »Kein Interesse? Gestern klang das aber noch ganz anders.«

Das Einzige, was mich davon abhält, ihn mit einem Griff aus dem Kampfsporttraining zu Boden zu drücken, ist meine Sorge, damit zu viel Aufmerksamkeit zu erregen. Am Ende werde ich noch verhaftet.

Als ich versuche, meinen Arm wegzuziehen, hält Gregor ihn noch vehementer fest.

»Lass mich los!«

Seine Finger schließen sich fester um mich. »Du bleibst schön hier. Heute Abend werde ich dir nicht mehr von der Seite weichen.«

Mir wird übel. Furcht und Zorn bauen sich in mir auf und befeuern die Magie in meinem Blut. Ich bin mir der Dunkelheit und der damit einhergehenden Schwäche meiner Kräfte bewusst, doch mein Körper reagiert von allein. Ein Winterhauch erfüllt die Luft, durch den sich mein Atem vor meinem Gesicht wölkt.

»Vorsicht«, knurrt Gregor. »Mit Kälte kommst du bei einem anderen Winterhexer nicht weit. Wie wäre es also, wenn du uns beiden den Ärger ersparst und mich ohne Drama begleitest?«

»Wie wäre es, wenn du die Klappe hältst und dich endlich verziehst?«, gifte ich ihn an.

Das Messer, das ich versteckt an der Innenseite meines linken Oberschenkels trage, spüre ich nun überdeutlich an meinem Bein. Ich habe es für den Notfall mitgenommen. Mir war allerdings nicht klar, dass der schon so früh eintreten würde. Wenn der Kerl noch eine falsche Bemerkung von sich gibt, macht er Bekanntschaft mit meiner Klinge.

Gregor kräuselt die Lippen. »Warum musst du es nur so kompliziert machen? Ich garantiere dir, du und ich werden viel Spaß miteinander –«

»Hast du die Dame nicht gehört?«, ertönt eine tiefe, drohende Stimme hinter mir. »Sie hat kein Interesse. An deiner Stelle würde ich also tun, was sie sagt. Es sei denn, du willst, dass ich dir jeden deiner Knochen einzeln breche, bis du sie um Vergebung anflehst.«

Gregors Blick geht an mir vorbei. »Und wer bist du? Noch so ein armer Schlucker, den sie verarscht hat? Stell dich hinten an.«

»Glaub mir, du willst nicht herausfinden, wer ich bin«, erwidert Gabriel unheilvoll.

»Was interessiert sie dich? Dieses Miststück schuldet mir –«

Statt weiterzureden, zuckt er zusammen und krümmt sich, als hätte er intensive Schmerzen. Dadurch lässt er endlich von mir ab und weicht mit verkniffenem Gesichtsausdruck zurück.

»Verschwinde«, befiehlt Gabriel. »Falls du sie noch mal so nennen solltest, breche ich dir deinen Kiefer und sorge dafür, dass du deine vorlaute Klappe eine Weile nicht mehr aufreißen kannst.«

Gregor sieht aus, als würde er gern eintausend Flüche ausspucken, doch was auch immer Gabriel gerade tut, bringt ihn tatsächlich dazu, sich von uns abzuwenden und den Rückzug anzutreten. Ich folge ihm mit meinem Blick, bis er einen der benachbarten Pubs betritt.

»Alles in Ordnung?«, murmelt Gabriel hinter mir und berührt mich flüchtig am Arm.

»Ja. Danke.«

Okay, irgendwie ist es verdammt heiß, wenn er meinetwegen schmierige Typen bedroht. Manchmal vergesse ich, dass diese sanften, heilenden Hände mit einer simplen Bewegung auch Knochen brechen können. Das ist definitiv subtiler, als jemanden mit einem Messer zu bedrohen oder ihm zwischen die Beine zu treten.

Ich drehe mich zu Gabriel um. Zu meiner Überraschung ist auch er heute Abend inkognito unterwegs. Eine goldene Maske verdeckt seine obere Gesichtshälfte, und unter seinem schwarzen Umhang trägt er ungewohnt schlichte Kleidung. In so etwas sehe ich ihn zum ersten Mal.

Es fühlt sich seltsam an, ihm wieder gegenüberzustehen. Seit der Kent-Party haben wir nicht mehr miteinander geredet, und ich weiß nicht, wie ich nach unserem Moment auf dem Balkon mit ihm umgehen soll. Vor allem, nachdem er die Ergebnisse seiner Nachforschungen lieber mit Naomi geteilt hat als mit mir. Am besten vergesse ich, was in den letzten Tagen zwischen uns passiert ist.

»Was machst du hier?«, will ich wissen.

»Das könnte ich dich auch fragen. Immerhin hast du versprochen, nicht allein herzukommen.«

»Ich habe nicht –«, beginne ich, doch dann dämmert mir etwas. »Naomi hat es dir erzählt.«

Gabriel nickt. Verdammte Besorgteste-Freundin-aller-Zeiten. Sie kennt mich leider viel zu gut.

»Warum ist sie ausgerechnet zu dir gekommen?«

Er zuckt mit den Achseln. »Ich vermute, nachdem ich dir beim letzten Mal, als ihr in Schwierigkeiten geraten seid, geholfen habe, dachte sie, ich könnte gut auf dich aufpassen. Außerdem bin ich der Einzige, der weiß, was ihr in New London tut.«

Seit er mir gestanden hat, dass er sich nach mir sehnt und mich küssen will, fällt es mir schwer, mich in seiner Nähe zu konzentrieren. Aber das muss ich, denn es gibt weitaus Wichtigeres zu erledigen, als mich in meinem Liebeskummer zu suhlen.

»Ich brauche keinen Aufpasser«, versichere ich.

»Weißt du, was einen noch schneller umbringt als miese Ideen? Unbändiger Stolz.«

Oberlehrer.

Ich mustere ihn von oben bis unten. »Hast du heute nichts Besseres zu tun? Politikkram oder so was? Brautwerbung?«

Er lächelt schief. »Keine Angst, ich habe mir freigenommen, um dafür zu sorgen, dass du in einem Stück aus diesem fragwürdigen Etablissement herauskommst. Oder gar nicht erst hineingehst. Deine Freundin hat mich nämlich darum gebeten, dich von hier wegzubringen, sobald ich dich sehe.«

Naomi ist unglaublich. Und hat Gabriel etwa allen Ernstes die ganze Zeit über in der Kälte gewartet, für den Fall, dass ich auftauchen sollte?

»Niemand bringt irgendwen weg«, sage ich zu ihm. »Ich habe was zu tun, okay? Der Laden soll einem gewissen Byron gehören. Wenn man sich beim Glücks- und Kartenspiel gut anstellt, kann es sein, dass man seine Aufmerksamkeit auf sich zieht. Genau das muss ich schaffen. Weil ich denke, dass er wichtige Informationen für mich hat.«

Gabriel sieht mich an, als wüsste er genau, wie sinnlos es ist, mit mir darüber zu diskutieren.

»Glücksspiel, hm?«, fragt er. »Ist das etwa *dein* geheimes Laster?«

»Ich habe keine Laster.«

Außer dir. Den Gedanken behalte ich aber lieber für mich, bevor das zwischen uns wieder eskaliert.

»Schade, ich wollte dir wirklich gern deine Zigaretten-Predigt heimzahlen.«

»Träum weiter.«

»Immer.«

»Apropos Traum«, sage ich. »Mir fällt es ziemlich schwer, zu glauben, dass du hier bist. Hast du keine Angst, erkannt zu werden?«

»An diesem Ort?« Gabriel schüttelt den Kopf. »Ich trage eine Maske, unauffällige Kleidung, und in den äußeren Vierteln weiß ohnehin niemand, wie wir Adligen aussehen.«

»Ein Risiko ist es trotzdem«, antworte ich. »Ganz schön untypisch für dich.«

Er lacht leise. »Vielleicht braucht ein einsamer Mann auch mal einen spaßigen Abend außerhalb der Komfortzone.«

Diese Worte sagt er so beiläufig, als würde er über das Wetter sprechen. Er ist einsam. Ich weiß nicht, warum, aber bis jetzt war mir gar nicht klar, wie allein er ist. Seit dem Tod seines Vaters hat er außer seiner Tante und deren Familie niemanden mehr. *Ich* war bis vor wenigen Jahren seine engste Freundin. Die eine Person, der er all seine Zweifel anvertraut hat.

Ich wende meinen Blick ab, bevor ich noch sentimentaler werde. Das ist der falsche Zeitpunkt.

»Für Spaß bin ich nicht hergekommen«, mache ich Gabriel klar. »Das ist Arbeit.«

»Dann bist du heute also die Pflichtbewusste von uns beiden?« Er klingt ungläubig. »Wie schnell sich das Blatt doch wenden kann.«

»Tja, du bist eben ein leuchtendes Vorbild.«

Wir bezahlen den Eintrittspreis am Eingang und gelangen in

einen dunklen, überhitzten Flur, wo die Gäste ihre Umhänge an der Garderobe zurücklassen. Ich schäle mich aus meinem eigenen und beobachte Gabriel dabei, wie er seinen ablegt. Darunter trägt er ein schwarzes Hemd aus Leinenstoff, das er bis zu seinen Ellenbogen hochgekrempelt hat. Ich verbringe eindeutig zu viel Zeit damit, seine definierten Unterarme anzustarren. Schnell wende ich mich ab und setze mich in Bewegung.

Gemeinsam betreten wir den Hauptraum des Gebäudes. Er ist größer, als ich von außen erwartet hätte. Die Decken sind überraschend hoch, und von einer Empore im oberen Stockwerk kann man das Geschehen unten perfekt beobachten. In der dicken, viel zu warmen Luft hängt ein süßlicher Duft, der sich mit dem Geruch von Alkohol und Schweiß mischt. Vielleicht ist die Hitze ja der Grund dafür, warum viele der Gäste so spärlich bekleidet sind. Dasselbe gilt für das Personal. Einige der bedienenden Männer tragen nicht einmal ein Oberteil, sodass alle ihre trainierte, eingeölte Brust bestaunen können.

An diesem Ort scheint jeder gute Laune zu haben. Die Leute lachen, trinken und spielen an verschiedenen Tischen Karten. Polstermöbel aus Samt sorgen für eine gemütliche Atmosphäre, und weiter hinten gibt es eine Art Lounge, wo rote und violette Kissen auf zahlreichen Decken verteilt liegen.

Einer der Kellner kommt auf uns zu und schenkt uns ein umwerfendes Grinsen. Der Kerl weiß seine perfekten Zähne zu nutzen.

»Willkommen im Paradies«, flötet er. »Kann ich euch etwas zu trinken bringen?«

»Später«, erwidere ich lächelnd.

Sofort schwirrt er um einen weiteren Gast herum, während ich die verschiedenen Eindrücke dieses zugegebenermaßen beeindruckenden Ortes in mich aufnehme.

»Sieht aus, als hätten wir ein wenig zu viel an«, meine ich und drehe mich zu Gabriel um.

Sein Blick wandert von meinem Gesicht zu meinem Dekolleté und wieder zurück. Dann legt er den Kopf schief, als würde er mich auf diese Weise fragen wollen, ob ich das ernst meine.

»Das werde ich ignorieren«, rüge ich ihn.

»Ich würde sagen, wenn du und ich zusammen sind, ist mehr Kleidung immer vernünftiger als weniger.«

Mir wird heiß. Was mir bei einem anderen Mann wie Gregor unangenehm wäre, macht mir bei Gabriel seltsamerweise nichts aus. Ich mag es, wenn er mich so ansieht wie gerade eben, auch wenn es in dieser Situation wenig hilfreich ist.

»Lass uns Karten spielen«, schlage ich vor. »Dann finden wir eventuell eine Möglichkeit, uns mit diesem ominösen Byron zu unterhalten.«

Gabriel schaut sich um. »Draußen habe ich ein paar Leute über ihn reden hören. Angeblich hat er hier drin Spione, die für ihn Augen und Ohren sind. Sie könnten der Schlüssel zu ihm sein.«

Ich stemme die Hände in die Seiten. »Dann versuchen wir wohl besser mal, sie auf uns aufmerksam zu machen.«

KAPITEL 28

Wir setzen uns an einen Tisch mit zwei freien Plätzen, wo gerade eine neue Runde Draw Poker beginnt, eine ältere Variation von Poker. Die beiden Personen neben uns scheinen schon ziemlich betrunken zu sein. Bei dem älteren Mann auf Gabriels Seite merkt man es daran, dass er die schlechtesten Witze erzählt, die ich je gehört habe. Bei der Frau auf meiner Seite erkennt man es an der Tatsache, dass sie so sehr darüber lacht, als wären sie das genaue Gegenteil.

Mein Blatt ist alles andere als gut, aber ich steige dennoch ins Spiel ein und versuche zu bluffen. Bei manchen Mitspielenden errate ich schnell, ob sie ein gutes oder schlechtes Blatt haben. Sie pressen die Lippen zusammen und legen ihre Karten zügig verdeckt vor sich ab, wenn sie unzufrieden damit sind. Ist ihr Blatt gut, wirken sie ungeduldiger, tippen mit den Fingern auf dem Tisch oder müssen ihre Hände beschäftigen. Ein paar von ihnen sind jedoch schwer einzuschätzen. So wie Gabriel. Keine hektischen Bewegungen, unveränderte Mimik, konzentrierter Blick. Er sitzt neben mir, und ich komme nicht umhin, aus den Augenwinkeln sein Profil zu mustern. Die eleganten Konturen seines Gesichts. Sein glänzendes Haar. Der leichte Bartschatten und die hellgrünen Augen, die hinter der Maske aufblitzen. Ich sollte mich auf das Spiel konzentrieren, aber der blumige Duft des Etablissements vermischt sich auf merkwürdige Weise mit seinem, und die Hitze trägt nicht dazu bei, dass ich einen kühlen Kopf bewahre.

Es stellt sich heraus, dass Gabriel ganz hervorragend Karten spielen kann. Während ich versuche, jeden um mich herum zu durchschauen, scheint er immer das beste Blatt zu haben und die richtige Hand zu spielen. Er nimmt seine Siege hin, als wären sie genau das, was er erwartet hat, während sich die anderen am Tisch abwechselnd über ihre Niederlage ärgern.

Um nicht zu sehr aufzufallen, bestellen wir uns bald ebenfalls Getränke. Bier, weil ich keinen harten Alkohol trinken werde, während ich auf der Suche nach Informationen bin.

Wir spielen, lachen mit den anderen, und ich nutze die Gelegenheit, um Fragen zu stellen. Die sehr angetrunkene Frau neben mir scheint mir die perfekte Kandidatin zu sein, denn sie spricht die Kellner mit Namen an, obwohl sie keine Schilder tragen. Sie muss definitiv öfter hier sein.

»Was denken Sie?«, frage ich sie zwischen zwei Runden. »Könnte ich heute Abend die Aufmerksamkeit von Byron auf mich ziehen? Ich würde ihn ja gern mal treffen.«

Sie kichert. »Du bekommst sicher einige Aufmerksamkeit, Schätzchen. Aber Byron will vor allem eines sehen: Gäste, die etwas wagen. Die ihn amüsieren. Es reicht nicht, ein paar Runden Karten zu spielen. Du musst interessant sein. Interessante Dinge tun. Aber die passieren unter diesem Dach sowieso von ganz allein, das kann ich dir versprechen. Vor allem, wenn man sich auf eine Partie *Ehrliche Karten* einlässt.«

Das Spiel habe ich schon eine Weile nicht mehr gespielt. Aus gutem Grund. Hätte ich mir denken können, dass sie das hier lieben.

»Haben Sie Byron mal getroffen?«, will ich wissen.

»Mehrfach«, haucht sie ehrfürchtig.

»Wirklich? Wie haben Sie das angestellt?«

Sie grinst und deutet geheimnisvoll auf einen Tisch, der sich in einer Ecke des Raumes verbirgt. »Siehst du die Frau mit der Schmetterlingsmaske? Die kommt schon seit Jahren jede Woche her. Ich glaube, sie gehört zu Byrons engstem Kreis. Wenn du ihn treffen willst, würde ich versuchen, sie zu beeindrucken.«

Ich betrachte sie unauffällig. Noch ist kein Platz an ihrem Tisch, aber ich werde sie heute Abend im Auge behalten.

Wir spielen weiter Karten und trinken dabei Bier. Schon nach wenigen Stunden merke ich, dass es mir zu Kopf steigt, obwohl ich nicht einmal zwei Gläser getrunken habe. Liegt das an der Hitze? Ich fühle mich betrunkener, als ich sein dürfte.

Weil ich mich nicht länger auf Poker fokussieren kann, stehe ich auf und gehe ein wenig im Raum umher, um die Leute zu beobachten. Ein Sommerhexer formt die Flamme der Kerze vor sich zu einem Stern, was sein Gegenüber so sehr beeindruckt, dass er die nächste Runde Getränke ausgibt. Ein junger Frühlingshexer, der mit seiner Begleitung inmitten der Samtkissen liegt, steckt ihr eine Knospe ins Haar. Wenige Momente später entsteht daraus eine rote Rosenblüte. Sie nimmt die Blume zwischen ihre Finger, riecht an ihr und zieht den Mann daraufhin zu einem intensiven Kuss heran. Einen Augenblick später sind die beiden ineinander verschlungen und küssen sich, als drehte die Welt sich nur noch um sie. Blut schießt in meine Wangen. Obwohl ich wegsehen sollte, bin ich wie festgefroren.

»Was ist los?«

Gabriel steht unmittelbar hinter mir. Seine weiche Stimme jagt eine Gänsehaut über meine Unterarme. Meine Schulter streift seinen Oberarm. Ich fahre mir mit den Fingern durchs Haar und versuche, meine Gedanken zu sammeln.

»Byron mag anscheinend Leute, die etwas riskieren«, meine ich. »Also sollten wir ihm was bieten.«

»Und du denkst, *das* ist der richtige Weg?«

Noch immer habe ich meinen Blick auf das leidenschaftliche Pärchen in den Kissen gerichtet. Eins steht fest: Wenn wir das

Gleiche tun und uns dann die Masken vom Gesicht reißen würden, hätten wir zweifellos Byrons Aufmerksamkeit. Aber auch eine ganze Menge Probleme.

»So riskant muss es dann doch nicht sein«, sage ich. »Wir brauchen etwas anderes.«

Ich suche den Raum nach der Frau mit der Schmetterlingsmaske ab. Sie sitzt in derselben Ecke wie vorhin, wo inzwischen zwei Plätze frei geworden sind. Auf dem Tisch liegen einige farbenfrohe Karten mit Mustern, auf denen jeweils ein Wort geschrieben steht. *Ehrliche Karten.* Eine Art Wahrheit-oder-Pflicht-Spiel, bei dem man ein Kleidungsstück verliert, wenn man bei einer Lüge erwischt wird. Also etwas Ähnliches wie Strip-Poker.

Zwei Männer, die gerade den Tisch verlassen, tragen nur noch ihre Unterhosen. Scheint, als wären sie nicht besonders ehrlich gewesen. Im Zentrum des Tischs befindet sich eine Feuerschale, in der magische Flammen flackern. Offenbar sieht man seine Kleidung heute nicht mehr wieder, wenn man sie einmal verloren hat.

»Ich denke, ich habe genau das Richtige gefunden«, murmele ich und gehe auf den Tisch zu.

»Das ist keine gute Idee«, ruft Gabriel.

»Tja, das ist leider ein Markenzeichen von mir.«

Ich setze mich an den runden Tisch, direkt gegenüber von der geheimnisvollen Frau mit der goldenen verschnörkelten Schmetterlingsmaske, die einen dunkelblauen Einteiler trägt. Sie wirkt älter, als sie von dort hinten ausgesehen hat, wie Ende vierzig oder Anfang fünfzig. Links und rechts von ihr befinden sich jeweils eine Frau mit Fuchsmaske und leuchtend rotem Haar sowie ein glatzköpfiger Mann mit pechschwarzer Maske. Einige Sekunden nach mir lässt Gabriel sich auf dem letzten freien Platz nieder. Ich hebe die Augenbrauen, aber er ignoriert meine Reaktion.

»Wir sind dann wohl vollzählig«, meint die goldmaskierte Frau breit lächelnd. »Ich bin Diana. Das sind Maxwell und Sophia. Mit wem haben wir das Vergnügen?«

»Jane«, stelle ich mich vor, weil mir immer noch nichts Besseres eingefallen ist.

Die Blicke richten sich auf Gabriel.

»Oliver.«

Gewagt, seinen eigenen Zweitnamen zu verwenden. Oder schlau. Er ist daran gewöhnt, und Oliver ist in dieser Stadt ein sehr beliebter Name.

Diana grinst. »Wunderbar. Dann lasst uns eine neue Runde spielen.«

Sie nimmt einen kleinen Stein hervor, der aussieht wie ein Quellenstein. Allerdings ist er durchsichtig. Ich weiß sofort, was das für ein Artefakt ist. Ein Wahrheitskristall, den die Polizei sonst für Befragungen nutzt. Berührt man so einen und lügt, färbt er sich rot. Sagt man die Wahrheit, färbt er sich grün. Es ist ziemlich illegal, die für private Zwecke zu nutzen. Byron scheint wohl selbst gern Risiken einzugehen.

Gabriel wirft mir einen warnenden Blick zu, den ich eisern erwidere. Es ist nur ein Spiel. Ich habe sicher keine Angst vor ein bisschen Wahrheit oder Pflicht. Hier geht es um mehr als mich. Diese Stammkundin von vorhin hat explizit dieses Spiel erwähnt, um sich für Byron interessant zu machen, also werde ich an genau dieser Runde teilnehmen. Wer weiß, vielleicht verbirgt sich hinter dem Mann mit der schwarzen Maske ja sogar meine Zielperson. Oder Diana lässt sich von mir beeindrucken.

Ich starre Gabriel abwartend an. Wenn er gehen will, kann er das jetzt gern tun. Zu meiner Überraschung bleibt er jedoch, und das Spiel beginnt.

Diana deckt die erste Karte auf. Darauf zu sehen sind ein Herz und ein Pfeil, der mitten hindurchgeht. *Eifersucht.* Sie wird eine Frage dazu stellen, die sie selbst wählt, und dann die Person bestimmen, von der sie die Antwort darauf hören möchte. Will die Person sie nicht geben, darf Diana ihr eine Pflichtaufgabe stellen, die meistens darin besteht, ein Kleidungsstück loszuwerden.

Wird man bei einer Lüge erwischt, muss man ebenfalls eines ablegen. Ehrlichkeit zahlt sich bei diesem Spiel also aus.

»Jane«, sagt sie, und ich wünschte, sie hätte mit jemand anderem angefangen. »Wann warst du das letzte Mal eifersüchtig auf jemanden?«

Die Antwort fällt mir leicht, auch wenn ich sie gern für mich behalten würde. Aber ich werde nicht schon jetzt eine Pflichtaufgabe riskieren. Bei diesem Kartensatz, der verdächtig schmal aussieht, sind sicher vor allem anrüchige Karten dabei, die zu schlüpfrigen Fragen führen.

»Vor vier Tagen«, antworte ich wahrheitsgemäß und lege meine Hand auf den Offenbarungskristall, der sich prompt grün färbt.

Jetzt bin ich an der Reihe. Ich decke eine graue Karte auf. *Reue.* Kein Thema, mit dem ich Byron aus der Reserve locken könnte, sollte er gerade bei uns am Tisch sitzen.

»Oliver«, sage ich. »Was ist die eine Sache, die du in deinem Leben am meisten bereust?«

Gabriels Gesichtszüge verfinstern sich hinter der Maske. Das hat er offenbar persönlich genommen. Keine Ahnung, warum ich ausgerechnet ihm die Frage gestellt habe. Wir sollten uns nicht gegenseitig in eine unangenehme Lage bringen. Aber ich schätze, ich will diese Gelegenheit nutzen. Will wissen, ob er es bereut, mich damals zurückgewiesen zu haben, oder ob er sich gar wünscht, mich nie an sich herangelassen zu haben.

»Pflicht«, erwidert er gereizt.

Ist das sein Ernst? Er will mir diese Antwort nicht geben?

Ich schürze die Lippen. »Zieh dein Hemd aus.«

Sein Kiefer spannt sich an. Im nächsten Moment hasse ich mich dafür, das ausgesprochen zu haben. Was mache ich hier eigentlich? Wieso verlange ich das von ihm?

Sophia lacht und klatscht aufgeregt in die Hände, während Diana und Maxwell an ihren Getränken nippen. Ich gehe davon aus, dass Gabriel gleich aufstehen und den Tisch verlassen wird. Stattdessen öffnet er betont langsam die Knöpfe seines Hemdes und zieht es schließlich aus. Was ich vorher nur erahnen konnte, sehe ich jetzt mit absoluter Gewissheit. Im Vergleich zu damals hat er an Muskelmasse zugelegt. Sein Körper ist so definiert, dass er sofort einige Blicke auf sich zieht. Da er bei keiner Frage gelogen hat, darf er sein Hemd zumindest behalten und muss es nicht zur Strafe dem magischen Feuer opfern.

»Ich bin dran«, sagt er dann und zieht eine Karte.

Sehnsucht. Großartig. Aufgrund seines zufriedenen Lächelns erahne ich bereits, was jetzt folgt.

»Nun, Jane. Verrate mir doch, wonach du dich in dieser Sekunde am meisten sehnst.«

Die Frage ist wie ein Schlag in die Magengrube. Vielleicht ist er nur genauso neugierig wie ich und will gern wissen, wonach ich mich sehne. Es sind so viele verschiedene Dinge, dass ich es kaum benennen kann. Ich sehne mich danach, wieder nach London zurückkehren zu können. Danach, endlich eine Antwort auf die Frage zu finden, wer diese Hexen ermordet hat. Ich will Byron finden. Ich will, dass es meiner Familie gut geht und dass meine Schwester ihr Glück nicht wegen meiner damaligen Entscheidung verlieren muss. Ich will das alles. Aber auch, wenn ich mir diese Dinge von Herzen *wünsche*, sind sie nichts, wonach ich mich *sehne*. Sehnsucht bedeutet etwas anderes für mich.

Ich nehme den Wahrheitskristall und sehe Gabriel herausfordernd an. »Nach etwas, das ich niemals haben kann.«

Der Kristall färbt sich grün. Um Gabriel nicht weiter ansehen zu müssen, nehme ich die nächste Karte. *Abenteuer.*

»Diana«, sage ich. »Was war eines deiner größten Abenteuer?«

Sie schnappt sich den Kristall und grinst. »Vor vielen Jahren habe ich einen Einbruch begangen, der mich sehr reich gemacht hat.«

Klingt, als wäre sie darin besser als ich. Meine Einbrüche haben mich bisher nur fast ins Gefängnis oder ins Grab geführt.

Die Fragen teilen sich jetzt besser auf, sodass jeder mehrmals an der Reihe ist. Eine Frage von Diana zu meinem größten Geheimnis lasse ich unbeantwortet, woraufhin sie mich dazu verpflichtet, mein angefangenes Bier leer zu trinken. So langsam schwirrt mir der Kopf. Mir ist unendlich heiß, und es hilft nicht, dass ich Gabriels Bein direkt an meinem spüre. Vor allem, weil er auch noch ohne Hemd neben mir sitzt.

Es entspinnt sich ein Spiel, bei dem es hin und her geht. Jeder stellt jedem Fragen. Bei den anderen fällt das eine oder andere Kleidungsstück, und der Pegel steigt, wodurch die Runde ausgelassener wird. Ich merke, dass ich sogar Spaß an dieser Sache habe. Bald darauf verabschiedet sich Sophia aus der Runde, genau wie Maxwell, der gemeinsam mit ihr zu der Tür geht, die zur Treppe ins obere Stockwerk zu führen scheint. Sieht aus, als hätten sie sich durch das Spiel in den letzten Stunden so gut kennengelernt, dass sie es nun unter vier Augen fortsetzen wollen. Was sich wohl da oben befindet?

»Diana«, rufe ich, nachdem ich die Karte mit der Aufschrift *Scham* aufgedeckt habe. »Wofür schämst du dich?«

Sie lächelt geheimnisvoll. »Für nichts.«

Dann deckt sie die Karte *Vergnügen* auf. »Oliver. Mit welchem Körperteil, würdest du sagen, könntest du einer anderen Person am meisten Vergnügen bereiten?«

Bei der Frage muss ich betreten auf den Tisch starren, obwohl sie die gar nicht mir gestellt hat. Er wird so was von Pflicht wählen.

Gabriel nimmt den Wahrheitskristall. »Das kommt auf meine Partnerin an. Aber ich habe recht großes Vertrauen in meinen Mund.«

Ich beiße mir auf die Zunge. Das hat er verdammt noch mal nicht gesagt. Alles, was ich mir jetzt noch vorstellen kann, ist, auf welche Weise er mit seinem Mund für Vergnügen sorgen kann. Ich hasse mich. Eigentlich wollte ich Byron auf mich aufmerksam machen, und jetzt habe ich ein verfluchtes Kopfkino, das ich wirklich nicht gebraucht hätte. Verdammt, was ist mit Gabriel los?

Er zieht eine weitere Karte. *Familie.*

»Jane«, sagt er ruhig. »Wie lautet der Name deiner Familie?«

Was zum …?

Ich starre ihn verständnislos an.

Er weiß genau, dass ich nur dieses Kleid trage, darum ahne ich, was er vorhat. Er will, dass ich das Spiel an dieser Stelle beende. Dass ich aufstehe und mich wieder dem normalen Kartenspiel widme. Aber das kann er vergessen. Wenn Byron und seine Spione ein interessantes Spiel sehen wollen, dann können sie eins haben. Und wenn Gabriel denkt, er könnte mich überlisten, hat er mich unterschätzt.

Ich fummele an meinem Kleid herum und präsentiere der Runde wenig später meinen zusammengeknüllten Slip. Diana pfeift anerkennend, während Gabriel zur Salzsäule erstarrt.

»Was denn, Oliver?«, frage ich amüsiert und werfe die Unterhose ins magische Feuer, wo sie zu Asche verbrennt. »Schon genug gespielt?«

Ich ziehe eine neue Karte und ignoriere Gabriel, kann seine Blicke aber auf mir fühlen. Unsere Beine berühren sich immer wieder. Liegt das am Körperkontakt, dass mir so schrecklich heiß ist? Ich kann mich kaum konzentrieren, wenn ich neben ihm sitze.

Die übrigen Fragen, die wir uns gegenseitig stellen, werden minimal angenehmer. Sobald wir den Stapel leergespielt haben, erhebt sich Diana.

»Was für eine nette Runde«, sagt sie gut gelaunt. »Ihr beide wart recht unterhaltsam. Vor allem du, Jane. Zeig das hier jemandem im obersten Stockwerk.«

Diana schiebt unauffällig eine goldene Münze über den Tisch, in die ein Würfelmotiv eingraviert wurde.

»Was soll ich damit?«, frage ich.

»Das musst du schon selbst herausfinden.«

Mit einem rätselhaften Lächeln verlässt sie den Tisch und schlendert Richtung Tür, die zur Treppe nach oben führt.

Als ich meinen Blick abwende, sehe ich, wie Gabriel sein Hemd wieder anzieht und mich düster anfunkelt.

»Ich hoffe, du hast bekommen, was du wolltest«, meint er mürrisch.

»Das werden wir sehen«, erwidere ich und stehe auf.

»Wo willst du hin?«

»Nach oben.«

Ich schlängele mich zwischen den Tischen und den anderen Gästen hindurch und folge Diana zu der Tür, die ins Obergeschoss führt. Ein junger Mann mit beeindruckenden Muskeln steht davor und lässt sie hinaufgehen. Der Raum verschwimmt leicht vor meinen Augen. Mist, so viel habe ich doch gar nicht getrunken.

Bevor ich den Mann vor der Tür anspreche, bestelle ich mir ein Glas Wasser und leere es in einem Zug. Es hilft mir jedoch nicht dabei, das schummrige Gefühl in meinem Kopf loszuwerden.

Okay, dann muss es eben so gehen.

Unmittelbar vor dem finster dreinblickenden Muskelberg bleibe ich stehen. Gabriel ist dicht hinter mir, und ich habe keinen blassen Schimmer, warum ich seine Nähe so intensiv spüre.

Himmel, ich muss mich zusammenreißen.

Mit erhobenem Kopf halte ich die Münze hoch und zeige sie dem grimmigen Kerl. »Einmal nach oben, bitte.«

Er nimmt das Symbol darauf in Augenschein, dann nickt er. »Oberster Stock, letzte Tür. Aber nur einer hat Zutritt.«

Ein Glücksgefühl flutet meinen Körper, das sich mit der seltsamen Anspannung vermischt. Scheint, als wäre Diana wirklich der Schlüssel zu Byron gewesen. Ist er etwa dort oben?

»Ich begleite sie«, meint Gabriel. »Sie hat etwas viel getrunken.«

Er weiß genau, dass das nicht stimmt. Aber ich schätze, es ist die einfachste Strategie.

»Nur bis ins nächste Stockwerk«, erwidert der Mann. »Regeln sind Regeln.«

Gabriel lächelt schief. »Regeln sind sozusagen mein Spezialgebiet.«

»Und wie sie das sind«, bestätige ich grinsend.

Der Mann brummt etwas Unverständliches und lässt uns passieren. Gemeinsam mit Gabriel betrete ich den Treppenaufgang, der stockfinster ist. Weil ich Mühe damit habe, die Stufen zu finden, halte ich mich an ihm fest. Er nimmt daraufhin meine Hand.

»Du bist ein echter Gentleman, weißt du das?«, frage ich kichernd.

Ist das der Alkohol, der meine Sinne so benebelt? Ich glühe förmlich, und mein Herz klopft viel zu schnell.

»Ich will nur verhindern, dass du dir noch mal was brichst«, sagt Gabriel.

»Soll ich dir verraten, wie das passiert ist? Ich bin heldenhaft von Alexandras Balkon gestürzt, nachdem ich sie beklaut habe.«

»Klingt gar nicht so heldenhaft.«

»Das sagst du nur, weil du es nicht gesehen hast.«

»Zum Glück«, erwidert er. »Ich würde dich sehr ungern irgendwo herunterfallen sehen.«

Als wir die Zwischenebene erreichen, wird oben eine Tür geöffnet und wieder geschlossen, sodass wir nur kurz einen Lichtblick erhaschen können. Mehrere Personen eilen die Stufen herunter. Eine von ihnen rempelt mich an, als sie sich an uns vorbeidrängt, woraufhin ich nach hinten stolpere und gegen Gabriel pralle. Reflexartig legt er seine Hände auf meine Taille.

»Vorsicht«, flüstert er.

Sein heißer Atem kitzelt meinen Nacken, und seine Hände gleiten langsam zu meinen Hüften hinab, als würde er die Konturen meines Körpers nachfahren wollen. Er ist mir so nah, dass ich fürchte, die Hitze seines Körpers lässt mich gleich in Flammen aufgehen. Alles um mich herum verblasst, und ich nehme nur noch ihn wahr. Ich presse mich gegen ihn, bis wir uns an Stellen berühren, die eigentlich keinen Kontakt haben sollten.

Gabriel holt hörbar Luft.

Die anderen Personen öffnen die Tür im Untergeschoss und verschwinden, woraufhin wir wieder allein sind. Keiner von uns bewegt sich.

»Reva, ich …«, murmelt er zögerlich.

»Hm?«

»Es macht mich fertig, dich so zu spüren. Du bist wunderschön heute Abend. Das bist du immer. Wenn ich dich ansehe, sehne ich mich danach, dich zu berühren, und ich würde jetzt gern …«

Seine Stimme klingt rau und gleichzeitig sanft. Ich bin ziemlich sicher, dass mein Herz mir jeden Moment aus der Brust springt.

»Sag mir, was du willst«, fordere ich leise.

»Dich. Deine Lippen auf meinen, hier und jetzt. Vergiss die Regeln.«

Vergiss die Regeln.

Mir war nicht bewusst, dass dieser Satz sich in seinem Sprachrepertoire befindet.

Obwohl ich mir geschworen habe, niemals wieder den ersten Schritt zu machen, niemals wieder mutig zu sein, drehe ich mich zu ihm um. Seine Hände verharren auf meinen Hüften, warm und schwer und bedeutsam. Er senkt den Kopf und lehnt seine Stirn gegen meine. Der Geruch von Bier und frühlingshafter, unberührter Natur füllt meine Nase. Seine Worte beherrschen meine Gedanken.

»Hab sie schon vergessen«, flüstere ich, bevor ich ihn küsse.

Als meine Lippen auf seine treffen, seufze ich auf. Trotz der Dunkelheit in diesem Treppenaufgang fühle ich mich, als wäre ich ganz nah bei einer glühenden Sonne, die ihr gleißendes Licht auf mich wirft und mir Wärme schenkt. Gabriel entfährt ein kehliges Stöhnen. Ich lege meine Hand an seine Wange und ziehe ihn dichter zu mir. Seine Bartstoppeln kratzen unter meinen Fingern. Ich will in diesem Kuss ertrinken, will in dieser überwältigenden Hitze verglühen wie ein Stern am Nachthimmel.

»Du hast ja keine Ahnung, wie sehr ich das hier gebraucht habe«, raunt Gabriel.

Er zieht mich fester an sich. Sein Körper ist angespannt. Langsam und sinnlich lässt er seine Zunge über meine Unterlippe gleiten. Ich öffne den Mund, intensiviere den Kuss, bis es mir schwerfällt, zwischendurch Luft zu holen. Er erwidert ihn genauso bereitwillig wie damals im See, lässt mich sein Verlangen in jeder einzelnen Sekunde spüren. Seine Hände gleiten zu meinem Gesäß. In der Art und Weise, wie er mich hält, so bestimmt und hungrig, liegt eine süße, sehnsüchtige Verzweiflung.

Da ist etwas, das ich jetzt gerade wollen sollte. Etwas Wichtiges. Doch ich will nur ihn, ihn, ihn. Für jetzt, für immer, für diesen einen Moment, der mich über Tausende hinwegtrösten kann.

Hastig öffne ich die Knöpfe seines Hemds und fahre mit der Hand über seine nackte, heiße Brust bis zu seinem Bauch hinunter. Er stößt einen Fluch aus, raunt irgendetwas, das verdammt sexy klingt, so leise, dass ich es nicht genau verstehe.

»Gabe«, seufze ich.

»Ich liebe es, wenn du mich so nennst.«

Er küsst mich wild und ungehemmt. In den Tiefen meines Unterbewusstseins formt sich ein Gedanke. Ich hatte einen Plan. Einen Plan, der nichts mit diesen weichen Lippen zu tun hat. Doch meine Konzentration ist vollkommen dahin, und er entgleitet mir, bevor ich ihn fassen kann.

»Lass uns irgendwo hingehen, wo wir ungestört sind«, haucht Gabriel.

»Das sind wir doch schon«, erwidere ich.

»Wer weiß, wie lange noch. Auf Publikum kann ich gut verzichten. Ich will dich ganz für mich.«

Sämtliche Muskeln in meinem Unterleib ziehen sich schmerzhaft zusammen. Ich muss in einem Traum dahingleiten, in einem Paralleluniversum, wo ein völlig anderer Gabriel lebt als der, den ich kenne.

Als ich meine Finger unter seinen Hosenbund schiebe, stöhnt er lustvoll auf. Am liebsten würde ich jetzt mit ihm verschwinden. Ich will ihn genauso sehr wie er mich. Aber da ist noch etwas anderes, das ich wollte. Was war es bloß?

Ich kämpfe gegen die Erregung an, gegen den dichten Nebel in meinem Kopf, der meine Sinne trübt. Versuche, die Erinnerung zu greifen. Den Grund, warum ich hergekommen bin. Ein Name taucht in meinen Gedanken auf. Byron. Plötzlich weiß ich es wieder.

Mit einem Seufzer vergrabe ich das Gesicht in Gabriels Halsbeuge. Sein frischer, hölzerner Duft ist betörend.

»Ich will dich auch, glaub mir«, murmele ich. »Aber zuerst muss ich Byron finden.«

»Mh«, brummt Gabriel und streichelt mich weiter. »Geh nicht.«

»Heute bin ich die Pflichtbewusste, schon vergessen? Wir machen später weiter.«

Er küsst meinen Hals, was einen heißkalten Schauer durch meinen Körper schickt. »Dann bleibe ich hier, bis du zurückkommst. Versprich mir nur, mich nicht zu lange warten zu lassen.«

»Versprochen.«

Äußerst widerwillig gibt er mich frei, und mit dem letzten Rest meiner Willenskraft erklimme ich die Stufen nach oben.

Wieso fällt es mir so schwer, mich auf etwas anderes zu konzentrieren als Gabriel? Warum ist er auf einmal so unvernünftig, obwohl er sonst stets beherrscht ist? Er hat noch weniger getrunken als ich, es kann also nicht am Alkohol liegen. Ich schüttele meinen Kopf.

Im dritten Stock angekommen, treffe ich auf eine weitere Wache. Ich übergebe dem grimmig schauenden Mann die gravierte

Münze, und er deutet wortlos auf die Tür am Ende des schwach beleuchteten Korridors.

Hinter der Tür erwartet mich ein spärlich eingerichteter Raum, der nur von Kerzenlicht erhellt wird und in dem außer zwei alten roten Ledersesseln keine weiteren Möbelstücke stehen. Als ich sehe, wer in einem von ihnen sitzt, stutze ich.

»Diana?«

KAPITEL 29

Sie deutet auf den zweiten Sessel beim Fenster, der ihrem gegenübersteht. »Setz dich.«

Ich sehe mich um, doch außer uns beiden befindet sich niemand im Raum.

»Eigentlich dachte ich, dass ich den legendären Byron treffen würde«, sage ich, ohne auf ihre Bitte einzugehen.

Diana schlägt gemächlich die Beine übereinander, faltet die Hände in ihrem Schoß und starrt zufrieden nach draußen, wo sich das magische Lichtermeer von New London erstreckt. Am Horizont geht langsam die Sonne auf, um für wenige Stunden zu bleiben und die Nacht zu erhellen.

»Es muss schwer sein«, meint Diana. »Jemanden so sehr zu wollen und zu wissen, dass man ihn doch nie haben kann.«

Ich reiße die Augen auf. Redet sie etwa von …? Nein, unmöglich.

»Heißt das, ich werde Byron nicht treffen?«, frage ich angespannt.

Sie lächelt katzenhaft hinter ihrer Maske. »Ich rede nicht von Byron, meine Liebe. Sondern von deinem Begleiter. Man konnte die Anziehung zwischen euch förmlich spüren. Es ist immer wieder amüsant, wozu dieser Ort manche Hexen verleitet.«

»Was soll das heißen?«, frage ich wachsam.

»Hast du denn nicht gemerkt, dass die Luft hier voller Magie ist?« Belustigung schwingt in ihren Worten mit. »Manche Frühlingshexen verstehen sich hervorragend auf ätherische Dämpfe. Einige davon funktionieren wie ein Aphrodisiakum, wenn man sie einatmet. Viele Gäste lieben die anregende Wirkung. Euch beiden scheint es auch sehr gutgetan zu haben.«

Auf einmal verstehe ich, warum ich da unten geradezu den Verstand in Gabriels Nähe verloren habe. Warum er sich vorhin komplett vergessen hat. Es lag wortwörtlich etwas in der Luft.

Schlagartig fühle ich mich nüchtern. Bedeutet das, er hat mich nur geküsst, weil er unter dem Einfluss dieser Dämpfe stand?

»Wir haben wohl beide einen Hang zu Verbotenem«, stellt Diana fest. »Aber in deinem Alter wäre es mir ähnlich ergangen. Mr Silverstein ist ein gut aussehender junger Mann.«

Diesen Namen zu hören, bringt mich endgültig aus der Fassung.

»Schau nicht so schockiert, Lady Graham«, sagt Diana erheitert. »Wenn man ein Leben wie meines führt, ist es hilfreich, Gesichter zu kennen. Selbst dann, wenn sie sich hinter Masken verbergen. Stell dir meine Überraschung vor, als ich euch beide in meinem Etablissement erkannt habe. Ihr habt meine Neugier geweckt. Leute wie ihr kommen nämlich nur her, wenn sie etwas wollen. Und meistens wollen sie etwas von *mir*.«

Ich erinnere mich wieder an die Worte der beschwipsten Frau beim Kartenspiel. Dass Diana immer hier sei und zu Byrons engstem Kreis gehöre. Ein Verdacht keimt wie eine zarte Pflanze in mir auf.

»Du bist Byron«, entfährt es mir.

Jetzt ähnelt ihr Lächeln dem von Alexandra. »Überrascht?«

Wohl eher geschockt. Weil sie nicht nur meinen Namen kennt, sondern auch Gabriels. Sie weiß, dass da etwas zwischen uns ist.

»Ich hatte nicht erwartet, dass Byron …«

»… eine Frau sein könnte?«, vollendet sie meinen Satz. »Das ist Absicht. Man kann die Leute so viel besser beobachten, wenn sie nach jemand ganz anderem suchen. Ich zeige mich nicht jedem.«

»Und warum tust du es dann jetzt bei mir?«

Sie lacht. »Weil ich keinen Zweifel daran habe, dass du das Geheimnis meiner Identität bewahren wirst. Nicht wahr, Lady Graham?«

Ich presse die Lippen aufeinander. »Soll das eine Drohung sein?«

»Betrachte es als Empfehlung.«

Großartig. Eine Kriminelle mit Zugang zu Wahrheitskristallen droht mir damit, Gabriel und mich zu verraten. Ich hätte auf Naomi hören sollen.

»Was willst du von mir?«, frage ich.

»Ich? Du bist es doch, die mich aufgesucht hat. Ich wollte lediglich wissen, was ausgerechnet eine ehemalige Erbin in meinem Reich sucht.«

Ihre Selbstsicherheit macht mich wütend. Wie schafft sie es, mir so sehr das Gefühl zu geben, ihr ausgeliefert zu sein? Eigentlich hat sie nichts gegen mich in der Hand.

»Ich suche nach Antworten«, entgegne ich.

»Und die soll *ich* dir geben?«

Ich balle die Hände zu Fäusten. »Vor zwei Jahrzehnten hat eine gewisse Cora Morris dich wegen ihrer Tochter Emma aufgesucht. Warum?«

Diana verzieht ihre Lippen zu einem süffisanten Grinsen. »Mich suchen viele Leute auf, Lady Graham. Woche für Woche. Glaubst du, ich würde mich an eine bestimmte Person erinnern, die vor so langer Zeit angeblich bei mir gewesen sein soll?«

»Du hast selbst gesagt, es sei hilfreich, Gesichter zu kennen«, erinnere ich sie. »Vielleicht klingelt es ja, wenn ich noch ein paar andere Namen nenne. Josephine Hill. Milton Nicholls. Florence Parker. Wollten die auch etwas von dir?«

Zum ersten Mal verblasst ihr Lächeln, und ich erhasche einen Blick auf die kühle, berechnende Person hinter der Maske.

»Das sagt mir leider gar nichts«, erwidert Diana, doch die Namen haben den Riss in ihrer Fassade bereits offenbart.

»Hör auf zu lügen«, fordere ich. »Du weißt genau, wer ich bin, obwohl ich mich seit Jahren nirgends habe blicken lassen. Obwohl ich diese Maske trage. Ich kaufe dir nicht ab, dass du keinen dieser Namen kennst.«

»Das ist dann wohl dein Problem.«

Etwas an ihrem geschäftsmäßigen Tonfall verrät mir, dass sie irgendetwas weiß, mir aber nicht helfen *will*. Ich muss die Wahrheit aus ihr herausbekommen.

»Bestimmt erinnerst du dich an jemanden, den du einen Blutschwur hast leisten lassen.« Ich konzentriere meine Magie auf Diana und sorge dafür, dass ihre Körpertemperatur abfällt. »Du tätest gut daran, jetzt mit den Spielchen aufzuhören.«

Ohne Vorwarnung springt Diana auf und stürzt sich auf mich. Es geht so schnell, dass es ihr gelingt, mich zu Boden zu werfen. Im nächsten Moment spüre ich den kalten, harten Stahl einer Klinge an meiner Kehle.

»Ich mag nicht mehr die Jüngste sein, Lady Graham«, raunt sie und drückt mir ihr Knie gegen die Brust. »Aber ich kann mich immer noch sehr gut verteidigen.«

Verdammter Mist.

»Mein Begleiter weiß, dass ich hier bin«, ächze ich. »Wenn mir etwas passiert, bringt er dich um.«

Diana feixt. »Das bezweifele ich nicht, so wie er dich angesehen hat. Leider weiß Mr Silverstein nicht, wer ich bin. Du solltest deine Magie also zügeln.«

Ich hole tief Luft, doch als ich schreien will, versagt mir die Stimme. Meine Kehle ist wie zugeschnürt, und es kommt kein Ton aus mir heraus, weil sich keine Luft mehr in meinen Lungen befindet. Das ist Dianas Werk. Sie ist eine Herbsthexe.

»Durch deinen Aufenthalt in der Menschenwelt scheinst du vergessen zu haben, wo du bist«, sagt sie.

Während sie sich in ihrem Triumph sonnt, winkele ich mein Bein an, um das Messer aus der Halterung an meinem Oberschenkel zu nehmen. Ich lasse es aufschnappen und halte es Diana genauso an den Hals wie sie mir ihre Klinge. Damit hat sie nicht gerechnet, denn kurz darauf kann ich wieder atmen.

»Wenn du mich verletzt, nehme ich dich mit ins Verderben«, drohe ich.

Ihre gute Laune scheint ungetrübt. »Alle Achtung. Mir begegnet selten eine Hexe, die außer ihrer Magie noch andere Waffen nutzt. Die meisten sind so überheblich, dass sie glauben, so etwas bräuchten sie nicht.«

»Wer lebt wie ich, muss oft auf andere Dinge zurückgreifen. Du kennst meinen Namen, also ist dir sicher klar, was ich bin.«

»Natürlich. Jeder weiß das.«

Ich drücke die Klinge fester gegen ihren Hals. »Du weißt so einiges, habe ich das Gefühl. Und vermutlich weißt du auch ganz genau, wer Cora Morris war. Verrate mir, was diese Frau bei dir gesucht hat. Was du für ihre Tochter getan hast. Bitte. Es ist wichtig.«

Diana beobachtet mich mit ihren dunklen, unergründlichen Augen, so als würde sie ihren nächsten Schritt abwägen.

»Mir ist bewusst, dass es wichtig ist«, erwidert sie. »Immerhin haben all diese Personen, deren Namen du eben genannt hast, in letzter Zeit scheinbar grundlos die Stadt verlassen. Allerdings frage ich mich, warum ausgerechnet du dich dafür interessierst.«

Sieh mal einer an, sie ist erstaunlich gut über die Leute informiert, die sie angeblich nicht kennt.

»Nenn mir deinen Preis«, verlange ich.

Etwas blitzt in ihrer Miene auf. Sie denkt für einige Sekunden darüber nach.

»Im Austausch für die Informationen hätte ich gern einen Gefallen von dir.«

Ich lache freudlos auf. »Verstehe ich das richtig: Ich soll dir jetzt einen beliebigen Gefallen zusichern?«

»Du sollst ihn mir nicht nur zusichern«, widerspricht Diana.

»Ich will, dass du *schwörst*, mir einen Gefallen zu erweisen, wenn ich ihn einfordere.«

Fassungslos starre ich sie an. »Ich soll einen *Blutschwur* leisten? Das kannst du vergessen.«

So weit kommt es noch. Wenn ich das tue, könnte diese Frau alles von mir verlangen.

Diana wirkt nicht im Mindesten enttäuscht. »Dann wirst du wohl auch nie erfahren, was ich für diese Leute getan habe.«

Mit meinem Messer übe ich etwas mehr Druck aus. »Sag es mir!«

»Kein Interesse, solange ich keinen Vorteil daraus ziehen kann«, entgegnet sie. »Diese Wahrheit ist gefährlicher, als du dir vorstellen kannst, Lady Graham. Ich würde sie nicht für weniger als den Schwur von jemandem aus einer sehr einflussreichen Familie eintauschen. Die Entscheidung liegt bei dir. Entweder ist es dir wichtig genug oder eben nicht.«

Am liebsten würde ich sie anschreien, bis sie dic Wahrheit endlich ausspuckt. Ich würde gern Gebrauch von meiner Klinge machen, aber ich weiß ganz genau, dass mir das nichts nutzen würde. Es würde mich umbringen, weil Diana mich mit in den Tod reißen würde. Aber ich kann nicht mit leeren Händen verschwinden. Dieser Fall muss aufgeklärt werden, bevor noch mehr Hexen sterben und bevor Gabriel etwas zustößt. Ich will mir nicht vorwerfen müssen, dass ich weitere Tode hätte verhindern können.

Resigniert nehme ich das Messer von Dianas Hals weg und schneide mir dann damit in die Handfläche. Ein scharfer Schmerz schießt hinein, doch ich verziehe keine Miene.

»Bist du eine Frau, die ihr Wort hält?«, frage ich.

Diana beobachtet, wie das warme Blut aus der Wunde hervorquillt. »Ich spiele gern, Lady Graham. Aber niemals mit falschen Versprechungen. Du wirst deine Informationen bekommen.«

Hoffentlich sind sie das Risiko auch wert.

»Dann schwöre ich, Reva Graham, auf mein Blut und das meiner Vorfahren, dir einen beliebigen Gefallen in meiner Macht zu gewähren, sofern er mich nicht umbringt, wenn du mir im Gegenzug verrätst, was du damals für diese Hexen getan hast. Ich schwöre es auf mein Leben und meine Magie.«

Nachdem ich diese Worte ausgesprochen habe, konzentriere ich meine Magie auf meine Hand. Erst spüre ich beißende Kälte, bevor schließlich ein eisblaues Leuchten von der Wunde ausgeht.

Diana entfernt ihr eigenes Messer von meinem Hals und ihr Bein von meinem Brustkorb. »Ich nehme den Schwur an und schwöre meinerseits, alle Bedingungen zu erfüllen.«

Sie schneidet sich ebenfalls in die Handfläche, woraufhin eine kühle Brise durch den Raum weht. Ein violettes Licht umspielt ihre Hand, und sie verschränkt ihre Finger mit meinen, ohne dass unsere Wunden sich berühren. Unsere Magie verschmilzt, umarmt sich gegenseitig und schickt ein heißes Kribbeln in meine Fingerspitzen. Ich fühle mich, als würde sich ein Teil von mir unwiderruflich an Diana binden. Dann erlischt das magische Leuchten, und wir lassen einander los.

Ich setze mich auf. »Du hast bekommen, was du wolltest. Jetzt gib mir, was ich will.«

Diana seufzt und richtet sich auf. »Diese Leute, über die du Informationen willst, waren das, was auch du bist, Lady Graham. Sonnengeborene.«

Ich starre sie schockiert an. »Das ist unmöglich. Ich weiß, dass das nicht stimmt.«

In den Aufzeichnungen der Archive habe ich gelesen, dass sie Mondgeborene waren. Trotz einiger unkenntlich gemachter Passagen habe ich diesen Fakt schwarz auf weiß.

»Es stimmt nicht *mehr*«, korrigiert Diana.

Weil sie tot sind, rutscht mir beinahe heraus. Ob sie davon weiß? Am besten lege ich diese Karten vorerst nicht auf den Tisch.

»Wie meinst du das?«, hake ich nach.

»Cora Morris hat mich vor vielen Jahren aufgesucht, weil ihr zu Ohren gekommen war, dass ich etwas Bestimmtes für ihre Tochter tun könnte. Etwas, das ihr Leben verändert. Es *vereinfacht*. Aus demselben Grund kamen auch die anderen zu mir.«

Mir wird mulmig zumute. Weil ich ein Gefühl habe, in welche Richtung diese Geschichte sich entwickelt.

»Ich habe diese Kinder von der Bürde befreit, mit einem ewigen Nachteil leben zu müssen«, fährt Diana fort. »Indem ich ihre magische Bindung zur Sonne getrennt und eine neue Bindung zum Mond geschmiedet habe.«

Für einen Augenblick bleibt mir die Luft weg. Was sie da behauptet, ist ungeheuerlich.

»Du lügst«, werfe ich ihr vor. »Niemand ist dazu in der Lage.«

Jetzt wirkt Diana fast mitleidig. »Ich kann nicht lügen. Nicht, wenn ich will, dass unser kleiner Schwur funktioniert.«

Nein, das kann nicht stimmen. Wenn eine Hexe geboren wird, bindet sich ihre Magie von allein an Sonne oder Mond, je nachdem, welche Tageszeit gerade herrscht. Dieser magische Bund lässt sich nicht brechen oder gar verändern. Gäbe es diese Möglichkeit, hätte meine Mutter sie damals gefunden. Sie hätte alles getan, um sich von der Schande meines Geburtsumstandes zu befreien.

»Unmöglich«, beharre ich.

Sie zuckt mit den Schultern. »Es obliegt dir, mir zu glauben oder nicht.«

»Wie soll das überhaupt funktionieren?«

Diana wendet ihren Blick von mir ab und starrt zum Fenster hinaus. »Um ein magisches Naturgesetz wie dieses zu brechen, bedarf es eines mächtigen Zaubers. Die Eltern dieser Kinder waren bereit, den Preis dafür zu zahlen.«

»Welchen Preis?«

»Diese Information war kein Teil unserer Abmachung«, sagt sie. »Es ist besser, wenn der Zauber in Vergessenheit gerät. Ihn anzubieten, war ein äußerst lukratives Geschäft für mich, aber eine solche Art von Magie ist sehr, sehr dunkel. Nur die wenigsten würden den Preis zahlen, den ein solcher Zauber fordert. Und ich bin nicht länger bereit, ihn anzunehmen.«

Sie mustert mich mit offener Neugier. Als würde sie abschätzen, ob ich den Preis zahlen würde, wenn sie mir die Gelegenheit gäbe. Die Ernsthaftigkeit, mit der sie über diese Sache gesprochen hat, macht eines deutlich: Diana hat nicht gelogen.

Obwohl alles in mir schreien will, fange ich an zu lachen. Es ist ein bitteres Lachen, in das ich mich hineinsteigere, bis es fremd in meinen Ohren klingt.

»Was ist so witzig?«, will Diana wissen.

»Nichts«, erwidere ich und räuspere mich, um mich zu beruhigen. »Gar nichts. Es ist nur so eine Ironie, weißt du? Meine Mutter hat seit meiner Geburt nach einem Weg gesucht, mich in eine Mondgeborene zu verwandeln. Sie hätte alles dafür getan, dass ihre Erbin so ist wie alle anderen. Sie hat sogar die Archive nach einer Möglichkeit durchsucht. Und hier stehst du, die Lösung all ihrer Probleme, all *meiner* Probleme, aber jetzt ist es zu spät.«

Mum ist gestorben, ohne diese Lösung zu finden. Bis zuletzt war ich eine Enttäuschung für sie. Die leibhaftige Erinnerung daran, dass sie eine schwache Erbin zur Welt gebracht hat.

Diana starrt die Wunde in ihrer Handfläche an. »Sie konnte nichts in den Archiven finden, weil ich die Unterlagen dazu bereits hatte. Sie sind zerstört. Ich wollte die Einzige sein, die dieses Wissen je besitzt, und mich unverzichtbar machen.«

»Du warst in den Archiven?«

Ich denke an den Einbruch zurück, den sie vorhin beim Spiel erwähnt hat. Der sie angeblich reich gemacht hat. Vermutlich hat sie das damit gemeint.

»Ich habe immer Wege gefunden, zu bekommen, was ich will, Lady Graham.«

Heißt das, sie konnte sich genauso an dem Wächterbaum vorbeischleichen wie ich? Oder hat sie die Archive auf andere Weise betreten?

»Und warum wolltest du diesen Schwur von mir, wenn du dir ohnehin alles nimmst, was dir gefällt?«, frage ich.

»Es gibt Dinge, die ich nicht habe. Dinge, die nur wenige Leute mir geben können.«

Je länger ich mich mit ihr unterhalte, desto mehr habe ich das Gefühl, einen Pakt mit dem Teufel eingegangen zu sein. Diesen Blutschwur werde ich nie wieder los. Ich sollte von hier verschwinden, schleunigst diese Mordserie aufklären und dann wieder nach London zurückkehren, in der Hoffnung, Diana für immer zu entkommen.

»Sofern dir nichts Bestimmtes vorschwebt, gehe ich mal lieber«, sage ich.

Diana mustert mich mit schief gelegtem Kopf. »Willst du mich denn gar nicht fragen, ob ich eine Ausnahme für dich machen würde, jetzt, da du weißt, dass ich dein Problem lösen könnte?«

Ich verharre in meiner Position und lasse mir ihre Worte durch den Kopf gehen. Es ist das, was ich immer hören wollte, seit ich ein Kind war. So oft habe ich mir gewünscht, jemand könnte diese Last, unter der ich beinahe täglich gelitten habe, von meinen Schultern heben. Ein Teil von mir will es. Diana um die Lösung für ein Problem bitten, das viel zu lange zu mir gehört hat. Aber wie könnte ich jetzt an mich selbst denken, wenn da draußen Sonnengeborene getötet werden? Wenn jemand das Geheimnis dieser Leute kannte und sie aus genau diesem Grund ermordet hat?

»Gibt es noch mehr Hexen, denen du auf diese Weise *geholfen* hast?«, frage ich, statt zu antworten.

Diana schüttelt den Kopf. »Nicht mehr. Die einzige andere Person ist kürzlich verstorben.«

Obwohl sie keinen Namen nennt, ahne ich, von wem sie spricht.

»Robert Darwin«, entfährt es mir.

KAPITEL 30

Diana kneift die Augen zusammen. »Woher weißt du das?«

Ohne auf ihre Frage zu reagieren, verlasse ich den Raum. Ich eile durch den Korridor, vorbei an dem Mann, der bei der Treppe steht. Während ich die Stufen nach unten gehe, wische ich meine blutende Handfläche am dunklen Stoff meines Kleides ab. Was ich heute Abend erfahren habe, bringt mich völlig aus dem Konzept. Ich blende alles aus, bewege mich wie ferngesteuert.

»Warte.«

Erst als Gabriel unmittelbar vor mir steht, im tiefsten Dunkel der letzten Treppe, und als ich seine Finger unter meinem Kinn spüre, kehre ich ins Hier und Jetzt zurück. Sein Daumen streift meine Unterlippe. Mein Körper reagiert sofort auf seine Berührung, sehnt sich nach seiner Wärme und Geborgenheit.

»Ich habe dich vermisst«, haucht er.

Wie gern würde ich ihn jetzt küssen. Mich in ihm verlieren und vergessen, was ich gerade herausgefunden habe. Er würde mich nicht zurückstoßen. Aber das läge bloß an diesen Dämpfen, die sein Urteilsvermögen getrübt haben. Es wäre nicht richtig, diesen Zustand auszunutzen. Ich will mehr sein als eine unüberlegte Entscheidung, die durch Magie entstanden ist.

Seufzend entwinde ich mich seiner Berührung. »Wir müssen hier raus. Am besten sofort.«

»Was ist los?«, fragt er. »Ist etwas passiert?«

»Zu viel.«

Bevor er mich aufhalten kann, dränge ich mich an ihm vorbei und haste die letzten Treppenstufen hinunter. Er ruft mir etwas nach, doch ich bleibe nicht stehen, sondern schiebe mich im Hauptraum zwischen den anderen Gästen hindurch, bis ich endlich die Garderobe erreiche. Dort schnappe ich mir meinen Mantel und eile nach draußen.

Die kalte Herbstluft tut gut. Inzwischen geht die Sonne auf und taucht die Gasse in ein goldenes Licht. Ich warte darauf, dass meine Sinne klarer werden.

Kurze Zeit später taucht Gabriel vor dem Eingang auf und kommt zu mir herüber. Seine Haare sind ganz zerzaust und seine Wangen gerötet.

»Warum bist du gegangen?«, will er wissen. »Ich dachte –«

»Weil ich meine Informationen bekommen habe. Es gab also keinen Grund, noch länger zu bleiben.«

Er starrt mich an. »Und was ist mit uns?«

Uns.

Es bringt mich um, die Sehnsucht und Hingabe in seinen Augen zu sehen. So lange habe ich mir das gewünscht, aber es ist nur eine Illusion. Eine wunderschöne Täuschung, die unglaublich wehtut.

»Sieh mich nicht so an«, bitte ich ihn.

»Wie sehe ich dich denn an?«

»Als ob das da drin was bedeutet hätte.« Ich muss die Tränen zurückhalten, die hinter meinen Augen brennen. »Es war nicht echt, okay? Das zwischen uns ist nur passiert, weil ein Aphrodisiakum in der Luft lag.«

Überraschung huscht über Gabriels Gesichtszüge. Vielleicht auch Erleichterung. Sicherlich ist er froh, diese Erklärung für seinen Zustand zu haben.

Er nickt mir zu und tritt dann einen Schritt zurück, um Abstand zu wahren. Da wird mir klar, dass ich sein Verständnis gar nicht wollte, sondern etwas anderes. Ich will, dass die Regeln ihm auch ohne diese Dämpfe egal sind.

Enttäuscht drehe ich mich um und marschiere die Gasse entlang. Eile durch weitere von ihnen, bis ich zu einer der Hauptstraßen gelange, wo ich in die erstbeste Kutsche einsteige, die ich finden kann. Noch bevor ich im Inneren meine Hand auf den magischen Kristall pressen kann, kommt Gabriel herein und lässt sich gegenüber von mir auf die Polsterbank fallen. Wir legen beide unsere Masken ab.

Wortlos lasse ich meine Magie in den Kristall hineinfließen, während ich mir ein kleines Haus mit violett gestrichener Tür vorstelle. Das Artefakt verfärbt sich blau, und die Kutsche setzt sich in Bewegung.

»Was ist mit deiner Hand passiert?«, fragt Gabriel.

Erst jetzt fällt mir auf, dass ich die blutige Hand zur Steuerung genutzt habe.

»Willst du eine beruhigende Lüge oder die unangenehme Wahrheit?«

»Immer die Wahrheit.«

Ich betrachte die Wunde. »Um an die Informationen zu kommen, die ich brauchte, musste ich einen Blutschwur leisten.«

Gabriel reißt entsetzt die Augen auf. »Du hast *was* getan?«

»Es war nötig.«

Er stützt die Ellenbogen auf den Knien auf und fährt sich mit beiden Händen durch sein Haar. Die Geste hat etwas Verzweifeltes an sich.

»Bist du vollkommen wahnsinnig?«, fragt er mich dann aufgebracht. »So ein Schwur kann dich umbringen! Und wenn er das nicht tut, kann er dir das Leben trotzdem zur Hölle machen!«

Jetzt wirkt er wieder vollkommen klar. So ungehalten hat er bisher nur nach meinem Einbruch in die Archive reagiert.

»Es ist nicht *dein* Schwur«, erwidere ich. »Ich allein muss damit leben.«

Er schnaubt. »Offensichtlich. Was hast du geschworen, um an deine Informationen zu kommen?«

»Ich habe Byron – der übrigens Diana ist – einen Gefallen versprochen. Einen, den sie zukünftig einfordern kann, der aber nicht meinen Tod zur Folge haben darf. Und damit werde ich schon zurechtkommen, weil es mir das wert war. Durch Diana habe ich herausgefunden, dass alle getöteten Hexen inklusive Mr Darwin Sonnengeborene waren. Bis ein magisches Ritual ihre Verbindung zur Sonne auf den Mond umgemünzt hat. Sie waren mal alle wie ich, Gabe. Vielleicht mussten sie deshalb sterben.«

Der Schock steht Gabriel deutlich ins Gesicht geschrieben. Mit geöffnetem Mund starrt er mich an. »Das kann nicht sein.«

Ich lächele traurig. »Dachte ich auch. Aber es ergibt Sinn. Es ist die eine Gemeinsamkeit dieser Hexen. Sie waren Sonnengeborene. Und du bist der Politiker, der sich mehr als alle anderen für Gleichberechtigung einsetzt. Darum hat man es auch auf dich abgesehen.«

Er sieht aus, als würde er noch immer verarbeiten, was ich ihm gerade gesagt habe. Dass die Verbindung zu Sonne und Mond keine unumstößliche Tatsache, sondern veränderlich ist.

»Dann sind diese Morde politischer Natur«, schlussfolgert Gabriel. »Irgendjemand hat es auf Sonnengeborene und ihre Unterstützer abgesehen.«

Ich nicke.

Es verändert … alles.

»Du musst das für dich behalten«, fordere ich. »Wer auch immer dahintersteckt, darf nicht ahnen, dass wir seine Motive kennen.«

Jetzt, da wir wahrscheinlich die Beweggründe für diese schrecklichen Taten aufgedeckt haben, können wir gezielter nach dem Verantwortlichen suchen. Ich werde alles daransetzen, ihn zu finden. Dieser Fall ist gerade deutlich persönlicher geworden, als ich hätte vermuten können. Reicht es denn nicht, dass Sonnengeborene systematisch benachteiligt werden? Müssen wir jetzt schon um unser Leben fürchten?

Für eine Weile sagt keiner von uns ein Wort. Gabriel scheint über das nachzudenken, was ich ihm erzählt habe, doch sein Blick liegt die ganze Zeit über auf meiner Hand.

»Lass mich das heilen«, sagt er dann. »Bitte.«

»Es ist nur ein Kratzer.«

»Auch daraus kann eine Blutvergiftung entstehen. Die könnte dich sogar schneller umbringen als dein Schwur.«

Seine spitze Bemerkung passt zu seiner angespannten Haltung und der Bitterkeit in seinem Gesicht.

»Warum bist du deswegen so sauer?«

»Weil es töricht war«, antwortet er frustriert. »Außerdem bin ich wütend auf mich selbst. Ich hätte da sein müssen, um dich davon abzuhalten.«

»Es ist nicht deine Aufgabe, mich ständig zu beschützen. Egal, ob vor anderen oder vor mir selbst.«

»Ich weiß. Aber ich möchte es gern.«

Ich lächele schief. »Tut mir leid, dass ich es dir so schwer mache.«

Er atmet aus. Dann zieht er den Vorhang vor das kleine Fenster, setzt sich neben mich und hält mir seine Hand hin. Ich nehme sein Friedensangebot an, indem ich meine hineinlege. Er streicht mit den Fingern über die brennende Wunde und wirkt seine Magie. Obwohl das Kribbeln, das der anregende Dampf ausgelöst hat, längst verflogen ist, macht das etwas mit mir. Es wird immer etwas mit mir machen, wenn er mich berührt. Wenn er mich heilt und dieser sanfte Ausdruck in seinem Gesicht liegt.

Gabriel lehnt sich langsam zurück, ohne mich loszulassen. Ich tue es ihm gleich und drehe meinen Kopf zu ihm. Seine grünen Augen sind so einzigartig tief, dass ich darin versinke.

»Was machst du nur mit mir?«, murmelt er.

»Ich?«

Ein melancholisches Lächeln liegt auf seinen Lippen. »Ja, du. Ich hätte nicht dort sein sollen. Nicht das tun sollen, was ich dort getan habe. Ich sollte jetzt nicht einmal in dieser Kutsche sein.«

»An dem, was wir da drin gemacht haben, ist bloß das Aphrodisiakum schuld«, wiederhole ich.

Gabriel lacht leise. »Glaubst du wirklich, es läge nur daran? Seit du wieder bei mir aufgetaucht bist, liege ich nachts wach und denke an Dinge, die ich mir nicht einmal vorstellen sollte. Du bist immer in meinen Gedanken. Sogar in meinen Träumen.«

Stille breitet sich zwischen uns aus, weil ich nicht weiß, was ich darauf erwidern soll. Seine Finger schließen sich fester um meine.

»Ich brauche keine Magie, um dich zu wollen, Reva. Du hast mich schon längst mit einem ganz anderen Bann belegt.«

Mein Herz klopft mir bis zum Hals. Er wirkt so unfassbar klar, dass ich kaum glauben kann, was er da gerade gesagt hat.

»Gabe, ich …« Mitten im Satz verliere ich den Faden. »Himmel, bitte küss mich einfach.«

Keine zwei Sekunden später spüre ich seine Lippen auf meinen, und meine Lider schließen sich wie von selbst. Es ist ein zaghafter Kuss, ein leises Anklopfen an eine fest verschlossene Tür, die Berührung einer Feder, und mir war nicht klar, dass Federn aus Feuer gemacht sind, dass sie mich in Brand stecken können, obwohl sie so hauchzart sind.

Ich öffne die Augen. Gabriel hat seine geschlossen. Er wirkt so tiefenentspannt, während er mich küsst, so *glücklich*, fast als würde er lächeln, als wäre ich das Beste, das ihm hätte passieren können. Ich schließe meine Augen wieder, verliere mich in dem Gefühl, das ich in seinem Gesicht gefunden habe.

Der Kuss wird fordernder. Die Feder verschwindet, aber das Feuer bleibt. Ich glaube, ich zerfalle zu Asche, und trotzdem klammere ich mich an Gabriels Hitze, als würde ich nichts auf der Welt lieber wollen. Seine Zunge gleitet über meine, sucht nach mehr, mehr, mehr. Ich halte mich an ihm fest, brauche seine Nähe wie die Luft zum Atmen, damit ich die schrecklichen Wahrheiten von heute Abend wenigstens für einen Moment vergessen kann.

Gabriel zieht mich auf seinen Schoß, genau so, wie er es mir bei der Feier der Kents zugeflüstert hat. Ich bin Wachs in seinen Händen, würde mich von diesen geschickten, heilsamen Fingern zu allem formen lassen und dann von Neuem herunterbrennen. Er weiß genau, was er tut, strahlt diese Selbstsicherheit aus, die ich schon immer an ihm bewundert habe.

Seine Küsse sind hungrig und verzweifelt und wundervoll. Sie lassen mich erkennen, was ich all die Jahre nicht einmal zu hoffen gewagt habe. Dass er mich genauso begehrt wie ich ihn. Wie kann etwas, das sich so verflucht gut anfühlt, jemals falsch sein? Nicht *wir* sind falsch, sondern dieses sinnlose Gesetz, das unsere Gefühle verbietet.

Ich schlinge meine Hände um Gabriels Hals, während er mit seinen mein Kleid ein Stück hochschiebt und sie dann auf meine nackten Oberschenkel legt. Wann immer ich zerbrochen bin und zusammengesetzt werden muss, sind diese Hände da, um mich zu heilen. Ich will sie überall auf mir spüren.

Alles fühlt sich so intensiv an. Seine weichen Lippen auf meinen, seine rauen Bartstoppeln, die meine Haut kitzeln, und seine Finger, die er in meine Beine gräbt. Jeder Atemzug klingt nach Ich-brauche-mehr-von-uns, jeder Kuss schmeckt nach Ich-will-alles-von-dir. Er ist meine Zwillingsflamme, der eine fehlende Teil meiner Seele, ohne den ich nie vollständig sein, nie wahrhaftig hell brennen werde. Ich fühle mich so, so gut mit ihm.

Er küsst meine Mundwinkel, streift mit seinen Lippen meinen Hals, liebkost mein Schlüsselbein und meine Schulter. Seine fähigen, wunderschönen Hände wandern meine Beine hinauf, immer höher, bis sie auf meinem Gesäß ruhen. Als ich mich langsam auf Gabriel bewege, entlocke ich ihm ein Stöhnen, das tief aus seiner Brust kommt.

Adrenalin und Euphorie rauschen durch mich hindurch. Er ist

der personifizierte Frühling, lässt mich zu einer blauen Winterrose erblühen, die nur in seinem Garten je ihre volle Schönheit entfalten kann. Das Ziehen in meinem Unterleib wird unerträglich. Es ist eine unvergleichliche Begierde, ein so maßloses Sehnen, dass ich Gabriel dichter an mich ziehe, bis ich nicht mehr weiß, wo ich ende und er beginnt. Ich will, dass wir vollkommen eins sind, Körper und Geist und alles, was dazwischen liegt.

»Ich brauche dich«, wispere ich in sein Ohr. »Jetzt. Mir ist egal, wo wir sind.«

Seine Finger drücken sich fester in meinen Po, während ich die Knöpfe seines Hemdes zum zweiten Mal an diesem Abend öffne. Quälend langsam lasse ich meine Hände an seiner Brust hinabgleiten, fühle die längliche, erhabene Narbe auf seinem Bauch. Er bekommt eine Gänsehaut, als wäre meine Berührung aus Eis gemacht, aber nicht einmal der Winter persönlich könnte dieses Feuer zwischen uns bezwingen. Vor vier Jahren war es ein einziger Kuss, der es entfesselt hat, und jetzt sind es Hunderte, die es anfachen und meine ganze Welt zum Brennen bringen.

Er seufzt auf, ein wohliges Geräusch, das mich in ein namenloses Paradies befördert. Noch nie habe ich mich so begehrt gefühlt. Ich war immer ungewollt, unbedeutend, unperfekt. Ich war machtlos, farblos, lautlos, aber mit ihm bin ich ein mächtiger, lauter Regenbogen, der heller strahlt als jeder einzelne Stern am Nachthimmel von New London.

Als ich mich an seiner Hose zu schaffen mache, sieht Gabriel mich verträumt an. In seinem Blick liegt eine Sehnsucht, die meine Seele berührt.

Er lächelt mich an, als wäre ich der schönste Traum, den er jemals hatte.

»Ich will dich so sehr«, sagt er heiser, doch dann beißt er sich auf die Unterlippe, und sein Lächeln schwindet. »Aber wenn ich diese Grenze jetzt überschreite, verrate ich meine Prinzipien.«

Er lässt die Hände sinken und sieht mich mit geröteten Wangen an. Die Reue in seinem Gesicht ist unverkennbar. Ich weiß nur nicht, ob er es bereut, das hier angefangen oder damit aufgehört zu haben.

»Was bin ich für ein Politiker, wenn ich mich über Gesetze erhebe, während alle anderen sich an sie halten müssen?« Er schüttelt den Kopf. »Ich wäre nicht mehr als ein egoistischer Heuchler.«

Ich öffne den Mund. Will ihn fragen, warum das schon wieder passiert. Warum etwas so Unbarmherziges wie der Ratssitz, diese aufgezwungene Verantwortung, ihm so viel mehr bedeutet als ich. Aber tief in meinem Herzen kenne ich die Antwort, schließlich hat er nie ein Geheimnis daraus gemacht. Das alles bedeutet ihm nicht mehr, sondern er bedeutet *sich* weniger, weil er so schrecklich idealistisch ist.

Eigentlich sollte ich wütend auf ihn sein. Stattdessen bin ich enttäuscht von mir selbst, immerhin habe ich von Anfang an gewusst, wer er ist. Trotzdem habe ich gehofft, ihn ändern zu können. Dabei sind sein unverwüstliches Pflichtbewusstsein, seine Aufopferungsbereitschaft, seine endlose Geduld mit dieser Welt und seine Fähigkeit, alles in nichts zu sehen, der Grund, warum es mich so sehr zu ihm hinzieht. Er ist die Flamme, die brennt, während ich auf der Suche nach meinem Funken bin.

Als wüsste ich wieder, wie mein Körper funktioniert, vergrabe ich mein Gesicht in Gabriels Halsbeuge, so als hätte ich drei Nächte nicht geschlafen und mich soeben auf mein Kissen fallen lassen. Sein Geruch ist beruhigend, so unverfälscht und einladend. Er schließt mich in seine Arme, hält mich fest wie einen unbezahlbaren Schatz. Noch nie habe ich mich geborgener gefühlt als jetzt. Meine Enttäuschung über die Zurückweisung ändert nichts daran, wie wohl ich mich in seiner Gegenwart fühle.

»Es tut mir leid, dass ich dich alleingelassen habe«, murmele ich, weil ich diese Entschuldigung schon lange mit mir herumtrage. »Ich war damals so verletzt, dass ich nur an mich gedacht habe. Dabei hätte ich für dich da sein müssen, nachdem dein Vater gestorben ist.«

Gabriel drückt mich fester an sich. »Mach dir bitte keine Vorwürfe. Ich verstehe, warum du so gehandelt hast.«

Wir verharren in dieser Umarmung, aus der ich all meine Kraft schöpfe. In diesem Moment wird mir etwas klar. Was ich für ihn empfinde, ist nicht nur Verlangen, das ich mit Küssen und Berührungen stillen kann. Es ist tiefer und wunderbarer und zugleich schrecklicher, weil es mich nie, nie loslassen wird.

»Warum hast du die Narbe behalten?«, will ich wissen, um mich von meinen Gefühlen abzulenken. »Du kannst Wunden doch vollständig heilen.«

»Sie dient als Erinnerung. Daran, dass das, was ich tue, wichtig ist. Dass meine persönlichen Opfer es wert sind.«

Ihn das sagen zu hören, führt mir vor Augen, wie stark er im Vergleich zu mir ist. Für seine Ideale gibt er so vieles auf.

»Gabe … Hältst du mich für einen Feigling, weil ich mein Erbe abgelehnt habe?«

Er küsst mein Haar. »Nein. Du hast das Recht, ein Leben zu wählen, das dir nicht wehtut. Manchmal wäre ich gern mutig genug, mir das selbst zugestehen zu können.«

Am Ende sind wir vielleicht nicht nur dazu verdammt, uns nach einander zu sehnen, sondern auch danach, was der andere verkörpert. Etwas, das wir gern wären und nicht sein können. Er wünscht sich, so frei zu sein wie ich, und ich wäre gern so pflichtbewusst wie er. Aber heute Abend hat er sich diese Küsse erlaubt, und wenn er zumindest manchmal auf sein Herz hört, dann kann auch ich mich hin und wieder dazu bringen, ein wenig mehr wie er zu sein.

Nachdem die Kutsche angehalten hat, klettere ich von Gabriels Schoß.

»Wo sind wir?«, fragt er, während er sich sein Hemd wieder zuknöpft.

Ich beobachte seine Hände. »Vor Caras Haus. Ich muss etwas tun, das längst überfällig ist.«

Er lächelt mich sehnsüchtig an. »Ich wünschte, unser Abend hätte anders geendet.«

»Ich auch«, gestehe ich. »Gute Nacht, Gabriel.«

Sobald die Kutsche weggefahren ist, erklimme ich die Stufen zum kleinen Haus und klopfe an die violett gestrichene Tür. Als Cara sie kurze Zeit später mit müden Augen öffnet, starrt sie mich überrascht an.

»Reva?«

Ich grinse erschöpft. »Entschuldige die späte Störung. Kann ich reinkommen? Es gibt da was, das du wissen solltest.«

KAPITEL 31

Ich verbringe die ganze Nacht in Caras Wohnung und trinke mehrere Tassen schwarzen Tee, während ich ihr von Anfang an erzähle, warum ich nach New London gekommen bin und was ich bisher herausfinden konnte. Ich weiß, dass ich Jonathan versprochen habe, diese Dinge für mich zu behalten. Aber was ich erfahren habe, ändert alles, und Cara ist Cara. Sie ist meine beste Freundin. Ich vertraue ihr genauso sehr wie Naomi, und nach allem, was ich weiß, könnte auch ihr Leben in Gefahr sein, schließlich ist sie eine Sonnengeborene.

»Hätte nicht gedacht, dass sie so weit gehen würden«, meint sie, nachdem sie eine gefühlte Ewigkeit nach draußen gestarrt hat. Die Sonne ist bereits wieder untergegangen.

»Hast du eine Ahnung, wer dahinterstecken könnte?«

»Irgendwer aus der Oberschicht, kein Zweifel. Die tun seit Jahren alles dafür, um uns und unsere Forderungen kleinzuhalten. Obwohl ich nicht glaube, dass die sich ihre Hände selbst schmutzig machen würden.«

Das kann ich mir auch nicht vorstellen.

»Hast du jemanden in Verdacht?«

Sie schüttelt den Kopf. »Wir werden von vielen Seiten schikaniert. Ich habe das Gefühl, in den Augen vieler Mondgeborener sind wir Schmutz, den man beseitigen muss. Der Ton ist rauer geworden in den Jahren, in denen du nicht da warst.«

Mein schlechtes Gewissen meldet sich.

»Wieso hast du nichts gesagt?«, frage ich sanft.

Sie meidet meinen Blick. »Du warst nicht da. Und nachdem du dein Erbe abgelehnt hattest, wusste ich, dass du nichts mehr von der ganzen Sache wissen willst.«

»Bist du sauer auf mich?«

Das war immer meine Befürchtung. Während ich New London den Rücken gekehrt habe, ist sie geblieben. Ich glaube, sie konnte nie verstehen, warum ich mein Erbe an meine Schwester abgegeben habe. Eine Position, mit der ich etwas hätte verändern können.

»Nur enttäuscht«, gibt sie zu.

»Tut mir leid.«

»Ich weiß, dass ich ungerecht bin. Genau wie deine Mum damals, weil du nicht so warst, wie sie dich gern gehabt hätte.« Sie wirkt niedergeschlagen. »Wahrscheinlich habe ich mir einfach gewünscht, dass du mit mir kämpfst. Außerdem fällt es mir schwer, deine Prioritäten nachzuvollziehen. Hier wolltest du nicht bleiben, aber da draußen in der Menschenwelt arbeitest du für die Polizei und sorgst für Gerechtigkeit.«

Wortlos lasse ich den Blick durch Caras Wohnung schweifen. Überall stehen Pflanzen und Kristalle in verschiedenen Größen herum, die sie selbst gezüchtet hat, obwohl sie keine Frühlingshexe ist. Sie liebt es, sich um Dinge zu kümmern und sie wachsen zu lassen.

»Vielleicht habe ich etwas gebraucht, das mich weniger selbst betrifft und deshalb weniger wehtut«, sage ich schließlich. »Aber jetzt bin ich doch wieder in diese Sache hineingeraten.«

Cara lacht freudlos. »Wir können eben nie dem entkommen, was wir sind.«

»Offenbar schon.« Als ich sie daran erinnere, nickt sie ernst. »Hättest du es getan? Deine Verbundenheit zur Sonne geändert?«

Empörung huscht über ihre Gesichtszüge. »Niemals. Was ich bin, ist nicht falsch. Es ist falsch, wie andere damit umgehen. Ich werde sicher nichts an mir ändern, nur weil es der Welt dann leichter fällt, mich zu tolerieren.«

Sie ist die geborene Anführerin, denke ich, und mir wird wieder bewusst, wie sehr das für alle um mich herum gilt, aber nicht für mich.

»Was ist mit dir?«, will Cara wissen. »Würdest du es ändern wollen?«

»Verdammt, ja«, gestehe ich. »Aber für so was muss man wahrscheinlich jemanden umbringen.«

Meine Antwort scheint sie nicht ganz zufriedenzustellen, so als hätte sie gern etwas anderes von mir gehört. Ich hätte ihr auch gern etwas anderes gesagt, aber so ist es nun einmal. Mein Leben lang habe ich mir gewünscht, es ändern zu können. Das Zeichen auf meinem Unterarm war mein Feind, weil jeder in meiner Umgebung es genauso behandelt hat. Wie hätte ich darin also je etwas anderes sehen können?

»Ich kann dich trotzdem unterstützen«, biete ich an. »Naomi hat mir von der Demonstration erzählt. Sie findet am Donnerstag statt, oder?«

Cara runzelt die Stirn. »Ja. Warum willst du das wissen?«

»Ich wäre gern dabei. Wer auch immer für diese Morde verantwortlich ist, soll sehen, dass seine Gräueltaten vergeblich sein werden. Ich habe dich im Stich gelassen, aber ich habe nicht vor, es noch mal zu tun.«

Sie starrt mich ungläubig an, dann springt sie aus ihrem Sessel auf und fällt mir auf dem Sofa um den Hals. Ich schließe meine Arme um sie und atme ihren blumigen Duft ein. Ich habe sie so, so sehr vermisst. Sie kämpft diesen Kampf schon viel zu lange allein, tut all das, was ich nie konnte. Was wäre ich für eine Freundin, wenn ich ihr nicht wenigstens einmal beistehen würde?

»Es gibt da tatsächlich etwas, das du tun könntest«, sagt sie.

Nach meinem Besuch bei Cara schaue ich noch bei Naomi vorbei, um auch sie ins Bild zu setzen. Wir verbringen den frühen Morgen im Garten ihrer Mutter, wo gefühlt eintausend Blumen und Kräuter wild vor sich hinwachsen und süße sowie herbe Düfte in die Luft abgeben. Als ich ihr von meinem nächtlichen Abenteuer berichte, bitte ich Naomi darum, für mich in die Menschenwelt zurückzukehren und Jonathan über den aktuellen Stand zu informieren.

»Er wird wahrscheinlich darauf bestehen, dass ich dich nach London bringe«, meint sie.

»Da hat er jetzt Pech. *Er* wollte mich schließlich unbedingt hierherschicken.«

»Du würdest dich sowieso nicht an seine Anweisung halten. Ich glaube, du bist allergisch gegen Befehle. Und Regeln. Und Versprechen.«

Sie sagt das spielerisch, aber ich höre den beleidigten Unterton in ihrer Stimme.

»Tut mir leid«, entschuldige ich mich. »Aber ich konnte nicht warten.«

»Dachte ich mir. Deshalb habe ich sicherheitshalber Silverstein Bescheid gesagt. Nur für den Fall.«

»Er ist genauso ein Moralapostel wie du.«

»Dann hat er mich ja würdig vertreten«, meint Naomi lachend.

Glücklicherweise ahnt sie nichts davon, wie genau seine *Vertretung* gestern Abend aussah.

KAPITEL 32

Als ich am Nachmittag die Bernsteinvilla besuche, verspüre ich eine seltsame Mischung aus Nervosität und Vorfreude. Eigentlich sollte ich wirklich nicht herkommen, vor allem nicht nach dem, was gestern passiert ist. Aber Cara hat mich darum gebeten, mit Gabriel über die Demonstration zu sprechen, also werde ich das für sie tun. Sie denkt sogar, ich würde ein großes Opfer für sie bringen, weil ich ihn immer noch hasse. Damit könnte sie von der Wahrheit nicht weiter entfernt sein.

Ich klopfe an das Haupttor, woraufhin eine Bedienstete die Tür öffnet.

»Ist Lord Silverstein zu Hause?«, frage ich sie. »Ich muss mit ihm sprechen.«

»Das ist er, Mylady. Aber ich fürchte, er ist gerade beschäftigt.«

»Für mich wird er sich bestimmt Zeit nehmen«, beharre ich.

Mein selbstsicherer Ton sorgt dafür, dass die junge Frau zur Seite tritt und mich einlässt. »Er ist im Garten, Mylady.«

»Danke.«

Auf meinem Weg begegne ich glücklicherweise weder Lydia noch ihrem Mann, sodass mir heute weitere Beleidigungen erspart bleiben. Trotzdem fühlt es sich merkwürdig an, durch den mit Rosen dekorierten Korridor zu schreiten, um zum Garten zu gelangen. Hier hat Gabriel vor vier Jahren meine Hoffnungen zunichtegemacht und den Grundstein für den berüchtigten *Vorfall* gelegt.

Die Doppeltür, die nach draußen führt, steht bereits offen. Es ist schön, wieder hier zu sein und die süßen Düfte all der betörenden Pflanzen einzuatmen. Selbst in der Dunkelheit kann ich ihre satten Farben sehen, die sogar jene im Garten von Naomis Mutter übertreffen. Ob ich immer noch den Weg durch das Heckenlabyrinth finden würde, um zum Winterrosenstrauch dahinter zu gelangen?

Glockenhelles Gelächter reißt mich aus meinen Gedanken. Unweit entfernt von mir, auf der Holzbank unter der großen Weide, sitzen Lou und Gabriel. Sie berührt mit der Hand sein Knie und erzählt ihm etwas, woraufhin er in ihr Lachen mit einstimmt. Obwohl ich weiß, dass ich keinen Anspruch darauf habe, fühle ich mich verraten. Ich bin diejenige, die ihn zum Lachen bringt.

Wie angewurzelt bleibe ich stehen und beobachte die beiden. Es schmerzt, sie so vertraut zu sehen, nach allem, was gestern zwischen Gabriel und mir passiert ist.

Als einer der beiden den Blick auf mich richtet, ist es nicht Gabriel, sondern Lou. Sie sieht mich zuerst an, während er weiterhin *sie* anschaut, was mich umso härter trifft. Es fühlt sich an, als würde ich ihn verlieren, obwohl ich ihn nie hatte.

Ich kehre den beiden den Rücken zu und verlasse im Eilschritt den Garten, bevor ich noch mehr sehen muss. Ich hätte auf die Bedienstete hören sollen.

»Reva.«

Er holt mich in dem Korridor ein, in dem er sich mir auch schon damals in den Weg gestellt hat. Das könnte man wohl Ironie des Schicksals nennen. Ich drehe mich zu ihm um.

»Was machst du hier?«, will er wissen.

Dein Date stören, würde ich gern sagen, aber ich bin zu stolz, um ihm zu zeigen, wie sehr er mich verletzt. Gestern hat er mir erneut klargemacht, dass das mit uns nie sein darf und nie sein wird, also muss ich damit zurechtkommen. Das ist die Realität, und ich täte gut daran, es endlich zu begreifen.

Ich setze eine neutrale Miene auf. »Eigentlich wollte ich mit dir über die Demonstration auf dem Ratsplatz sprechen, die für morgen angekündigt ist. Aber du schienst beschäftigt, also komme ich später wieder.«

»Wir können auch jetzt darüber sprechen«, bietet er an.

»Okay, machen wir es schnell. Cara wollte dich darum bitten, dass du und ein paar andere Ratsbedienstete bei der Demonstration anwesend seid. Natürlich nicht mittendrin, sondern nur im Hintergrund. Sie traut der Polizei nicht, weil ihre Leute von denen zuletzt häufiger ungerecht behandelt wurden.«

»Und mir vertraut sie?«, fragt er ungläubig und macht einige Schritte auf mich zu, bis er direkt vor mir steht.

»Sie vertraut deinen Intentionen«, antworte ich.

Er wirkt gut gelaunt, aber der Grund dafür bin offensichtlich nicht ich.

»In Ordnung, ich werde da sein«, sagt er. »Versprich mir nur, dass du dich da raushalten wirst. Die Stimmung in der Gesellschaft ist gerade aufgeladen, und ich will nicht, dass du zwischen die Fronten gerätst. Einen Mörder zu jagen, ist schon schwierig genug.«

»Zwischen die Fronten?«, wiederhole ich. »Das wird ein friedlicher Protest.«

»Versprich es mir. Bitte.«

Jetzt scheint er auf einmal bitterernst. Ich erinnere mich daran, dass er mir gesagt hat, er wolle immer die Wahrheit hören. Also werde ich ihm kein falsches Versprechen geben.

»Das kann ich nicht«, erwidere ich, bevor ich Gabriel zum zweiten Mal in diesem Korridor stehen lasse.

KAPITEL 33

Wie eine mächtige Kathedrale wacht das Ratsgebäude über den magisch beleuchteten Sternenplatz, auf dem sich heute Abend trotz Regen so viele Leute versammelt haben, dass es mich seit zwei Stunden durchgängig beeindruckt. Cara hat uns erzählt, diese Demonstration sei die bisher größte, die sie je organisiert hat, aber so hätte ich es mir trotzdem nicht vorgestellt. Es sind sicher mehr als fünfhundert Hexen gekommen, von denen einige selbst gebastelte Schilder mitgebracht haben, auf denen Dinge stehen wie *Sonnengesegnet, nicht sonnenverflucht.*

Sind das etwa alles Sonnen- und Zwischengeborene? Ich glaube, so viele von unseresgleichen habe ich noch nie auf einem Haufen gesehen. Als einzelne Hexe fühlt man sich inmitten der Mondgeborenen-Gesellschaft immer einsam und hat das Gefühl, man würde ganz allein unter der Ungerechtigkeit des Systems leiden. Dadurch glaubt man irgendwann, die eigenen Probleme wären irrelevant. Diese Demonstration beweist mir das Gegenteil. Wir sind viele, und wir haben ein Recht darauf, gesehen und gehört zu werden.

Gemeinsam mit Naomi und Cara bewege ich mich durch die Massen. Es sind zwei Dinge inmitten all dieser Hexen zu spüren: Euphorie und Frustration. Genau wie ich scheinen sie einerseits von der Tatsache berauscht zu sein, wie viel Zusammenhalt zwischen uns herrscht. Andererseits ist die Wut auf das System fast greifbar. Ich kann mir bestens vorstellen, wie viel Frust sich bei jedem von ihnen angestaut haben muss.

»Das hier ist unglaublich«, ruft Cara zufrieden. »Ich bin echt glücklich, dass so viele gekommen sind.«

Ich grinse sie an. »Es ist absolut großartig.«

»Hoffentlich berichtet die *New London Daily* darüber«, sagt Naomi. »Neben dem ganzen haarsträubenden Klatsch könnten sie wenigstens einmal was Vernünftiges bringen.«

Das erinnert mich wieder an die ganzen Interviewanfragen, die uns ins Haus geflattert sind, nachdem ich in der Bernsteinvilla die Fassung verloren habe. Früher dachte ich immer, die Presse wäre dafür da, um die Dinge besser zu machen, aber inzwischen habe ich begriffen, dass es denen weniger um Idealismus als um Schlagzeilen geht. Hauptsache, es gibt einen Skandal, den man breittreten kann.

Ich sehe mich auf dem Platz um. Rundherum hat die Polizei einige Mitarbeitende aufgestellt, die das Geschehen überwachen. Auch viele Schaulustige treiben sich in den dunklen Straßen um das Gelände herum. Besonders erfreut wirken sie nicht.

»Eigentlich wollte ich das Ganze gern bei Tageslicht stattfinden lassen«, meint Cara. »Aber dann hätte es leider mal wieder niemanden interessiert.«

Sie wirkt angespannt. Vielleicht, weil es in den letzten beiden Stunden jetzt doch ein wenig zu häufig zu Pöbeleien zwischen den Demonstrierenden und Außenstehenden kam. Ein paar von denen gefällt nicht, was wir machen. Hoffentlich bewahren unsere Leute einen kühlen Kopf und lassen sich nicht provozieren.

Eigentlich sollte ich gar nicht hier sein, sondern weitere Nachforschungen anstellen, aber unsere aktuell beste Spur ist der Mord an Mr Darwin. Seit ich weiß, dass auch er ursprünglich ein Sonnengeborener war, glaube ich nicht mehr an einen Zufall, was seinen Tod betrifft. Darum habe ich Alistair gebeten, mich auf dem neuesten Stand zu halten, was die Untersuchungen zu diesem Fall angeht. Wenn die Polizei etwas darüber herausfinden kann, hilft mir das hoffentlich auch für unsere Ermittlungen weiter. Irgendjemand, der auf dieser Feier war, muss etwas gesehen haben. Nur wie konnte der Täter ungesehen entkommen? Besonders, da fast sofort die Türen verriegelt und alle Anwesenden von der Polizei befragt wurden. Alistair hat versprochen, mich über jede neue Entwicklung zu informieren. Bis sich etwas ergibt, haben wir Zeit, etwas Sinnvolles zu tun.

»Ihr könnt uns nicht ewig kleinhalten!«, schreit eine junge Demonstrantin ganz in meiner Nähe in Richtung Ratsgebäude.

Ich folge ihrem Blick und entdecke einige Personen, die am Ende der Stufen stehen und das Geschehen beobachten. Viele von ihnen erkenne ich auf diese Distanz nicht, aber Gabriel mache ich trotzdem unter ihnen aus. Er hält sich bei den Säulen im beleuchteten Eingangsbereich auf, genau wie eine andere Person in einem roten Umhang, die sich untergestellt hat. Alexandra Campbell. Was macht die denn hier? Es wundert mich, dass sie sich überhaupt für diese Demonstration interessiert.

Je länger das Ganze andauert, desto stärker füllt sich der Sternenplatz. Wir sind inzwischen so viele, dass ich häufiger einen Ellenbogen abbekomme. Auch immer mehr Schaulustige wagen sich in unsere Nähe, während die Geräuschkulisse gleichzeitig lauter wird.

Immer öfter pöbeln die Außenstehenden uns an, und viele von uns fühlen sich verpflichtet, zurückzubrüllen. Ich versuche, die Sticheleien auszublenden und folge meinen Freundinnen zur Mitte des Pulks, wo wir in die lautstarken Forderungen der anderen mit einsteigen. Wir fordern ein gerechteres Schulsystem und das Recht, diejenigen anzeigen zu können, die uns nur deshalb beleidigen oder benachteiligen, weil wir keine Mondgeborenen sind. Es fühlt sich gut an, sich zumindest bemerkbar zu machen, auch wenn ich nicht weiß, was dabei herauskommen wird. Vielleicht schaffen Daisy und Gabriel es ja, das im Rat zur Sprache zu bringen und die anderen von nötigen Änderungen zu überzeugen.

Irgendwo auf dem Platz entsteht ein Tumult.

Schrille Schreie ertönen, woraufhin sich alle um mich herum fragend umsehen. Die Stimmen werden lauter, die Leute unruhiger. Ich stelle mich auf die Zehenspitzen. Und dann beobachte ich, wie ein Feuerball in die Menge fliegt.

Es gibt diese Momente, in denen alles gleichzeitig in Zeitlupe und wie im Rausch passiert. Dieser ist einer davon.

Sobald der Feuerball heruntergekommen ist, ertönen überall Schreie und laute Wortwechsel, die in meinen Ohren zu einem unverständlichen Ganzen verschwimmen. Panik bricht aus. Die Leute auf dem Platz rufen sich zu, dass man uns angreift und umbringen will, dass wir uns in Sicherheit bringen müssen.

Nur langsam begreife ich, was geschieht. Alle versuchen, sich vom Platz zu entfernen, bevor jemand einen weiteren Feuerball abbekommt. Ich sehe mich mit rasendem Puls um, während Personen mit voller Wucht gegen mich prallen und mich mitziehen. Die Masse trägt mich, wogegen ich mich nicht wehren kann, weil ich nicht niedergetrampelt werden will.

Hektisch lasse ich den Blick schweifen, um zu verstehen, was gerade passiert. Dann stolpere ich und falle hin. Auf dem Boden bekomme ich einige rücksichtslose Tritte zu spüren, woraufhin ich mich schnell aufrappele.

»Wir müssen weg!«, ruft jemand.

»Die greifen uns an!«

»Los, wir müssen uns gegen die Arschlöcher verteidigen!«

Schwer atmend sehe ich von links nach rechts. Wo sind Cara und Naomi? Verdammt, was läuft hier schief?

Die Demonstrierenden versuchen, sich in die Seitengassen zu retten. Doch nicht alle von ihnen. Einige sind in Auseinandersetzungen mit anderen Hexen verwickelt. Solche, die sie unmöglich gewinnen können, denn zu dieser Tageszeit sind sie deutlich schwächer.

Ich sehe Feuer und Eis, spüre Wind und den stärker werdenden Regen. Das ist gar nicht gut. Einzelne Personen liegen verletzt auf dem Boden, während andere versuchen, sich zu wehren.

Das war doch eben noch ein friedlicher Protest, wie verdammt noch mal ist es zu diesem Chaos gekommen? Wieso greift die Polizei nicht ein? Solcher Magiegebrauch ist in der Öffentlichkeit verboten!

Unweit von mir entfernt kauert eine junge Frau auf dem feuchten Boden. Ihr Gesicht ist von Regentropfen und Tränen bedeckt. Sie schreit auf und hält sich das Bein, während ein Mann über ihr steht und seine ausgestreckte Hand zur Faust schließt. Daraufhin schreit sie erneut.

»Hey, aufhören!«, rufe ich.

Der Mann dreht sich zu mir um und mustert mich abschätzig. »Was willst du?«

»Lass sie in Ruhe!«

Er schürzt die Lippen. »Tut mir leid, aber diese kleine Falschgeburt meinte, es sei klug, mich anzubrüllen. Dafür erhält sie jetzt ihre gerechte Strafe.«

Ich habe keine Ahnung, was das Problem ist, aber ich werde ganz sicher nicht dabei zusehen, wie ein mondgeborener Frühlingshexer eine wehrlose Sonnengeborene verletzt, die bereits am Boden liegt.

»Wenn du nicht gehst, hast du ein Problem mit mir«, knurre ich.

Meine Worte sorgen leider lediglich dafür, dass er mich süffisant angrinst. »Ach, ist das so? Na, dann haben wir wohl ein Problem.«

Er krümmt seine Finger, woraufhin mir ein stechender Schmerz in den linken Oberschenkel schießt. Meine Beine knicken unter mir weg, und ich stürze zu Boden.

Der Mann lacht. »Gut so. Genau da will ich euch Sonnengeborene sehen. Im Staub. Hast du wirklich gedacht, du kannst gegen mich ankommen?«

Ich beiße die Zähne zusammen und kanalisiere meine Magie. Versuche, ihm mit Kälte zu schaden, bis er seine Finger nicht mehr bewegen kann. Sobald er jedoch merkt, was ich tue, schließt er die Hand zur Faust, und Schmerz explodiert in meinem Bein. Meine Knochen stehen in Flammen. Es ist, als würde er sie auseinanderreißen und gleichzeitig mit einem Hammer darauf einschlagen. Dabei steht er einfach nur dort im Regen und wirft mir aus dunklen Augen einen hochnäsigen Blick zu.

Die junge Frau, zu deren Rettung ich vorhin noch geeilt bin, krabbelt über das nasse Kopfsteinpflaster und versucht, sich in Sicherheit zu bringen. Am liebsten würde ich aufstehen und ebenfalls fortlaufen, aber mein Bein tut so verflucht weh.

»Du Mistkerl!«, schreie ich dem Mann entgegen.

Seine Antwort erfolgt nicht mit Worten, sondern mit weiteren Qualen. Unsichtbare Messerstiche bohren sich in meine Hand. Stich, Stich, Stich. Ich schreie, als hätte man mir leibhaftig eine Klinge in den Körper gestoßen. Er bricht meine Knochen. Erst einen Finger, dann den nächsten, dann den nächsten. Tränen schießen mir in die Augen. Egal, wie fest ich meine Zähne zusammenbeiße, die Schmerzen werden dadurch nicht erträglicher. Mein Herz jagt das Blut durch meinen Körper, so schnell, dass es mir in den Ohren pocht.

»Hast du schon genug?«, will der Frühlingshexer wissen und bleibt über mir stehen. »Wenn du mich anflehst, überlege ich mir vielleicht aufzuhören.«

Warum tut denn niemand etwas? Wo ist die verdammte Polizei?

Unter größten Schmerzen schaue ich in das niederträchtige Gesicht des Mannes. Er will mich um Gnade winseln sehen, um sich noch mächtiger zu fühlen. Spielt sich als Gott auf, als Herr über Strafe und Nachsicht. Diesen Sieg werde ich ihm nicht gönnen.

Ich spucke ihm vor die Füße.

Im nächsten Moment explodiert der Schmerz von Neuem in meiner Brust, in einer solchen Heftigkeit, wie ich es noch nie gespürt habe. Ich schreie und krümme mich wie ein Häufchen Elend auf dem nassen, schmutzigen Boden. Jeder Atemzug ist eine einzige Qual. Jede Bewegung tut so weh, dass ich mich nie wieder rühren will. Selbst das Schreien, das den Schmerz sonst erträglicher macht, fördert ihn jetzt.

»Ich kann dich nicht hören!«, ruft der Mann boshaft.

Keuchend verharre ich auf dem Boden und versuche mit aller Macht, einen weiteren Schrei zu unterdrücken. Der Sternenplatz verschwimmt vor meinen Augen. Die Ohnmacht ist nah, und ein Teil von mir will sich ihr gern hingeben, damit der Schmerz endlich nachlässt. Aber wenn ich jetzt das Bewusstsein verliere …

»Ahh!«

Unerwartet sinkt der Mann neben mir auf die Knie und presst sich die Hände gegen den Kopf. Er kneift die Augen zusammen und schreit so laut, als würde ihm der Schädel gespalten.

Jemand geht neben mir in die Hocke und schiebt seine Hände unter meinen Körper. Unter Schmerzen stöhne ich auf, will mich dagegen wehren, doch dann sehe ich, wer an meiner Seite ist.

»Ich bringe dich hier weg«, verspricht Gabriel mit ernster Miene.

»Nein«, keuche ich. »Ich kann nicht, ich muss … Cara und Naomi sind … irgendwo. Ich will …«

Vor meinen Augen zerfließt alles zu einem einzigen Chaos aus Regen und Geschrei, bis ich die Orientierung verloren habe und hoffnungslos im Ozean meiner Pein ertrinke. Dann legt sich tiefste Dunkelheit über mich.

KAPITEL 34

Alles tut weh. Obwohl Gabriel mich äußerst vorsichtig trägt, spüre ich überall nur Schmerz. Ich bekomme kaum Luft, weil jeder Atemzug ein Stechen durch meinen Brustkorb jagt, als würde man ein Messer in einer Wunde drehen. Regen benetzt mein Gesicht, doch die angenehme Erfrischung ist nicht kalt genug, um meine Qualen zu lindern.

Gabriel tritt gegen die Tür meines Familienanwesens, immer und immer wieder, bis jemand öffnet. Ich höre lediglich die aufgeregten Stimmen der Angestellten, und kurz darauf verschwinden wir im Inneren.

»Himmel, was ist passiert?!«, höre ich meine Schwester fassungslos rufen. Sie eilt uns entgegen und bleibt vor Gabriel stehen. Ihr Gesicht ist bleich vor Sorge.

»Der Protest von Sonnengeborenen in der Stadt ist ausgeartet. Die Demonstrierenden und Schaulustigen sind aufeinander losgegangen. Sie wurde angegriffen.«

»Grundgütiger, ich muss mich sofort darum kümmern. Das ist eine Katastrophe.«

»Es wäre besser, wenn du das Gebiet um den Platz meidest«, rät Gabriel. »Die Lage war äußerst unübersichtlich.«

Daisy wirft einen ernsten Blick auf mich, dann wieder auf ihn. »Warum bist du nicht geblieben?«

»Weil ich sie unmöglich dort lassen konnte. Ich habe meine Leute angewiesen, das unter Kontrolle zu bringen. Sie haben das im Griff, da bin ich sicher.«

Ihr entfährt ein Seufzer. »Wenn du sie verletzt, verwandele ich dich in eine Eisskulptur und füge sie der Sammlung von meinem Bruder hinzu.«

»Ich *heile* sie.«

»Ihre Knochen, ja. Und was wirst du dafür brechen?«

Eisige Stille breitet sich zwischen ihnen aus. Vielleicht hat Gabriel schon die ganze Zeit geahnt, dass meine Schwester über uns Bescheid weiß, aber diese Worte sitzen trotzdem.

»Daisy.« Ein widerlicher Schmerz schießt durch meinen Brustkorb, und ich bereue es sofort, Luft geholt zu haben. »Ich komme zurecht. Tu mir nur einen Gefallen. Hör dich bitte um, ob es den anderen gut geht. Cara und Naomi waren mit mir da. Ich weiß nicht, ob sie …«

Ihre Miene wird weicher. »Natürlich. Wenn du etwas brauchst, sag es mir. Wir sind alle für dich da. Dad, Rami und ich. Und meine Drohung steht.« Noch einmal funkelt sie Gabriel böse an, bevor sie Richtung Eingangshalle eilt.

»Manchmal vergesse ich, dass ich die ältere Schwester bin«, murmele ich.

Gabriel setzt sich wieder in Bewegung. »Du hast Glück, sie zu haben. Sie alle.«

In diesen Worten liegt so viel Schmerz, dass ich begreife, wie einsam er ist. Eine Einsamkeit, die er selbst gewählt hat und die er hasst, während er glaubt, dass sie nötig sei. Ein Opfer, das er seiner Meinung nach für seine Pflichten bringen muss.

»Warum hast du mir geholfen?«, frage ich, nachdem er die Tür zu meinem Zimmer geöffnet hat.

»Musst du mich das wirklich fragen?«

Er legt mich sachte auf meinem Bett ab, zündet einige Kerzen an und geht dann zurück zur Tür.

»Du warst dort, um für Ordnung zu sorgen. Nicht wegen mir. Und trotzdem hast du mich in all diesem Chaos gefunden.«

Gabriel schließt leise die Tür, dreht sich aber nicht zu mir um. »Wie ich schon sagte: Wenn es um dich geht, bin ich immer ein bisschen weniger pflichtbewusst, als ich sein sollte.«

Er setzt sich zu mir ans Bett und zieht den Vorhang des Baldachins zur Seite. Sein besorgter Blick gleitet über meinen Körper. Als er seine Hand auf meine legt, schließt er die Augen.

»Du hast mehrere Knochenbrüche. Linkes Bein, rechte Hand und drei Rippen. Das sind sehr komplizierte Verletzungen. Um die heilen zu können, brauche ich direkten Körperkontakt. Ist es in Ordnung für dich, wenn ich deine Kleidung ausziehe?«

»Hätte nicht gedacht, dass ich mir erst mehrere Knochen brechen lassen muss, bis du mir diese Frage stellst.«

Über seine angespannten Gesichtszüge huscht ein Lächeln.

»Sei vorsichtig«, bitte ich ihn.

Er nickt.

Schon so oft habe ich mir ausgemalt, wie es wohl wäre, wenn er mich entkleidet, aber in meiner Vorstellung war es niemals so. In meinen Träumen hat er mir meine Kleidung immer leidenschaftlich vom Körper gerissen. Jetzt sind seine Berührungen so behutsam wie die einer Feder. Während er mein Oberteil Zentimeter um Zentimeter nach oben schiebt, vermeidet er es, mich mit seinen Fingern zu streifen. Obwohl er eine Kunst daraus macht, Körperkontakt zu vermeiden, und obwohl der Schmerz mich vereinnahmt, prickelt meine Haut allein von der Ahnung seiner Hände auf mir.

Gabriel befreit mich aus meinem Oberteil und schiebt den Stoff meines Mieders weit genug nach oben, um meine Rippen freizulegen. Ich ziehe scharf die Luft ein und beiße mir auf die Zunge.

»Sag mir, wenn ich dir zu sehr wehtue«, murmelt er.

Nachdem er mir die Schuhe ausgezogen hat, öffnet er meine

Hose und zieht sie so langsam herunter, als bestünde ich aus wertvollem Glas, das bei dem kleinsten Fehler zerbricht. Selbst wenn ich ohne Schmerzen atmen könnte, würde ich spätestens jetzt die Luft anhalten.

Als er beide Hände auf meinem Rippenbogen platziert, entfährt mir ein unterdrücktes Wimmern.

Gabriel schließt die Augen. »Ich hatte dich darum gebeten, nicht zu gehen.«

Ich lege mir den Arm über die Stirn. »Du wusstest, dass ich es so oder so tun würde.«

Wieder umspielt ein Lächeln seine Lippen. »Natürlich wusste ich es. Du bist impulsiv, rebellisch und lässt dir von niemandem etwas sagen.«

»Bei dir klingt das wie ein Kompliment.«

»Das soll es auch sein.«

»Und ich dachte immer, genau diese Eigenschaften hasst du an mir.«

»Ich könnte niemals etwas an dir hassen«, murmelt er, bevor er seine Magie in meinen Brustkorb leitet. Sie ist so warm und wohltuend wie eine Umarmung, und je mehr ich davon spüre, desto mehr verdrängt sie den Schmerz, der von meinen Knochen ausgeht.

Während Gabriel konzentriert und ruhig arbeitet, kann ich kaum einen klaren Gedanken fassen. Das hier ist so intim. Seine Hände ruhen unterhalb meiner Brust, fühlen jeden meiner kurzen Atemzüge. Er muss spüren, wie schnell mein Herz schlägt.

Kurz nachdem der stechende Schmerz ganz verschwunden ist, setzt Gabriel seine Arbeit fort und nimmt meine Hand. Äußerst rücksichtsvoll streicht er über jeden einzelnen Finger, bis ich sie wieder ohne Probleme bewegen kann. Dann kümmert er sich um mein Bein. Seine Berührung an der Innenseite meines Oberschenkels zu spüren, raubt mir den letzten Rest Verstand. Wie kann er so beherrscht sein, während ich innerlich verbrenne?

Reiß dich zusammen, ermahne ich mich. *Er will dich bloß heilen und nicht verführen. Dafür hat er jetzt Lou.*

»Hast du dich in Schwierigkeiten gebracht, weil du mir geholfen hast?«, frage ich, um mich abzulenken.

»Selbst wenn jemand mich dabei beobachtet hat, wie ich diesem Kerl die Kopfschmerzen seines Lebens bereitet habe, bezweifele ich, dass ich dafür Konsequenzen befürchten muss. Er hat seine Magie genutzt, um ohne Not jemanden zu verletzen.«

Die Erinnerung ist noch immer präsent in meinem Kopf. »Ich wünschte, ich hätte mich verteidigen können.«

Gabriels Hand wandert weiter an meinem Oberschenkel hinab. »Bei Tageslicht hättest du das auch gekonnt. Er hat die ungleichen Machtverhältnisse eiskalt ausgenutzt. Hätte ich dich nicht fortbringen wollen, hätte ich diesem Mistkerl noch ganz andere Dinge angetan.«

Während er den letzten Bruch behandelt, bleibe ich still unter seiner Berührung. Ich muss an all die Dinge denken, die bei der Demonstration geschehen sind. Wie viele Hexen wurden dort heute verletzt? Wie viele, die niemanden haben, der sie heilt?

»Es hätte ein friedlicher Protest werden sollen«, sage ich. »Ich weiß nicht, wie das passieren konnte.«

»Die Gemüter haben sich zu sehr erhitzt. So etwas hatte ich befürchtet.« Er seufzt. »Aber so muss es nicht immer bleiben. Ich habe vor, die Dinge zu verändern. Bis keine Demonstrationen mehr nötig sind.«

So, wie er diese Worte ausspricht, weiß ich, dass er alles dafür tun wird, damit sie eines Tages wahr werden. Ich würde ihm gern sagen, dass ich alles tun werde, um ihm dabei zu helfen, aber das kann ich nicht. Denn wenn ich daran denke, was da heute passiert ist, fühle ich unendlichen Zorn in mir. Diese Ungerechtigkeit frisst mich auf. Ich wüsste nicht, was ich da draußen getan hätte, wenn mir meine vollen Kräfte zur Verfügung gestanden hätten. Mir fehlt Gabriels Besonnenheit, um mit so etwas umzugehen.

Meine Aufgabe ist jetzt eine andere. Ich werde dafür sorgen, dass niemand die Hexen umbringt, die ohnehin schon genug leiden. Die Politik überlasse ich denen, die mehr Geduld für sie haben.

»Danke für deine Hilfe«, sage ich, als Gabriel fertig ist. »So oft, wie du mich in letzter Zeit geheilt hast, sollte ich wohl anfangen, dich zu bezahlen.«

Seine Mundwinkel heben sich. »Keine Ursache. Dank dir komme ich wenigstens nicht aus der Übung.«

»Gerne doch. Ich lasse mir aus reinem Altruismus regelmäßig die Knochen zertrümmern.«

Er rutscht an den Rand meines Bettes und richtet seinen Blick auf den Boden. Seine Hände sind auf der Matratze aufgestützt, als würde er aufstehen wollen, doch aus irgendeinem Grund tut er es nicht.

»Was ist los?«, frage ich.

Gabriel schüttelt den Kopf. »Ich habe heute versagt. Das, was beim Protest vorgefallen ist, hätte nie passieren dürfen.«

Es trifft mich, ihn so niedergeschlagen zu sehen. So ganz anders als sonst, wenn er alles unter Kontrolle hat.

»Das war nicht deine Schuld, Gabe.«

»Es ist meine Aufgabe, solche Unruhen in der Bevölkerung zu verhindern. In den letzten Jahren habe ich versucht, mit meiner Politik Brücken zu bauen. Soll das etwa das Ergebnis davon sein? Wofür das alles, wenn ich am Ende scheitere?« Die Verzweiflung in seiner Stimme ist greifbar. »Ich kann nicht scheitern, Reva. Dafür habe ich zu viel geopfert.«

Ich richte mich auf und setze mich neben ihn auf die Bettkante, bevor ich meine Hand auf seine lege. »Du scheiterst nicht, okay? Weil du jeden Tag da rausgehst und dein Bestes gibst, während andere an deiner Stelle längst aufgegeben hätten. Glaub mir, ich spreche aus Erfahrung. Es ist verdammt bewundernswert, dass du dir in dieser Welt deine Zukunftshoffnung bewahrt hast.«

Er dreht seinen Kopf zu mir. Im Kerzenlicht schimmern seine hellen Augen unergründlich. Es ist, als würde ich mit einem Mal all die Schwächen und Zweifel sehen, die er vor der Welt verbirgt. Im Halbdunkel meines Zimmers ist er so menschlich, wie ich ihn noch nie gesehen habe. Obwohl ich es bin, die kaum Kleidung am Leib trägt, kommt es mir so vor, als wäre er in diesem Moment nackter als ich.

»Danke«, sagt er.

»Wofür?«

Sein Blick fällt auf unsere Hände. »Dafür, dass du mich genauso heilst wie ich dich.«

»Jetzt übertreibst du aber. Ich habe doch gar nichts gemacht.«

»Deine Worte bedeuten mir mehr, als du ahnst.«

Wir sehen uns in die Augen. Wenn er mich so anschaut, kribbelt mein ganzer Körper. Er kommt langsam näher. Ich beobachte seine Lippen, die nur wenige Zentimeter über meinen schweben. Als sie endlich aufeinandertreffen, rauscht eine Welle süßer Erfüllung über mich hinweg.

Ich nehme meine Hand von seiner und lege sie stattdessen an seine Wange, um ihn noch dichter zu mir heranzuziehen. Wenn ich ihn küsse, fühle ich mich wie ein schwereloser Komet, der über den Nachthimmel von New London hinwegfliegt.

Gabriel legt seine Hand auf mein Bein, drückt seine Finger in meine Haut, woraufhin mir ein Seufzer entfährt. Als unser Kuss fordernder wird, unterbricht er ihn sofort.

»Das sollten wir nicht tun«, flüstert er und nimmt seine Hand von meinem Bein.

»Dann solltest du jetzt besser gehen. In deiner Nähe fällt es mir nämlich noch schwerer als sonst, mich an Gesetze zu halten.«

»Gleichfalls«, haucht er, bevor er sich von meinem Bett erhebt und zur Tür geht.

Weil ich nicht länger sitzen kann, stehe ich ebenfalls auf, bleibe jedoch bei meinem Bett. Es ist besser so. Wir sollten jetzt nicht dort weitermachen, wo wir aufgehört haben. Ganz egal, wie sehr ich es mir wünschen würde.

»Ich bin froh, dass du jemanden gefunden hast, der dich zum Lachen bringt«, sage ich, woraufhin er vor der Tür innehält. »Auch wenn es schwer für mich ist, dich mit Lou zu sehen.«

Obwohl es mich trifft, ihn an eine andere Frau zu verlieren, will ich, dass er zufrieden ist. Es wäre nicht fair, ihm kein Glück zu gönnen, nur weil wir niemals zusammen sein dürfen.

Er wendet sich mir zu. »Es ist auch schwer für mich. Zu sehen, wie es dich verletzt. Weil ich eigentlich nichts lieber will, als bei dir zu sein.«

»Gabe …«

»Ich war nie darüber hinweg, weißt du? Es war nur ein einziger Kuss, und trotzdem habe ich all die verdammten Jahre daran gedacht. Die ganze Zeit über versuche ich, das Richtige zu tun und gegen diese Anziehung zwischen uns zu kämpfen, weil man das von mir erwartet. Weil ich es von mir selbst erwarte. Aber jetzt gerade will ich nicht mehr kämpfen.«

Er klingt so unfassbar müde.

»Dann tu's nicht«, wispere ich. »Bleib bei mir. Nur dieses eine Mal.«

Als hätten meine Worte ihm Flügel verliehen, überbrückt er in Windeseile die Distanz zwischen uns und zieht mich an sich. Überrascht schlinge ich meine Arme um seinen Hals.

»Nur dieses eine Mal«, wiederholt er leise.

Gabriel küsst mich leidenschaftlich, bis ich nicht mehr weiß, wo oben und unten ist. Ich löse den Verschluss seines Umhangs und lasse ihn zu Boden fallen, bevor ich seinen Pullover nach oben schiebe, den er sich daraufhin über den Kopf zieht. Es fühlt sich so überwältigend an, meine Finger über seine nackte Brust gleiten zu lassen. Als ich dieses Mal seine Hose öffne, hält er mich nicht davon ab, sondern entledigt sich ihr mitsamt seinen Schuhen.

Seine Hände wandern zu meinem Po, und er drückt mich gegen sich, bis ich seine Härte an meinem Bauch spüre. Heißes, ursprüngliches Verlangen bringt die Muskeln in meinem Unterleib dazu, sich zusammenzuziehen.

»Falls du doch einen Rückzieher machen willst, tu es jetzt«, hauche ich.

Er küsst meinen Hals. »Ich habe eine gute Selbstbeherrschung, aber *so* gut ist sie auch nicht.«

Gabriel hebt mich hoch und trägt mich zum Bett, wo wir gemeinsam in die Kissen sinken. Ich schlinge meine Beine um ihn, während wir uns küssen, und kann nur noch daran denken, wie sehr ich ihn in mir spüren will. Es fühlt sich an, als hätte ich eine Ewigkeit auf diesen Moment gewartet, und jetzt, da er endlich gekommen ist, übertrifft er meine kühnsten Vorstellungen.

»Reva«, seufzt er.

Mein Name ist ein Gebet auf seinen Lippen, mit dem er mich verehrt. Ich begehre ihn so sehr, dass es mich innerlich zerreißt. Mit den Fingern fahre ich über seinen nackten Rücken und drücke ihm meine Hüften entgegen.

An meinem Mund verzieht Gabriel die Lippen zu einem Lächeln. »Da ist jemand ungeduldig.«

»Geduld war noch nie meine Stärke.«

»Lass mir ein bisschen Zeit«, bittet er. »Zuerst möchte ich dich überall küssen.«

Er zieht mir das Mieder aus und beginnt damit, seine Worte wahr zu machen. Ganz langsam platziert er heiße Küsse auf meiner Haut. Mein Unterleib pocht, als er mit seinen Lippen zuerst meinen Hals küsst und dann immer tiefer wandert, um jede Stelle meines Körpers zu liebkosen. Seine Zunge ist so heiß, dass ich glaube, ich fange Feuer. Alles in mir sehnt sich nach mehr von ihm.

Während er sich immer weiter nach unten vorarbeitet, wölbe ich mich ihm begierig entgegen.

»Ich will dich spüren«, wispere ich.

»Das wirst du, Darling.«

Er schiebt seine Finger unter meinen Slip und zieht ihn mir quälend langsam aus. Dann haucht er zarte Küsse auf die empfindlichste Stelle meines Körpers. Ich keuche auf.

»Willst du mir etwa zeigen, wie viel Vertrauen du in deinen Mund hast?«, frage ich und denke an seine Antwort beim Kartenspiel zurück.

»Wenn du das möchtest.«

»Sehr.«

Im nächsten Moment befindet sich sein Kopf zwischen meinen Beinen, und die Berührung seiner Zunge verwandelt mich in eine Supernova.

Er hat nicht gelogen. Seine Hände sind schon geschickt, aber was er in diesem Moment mit mir anstellt, ist noch so viel besser. Ich spanne sämtliche Muskeln an und muss meinen Mund gegen das Kopfkissen drücken, um mein Stöhnen zu dämpfen. Das scheint Gabriel nur noch mehr zu motivieren. Er bewegt seine Zunge schneller, umkreist meine Lust, bis ich mich nur noch auf dieses sündig prickelnde Gefühl konzentrieren kann, das er mir beschert. Ich verliere mich darin. Verliere mich in ihm und in uns und treibe in sinnlicher Ekstase dahin.

Überwältigt von der Hitze meines eigenen Körpers, kralle ich meine Finger ins Bettlaken. »Hör nicht auf.«

Und das tut er auch nicht. Er macht weiter, stimmt in mein leises Stöhnen mit ein und bringt mich zum Brennen. Das Prickeln wird nahezu unerträglich. Ich spanne meine Beine an und presse meinen Hinterkopf tiefer ins Kissen.

»Gabe«, seufze ich.

Als sich meine Muskeln auf erlösende, wunderbare Weise zusammenziehen, bin ich nur noch zu einem tonlosen Keuchen fähig.

Gabriel beugt sich über mich und stützt seine Hände neben meinem Kopf auf. Ein zufriedenes Lächeln liegt auf seinen Lippen.

»Geduld zahlt sich manchmal aus«, raunt er.

»Küss mich.«

Er küsst mich langsam und tief. In mir zieht sich alles von Neuem zusammen. Noch nie habe ich jemanden so sehr gewollt wie ihn.

»Zieh dich aus«, flüstere ich an seinen Lippen. »Bitte.«

Er sieht mich voller Verlangen an. »Du hast ja keine Vorstellung davon, wie sehr ich dich jetzt lieben will. Hätte ich das geahnt, hätte ich ein Verhütungselixier zu mir genommen.«

Deshalb hält er sich also zurück. Kein Wunder, immerhin wäre eine Schwangerschaft in unserem Fall eine absolute Katastrophe. Zum Glück hat die Menschenwelt einige praktische Methoden zu bieten, um so etwas zu verhindern.

»Nicht nötig«, sage ich und streiche ihm eine Haarsträhne aus der Stirn. »Vor Kurzem habe ich mir eine Spritze geben lassen, die mich für mehrere Monate ziemlich gut schützt. Ich gehe gern Risiken ein, aber *dieses* gehört nicht dazu.«

Sein Blick wird sanft. »Ist das wirklich in Ordnung für dich?«

Ich lächele ihn an. »Ja. Ich will das hier. *Dich.*«

Noch einmal muss ich ihn nicht darum bitten, sich auszuziehen. Als er seine Unterhose abstreift, ist er so hart, dass mein Mund ganz trocken wird. Ich habe noch nie einen Mann *so* gespürt. In der Menschenwelt habe ich immer zusätzlich ein Kondom verwendet. Glücklicherweise ist Gabriel ein Frühlingshexer, der weder Krankheiten übertragen noch sie bekommen kann. Bei ihm muss ich mir keine Sorgen machen.

»Du bist wunderschön«, sagt er, und die Art und Weise, wie er mich dabei ansieht, sorgt dafür, dass ich mich auch genauso fühle.

Begierig öffne ich meine Beine für ihn. Als er sich langsam in mich hineinschiebt, entfährt uns beiden ein Stöhnen. Es ist eine süße Erlösung, auf die keiner von uns mehr gehofft hat.

Gabriel stößt einen leisen Fluch aus und beginnt, sich in mir zu bewegen. Ich drücke ihn enger an mich, vergrabe meine Fingernägel in seinem Rücken. Er schiebt eine Hand unter meinen Po und verschränkt die Finger seiner anderen mit meinen.

»Du fühlst dich so unglaublich an, Darling.«

Immer schneller und tiefer bewegt er sich in mir, bis ich glaube, wahrhaftig Sterne zu sehen. Seine Miene ist beinahe schmerzverzerrt, sein Körper glühend heiß und verschwitzt. Ich erbebe unter ihm und genieße es, ihn auf diese Weise zu spüren. Er ist zärtlich und kontrolliert, passt sein Tempo immerzu an meine eigenen Bewegungen an.

Ich lege meine Hand an seine Wange und streiche mit dem Daumen über seine Unterlippe. »Sieh mich an.«

Unsere Blicke halten einander ebenso fest wie unsere Körper. Ich brauche mehr hiervon, und so, wie er stetig tiefer in mich stößt, geht es ihm genauso. Das, was wir tun, ist so absolut verboten, dass ich voller Adrenalin bin. Ich kann an nichts anderes mehr denken als an ihn.

»Halt dich nicht zurück«, wispere ich mit kehliger Stimme.

»Bist du sicher?«

»Ja. Ich will alles von dir.«

Gabriel sieht mich an, während er sich unaufhörlich in mir bewegt, vor und zurück, bis die Lust in meinem Körper explodiert. Bis er abrupt innehält und ein gedehntes Stöhnen von sich gibt. Ich spüre, wie er in mir pulsiert, und fühle mich für diesen einen erfüllenden Moment, als würde mir die ganze Welt gehören.

KAPITEL 35

Wir liegen eng umschlungen unter der Bettdecke und sehen einander an. Gabriel atmet schwer, weil er sich ziemlich verausgabt hat. Seine wunderschönen Augen glühen im Kerzenlicht. Meine Beine fühlen sich doppelt so schwer an wie sonst.

»Ich kann nicht glauben, dass wir das getan haben«, murmele ich.

Er küsst mich zärtlich auf den Mund. »Ich auch nicht.«

»Unsere Vorfahren hätten dafür sorgen sollen, dass wir beim Sex tot umfallen, wenn sie so etwas verhindern wollten.«

Gabriel lacht leise. »Ja, vielleicht.«

Obwohl er zufrieden wirkt und mich verträumt anschaut, ist da etwas Wehmütiges in seinem Blick, das mir nicht entgeht.

»Das hier wird nichts ändern, oder?«, frage ich mit einem traurigen Lächeln.

Er berührt sanft meine Wange. »Ich fürchte nein. Aber wenigstens ein einziges Mal wollte ich dich so lieben wie gerade eben.«

Das Echo dieser Liebe pocht in meinem Körper. Ich wünschte, ich könnte dieses Gefühl öfter genießen, aber das geht nicht. In adligen Familien wie den unseren ist das Gen, das unser Element bestimmt, stets dominant. Wer unser Blut hat, wird immer ein Kind mit dem entsprechenden Element zur Welt bringen. Würden sich zwei verschiedene Linien mischen, wäre das nicht länger garantiert, darum dürfen wir unter keinen Umständen eine Liebesbeziehung führen.

»Du hast eine Wahl, weißt du?« Ich hauche Küsse auf seine Finger. »Dieselbe, die ich auch hatte.«

Gabriel lächelt traurig. »Die habe ich schon lange nicht mehr. Und nach allem, was da draußen passiert ist, weiß ich, dass ich das Richtige tue. Diese Stadt braucht Veränderung.«

Wenn ich daran denke, wie erzürnt die Sonnengeborenen waren und wie rigoros die Mondgeborenen gegen sie vorgegangen sind, dann hat er recht. Aber er ist schon seit über drei Jahren Ratsmitglied, genau wie meine Schwester. Was hat sich seitdem geändert?

»Es geht nur leider nicht schnell genug«, erwidere ich, woraufhin er einen flüchtigen Kuss auf meine Stirn drückt.

»Veränderung geht niemals schnell. Du brauchst Geduld. Wenn man zu viel zu schnell will, werden die Leute, von denen du etwas erwartest, sich dagegen wehren. Weil sie glauben, du willst ihnen etwas wegnehmen. Aber wenn du zuerst um etwas Kleines bittest, werden sie viel eher bereit sein, es dir zu geben. Und irgendwann erreichst du auf diesem Weg das, was du dir erhofft hast.«

»Keiner von uns bittet um etwas Großes«, antworte ich. »Wir wollen nur gleichberechtigt sein. Was daran soll groß sein?«

»Nichts«, sagt Gabriel und streicht mir eine Haarsträhne hinters Ohr. »Nicht für uns beide, jedenfalls. Weil wir das Problem verstanden haben. Aber das tun nicht alle. Die Leute haben es gern bequem, und es ist bequem, an Vertrautem festzuhalten. Jemanden darum zu bitten, das Leben, das er gewohnt ist, für dich zu ändern, ist für diese Person eine große Sache. Für viele ist es alles andere als leicht, aus jahrhundertealten Strukturen auszubrechen.«

Ich runzele die Stirn. »Ach, das heißt also, weil etwas nicht leicht oder ein bisschen unbequem ist, sollten Hexen wie ich für das bequeme Leben der anderen leiden? Nur, weil wir eben die Minderheit in dieser Stadt sind? In welcher Welt ist das fair?«

»Das ist es nicht«, stimmt er mir zu. »Trotzdem musst du dem Ganzen Zeit geben. Nicht ihretwegen, sondern für dich. Denn wenn du etwas mit Macht erzwingen willst, wird es immer Widerstand geben, weil die anderen sich bedroht fühlen. Genau das hast du heute gesehen. Gib ihnen Zeit. Gib *mir* Zeit. Nicht, weil es richtig oder fair ist. Sondern weil es der Weg ist, der funktionieren wird.«

»Das kannst du nicht wissen«, sage ich und fahre mit dem Finger über die Narbe auf seinem Bauch. »Ich glaube nicht daran, dass der Weg, der erst nach einer Ewigkeit ans Ziel führt, der richtige ist.«

»Du hast nie an meinen Weg geglaubt«, erwidert er lächelnd. »Aber ich verstehe, warum. Und ich werde alles dafür tun, dich nicht zu enttäuschen.«

Noch einmal sieht er mir tief in die Augen, bevor er mich küsst. Langsam. Leidenschaftlich. Er zieht mich dichter an sich, als könnte ich ihm entschweben, wenn er mich nicht festhält. Ein Hauch von Verzweiflung liegt in diesem Kuss, so wie bei einem allerletzten.

»Ich habe dich nie bereut«, flüstert er. Dann zieht er sich zurück und steigt aus dem Bett.

»Wo gehst du hin?«, frage ich, während er seine Kleidung zusammensucht.

»Wir haben morgen früh eine Ratssitzung. Ich muss nach Hause, um das Ganze vorzubereiten. Was bei der Demonstration passiert ist, darf sich nicht wiederholen. Außerdem sollte ich wahrscheinlich nicht die Nacht in eurem Haus verbringen.«

Da hat er wohl recht. Auch wenn meine Geschwister wissen, dass zwischen uns schon damals etwas war, möchte ich nicht, dass das Personal etwas mitbekommt.

»Es war wunderschön«, sage ich.

Wieder wird er wehmütig. »Das war es. Diese Nacht wird immer besonders für mich sein.«

Seine Worte klingen mehr nach Abschied, als sie sollten. Es ist schwer, ihn gehen zu lassen und zu wissen, dass das vermutlich die einzige Nacht ist, die wir je zusammen haben werden. Sobald ich die Mordfälle aufgeklärt habe, werde ich in die Menschenwelt zurückkehren, und er wird weiterhin den Ratsposten bekleiden. Wir hatten nie eine Zukunft, aber jetzt haben wir zumindest diesen einen Moment, an dem wir immer festhalten können.

»Pass auf dich auf, Gabe.«

»Ich versuche es.« Er hebt zum Abschied die Hand. »Gute Nacht, meine Schöne.«

Nachdem er gegangen ist, fühlt sich das Bett merklich kälter an. Ich wünschte, er wäre geblieben.

Mit den Gedanken an seine Berührungen und Küsse kuschele ich mich unter meine Decke, bis die Erschöpfung mich in einen traumlosen Schlaf gleiten lässt.

Das Klopfen an meiner Tür reißt mich aus dem Schlaf. Kurz überlege ich, mir das Kissen auf die Ohren zu pressen und weiterzuschlafen, doch dann ruft meine Schwester meinen Namen, und ich bin sofort wach.

»Einen Moment!«

Ich schlage die Decke beiseite, haste zu meinem Kleiderschrank und ziehe das Erstbeste an, das mir entgegenfällt. Nachdem Gabriel gestern bei mir war, würde Daisy mir sicher eine endlose Predigt halten, wenn sie mich splitterfasernackt im Bett vorfindet. Wahrscheinlich wird sie mir die so oder so halten, aber dabei wäre ich gern angezogen.

»Komm rein«, rufe ich, sobald ich halbwegs zivilisiert auf meinem Bett sitze.

Daisy betritt mein Zimmer und blickt sich in alle Richtungen um, als würde sie eine unangenehme Überraschung erwarten.

»Ich hoffe, Gabriel muss sich nicht in deinem Schrank oder unter dem Bett verstecken«, meint sie und sieht mich vielsagend an.

Ein bisschen fühle ich mich, als wäre ich eine rebellische Teenagerin und sie meine Mutter. Dieses Gespräch will ich absolut nicht mit ihr führen.

»Er ist nicht hier«, sage ich, wobei mir etwas einfällt, mit dem ich vom Thema ablenken kann. »Solltest du nicht auch bei der Ratssitzung sein? Gabe meinte, heute Morgen fände eine statt.«

»Wenn dem so wäre, wüsste ich das«, antwortet sie. »Jedenfalls wollte ich dir Bescheid geben, dass es deinen Freundinnen gut geht. Cara hat ein paar Kratzer abbekommen, und Naomi hat eine kleine Erfrierung, aber nichts, was man nicht wieder hinbekäme. Du sahst deutlich schlimmer aus, und ich hoffe, ich finde nie heraus, wer dafür verantwortlich war, sonst garantiere ich für nichts.«

Obwohl ich froh bin, dass es den anderen gut geht, wird meine Erleichterung schnell von Skepsis verdrängt.

»Was meinst du damit, du wüsstest es?«, hake ich nach. »Findet heute keine Ratssitzung statt?«

Daisy starrt mich entgeistert an. »Nein. Hat Gabriel dir das etwa erzählt?«

Ich nicke konsterniert. »Warum sollte er das behaupten, wenn dem nicht so ist?«

Um von dir wegzukommen, flüstert mein Unterbewusstsein, das nicht vergessen hat, wie es beim letzten Mal zwischen uns geendet hat.

Daisy wird ernst. »Hör zu. Ich weiß nicht, was zwischen euch vorgefallen ist, aber wenn er –«

»Irgendetwas stimmt nicht.«

Trotz meiner Zweifel denke ich an Gabriels seltsames Verhalten, bevor er gegangen ist. Daran, wie er mich geküsst hat, so als wäre es ein Abschied. Ausgerechnet gestern Nacht hat er all seine Prinzipien vergessen und mit mir geschlafen, obwohl er sich das unter normalen Umständen niemals gestattet hätte. Das kann kein Zufall sein.

Meine Schwester scheint hin- und hergerissen. »Vielleicht hat er das gesagt, weil –«

»Ich muss gehen.«

Ich springe vom Bett auf, schnappe mir den Umhang, der an der Tür hängt, und stürme nach draußen. In Windeseile suche ich mir eine Kutsche und fahre damit zur Bernsteinvilla, wo ich vehement an die Tür klopfe. Wenn er nicht beim Rat ist, muss er hier sein. Irgendjemand muss wissen, wo er sich aufhält. Ein Teil von mir hofft sogar, dass er gelogen hat. Dass er von mir wegwollte, weil er solche Schuldgefühle hatte. Aber hätte er dafür eine falsche Ratssitzung erfinden müssen?

Als die Tür endlich geöffnet wird, steht kein Bediensteter vor mir, sondern Lydia Silverstein höchstpersönlich. Sie schmälert ihre Augen, deren Farbe sie mit ihrem Neffen teilt.

»Du schon wieder. Ich warne dich, wenn du versuchst, dich mit mir anzulegen, wirst du den Kürzeren ziehen. Deine schöne Sonne ist gerade nämlich nirgends zu sehen.«

»Ich bin nicht hergekommen, um Streit anzufangen«, zische ich. »Ich muss mit Gabriel sprechen.«

»Gabriel ist nicht da.«

»Wo ist er dann?«

»Was weiß ich? Ich bin seine Tante, nicht seine Anstandsdame.«

»Ich muss wissen, wo er hin ist!«

»Und das ist mein Problem, weil …?«

Meine Fingerspitzen kribbeln vor Nervosität. Gabriel hat gesagt, er würde nach Hause zurückkehren, bevor das Treffen stattfindet. Selbst wenn er das Ganze nur erfunden hätte, wäre er doch sicher zur Villa gegangen. Wo sollte er sonst sein? Er hat bereits vor Stunden das Anwesen meiner Familie verlassen.

Ein flaues Gefühl breitet sich in meiner Magengrube aus. Was, wenn ihm etwas passiert ist? Da draußen läuft immer noch ein Mörder herum, der ihm nach dem Leben trachtet.

»Hält er sich sonst häufig an einem bestimmten Ort auf?«, frage ich hektisch. »Bitte, ich muss es wissen. Ich weiß, wir hatten unsere Differenzen, aber es ist wichtig. Ich mache mir Sorgen.«

Die Falten auf Lydias Stirn werden tiefer. Sie beobachtet mich wie ein Rätsel von Alexandra Campbell, auf das es keine korrekte Antwort gibt. »Ich kann dir nicht helfen. Zum letzten Mal wurde er gestern gesehen, als er diesen Unruhestiftern beigestanden hat, nachdem er eigentlich hätte Recht und Ordnung walten lassen müssen. Du kannst dir vorstellen, dass einige Personen nicht erfreut waren, dass er seine Leute angewiesen hat, diese Terroristen zu unterstützen. Wenn er klug ist, versucht er, seinen Fehler wieder geradezubiegen.«

»Terroristen?«, entfährt es mir fassungslos, als ich begreife, dass sie über die Demonstration redet.

Sie hebt ihre schmal gezupften Augenbrauen. »Wie würdest du es denn nennen, wenn eine Gruppe von laut pöbelnden Hexen ausrastet und Unbeteiligte attackiert?«

»Wie bitte? Die waren es doch, die zuerst angegriffen haben!«

Ein zynisches Lächeln legt sich auf ihre schmalen Lippen. »Hätte ich mir denken können, dass du auch da warst. Du gehörst schließlich zu diesem Gesindel.«

Ich bin kurz davor, zu explodieren. Meine Magie kriecht mir unter die Haut, aber in diesem Moment geht es nicht um mich und meine Gefühle. Ich muss Gabriel finden.

»Dieses *Gesindel* hat ein Recht darauf, besser behandelt zu werden. Dein Neffe versteht das besser als du.«

»Gabriel wird einsehen müssen, dass das eine schlechte Idee ist. Wie es scheint, hat es in den letzten Monaten nämlich Morde an Hexen gegeben. An Mondgeborenen. Und es sieht so aus, als wären diese kleinen Protestler dafür verantwortlich.«

Ihre Worte erwischen mich eiskalt. »Was?«

Sie verzieht den Mund zu einem überheblichen Grinsen. »Es wundert mich, dass du nichts davon weißt, schließlich lebst du in der Menschenwelt. Aber du warst ja schon immer eher ichbezogen.«

Das kann nicht sein. Wie konnten sie davon erfahren? Ich habe es nur meinen Freundinnen erzählt, und ich bezweifele, dass Naomi oder Cara etwas verraten hätten. Vor allem, weil wir es besser wissen. Die Toten waren keine Mondgeborenen. Zumindest keine echten. Ist der Täter für diese falschen Informationen verantwortlich, weil er nicht will, dass herauskommt, was tatsächlich geschehen ist?

»Nichts davon entspricht der Wahrheit«, zische ich.

»Ach?«, fragt Lydia. »Woher willst du das wissen?«

»Ich weiß mehr als du.«

»Natürlich.« Sie reckt das Kinn. »Aber vielleicht warst du es ja? Vielleicht hast du all diese Hexen getötet und dann Robert Darwin vom Balkon gestoßen, so wie Alexandra es vermutet hat.«

Eis überzieht meine Handrücken. »Dass du es wagst!«

Lydia macht eine Handbewegung, und Schmerz schießt in meine Unterarme. Ich keuche auf.

»Ganz ruhig«, raunt sie. »Wenn du mich noch mal angreifst, breche ich sie dir.«

»*Du* hast mich beim letzten Mal angegriffen!«

»Mum?«, erklingt eine Stimme.

Grace.

Lydias Miene verändert sich, und der Schmerz lässt abrupt nach. »Schon gut, Schätzchen. Ich komme sofort.«

»Wer ist da, Mum?«

»Niemand«, erwidert sie und starrt mich an. »Absolut niemand.«

Ich lächele angespannt. »Macht es Spaß, sie zu belügen?«

»Ich schütze sie«, sagt sie leise.

»Vor wem? Mir?«

»Du bist gefährlich, Lady Graham. Und ich glaube, es hat einen Grund, warum ausgerechnet du wieder in New London auftauchst, wenn all diese Dinge geschehen. Glaub nicht, dass ich dir gestatte, meine Kinder zu verletzen.«

Unglaublich, dass sie das gerade gesagt hat. Als ob ich tatsächlich so etwas tun würde!

»Geh jetzt«, fordert sie.

Ich will erwidern, dass ich nichts mit alldem zu tun habe und die Opfer in Wahrheit Sonnengeborene waren. Der Mörder wollte es nur so aussehen lassen, als wären Hexen wie ich für diese Abscheulichkeiten verantwortlich, weil er sie offensichtlich hasst. Aber ich kann ihr nicht trauen. Außerdem gibt es gerade etwas Wichtigeres, denn Gabriel ist immer noch verschwunden, und ich habe Angst, dass die Person, die auch ihm nach dem Leben trachtet, etwas damit zu tun hat.

»Bitte«, sage ich, obwohl es demütigend ist, ausgerechnet Lydia anzuflehen. »Es geht dabei nicht um mich. Ich bin hier, weil Gabriel wahrscheinlich in Gefahr ist. Wenn du also weißt, wo er sein könnte, musst du es mir unbedingt sagen.«

Mich mag sie hassen, aber Gabriel ist ihr Neffe. Sie muss mir doch weiterhelfen können.

»Was für eine Gefahr soll das sein?«, fragt sie ernst.

»Das –«

»Ich hab gesehen, wie er vor ein paar Stunden weggegangen ist«, ruft Grace und taucht hinter ihrer Mutter auf. »Er hatte einen Brief in der Hand. Und er hat mir gar nicht Hallo gesagt, so wie sonst.«

»Grace, geh wieder zurück ins Haus«, fordert Lydia barsch, aber zum ersten Mal höre ich so etwas wie echte Sorge in ihrer Stimme. Glaubt sie tatsächlich, ich könnte ihrer Tochter etwas antun?

»Wann war er hier?«, will ich von Grace wissen.

Sie legt den Kopf schief. »Ist vielleicht zwei Stunden her. Ich war schon wach, deshalb hab ich ihn gesehen.«

Er war also in der Villa, nachdem er bei mir gewesen ist. Dann hat er sie wieder wegen eines Briefes verlassen. Stammt der von der Person, die ihn umbringen will? Wenn dem so ist, muss ich ihn finden. Ich darf nicht noch mehr Zeit verlieren. Was, wenn ihm bereits etwas zugestoßen ist?

»Ich muss gehen«, sage ich und kehre den beiden den Rücken zu.

Mein Herz rast, während die Angst sich mit jeder Sekunde stärker in meinem Körper ausbreitet. Wohin könnte er nur gegangen sein? Falls dieser Brief von diesem Serienmörder stammt, bleibt mir keine Zeit für schlechte Rateversuche. Ich muss ihn *jetzt* finden. Aber wie soll mir das gelingen, wenn mir jeglicher Anhaltspunkt fehlt? Diese Stadt ist so groß, dass er wahrscheinlich überall sein könnte. Mich beschleicht das ungute Gefühl, dass dieser Brief eine Falle war, und zwar eine, in die Gabriel aus irgendeinem Grund wissentlich hineingetappt ist. Ich will mir nicht einmal ausmalen, was ihm zugestoßen sein könnte oder noch zustoßen wird, falls ich ihn nicht finde. Mir läuft die Zeit davon. Und mir bleibt nur eine einzige Möglichkeit, um ihn aufzuspüren.

KAPITEL 36

»Das geht nicht«, sagt Daisy, als ich sie kurze Zeit später zu Hause mit meinem Anliegen konfrontiere.

»Bitte, ich muss zur Quelle!«

»Das kann ich nicht erlauben.«

Ich sehe sie flehentlich an. »Daisy, es geht um Leben und Tod! Ich muss Gabriel finden!«

Angst spiegelt sich in ihren Augen wider – und Mitleid. »Wegen dieser Quelle hat so manche Hexe in unserer Familie den Verstand verloren. Mum hat darauf bestanden, dass wir sie niemals nutzen. Wir hatten diese Diskussion schon.«

»Das war etwas anderes!«, rufe ich und kann spüren, wie die Panik jeden Winkel meines Körpers beherrscht. »Ich war mein Leben lang die Erbin dieser Familie. Es ist genauso mein Geburtsrecht, wie es deine Pflicht ist!«

Ihr Kiefer spannt sich an. »Ein Geburtsrecht, das du nicht wolltest! Du hast dich nie darum geschert!«

»Hier geht es nicht um mich, okay?« Tränen treten mir in die Augen. »Gabriel könnte sterben. Sollte ich ihn nicht finden, bevor es zu spät ist, werde ich mir das nie verzeihen. Wenn es um Lou ginge und die Quelle die einzige Möglichkeit wäre, sie noch rechtzeitig zu retten, würdest du sie dann nutzen?«

Bei der Erwähnung ihrer Ex-Freundin beißt sie sich auf die

Unterlippe. »Ich habe einen Schwur geleistet, als ich das Erbe von dir übernommen habe. Mum wollte –«

»Mum ist tot!«, rufe ich verzweifelt. »Sie ist nicht hier, um über dich zu urteilen, und wenn ich Gabe nicht finde, wird er vielleicht auch bald tot sein!«

Sie fährt sich durch ihr schwarzes Haar. »Ich verstehe nicht, wieso er in Gefahr sein soll!«

»Weil jemand hinter ihm her ist und ihn töten will. Wäre es nicht ernst, würde ich dich nicht darum bitten. Wenn ich könnte, würde ich vor dir auf die Knie gehen und das Erbe zurücknehmen, denn jetzt gerade würde ich verdammt noch mal alles tun, um zu erfahren, wo er ist. Mir ist egal, was für ein Opfer die Quelle verlangt. Ich werde es bringen.«

»Reva …«

Ich kann nicht verhindern, dass mir Tränen über die Wangen strömen. »Bitte, Daisy. Ich liebe ihn. So sehr, dass es wehtut. Ich könnte es ertragen, ihn nie wieder zu küssen, aber wenn er stirbt, weil ich ihm nicht geholfen habe, würde es mich umbringen.«

Ihr bleibt der Mund offen stehen, und für einen Moment starrt sie mich nur wortlos an. Ich weiß nicht, ob ihr je klar war, was ich wirklich für Gabriel fühle. Vielleicht dachte sie, es wäre lediglich eine Schwärmerei, die vorübergeht, oder mein Interesse an ihm wäre ein Akt der Rebellion gegen die Hexengesellschaft. Das ist gerade bestimmt das erste Mal, dass sie begreift, was er für mich ist.

Sie atmet tief ein und aus, dann nickt sie und bedeutet mir mit einer Handbewegung, ihr zu folgen. Ich komme der Aufforderung nach und begleite sie in den kleinen Abstellraum im Westflügel, wo sich an einer Wand unter einem Porträt von Mum eine handförmige Einbuchtung befindet. Daisy legt ihre Hand hinein und nutzt ihre Magie, woraufhin ein leuchtendes Symbol darunter erscheint, das an eine Schneeflocke erinnert. Ein magischer Mechanismus wird aktiviert, und die Wand gleitet wie eine

Tür zur Seite, sodass dahinter ein Durchgang zum Vorschein kommt.

Wir betreten den dunklen Gang. Sobald sich die Wand hinter uns wieder an ihre ursprüngliche Position geschoben hat, entzünden sich mehrere Fackeln. Ihr blaues Feuer offenbart eine steile Treppe am Ende des Durchgangs, die in den Keller unseres Anwesens führt.

Als wir nach unten gehen, hallen unsere Schritte von den dicken Wänden wider. Ich war schon einmal mit Mum hier. Damals hat sie mir erklärt, was sich am Ende der Treppe und des langen Gangs dahinter verbirgt und dass ich diesen Ort beschützen muss. Dass ich ihn am besten nie betreten sollte und niemandem je den Zugang gewähren darf.

Am Ende des Durchgangs bleiben wir vor einer magischen Barriere stehen, die aus bloßem Eis besteht. Ein glühendes Siegel befindet sich in dessen Mitte. Dieses Eis kann niemand schmelzen, nicht einmal eine Sommerhexe und auch keine Winterhexe. Nur eine Person vermag das zu tun. Diejenige, die das Diadem meiner Familie trägt.

Daisy zögert kurz, bevor sie schließlich doch ihre Hand auf das Eis legt. Neben der Stelle, die sie berührt, bildet sich das Eis zurück, und ein schmaler Durchgang entsteht. Sie wendet sich zu mir um und mustert mich besorgt.

»Du solltest es nicht tun«, warnt sie mich, obwohl sie sicher weiß, dass diese Warnung umsonst sein wird. »Ich kann die Quelle spüren. Sie ist …«

»Hungrig.«

Als ich noch Erbin war, habe ich es ebenfalls gespürt. Diese Quelle ist ebenso ein magisches Artefakt wie der Baum in den Archiven. Sie ist älter als wir, war bereits vor uns an diesem Ort.

»Sei vorsichtig, Reva. Lass dich nicht von ihr zu irgendetwas verleiten, hörst du? Ich will dich nicht verlieren. Du weißt nicht, was dich erwartet.«

»Ich werde damit zurechtkommen«, behaupte ich, obwohl ich mir unsicher bin.

Aber was für eine Wahl habe ich? Ich muss das tun, und mit dem Baum bin ich auch fertig geworden. Wenn die Quelle etwas von mir will, dann gebe ich es ihr.

Ich gehe an Daisy vorbei und trete durch die Öffnung. Gelange zu der Quelle, die gefährlich still unter der glitzernden Steindecke liegt. Das Wasser ist eisblau und lässt mich bis auf den Boden sehen. Drei Stufen führen in das steinerne Becken hinab, das so breit ist, dass es sich komplett über diese kleine Höhle erstreckt. Die Quelle sieht aus wie eine friedliche Oase, aber ich spüre, wie sehr dieser Eindruck trügt.

Entschlossen bewege ich mich darauf zu, nehme die Stufen nach unten. Das Wasser ist eiskalt, sendet Schockwellen durch meinen Körper, obwohl ich eigentlich immun gegen Kälte sein sollte. Diese ist anders. Je tiefer ich ins Wasser gehe, desto mehr fühle ich mich, als ob eine frostige Faust sich um meinen Körper schließt, und je stärker ich zu zittern beginne, desto mehr wird mir etwas bewusst. Dieser Ort ist nicht dafür geschaffen worden, angenehm zu sein.

Als ich bis zur Brust im Wasser stehe, mit schwerer Kleidung und steifem Körper, höre ich eine Stimme. Sie drängt in meinen Kopf, beißt sich mit frostigen Zähnen dort fest und schickt mir Gedanken, die nicht meine eigenen sind.

Hatte er je echte Gefühle für mich? Was verbirgt er vor mir? Wer hat sie getötet? Warum hasst sie mich? Wird sie mir je verzeihen? War sie stolz auf mich? Wer hat all die Hexen auf dem Gewissen? Wozu ist der Kompass gut? Was will Diana von mir? Wäre ich glücklicher, wenn ich mondgeboren wäre?

Die Fragen in meinem Kopf nehmen kein Ende. Sie rauschen durch mich hindurch, formuliert von einer Stimme, die nicht mir gehört.

Stell eine Frage. Ich kann dir alles sagen. Alles, was du jemals wissen wolltest. Antworten, von denen du nicht einmal zu träumen wagst.

Ein Rauschen breitet sich in meinen Gedanken aus, so als stünde ich inmitten tosender Wellen. Ich denke darüber nach, was es mich kosten wird, und der Ozean in mir erbebt vorfreudig.

Etwas. Nichts. Alles.

All diese Worte prasseln gleichzeitig auf mich ein, aber ich weiß nicht, welches davon der Wahrheit entspricht.

»Reva!«, ruft meine Schwester, doch sie klingt dumpf, und ich höre sie kaum.

Erst jetzt realisiere ich, dass ich unter Wasser bin. Meine Beine haben nachgegeben, und mein Kopf befindet sich unter der Oberfläche.

Stell eine Frage.

Das Wasser spricht mit mir. Mit dieser unglaublich melodischen Stimme, die so vertrauenserweckend wirkt. In diesem Wasser zu sein und die Stimme zu hören, ist seltsam tröstlich. Da sind so viele Fragen in meinem Kopf. Wer ist für all diese Morde verantwortlich? Wie ist es möglich, dass aus Mondgeborenen Sonnengeborene werden? Welchen Preis muss man dafür zahlen? Hat meine Mutter mich wirklich geliebt, trotz allem, was ich war? War es die richtige Entscheidung, mein Erbe abzulehnen?

Du kannst sie alle stellen. Eine nach der anderen.

»Reva!«

Daisys Stimme scheint gedämpft und kommt von irgendwo weit entfernt.

Ich könnte alles in Erfahrung bringen, was ich schon immer wissen wollte.

Ja. Du musst nur bei mir bleiben. Ich kann dir all deine Fragen beantworten. Ich kann dich Wissen lehren, das niemand sonst besitzt.

Ein Lächeln schleicht sich wie von allein auf meine Lippen. Das klingt perfekt. Ich kann jede Antwort haben, die ich immer wollte.

»Ahhh!«

Daisy.

Plötzlich werde ich der Kälte gewahr, die um mich herum herrscht. In meinen Lungen befindet sich keine Luft mehr. Ich treibe reglos im Wasser, während ich zuhöre, wie diese sirenenartige Stimme mir etwas zuflüstert. Ich muss hier raus und zurück zu meiner Schwester. Etwas stimmt nicht.

Als ich versuche, mich zu bewegen, hindert mich das Wasser daran, indem es mich wieder nach unten drückt.

Du hast noch keine Frage gestellt, mahnt die Quelle. *Es gibt so viel, das du erfahren musst. So vieles, das dich schon lange beschäftigt.*

Was sie mir anbietet, ist verlockend, denn in den letzten Jahren hat mir einiges schlaflose Nächte bereitet. Aber ich rufe mir in Erinnerung, dass ich wegen jemand anderem hergekommen bin.

Sag mir, wo Gabriel Silverstein jetzt ist, verlange ich von der Quelle.

Sobald dieser Gedanke mir durch den Kopf geht, scheint sie erleichtert zu seufzen. Im nächsten Moment formt sich ein Bild vor meinem geistigen Auge. Es zeigt mir ein altes, unscheinbares Gebäude, das mitten in New London steht. Das Bild dieses Hauses brennt sich so tief in meine Seele, dass ich problemlos eine Kutsche dorthin lenken könnte.

Stell mir weitere Fragen, fordert die Quelle. *Willst du nicht wissen, wie es ihm geht? Warum er dich belogen hat? Was an diesem Ort auf dich wartet? Es könnte wichtig sein.*

Sie fleht mich beinahe an, hält mich in ihrer eisigen Umarmung, obwohl ich schon viel zu lange unter Wasser bin. Aber das Gefühl, mit ihr verbunden zu sein, ist so tröstlich. Was, wenn sie recht hat? Ich sollte diese Dinge wissen.

Ja. Wissen ist Macht. Ich kann dir zu einer Macht verhelfen, die du nie hattest. Dir alle Geheimnisse der Welt verraten. Du musst nur bleiben.

Es klingt so reizvoll, doch gerade, als ich eine weitere Frage stellen will, erinnere ich mich wieder an letzte Nacht. Daran, wie Gabriel mich angesehen, mich geküsst und geliebt hat, entgegen seiner Prinzipien. Er hat mich gewählt, nur dieses eine Mal, also sollte ich mich jetzt genauso für ihn entscheiden.

Ich wehre mich gegen den Einfluss der Quelle. *Keine Geheimnisse mehr. Keine Fragen. Ich habe dir eine gestellt, also lass mich los.*

Schmerz gräbt sich in meinen Körper, eisig und unerbittlich. Meine Antwort scheint ihr zu missfallen.

Du kannst gehen, zischt sie. *Doch entkommen kannst du mir nicht. Niemals.*

Mit dieser Drohung gibt das Wasser mich frei. Ich kehre an die Oberfläche zurück, hustend und nach Luft japsend. Meine Lungen brennen wie Feuer, und meine Glieder sind vollständig taub. Meine Haut ist blass und bläulich verfärbt. So schnell ich kann, wate ich aus dem eisigen Wasser, kaum fähig, einen Schritt vor den anderen zu setzen. Doch als ich Daisy am Rand der Quelle liegen sehe, bewegt sich mein Körper wie von selbst.

»Daisy!«, rufe ich und knie mich neben sie. Ihre Augen sind geschlossen, und sie bewegt sich nicht. »Daisy, wach auf!«

Mit meiner kalten Hand berühre ich ihre Wange, woraufhin sie zusammenzuckt und die Augen öffnet.

»Reva …«

Als sie erkennt, dass ich leibhaftig bei ihr bin, setzt sie sich auf und fällt mir um den Hals. Drückt mich so fest an sich, dass ich glaube, sie will mich nie mehr loslassen.

»Ich dachte, du ertrinkst!«, ruft sie mit erstickter Stimme und mehr als vorwurfsvoll. »Du warst eine halbe Ewigkeit da unten und hast nicht reagiert! Ich wollte zu dir und dich retten, aber die Quelle hat mich zurückgeschleudert …«

Ihre Stimme versagt. Sie hat versucht, mich zu beschützen. So, wie sie es immer tut.

»Ich bin hier«, murmele ich. »Alles ist gut.«

»Was ist da drin passiert?«, wispert sie.

»Ich habe die Antwort bekommen, die ich wollte. Ich weiß jetzt, wo Gabe ist.«

Sie löst sich ein Stück von mir, um mir in die Augen zu blicken. »Himmel, du bist so kalt. Was wollte die Quelle von dir? Was musstest du ihr geben?«

»Nichts«, antworte ich. »Ich glaube, sie wollte mich da drin festhalten. So lange, bis ich ertrinke. Sozusagen an meinem eigenen Wissensdurst.«

Tränen wallen in Daisys blauen Augen auf. »Mach das nie wieder. Nie wieder, hörst du? Du bist so, so kalt. Wir müssen dich aufwärmen.«

»Das geht nicht. Ich muss Gabe finden.«

»Lass mich dir helfen.«

»Kommt nicht infrage«, blocke ich ab. »Du hast mir schon genug geholfen. Wenn ich mich in Gefahr bringe, ist das meine Entscheidung. Aber ich könnte mir nie verzeihen, wenn dir was passiert. Du bist die Erbin dieser Familie, Daisy. Eine von uns muss es sein, und du bist besser darin als ich.«

Sie schnieft. »Sag so was nicht. So wie du es aussprichst, klingt das nach einem Abschied.«

»Soll es nicht. Was auch immer mit Gabe ist, ich finde ihn und komme dann wieder.«

»Versprich es«, fordert sie. »Als Erbin dieser Familie befehle ich dir verdammt noch mal zurückzukommen.«

Ich lächele sie an. »Ich versprech's. Und jetzt komm. Wir müssen hier raus. Die Quelle ist mir echt nicht geheuer.«

Daisy nickt ernst. Gemeinsam ziehen wir uns auf die Füße. Mithilfe ihrer Magie saugt meine Schwester die eisige Flüssigkeit aus meiner Kleidung und leitet sie zurück in die Quelle.

Als wir durch die Öffnung des magischen Eistores treten, fährt mir ein schmerzhafter Stich zwischen die Rippen. Für einen Moment bleibt mir die Luft weg. Ich lege mir eine Hand auf die Brust, gehe zwei Schritte nach vorn und kehre Daisy den Rücken zu, während sie das Tor erneut versiegelt. Kalter Schmerz breitet sich in mir aus, begleitet von einem beängstigenden, erdrückenden Gefühl. Ich spüre Reue und ein unterschwelliges Verlangen nach etwas, das ich nicht benennen kann. Es fühlt sich an, als wäre ich kurz davor gewesen, mir einen Lebenstraum zu erfüllen, nur um ihn in letzter Sekunde wie Sand zwischen meinen Fingern hindurchrieseln zu sehen. Vorsichtig wage ich einen Blick zurück. Es ist die Quelle. Sie will, dass ich zu ihr zurückkomme.

Doch entkommen kannst du mir nicht. Niemals.

Ich schlucke, balle meine Hände zu Fäusten. Nein, diesem Gefühl darf ich jetzt nicht nachgeben. Ganz egal, was ich vorhin da drin erlebt habe, es spielt keine Rolle mehr. Es wird vergehen. Jetzt muss ich Gabriel finden, bevor es zu spät ist.

KAPITEL 37

Das Gebäude, das die Quelle mir gezeigt hat, befindet sich im äußeren Bezirk der Sommerhexen, in einer dunklen, unscheinbaren Seitengasse ohne Beleuchtung. Die etwas morsche Holztür war so klar in meiner Erinnerung, dass ich sicher bin, am richtigen Ort zu sein. Jetzt gerade wünschte ich, die Sonne würde scheinen, um mich stark zu machen. Stattdessen steht der Mond hoch am Himmel und schwächt meine Kräfte.

Mit heftig pochendem Herzen lege ich meine Hand an den Knauf der Tür. Als ich ihn drehe, springt sie sofort knarzend auf.

Im Inneren ist es finster. Ich wappne mich dafür, dass aus den Schatten jemand angreift, fühle in mich hinein und rufe meine Magie. Falls eine Person in diesem Haus ist, müsste ich ihren Blutfluss wahrnehmen können. Ich konzentriere mich und suche nach einer Blutquelle, kann jedoch keine finden. Obwohl mich das erleichtern sollte, wird mir mulmig zumute. Denn wenn Gabriel hier ist, sollte ich auch ihn spüren können.

»Gabe?«, rufe ich verunsichert.

Keine Antwort.

Vorsichtig schleiche ich in dem einstöckigen Gebäude umher. Das Mondlicht, das zum Fenster hereinfällt, offenbart eine dicke Staubschicht auf den Möbeln. Es riecht muffig. An diesem Ort lebt definitiv niemand mehr, und das schon sehr lange.

»Hallo?«

Erdrückende Stille liegt über diesem Haus. Irgendetwas muss doch hier sein, sonst hätte die Quelle mir nicht dieses Bild gezeigt.

Ich untersuche die Räume. Dort, wo ich stehe, muss sich einmal ein Wohnzimmer befunden haben, an das eine Küche und ein Bad angrenzen, wo ich jedoch nichts weiter finde als noch mehr Staub. Hinter der Küche stoße ich auf eine Vorratskammer. Ich lasse die Tür offen, sodass das Mondlicht hinter mir den Raum zumindest etwas erhellt. An den Seiten wurden einige Regale aufgebaut, in denen ein paar vergilbte Bücher liegen. Geradeaus, an der gegenüberliegenden Steinwand, finde ich nichts. Wie seltsam. Sollte dort nicht auch ein Regal stehen, um den Platz voll auszunutzen?

Ich betrete den kleinen Raum, bleibe bei der nackten Wand stehen und konzentriere mich. Von irgendwoher zieht es.

Vorsichtig lege ich meine Hand auf die Wand. Sie ist kühler, als sie sein sollte. Ich kanalisiere meine Magie und richte sie auf den Stein, der sich kurz darauf unter meiner Berührung erwärmt. Daraufhin erscheint ein magisches, rot glühendes Symbol mit einer seltsamen Inschrift. Es sind Runen, die ich nicht entziffern kann. Ich nehme meine Hand wieder weg und sehe dabei zu, wie die Mauer durchlässig wird, so als wäre sie nur eine Illusion. Das muss ein Verhüllungszauber sein.

Mit einem flauen Gefühl in der Magengegend passiere ich den magisch geschützten Durchgang. Auf der anderen Seite befindet sich eine Treppe, die steil nach unten verläuft, ähnlich wie die Stufen, die in den Keller unseres Familienanwesens führen. Das Feuer der Fackeln an den Wandhalterungen ist jedoch leuchtend rot statt blau, und da es bereits brennt, muss jemand vor mir in diesem Gang gewesen sein.

»Gabe?«, rufe ich, erhalte aber keine Antwort.

Wachsam betrete ich die Treppe, die endlos in die Tiefe zu führen scheint, und steige Stufe um Stufe hinab. Obwohl es mit jedem Meter, den ich zurücklege, kälter werden müsste, wird die Luft seltsamerweise wärmer und stickiger.

Nach einiger Zeit gelange ich ans Ende der Stufen, wo ich mich in einem Korridor mit einem großen steinernen Torbogen wiederfinde. Ich sehe mich um. Die Flammen der Fackeln zucken unruhig und werfen Lichtspiele auf die rostroten Fliesen unter meinen Füßen. Der Torbogen ist mit verschnörkelten Mustern und Inschriften verziert, die keinen Sinn für mich ergeben.

Ich gehe unter ihm hindurch, über einen goldenen Bodenabschnitt hinweg, der hell aufglüht, sobald ich ihn betrete. Ein unheilvolles Zischen ertönt, nachdem ich auf der anderen Seite des Torbogens angekommen bin.

Erschrocken drehe ich mich um. Das Geräusch kam von dieser vergoldeten Stelle. Ich mache einen Schritt darauf zu, pralle im nächsten Moment jedoch unsanft gegen eine unsichtbare Mauer.

Verwirrt strecke ich die Hand aus. Mit den Fingern gleite ich über die durchsichtige Wand, die sich nun vor mir befindet und mich daran hindert, auf die andere Seite des Torbogens zu gelangen. Der Weg zurück ist blockiert.

»Mist!«, rufe ich und schlage frustriert mit meiner Faust gegen die magische Mauer.

Meine Reaktion löst eine so enorme Druckwelle aus, dass ich zurückgeschleudert werde und hart auf dem Boden aufschlage. Sämtliche Luft wird aus meinen Lungen gepresst.

»Autsch.« Mit schmerzenden Gliedern richte ich mich auf und gehe zurück zur unsichtbaren Wand. Ich streiche vorsichtig über jeden Winkel, den ich erreichen kann, doch sie ist überall intakt. Das heißt, ich muss einen anderen Weg nach draußen suchen.

Nervös drehe ich mich um und blicke in die Schwärze, die vor mir liegt. Ein ungutes Gefühl beschleicht mich. Hoffentlich finde ich Gabriel hier unten.

Bereits nach wenigen Schritten wird die Temperatur erheblich wärmer, sodass ich schnell zu schwitzen beginne. Es gibt mehrere

Weggabelungen, doch jeder Gang, den ich entdecke, sieht gleich aus. Karge Wände, an denen lediglich die Fackeln zu sehen sind, und keine Markierungen, die mir die Richtung weisen.

Noch einmal versuche ich, mit meiner Magie den Blutfluss eines anderen Körpers auszumachen. Tatsächlich nehme ich jetzt zwei Quellen wahr, die sich ganz in der Nähe befinden. Eine von ihnen fühlt sich wie eine gewöhnliche Person an, doch die andere … etwas stimmt nicht mit ihr. Hitze pulsiert in ihrem Blut. So viel Hitze. Bevor die Intensität dieser Quelle mich überwältigen kann, kappe ich die Verbindung.

Mit dem Handrücken wische ich mir den Schweiß von der Stirn und konzentriere mich auf den anderen vertrauteren Blutfluss.

Bitte lass das Gabe sein.

Angestrengt folge ich der magischen Spur. Meine Schritte hallen von den Wänden wider, und das Feuer knistert. Am liebsten würde ich nach Gabriel rufen, aber solange ich nicht weiß, wem das Blut gehört, das ich gespürt habe, ist das zu riskant. Ich horche in mich hinein. Derjenige, den ich gerade verfolge, hat eine erhöhte Körpertemperatur. Aber das Blut dieser Person ist lange nicht so heiß wie das der zweiten Quelle.

Ich bleibe auf der Hut. Was, wenn ich mich statt Gabriel dem Mörder nähere? Dann wäre ich bei einem Kampf im Nachteil, denn ich bezweifele, dass jemand, der mit Vorliebe Sonnengeborene tötet, selbst einer ist.

So wie ich der Quelle entgegengehe, kommt sie auch auf mich zu. Bald ist sie so nah, dass ihre dumpfen Schritte durch die Gänge hallen. Ich drücke die Fingernägel in meine Handflächen und lasse meine Magie dicht unter der Oberfläche lauern.

Als ich um die nächste Ecke biege und sehe, wer sich wenige Meter entfernt befindet, fällt meine Anspannung von mir ab.

Ohne Zögern laufe ich los und falle Gabriel um den Hals, noch bevor er reagieren kann.

»Den Sternen sei Dank«, murmele ich und drücke ihn fest an mich.

»Reva.« Er schließt die Arme um mich. Seine Kleidung ist schweißdurchtränkt und seine Haut unfassbar warm.

Ich löse mich von ihm, um ihm ins Gesicht zu sehen. Es glänzt vor Feuchtigkeit, und seine sonst so lebhaften Augen wirken müde. Seine Lippen sind spröde, als würde er seit Tagen Durst leiden.

»Wieso bist du hier?«, fragt er geschockt. »Es ist zu gefährlich!«

»Was machst *du* dann hier?«, werfe ich ihm vor. »Du hast mich angelogen, es findet überhaupt kein Ratstreffen statt! Und als wäre das nicht genug, begibst du dich auch noch in Gefahr! Grace hat mir von einem Brief erzählt. Bist du deshalb in diesem seltsamen Labyrinth unterwegs?«

Gabriel fährt sich durch sein nasses Haar. »Der Brief kam am Tag der Demonstration. Die Person, die ihn geschrieben hat, wollte mich treffen. An diesem Ort. Allein. Sie hat gedroht, dich zu töten, sollte ich nicht auftauchen. Nach allem, was sie bereits getan hat, habe ich das sehr ernst genommen. Ich wusste, dass es eine Falle sein würde, aber ich hatte keine Wahl.«

Trotz der Hitze fröstelt es mich. Er ist wegen mir hier. Weil er mich wieder einmal beschützen wollte.

»Warum hast du nicht mit mir darüber geredet?«, frage ich anklagend.

Er legt seine Hände auf meine Taille. »Weil ich dachte, ich könnte das heute ein für alle Mal beenden. Solange diese Person frei herumläuft, bin nicht nur ich in Gefahr.«

»Woher wusste sie, dass sie dich aus der Reserve locken kann, wenn sie dir mit meinem Tod droht?«

Gabriel zuckt mit den Achseln. »Vielleicht hat sie uns beobachtet.«

Sofort muss ich an Diana denken, die uns beim Kartenspiel durchschaut hat. Sie hat geahnt, was wir einander bedeuten. Ist sie die Mörderin? Das ergibt doch keinen Sinn. Immerhin hat sie den Opfern geholfen, warum sollte sie nach all den Jahren auf die Idee kommen, sie umzubringen?

»Hast du den Brief noch bei dir?«, frage ich, woraufhin Gabriel nickt. »Zeig ihn mir.«

Aus seiner Hosentasche zieht er das sorgfältig gefaltete Stück Papier und gibt es an mich weiter. Abgesehen von der knappen Drohung befindet sich lediglich die Adresse dieses Ortes darauf.

»Die Handschrift erkenne ich nicht«, sage ich, nachdem ich ihn mir angesehen und Gabriel zurückgegeben habe. »Warum hast du dich darauf eingelassen? Dachtest du, die Person, die dich töten wollte, würde dich fair behandeln?«

»Ich habe mich vorbereitet«, versucht er sich zu rechtfertigen. »Bevor ich hergekommen bin, habe ich ein Universalantidot hergestellt und mich gegen sämtliche Gifte geschützt, die mir etwas anhaben können. Außerdem bin ich ein durchaus fähiger Hexer.«

Seine Worte entlocken mir ein schwaches Lächeln. »Ein kluger Mann hat mir mal gesagt, dass unbändiger Stolz dich noch schneller umbringt als miese Ideen.«

Gabriel kräuselt die Lippen. »So klug scheint er nicht zu sein, wenn er seine eigenen Ratschläge ignoriert.«

»Deine Worte, nicht meine.«

Er zieht einen Mundwinkel hoch und drückt mir einen Kuss auf die Wange. Ich bin so unendlich erleichtert, dass er wohlauf ist, auch wenn er ziemlich fertig wirkt.

»Woher wusstest du überhaupt, wo ich bin?«, fragt er. »Ich hatte keine Ahnung, dass so ein Ort unter der Stadt existiert.«

»Magie.«

»Du hast doch nicht –«

»Nein, kein verbotener Zauber. Im Grunde ist es ein Familiengeheimnis, deshalb kann ich dir nichts Genaueres sagen. Wir sollten ohnehin lieber nach einem Weg nach draußen suchen, statt zu reden.«

Gabriel nimmt den Stoff seines Hemdes zwischen die Finger,

der an seiner Haut klebt, und versucht, ihn davon zu lösen. »Ich irre schon seit Stunden umher, aber diese Gänge nehmen kein Ende. Jeder sieht aus wie der andere. Je länger ich mich an diesem Ort aufhalte, desto wärmer scheint es zu werden. Sommermagie, wenn du mich fragst. Das ist höchstwahrscheinlich ein Grab. Falls niemand die magische Barriere bricht, die uns hier festhält, sind wir geliefert.«

So pessimistisch habe ich ihn selten erlebt. Ich weigere mich zu glauben, dass er recht hat. Es muss einen Weg hinaus geben.

»Wir sind nicht allein«, erzähle ich und sehe mich um. »Ich habe außer dir noch eine weitere Blutquelle gespürt.«

Er kneift die Augen zusammen. »Denkst du, es war …?«

»Das war ich.«

Sofort drehen wir uns in die Richtung, aus der die weibliche Stimme kam, doch statt jemanden zu finden, starren wir in den gähnend langen Korridor, der vom magischen Feuer der zahlreichen Fackeln erleuchtet wird.

»Wer ist da?«, rufe ich angespannt. »Zeig dich, Feigling!«

Ein helles Kichern ertönt. »So hat mich lange niemand mehr genannt.«

Aus dem Nichts erscheint mitten im Gang eine junge Frau in einem scharlachroten Kleid, deren Schultern von einem rostfarbenen Umhang bedeckt sind. Ihr Haar ist so schwarz wie meines, aber ihre Augen sind von einem leuchtenden Bernstein, das im Licht der Flammen zu glühen scheint. Instinktiv fühle ich nach der Magie in dieser zierlichen Person, woraufhin eine Welle aus Hitze über mich hinwegrollt. Ich unterbreche die Verbindung und weiche einen Schritt zurück, während die junge Frau mich mit einem amüsierten Grinsen mustert, so als wüsste sie, was ich gerade gespürt habe.

»Wer bist du?«, frage ich.

Eigentlich würde ich viel lieber wissen, *was* sie ist. Denn für mich steht fest, dass sie keine Hexe sein kann. Sie hat magisches

Blut, daran zweifele ich keine Sekunde, aber etwas an ihr ist anders. Gefährlicher.

»Ich begleite diejenigen, die zu diesem Ort kommen, auf ihrem Weg«, antwortet sie geziert. »Es war schon lange niemand mehr bei mir, und jetzt sind es gleich zwei Seelen. Wie aufregend.«

Die vorfreudige Art und Weise, wie sie *aufregend* sagt, gefällt mir nicht.

»Warst du die ganze Zeit über hier?«, will Gabriel wissen.

»Das bin ich immer. Du warst nur leider nicht an Hilfe interessiert. *Du* dagegen …« Ihr goldener, flammender Blick fällt auf mich. »… hast deine Magie nach mir ausgestreckt. Mich zu dir gerufen.«

Ich mustere sie skeptisch. »Lebst du an diesem Ort?«

Sie lächelt beinahe schüchtern. »Ich verbringe mein Dasein in diesen Gängen, das ist richtig. Sie sind alles, was ich kenne. Sie sind meine Aufgabe.«

Ich beiße mir auf die Zunge. Mit dieser Person stimmt was nicht. So weit unter der Erde, wo es anscheinend nichts außer Hitze und steinerne Mauern gibt, kann sie unmöglich leben.

»Was meinst du mit *Aufgabe*?«, fragt Gabriel.

Die junge Frau scheint sich über die Frage zu freuen. »Von Zeit zu Zeit besuchen mich Hexen, die sich selbst verloren haben und eine Last abstreifen wollen. Ich helfe ihnen dabei, ihr neues Ich zu finden. Ein Leben ohne die Bürde, mit der sie geboren wurden.«

»Das ergibt doch keinen Sinn«, murmele ich und mache einen Schritt auf sie zu.

Gabriel hält mich am Arm zurück. »Warte. Sie ist nicht …«

Nicht menschlich.

Ich bin mir sicher, dass er das sagen wollte, denn ich spüre es genauso wie er.

Sie legt ruckartig den Kopf schief, eine Bewegung, die intuitiv wirkt. »Auch ihr seid hier, um euch zu finden. Früher oder später werdet ihr meine Hilfe brauchen.«

»Wir brauchen bloß Hilfe dabei, wieder nach draußen zu gelangen«, rufe ich. »Aber der Ausgang ist durch eine magische Wand blockiert.«

»Das ist nicht der Ausgang«, erwidert die Fremde. »Wenn ihr bereit seid, kann ich euch den wahren Weg in die Freiheit zeigen.«

Gabriels Griff um meinen Arm wird etwas fester. »Wir können ihr nicht trauen. Sie ist eindeutig gefährlich.«

Die junge Frau lächelt katzenhaft, als wüsste sie genau, was er gerade zu mir gesagt hat.

»Was wird es uns kosten?«, frage ich, weil es immer einen Preis gibt, wenn alte Magie involviert ist.

Genauso, wie ich die Präsenz der Quelle wahrgenommen habe, spüre ich auch in der Gegenwart dieser Person eine große Macht.

Das Lächeln verweilt auf ihren vollen Lippen. »Wollt ihr diesen Ort verlassen, müsst ihr zuerst eure Fesseln lösen.«

Gabriel legt seine Hand auf meinen Rücken. »Was soll das heißen?«

»Das werdet ihr verstehen, wenn ich es euch gezeigt habe.« Sie macht einen Schritt auf uns zu und grinst amüsiert, als wir uns anspannen. »Ich bin keine Bedrohung für meine Gäste. Nicht, solange sie sich an die Regeln halten.«

»Wie genau soll man sich an Regeln halten, die man nicht kennt?«, frage ich skeptisch.

»Ihr würdet es merken, wenn ihr sie brecht.«

Das klingt nicht unbedingt ermutigend.

»Und du würdest uns einfach so zu diesem Ausgang führen?«, hake ich nach.

Sie nickt. »Natürlich. Ich bin die Wächterin dieses Labyrinths. Die Wegbereiterin für die Verlorenen. Folgt mir, und ich zeige euch den Pfad, der zu eurer Befreiung führt. Entscheidet ihr euch allerdings dafür, weiterhin umherzuirren, werdet ihr in diesen Hallen bleiben – so lange, bis ihr eure Meinung ändert oder sterbt.«

Ich schlucke. Sie sagt das so nonchalant, als wäre das keine große Sache. Als wären unsere Leben für sie nur zwei Sandkörner in einem Stundenglas, in dem sich Millionen weitere befinden.

»Das ist eine Falle«, raunt Gabriel mir zu, während die junge Frau sich im Rückwärtsschritt von uns entfernt. »Es muss einen anderen Weg geben.«

Ihr Lächeln wird breiter, sogar ein wenig herausfordernd, so als würde sie gern dabei zusehen, wie wir nach einer Alternative suchen und scheitern.

»In Ordnung«, sage ich. »Lass uns ohne ihre Hilfe weitermachen.«

Die Fremde scheint unsere Naivität zu bemitleiden. »Nur zu. Ich bleibe in der Nähe. Für den Fall, dass ihr es euch anders überlegt.«

Tatsächlich verfolgt sie uns auf Schritt und Tritt, während wir weitergehen, ohne sie aus den Augen zu lassen. Sie bleibt zwar einige Meter auf Abstand, aber wir sind uns ihrer Anwesenheit bewusst.

»Was glaubst du, was sie ist?«, flüstere ich.

Gabriel starrt die Abzweigung vor uns an. »Ich bin nicht sicher, ob wir das herausfinden wollen.«

Auf dem Weg durch das Labyrinth versuche ich, mich an irgendetwas zu orientieren. Der Anzahl der Fackeln an den Wänden. Rissen in den roten Bodenplatten. Doch es gibt nichts, was mir weiterhilft, so als sähe alles in diesem Loch wirklich exakt gleich aus.

Je länger wir unterwegs sind, desto unerträglicher wird die Hitze. Meine Kleidung ist schweißnass und meine Kehle staubtrocken. Ich habe solchen Durst. Es kommt mir vor, als brodelte ein Vulkan unter uns. Gabriel sieht genauso angestrengt aus, wie ich mich fühle, was kaum verwunderlich ist, wenn er bereits seit zwei Stunden an diesem Ort umherirrt. Wie hält er das aus?

Langsam bekomme ich das Gefühl, dass die Person, die ihm nach dem Leben trachtet, gar nicht selbst hier ist, sondern ihn lediglich in diese Höllenhitze geschickt hat, damit er vor Erschöpfung umfällt und stirbt.

Ich drehe mich um. Die junge Frau trottet noch immer kommentarlos hinter uns her. Ihr Gesichtsausdruck ist unergründlich. Die Hitze scheint ihr nichts auszumachen, und während mir bereits die Fußsohlen brennen, ist sie barfuß unterwegs.

Jeder Schritt strengt mich an. Ich wische mir über die Stirn, und im nächsten Moment wird mir schwindelig. Panisch kneife ich die Augen zusammen. Atme bewusst ein und aus. Winterhexen wie ich kommen schlecht mit hohen Temperaturen klar, und so fertig, wie ich jetzt schon bin, schaffe ich es nicht einmal, mich mit meiner eigenen Magie abzukühlen.

»Gabe, warte.«

Er wendet sich mir zu. »Was ist los?«

Ich stelle mich auf die Zehenspitzen und lege meine Hand an seine Wange. Er glüht.

»Wir können nicht so weitermachen«, sage ich. »Bevor wir auch nur in die Nähe eines Ausgangs kommen, kollabieren wir. Wir brauchen ihre Hilfe.«

Mit einem Seitenblick deute ich auf die Frau, die uns an den Fersen klebt und nun ebenfalls in einiger Entfernung stehen geblieben ist.

Gabriel legt seine Hand auf meine. »Das ist zu riskant.«

»Wenn sie uns umbringen wollte, hätte sie uns längst angegriffen.«

Zweifelnd sieht er mich an. Schuld huscht wie ein Schatten über sein Gesicht. Macht er sich Vorwürfe, weil ich hergekommen bin?

»Ich bin dir aus freien Stücken gefolgt«, betone ich. »Hättest du mit mir über den Brief reden sollen? Ja. Bin ich sauer auf dich, weil du es nicht getan hast? Ein bisschen. Aber das ändert nichts daran, dass ich dich immer retten würde, wenn du in Gefahr bist. Weil du mir was bedeutest.«

Weil ich dich liebe.

Den Teil behalte ich jedoch für mich. Solche Worte sind für andere Situationen als diese bestimmt. Für Momente, die sich nicht wie eine letzte Gelegenheit anfühlen. Große Gefühle zu gestehen, bedeutet hoffnungsvoll zu sein, also werde ich mich nicht durch die Angst zu sterben dazu verleiten lassen.

Gabriel senkt den Kopf und küsst mich. Obwohl seine Lippen rau und trocken sind, erwidere ich es bereitwillig. Etwas Verzweifeltes liegt in diesem Kuss, dieselbe Art von Intensität, die auch schon unser letzter hatte.

»Ich will dich nicht verlieren«, haucht er. »Mir war immer klar, dass ich es eines Tages muss. Aber nicht so.«

Ich lehne meine Stirn gegen seine. »Keiner von uns wird heute sterben, okay?«

Noch einmal drücke ich einen Kuss auf seine Lippen, bevor ich mich von ihm löse und mich umdrehe. Die junge Frau hat alles mitangesehen, aber sie wirkt indifferent. Ich bezweifele, dass sie jemandem von unserer Zuneigung zueinander erzählen wird, wenn sie diesen Ort nie verlässt.

»Du kannst uns also hinausführen?«, frage ich sie.

Jetzt blitzt so etwas wie Interesse in ihren feurigen Augen auf. »Ich kann euch den Weg in die Freiheit zeigen. Ob er sich für euch öffnet, entscheidet ganz allein ihr.«

Ihre Worte klingen wie ein Rätsel, aber ich bin zu müde, um sie nach der Lösung zu fragen. Hätte sie uns verraten wollen, was genau uns erwartet, hätte sie es bereits getan. An diesem Punkt haben wir ohnehin keine Wahl mehr. Ihr zu vertrauen, ist die einzige Chance, die uns noch bleibt, um aus diesem Labyrinth zu entkommen.

KAPITEL 38

Mir ist nicht klar, wie diese Person es schafft, sich in diesem Labyrinth zurechtzufinden. Sie führt uns zielsicher durch die Gänge, als wüsste sie genau, welchen Weg sie nehmen muss, obwohl ich die ganze Zeit über das Gefühl habe, sie führt uns lediglich im Kreis herum. Vielleicht tut sie das sogar. Am Ende will sie uns doch töten.

Als ich bereits so unsicher auf den Beinen bin, dass ich nicht mehr weiß, wie lange ich mich noch auf ihnen halten kann, entdecke ich einen Durchgang in der Steinwand. Er führt in einen großen Raum mit überraschend hohen Decken. Im Inneren ist es noch heißer als im Rest dieses unterirdischen Tunnelsystems, was zweifellos an der Wand aus Feuer liegt, die sich an der Nordseite befindet. Ein paar Meter vor der Flammenwand gibt es einen goldverzierten steinernen Altar mit einer handförmigen Einbuchtung. Die Runen um sie herum verlaufen bis über den Sockel.

»Willkommen auf dem Pfad der Freiheit«, flötet die junge Frau und positioniert sich unmittelbar neben dem Steinaltar, der ihr bis zur Brust reicht.

Gabriel und ich bleiben vor ihr stehen.

Ich mustere die Feuerwand, hinter der sich eine Art Tor zu verbergen scheint. »Ist das der Ausgang? Wie sollen wir da durchkommen?«

Die Fremde lächelt enigmatisch und legt ihre Hand auf den Altar. »Indem ihr ein Opfer bringt. Wollt ihr das Labyrinth bezwingen, müsst ihr zuerst etwas von euch zurücklassen.«

»Und was soll das sein?«, will Gabriel wissen.

»Euer Geburtsrecht.«

»Unser was?«, wiederhole ich ungläubig.

Wie eine grazile Schlange bewegt sie sich um den Altar, ohne uns aus den Augen zu lassen. »Jede Hexe ist mit etwas geboren, das sie geerbt hat. Für manche ist es nur ein Ring. Eine hübsche Halskette. Ein Haus. Ein Titel. Ihr seid mit dem verbunden, was man euch hinterlässt. Nicht jeder kann diese Fesseln aus eigener Kraft lösen, darum kommen manche Hexen hierher. Dieser Ort hilft ihnen dabei, ihrer eigenen Bestimmung zu folgen statt der, die man ihnen auferlegt hat. Sobald sie das Opfer gebracht haben, ist die Verbindung zu ihrem Geburtsrecht erloschen. Der Ring und die Halskette passen nicht mehr. Das Haus fühlt sich nicht länger an wie ihr Zuhause. Der Titel gehört nicht mehr ihnen. Sie sind frei. Klingt das nicht wunderbar? Diese Hallen sind nicht die furchtbare Hölle, für die ihr sie haltet, sondern ein Ort der Erlösung. Legt eure Hand auf den Altar und befreit euch.«

Es fällt mir schwer, zu begreifen, was sie gerade gesagt hat. Auf diesem Steinaltar opfert man sein Geburtsrecht?

»Was, wenn ich mein Geburtsrecht bereits aufgegeben habe?«, frage ich.

Sie hebt die Augenbrauen. »Dann steht dir der Weg offen. In diesem Fall ist mir allerdings nicht klar, warum du hier bist, wenn du deine Seele bereits befreit hast.«

Ich wende mich Gabriel zu, der wie versteinert auf den Altar und die Flammenwand dahinter starrt. Es ist offensichtlich, was er denkt. Er hat *sein* Geburtsrecht nicht aufgegeben, und das würde er auch nie freiwillig tun.

»Keine Sorge«, beruhige ich ihn und berühre sanft seinen Arm. »Ich kümmere mich darum.«

»Du weißt nicht, ob ihre Erklärung der Wahrheit entspricht.«

Obwohl er Zweifel äußert, habe ich wegen seines resignierten Tonfalls das Gefühl, als wüsste er es bereits besser.

»Wir haben keine andere Möglichkeit, Gabe. Sei lieber froh, dass ich dir gefolgt bin, sonst hättest du jetzt ein Problem.«

Ich trete vor und zögere nicht, meine Hand auf den Altar zu legen. Schwer zu sagen, warum ich erwartet habe, dass er sich kühl anfühlen würde, aber er ist ungewöhnlich warm. Meine Hand ist kleiner als die Einbuchtung. Bereits als ich den Stein berühre, kommt es mir vor, als würde er auf magische Weise etwas aus mir herausziehen wollen. Doch dann realisiert diese unsichtbare Kraft, dass das, was sie von mir will, sich nicht länger in meinem Besitz befindet. Mein Geburtsrecht gehört inzwischen meiner Schwester.

Die Runen auf dem Altar beginnen, golden zu glühen, woraufhin das Feuer an der Nordwand verschwindet und ein großes Steintor freigibt, in das ein Muster gemeißelt wurde. Ich erkenne Sonne und Mond, lodernde Flammen und noch etwas anderes. Ein geflügeltes Wesen, das sein Maul aufreißt und seine messerscharfen Zähne entblößt.

Zufrieden drehe ich mich zu Gabriel um und strecke die Hand aus. »Der Weg ist frei. Lass uns gehen.«

»Ich fürchte, ganz so einfach ist es nicht«, sagt die junge Frau ernst. »An diesem Ort muss *jeder* sich von dem befreien, was ihm von Geburt an zusteht. Dein Begleiter muss tun, was du bereits getan hast. Sonst kann er nicht gehen.«

Ich lache trocken. »Dann sieh mal zu, wie er das kann. Komm schon, Gabe. Die Tür steht offen.«

Er folgt mir angespannt und nimmt meine Hand, doch kurz bevor wir die Tür erreichen können, schnippt die Frau mit den Fingern, und die Flammenwand kehrt aus dem Nichts zurück, noch heißer, als ich es bei Feuer für möglich gehalten hätte. Wir weichen gleichzeitig einen Schritt zurück.

»Ihr habt mich falsch verstanden«, sagt die Fremde hinter uns.

»Hier unten gelten Regeln. Meine Regeln. Wenn ihr sie nicht befolgt, kann ich euch leider nicht gehen lassen.«

Ich wende mich ihr zu und schaue in ihre großen, puppenhaften Augen, die jetzt aussehen, als würden leibhaftige Flammen darin lodern. Sie strahlt die gleiche Hitze aus wie diese Feuerwand.

»Du kannst uns nicht festhalten«, erwidere ich. »Der Weg hat sich für mich geöffnet.«

»Ja, für *dich*«, stimmt sie zu. »Nicht für ihn. Dein Opfer kann ihn nicht befreien. Er muss eine eigene Wahl treffen.«

»Das ist doch Schikane.«

Ich beobachte die Flammen und wirke anschließend meine Magie auf sie. Versuche sie so kalt werden zu lassen, dass sie erlöschen. Doch es tut sich nichts. Sie sind so mächtig, dass ihre Hitze in mich hineinfährt, als hätte ich versucht, durch sie hindurchzulaufen. Ich taumele rückwärts und stoße gegen Gabriel.

»Mist«, fluche ich.

»Du kannst nicht gewinnen«, höre ich die Frau sagen.

»Ich werde nicht ohne ihn gehen!«

»Er kann dich begleiten. Dafür muss er lediglich sein Geburtsrecht aufgeben.«

Verzweifelt wende ich mich ihm zu. Seit wir diesen Raum betreten haben, ist er unglaublich ernst. Als wüsste er, dass ihn nur die Aufgabe seines Geburtsrechts aus diesem Loch herausbringt. Es gibt keinen anderen Weg, und mit der Macht dieser Wächterin können wir uns vermutlich nicht messen.

»Gabe«, murmele ich und sehe ihn an.

Mehr als einmal habe ich mir gewünscht, er würde dieses Erbe, das ihn so sehr fordert und so viel kostet, aufgeben. Sein Leben voller Pflichten hinter sich lassen. Aber auf eine andere Weise als diese. Ich wollte, dass es eine bewusste Entscheidung ist, die er trifft, weil er es *will*. Nicht, weil er dazu gezwungen wird.

Er schaut mich an. »Ich kann nicht. Du musst ohne mich gehen.« Seine Körperhaltung ist die eines Mannes, der bereits alles verloren hat.

Ungläubig schüttele ich den Kopf. »Sag das nicht. Ich weiß, dass der Ratssitz dein Leben ist und du ihn niemals freiwillig aufgeben würdest. Aber wenn du es nicht tust, wirst du sterben. Bitte, denk darüber nach. Dein Erbe kann nicht wichtiger sein als dein Leben. Wenn es eine andere Möglichkeit gäbe, dann –«

»Die gibt es nicht«, fällt die junge Frau mir ins Wort. »Entweder endet sein Weg an dieser Stelle oder er beginnt von Neuem. Glaubt mir, ihr wollt mich nicht auf die Probe stellen. Sicherlich habt ihr gespürt, was euch erwarten würde.«

Ich beiße mir auf die Unterlippe. Das habe ich in der Tat. Diese Frau ist die personifizierte Hitze. Sie gehört zu diesem magischen, zutiefst feindseligen Ort.

»Gabe.«

Sein Blick ist der gleiche wie in der Kutsche, als er gerade vergiftet wurde und realisiert hat, dass er sterben könnte. Als wäre bereits jegliche Hoffnung verloren und es täte ihm leid, dass ich es miterleben muss.

»Ich kann nicht«, wiederholt er.

»Ich weiß«, flüstere ich. »Aber du musst.«

Er schüttelt den Kopf. »Nein, du verstehst nicht. Ich *kann nicht*. Selbst dann nicht, wenn ich es wollte.«

»Was meinst du damit?«

Als er den nächsten Atemzug nimmt, schließt er für einen Moment die Augen. »Kurz bevor mein Vater gestorben ist, habe ich an seinem Sterbebett versprochen, sein Erbe fortzuführen. Ich habe ihm geschworen, den Ratssitz niemals aufzugeben, solange ich lebe.«

Ich sehe ihn mitleidig an. Sein Vater war kein besonders warmherziger Mann, aber ich weiß, von wem Gabriel sein Pflichtbewusstsein hat. William Silverstein hat seine Aufgabe als Frühlingserbe immer ernst genommen, und in seinem Sohn hat er den perfekten Nachfolger gefunden. Obwohl Frühlingshexer nicht auf herkömmliche Art krank werden können, hatte William ein schwaches Herz, und selbst Gabriel, der ein so begnadeter Heiler ist, konnte nichts für ihn tun. Als er gestorben ist, war ich bereits in London. Gabriel hätte alles für seinen Vater getan, es ist daher wenig verwunderlich, dass er ihm dieses Versprechen gegeben hat. Wahrscheinlich dachte er, es wäre seine Pflicht, wenn er seinen Vater schon nicht retten kann. Wäre Mum nicht so plötzlich verstorben und hätte sie etwas Ähnliches von mir erwartet, hätte ich vielleicht auch anders gehandelt, als ich es getan habe.

Ich nehme Gabriels Hand. »Dein Vater würde es verstehen. Er würde wollen, dass du hier rauskommst und lebst.«

Seine Augen schimmern trauriger, als ich es je gesehen habe, und sein Lächeln ist das eines Todgeweihten, der gerade Frieden mit seinem Schicksal schließt. »Vielleicht. Aber ich habe ihm gegenüber keinen normalen Schwur geleistet, sondern einen Blutschwur.«

Die verhängnisvollen Worte dringen nur langsam zu mir durch, und als sie es schließlich tun, bin ich es, die ein kleines bisschen stirbt.

Ein Blutschwur. Er hat geschworen, niemals sein Erbe aufzugeben und es mit Blut besiegelt. Das bedeutet, wenn er versuchen würde, sein Geburtsrecht auf dem magischen Altar zu opfern, damit er diesen todbringenden Ort verlassen kann, würde er sein Leben verlieren.

KAPITEL 39

Das muss ein Albtraum sein. Ich beiße mir fest auf die Zunge, in der Hoffnung, gleich aufzuwachen und Gabriel gut gelaunt neben mir zu finden. Ihn sagen zu hören, dass ich mir keine Sorgen machen muss. Doch als Blut und Schmerz sich in meinem Mund ausbreiten, bin ich mir sicher, in der Realität zu sein, die schrecklicher ist, als ich es mir hätte ausmalen können.

Tränen brennen mir in den Augen, und ich kann nicht verhindern, dass sie mir die Wangen hinabrinnen.

So ein Schwur kann dich umbringen! Und wenn er das nicht tut, kann er dir das Leben trotzdem zur Hölle machen!

Jetzt begreife ich, warum Gabriel so aufgebracht war, als er von meinem Schwur erfahren hat, den ich gegenüber Diana abgelegt habe. Weil er wusste, was es bedeutet, so etwas zu tun und es zu bereuen.

»Wieso hast du das getan?«, flüstere ich und presse die Lippen aufeinander, als könnte ich so die Tränen daran hindern, weiterzufließen.

Gabriel drückt meine Hand. »Er lag im Sterben. Es war sein letzter Wunsch. Ich wollte ihm das nicht verwehren. Du warst weg und ich …«

Ihm versagt die Stimme, was meinen Tränenfluss nur noch verstärkt. Ich hätte es ihm ausreden müssen. Aber ich war nicht da, weil ich mein eigenes Wohlergehen über alles andere gestellt habe. Ich bin gegangen, ohne ihm meine Gründe zu erklären, und bin nicht zurückgekommen, obwohl er mich gebraucht hätte. Er ist die eine Person, die mich immer verstanden hat. Trotzdem bin ich gegangen und habe ihn ausgesperrt, weil ich nicht damit umgehen konnte, dass seine Pflichten ihm wichtiger waren als das, was zwischen uns passiert ist. Weil ich dachte, unsere Freundschaft würde ihm nichts bedeuten, wenn er mir während einer öffentlichen Feier so das Herz bricht.

Ich war so, so töricht.

Ich hätte diese Katastrophe verhindern können. Jetzt wird er sterben, weil ich nicht so für ihn da war wie er für mich. Er, der mich getröstet und gehalten hat, als meine Mutter gestorben ist. Der mir gesagt hat, dass alles gut wird. Und ich, die eine Welt entfernt war, weil sie ihren Stolz nicht überwinden konnte, während er einen fatalen Fehler begangen hat.

Ich ziehe die Nase hoch und bin erbärmlich und schwach, und es ist mir egal, weil alles plötzlich unwichtig scheint. »Es tut mir so leid.«

Gabriel führt meine Hand an seine Lippen und küsst sie. »Tu das nicht, Reva. Du konntest es nicht wissen.«

»Weil ich es nicht wissen *wollte*«, erwidere ich bitter. »Weil ich egoistisch und ignorant war. Ich hätte für dich da sein müssen, also hör auf, diese Schuld von meinen Schultern heben zu wollen.«

»Es war *mein* Schwur«, beharrt er. »Meine Entscheidung, mit der *ich* leben und sterben muss.«

Leben und sterben.

Ich kann nicht mehr atmen. Da ist eine unsichtbare Kraft, die meine Kehle zudrückt und sich auf meine Brust legt. Er darf nicht sterben.

Verzweifelt schüttele ich den Kopf. »Nein, das lasse ich nicht zu.«

Wieder küsst er meine Hand. »Du musst. Da draußen wartet eine Aufgabe auf dich, schon vergessen? Einer von uns muss die

Person finden, die für dieses Desaster verantwortlich ist, bevor noch mehr Leute sterben.«

Wie gewohnt, sagt er ausschließlich vernünftige Dinge, selbst jetzt noch. Ich weiß, dass er recht hat. Dass ich denjenigen finden muss, der ihm das angetan hat. Aber ich war nie die Vernünftige von uns, sondern die Impulsive. Diejenige, die alle Regeln bricht, weil ich nicht einsehe, Gesetze zu befolgen, die keinen Sinn ergeben und diejenigen verletzen, die ich liebe.

Ich lasse Gabriel los und wische mir die Tränen aus den Augen. »Einmal habe ich dich bereits im Stich gelassen. Glaub nicht, dass ich das wieder tun würde.«

»Dir bleibt keine Wahl«, erwidert er.

Daraufhin muss ich lächeln. »Man hat mir mein Leben lang eingeredet, dass ich keine Wahl habe und die Dinge sind, wie sie eben sind. Aber weißt du, wer mir gezeigt hat, wie falsch das ist? Das warst du. Durch dich habe ich den Mut gefunden, gegen mein Schicksal zu kämpfen. Ich dachte immer, mich dagegen zu wehren, würde bedeuten, zu gehen. Jetzt wird mir klar, dass man nicht jedes Mal weglaufen kann.«

Gabriel öffnet den Mund, um noch etwas zu sagen, doch ich habe meine Entscheidung bereits getroffen. Darum drehe ich mich zu der Wächterin um, die in aller Seelenruhe unsere Unterhaltung verfolgt hat.

»Du hast recht«, stimme ich ihr zu. »Ich will dich nicht auf die Probe stellen. Aber genau das muss ich tun, denn ich werde nicht ohne ihn gehen.«

»Reva, tu das nicht«, fleht Gabriel hinter mir.

Ich bleibe standhaft. »Du kennst mich gut genug, um zu wissen, dass du mich nicht von meiner Entscheidung abbringen kannst.«

Wir haben noch nie auf einen Ratschlag des jeweils anderen gehört, dafür sind wir zu stolz. Trotzdem waren wir meistens füreinander da, wenn wir mit den Konsequenzen unserer Sturheit zurechtkommen mussten.

Die Frau beobachtet uns wachsam. »Dann werdet ihr beide sterben.«

Angriffslustig ziehe ich einen Mundwinkel hoch. »Ich habe nicht vor, das ohne einen Kampf zu tun.«

Sie hat gesagt, sie sei die Wächterin dieses Ortes. Diejenige, die dafür sorgt, dass nach den Regeln gespielt wird. Vielleicht ist sie also der Schlüssel, um gemeinsam von hier wegzukommen. Sie war es, die das Feuer wieder beschworen hat, als ich es bereits gelöscht hatte. Wenn ich einen Weg finde, sie auszuschalten, wird sie uns nicht daran hindern, zu gehen.

»Hm«, sagt sie und leckt sich über die Lippen. »Es hat sich schon lange niemand mehr gewehrt. Meistens laufen jene, die nicht nach den Regeln spielen wollen, weg, und dann finde ich ihre Leichen, weil sie verdurstet sind. Äußerst langweilige Trophäen. Weniger köstlich. Ich mag es, mit meinem Essen zu spielen.«

Ein eiskalter Schauer läuft mir den Rücken hinab. Bevor ich fragen kann, was sie damit meint, entfernt sie sich vom Steinaltar und begibt sich zum Zentrum des Raumes. Ich ziehe mein Messer aus der Innenseite meines Umhangs, weil meine Magie immer noch zu schwach ist.

Als die Wächterin ihre Arme ausbreitet und zu glühen beginnt, habe ich Mühe, meine Waffe festzuhalten. Ihr menschlicher Körper dehnt sich aus und verformt sich, bis keine Frau mehr erkennbar ist. Sie verwandelt sich in ein meterhohes Ungetüm mit messerscharfen Krallen und Zähnen, ledrigen Flügeln, bronzefarbenen Schuppen und raubtierhaften Augen, dessen rotgoldene Pupillen lang und schmal sind.

Schlagartig wird mir klar, welches Wesen dort in das Steintor hinter der Feuerwand gemeißelt wurde. Es ist das gleiche, in das die junge Frau sich gerade verwandelt hat.

Ein Drache.

KAPITEL 40

Der Drache stößt einen markerschütternden Schrei aus. Obwohl ich mir Mühe gebe, meine Emotionen unter Kontrolle zu halten, bricht Panik in mir aus. Ich habe mit allem gerechnet, aber sicher nicht mit so etwas.

Gabriel packt mich am Arm. »Reva, du musst das beenden. Gegen das da sind wir machtlos.«

Mein rasender Puls dröhnt mir in den Ohren, und ich würde am liebsten schreiend weglaufen, aber ich werfe Gabriel nur ein verzweifeltes Lächeln zu. »Bist du nicht der Optimist von uns beiden?«

»Es gibt Momente, in denen Optimismus keine Option mehr ist!«

»Tja, das ist Pech. Ich glaube nämlich, sie ist ein bisschen wütend. Uns bleibt also nur zu kämpfen.«

»Wie stellst du dir das vor?«, ruft er verständnislos.

Gute Frage. Ich hätte jetzt gern einen schlauen Plan parat, aber momentan weiß ich nicht einmal, wie wir die nächsten fünf Minuten überstehen sollen.

»Wir kämpfen mit allem, was wir haben, und versuchen, nicht gefressen zu werden«, antworte ich.

»*Das* ist deine Strategie?«

»Hast du eine bessere Idee?«

»Hatte ich. Du hättest mich zurücklassen sollen!«

»Die war beschissen«, erwidere ich. »Okay, wir machen es so: Du lenkst sie mit deiner Magie ab, und ich warte auf einen günstigen Moment, um sie mit meiner Waffe zu verletzen. Dann –«

Unsere Lagebesprechung wird unterbrochen, als der Drache sein Maul öffnet und Feuer in unsere Richtung speit. Sofort springen wir seitlich aus dem Weg. Obwohl die Flammen uns verfehlen, raubt ihre Hitze mir die Luft zum Atmen.

Gabriel streckt die Arme aus und wirkt seine Magie auf den Drachen, der im nächsten Moment aufschreit und sich krümmt, als litte er Schmerzen. Doch auch Gabriel sieht aus, als bereitete sein Zauber ihm Qualen, denn er beißt die Zähne zusammen und sein Gesicht ist verzerrt.

»Ich kann ihre Knochen nicht brechen«, ächzt er. »Sie sind zu stark.«

Während der Drache sich windet, nutze ich die Gelegenheit, mit meinem Messer auf ihn zuzustürmen. Ich stoße ihm die Klinge ins Hinterbein, die erstbeste Stelle, die ich an seinem Körper erreichen kann. Trotz meines Kraftaufwandes kann die Spitze des Metalls seine dicke, schuppige Haut nicht durchdringen.

Verdammt.

Wie besessen steche ich auf ihn ein, doch es gelingt mir nicht, ihn zu verletzen, ganz egal, wo ich die Klinge ansetze.

Wütend fährt der Drache herum und trifft mich mit seinem dornenbesetzten Schwanz, sodass ich nach hinten geworfen werde und mit dem Rücken auf den Boden pralle. Das Messer fliegt mir aus der Hand.

Mein Körper fühlt sich an, als wäre ein Lastwagen über ihn gerollt. Als ich mich aufrichten will, setzt der Drache seine Vorderfüße ganz nah bei mir ab und bringt den Boden zum Beben. Dann ragt sein riesiger Kopf über mir auf. Er öffnet sein Maul und brüllt mich an. Nach Rauch stinkender Atem und Hitze schlagen mir entgegen, woraufhin ich reflexartig die Augen schließe.

»Nein!«, ruft Gabriel.

Der Drache packt mein linkes Bein mit seinem Maul und schleudert mich durch den Raum. Ich schreie auf, doch sämtliche Luft wird mir aus den Lungen gepresst, sobald ich erneut auf dem harten Steingrund aufkomme.

Mein Bein brennt und pocht. Ich spüre heißes, nassklebriges Blut an meiner Hose.

Sie hätte mich töten können. Aber das hat sie nicht getan. Weil sie mit uns spielen will.

Wieder stößt der Drache ein Brüllen aus. Ich drehe meinen Kopf in die Richtung, aus der sein Schrei kam, und sehe, wie Gabriel mit wutverzerrtem Gesicht seine Magie auf ihn wirkt.

Der Drache krümmt sich, als wären seine Knochen kurz davor, zu zerbersten. Ich richte mich auf und krabbele zu meinem Messer. Als ich aufstehe und mein Bein belaste, brennt es wie Feuer. Dank seiner spitzen Zähne hat er eine tiefe Wunde hinterlassen, aber ich kämpfe gegen den Schmerz an und setze einen Fuß vor den anderen, direkt auf den Drachen zu, der unter dem Einfluss von Gabriels Magie steht.

Wenn die Klinge seine Haut schon nicht durchdringen kann, nehme ich ihm wenigstens seine Augen.

Ich positioniere mich vor Gabriel und damit direkt vor dem Drachen. Nehme seine Hitze wahr, die so gewaltig ist, dass ich fürchte, ich könnte verbrennen, wenn ich seine Schuppen mit bloßen Fingern berühre. Entschlossen klammere ich mich an den Griff meines Messers.

Gerade als ich aushole, hören die Schmerzensschreie des Drachen auf, und seine Augen aus Feuer und Rauch richten sich auf mich. Er öffnet sein Maul. Kurz darauf wirft Gabriel sich von hinten auf mich und reißt mich zu Boden. Dann rast brütend heißes Feuer über uns hinweg.

Gabriel ächzt auf mir. »Meine Magie ist aufgebraucht. Ich bin zu erschöpft, um noch etwas gegen ihn auszurichten.«

Panik erfasst mich, auch wenn es mich nicht wundern sollte, ihn das sagen zu hören. Unser Irrweg durch das Labyrinth hat uns zu viel Energie gekostet, und meine Kräfte sind durch die Tageszeit zusätzlich geschwächt. Ich weiß nicht, ob ich überhaupt etwas gegen dieses Ungetüm ausrichten kann.

Schnell klettert Gabriel von mir herunter, und wir stehen auf, um dem nächsten Angriff des Drachen auszuweichen. Obwohl wir sofort wieder auf den Beinen sind, erwischt der Flammenatem mich an meinem Unterarm.

Mir entfährt ein Schrei, der so unmenschlich ist, dass er nicht mehr nach mir klingt. Der Schmerz in meinem Bein war schon schlimm. Meine Rippen gebrochen zu bekommen, war schrecklich. Aber dieser Verbrennungsschmerz übertrifft alles, was ich je gespürt habe.

Der Drache prescht auf uns zu und stößt Gabriel mit seinen Klauen zur Seite, sodass er durch den Raum geschleudert wird und reglos auf dem Boden liegen bleibt.

Jeder Zentimeter meines Körpers tut weh, doch ich knie mich hin und bündele meine Magie. Es gibt kein Wasser, das ich zu Eis verwandeln und als Waffe nutzen könnte. Also bleibt mir nur meine Kälte, mit der ich gegen die Hitze im Inneren dieser Kreatur ankämpfen muss.

Tief in mir weiß ich, wie aussichtslos unsere Lage ist. Dennoch weigere ich mich aufzugeben.

Ich richte die Macht des Winters gegen das alte, siedend heiße Blut des Drachen und stöhne auf, als unsere Kräfte aufeinanderprallen. Das Ungetüm wird auf mich aufmerksam. Es mit meiner Magie zu bekämpfen, fühlt sich an, als würde ich versuchen, Lava mit einem Kühlakku zu löschen. Ich lasse alles aus mir heraus, was ich noch in mir habe. Merke, dass es zumindest ein klein wenig funktioniert, aber ich bin so schrecklich weit davon weg, den Drachen zu erfrieren, und ich wünschte, die Sonne würde nur einmal dann scheinen, wenn ich sie brauche.

Er jagt auf mich zu und wirft mich zu Boden, bevor er einen seiner Vorderfüße auf meinem Brustkorb platziert. Mit diesen Klauen hätte er ihn zertrümmern können, doch stattdessen presst er seinen Fuß auf mich. Ich kriege keine Luft mehr, ringe verzweifelt nach Atem, aber das enorme Gewicht, das auf meinen Oberkörper drückt, macht es meinen Lungen unmöglich, sich auszudehnen.

Meine Arme und Beine kribbeln. Schwarze, hektische Punkte flimmern vor meinen Augen. Alles tut weh. Ich bin so verdammt müde.

»Nein, stopp!«, schreit Gabriel.

In meinen Ohren piepst es, aber ich höre ihn trotzdem. Erschöpft drehe ich meinen Kopf in seine Richtung. Er hat sich aufgerichtet und seine Arme ausgebreitet. Der Kopf des Drachen fährt zu ihm herum, und der Druck auf meinem Brustkorb wird schwächer.

»Rühr sie nicht an! Ich gebe dir alles, was du willst, wenn du sie gehen lässt. Mein Geburtsrecht, mein Leben und jeden einzelnen Knochen. Sie hat den Preis bereits bezahlt. Lass mich meinen zahlen.«

Eine Welle des Entsetzens rauscht durch meinen Körper.

»Gabe, stopp!«, keuche ich.

Das kann er nicht tun. Das darf er nicht.

Der Drache knurrt und lässt von mir ab, um Gabriel entgegenzustapfen. Obwohl er mich nicht länger festhält, spüre ich weiterhin einen dumpfen Druck auf meiner Brust. Meine Augenlider flattern, als ich nach Luft ringe. Ich bin so ausgelaugt, dass ich am liebsten schlafen würde. Doch als ich sehe, wie der Drache Gabriel zu Boden wirft und sich brüllend über ihn beugt, bin ich hellwach.

»Du musst gehen!«, ruft Gabriel mir zu.

Ich richte mich auf, kann mich jedoch nicht bewegen, so als hätte mich ein Blitz getroffen und paralysiert.

Wie in Zeitlupe hebt der Drache seinen Fuß und lässt ihn mit aller Macht auf Gabriels rechte Hand hinunterdonnern. Das Knacken, das dabei ertönt, jagt mir eine Gänsehaut über den ganzen Körper.

Gabriel schreit auf, so laut und inbrünstig, dass ich zusammenzucke.

Das waren seine Knochen. Dieses Ungetüm hat die Knochen in seiner Hand gebrochen. Seiner wunderschönen Hand, die mich so hauchzart und heilsam berühren kann wie keine andere.

»Reva, geh!«, schreit er. »Bitte, geh!«

So verzweifelt habe ich ihn noch nie gehört. Er klingt wie eine gänzlich andere Person.

Mir ist bewusst, was er von mir will. Dass ich meine Hand auf diesen steinernen Altar lege, mich rette und ihn zurücklasse. Aber das kann ich nicht.

Wieder lässt der Drache seinen Fuß auf Gabriel herabsausen, dieses Mal auf seinen gesamten Arm, und erneut bohren sich ein widerliches Knacken und Schmerzensschreie in meinen Kopf. Alles in mir zieht sich zusammen. Dieses Monster wird ihm jeden einzelnen Knochen brechen. Es wird ihn zersplittern, zerstören, zerbersten, und was von ihm übrig ist, wird es verbrennen und sich einverleiben.

»Reva, verschwinde!«

Mein Körper bebt. Selbst jetzt, im Moment des absoluten Schmerzes, im Angesicht des Todes, denkt er an mich und mein Wohlergehen. So wie bei meinem Einbruch in die Archive, als er dorthin geeilt ist, um mich vor der Polizei zu schützen. Sicher hat er da bereits Anzeichen seiner Vergiftung bemerkt. Er hat mich über sich selbst gestellt, ohne einen guten Grund dafür zu haben.

Zitternd beobachte ich den Drachen. Ich habe nichts, was ich ihm entgegenbringen könnte. Meine Magie hat versagt. Mein Messer ist wirkungslos. Meine Bitten nützen nichts.

Aber ich kann Gabriel nicht verlieren. Nicht so. Ich kann damit leben, dass er mich zurückweist und mich verlässt, dass er Lou oder eine andere Frau heiratet und ich mit gebrochenem Herzen weiterexistieren muss. Wenn er jedoch jetzt stirbt, wird etwas in mir kaputtgehen. Ein namenloser Knochen, den kein Heiler jemals wieder zusammensetzen kann, und ich weiß nicht, ob ich das verkraften würde.

Ich kann ihn nicht sterben lassen. Weil es mich umbringen wird, zu wissen, dass er willentlich in diese Todesfalle getappt ist, um mich zu schützen.

Er hat mich so oft gerettet, obwohl er es nicht gemusst hätte. Das tut er immer. Er beschützt diejenigen, von denen er glaubt, dass sie seine Hilfe brauchen. Da ist bloß nie jemand, der *ihn* beschützt.

Ich betrachte meine Handflächen. Sehe das Blut, das von meiner Wunde am Bein stammen muss, und richte meinen Blick auf das zähe, feucht glänzende Rot, das aus meinem Bein quillt. Seine Farbe hypnotisiert mich. Es scheint mit mir zu kommunizieren, mir zu sagen, dass ich die Sonne nicht brauche, um stark zu sein. Nie zuvor habe ich mein Blut angesehen und es für schön gehalten. Es flüstert mir süße Versprechen von grenzenloser Macht zu, und für einen Moment glaube ich, es ist die Quelle, die mit mir spricht.

Gabriel schreit erneut auf. Der Klang seiner Qualen ist entsetzlich und grausam und schmerzt heftiger als jede Wunde, die man mir zufügen könnte.

Mit Tränen in den Augen lege ich meine Hand auf die Wunde in meinem Bein. Sie brennt fast so sehr wie die verkohlte Haut an meinem Arm. Blut glitzert gefährlich auf meiner Handfläche, klebt an meinen Fingerspitzen und fließt an meiner Haut hinab. Schreie bohren sich in meinen Kopf. Gabriel brüllt meinen Namen, aber auf eine Art, wie ich es nie hören wollte.

Tränen strömen mir ungehalten über das Gesicht. Meine Unterlippe zittert, als wäre mir kalt, und ich presse meine Lippen und meine Augen zusammen, um es zu unterbinden, aber meine

Muskeln schlottern unkontrolliert, und die salzigen Tränen lassen sich nicht aufhalten.

Ich bin im Begriff, etwas Falsches zu tun. Etwas Unverzeihliches, das ich niemals, niemals tun dürfte. Das ich nie tun würde, wenn ich mich allein an diesem Ort befände. Aber Gabriels Schreie vernichten mich, und falls er meinetwegen stirbt, werde ich sie für den Rest meines Lebens als grausames Echo in meinen Albträumen hören, und es wird mich jeden verdammten Tag verfolgen.

Dunkle Vorfreude erbebt in mir.

Ja, scheint sie zu wispern, und ich habe nicht länger die Kraft, um *Nein* zu sagen.

KAPITEL 41

Berauscht vom Anblick meines Blutes und verzweifelt von der schrecklichen Situation, in der wir uns befinden, konzentriere ich meine Magie und verbinde sie mit meinem Blut. Ich habe das nie zuvor getan, habe nie darüber nachgedacht, wie es funktionieren könnte, und dennoch ist es so verflucht leicht, als hätte ich es schon immer gewusst.

Gabriel würde das niemals wollen. Er würde lieber sterben, als dabei zusehen zu müssen, wie ich einen Blutzauber wirke. Wie ich die Gesetze unserer Welt auf die schlimmstmögliche Weise breche. Es ist der eine Regelverstoß, den er nicht einmal von mir hinnehmen kann. Aber ich darf ihn nicht sterben lassen.

Vielleicht ist das egoistisch, doch abgesehen von meiner Familie und meinen Freundinnen ist er das einzig Gute in dieser Stadt. Der Einzige, der sich wirklich darum schert, etwas in dieser Gesellschaft zu verbessern – für *alle* –, und dabei keine Angst hat, sich Feinde zu machen. Er hat etwas getan, zu dem ich nie fähig war, weil ich nicht über den Schmerz der Vergangenheit hinwegblicken konnte.

Ich muss das hier tun. Nicht nur für mich, sondern für jene, die Gabriel brauchen. Wenn ich die Regeln brechen und mich verlieren muss, damit New London eine bessere Zukunft haben kann, werde ich es tun. All den Leuten, die früher so große Hoffnungen in mich gesetzt haben, bin ich es schuldig, mich wenigstens dieses eine Mal für etwas anderes zu entscheiden als mich selbst.

Mir entgleitet die Kontrolle über meine Magie. Sie entwickelt ein Eigenleben, saugt die Macht meines alten Hexenblutes auf und bricht aus mir heraus, stärker, als die Sonne sie je hätte machen können. Meine Angst um Gabriel und mein Zorn auf den Drachen, der über ihm aufragt, nähren sie weiter. Ich will, dass er einfriert und nie wieder auftaut.

Eis entsteht dort, wo meine Füße enden und der steinerne, warme Boden des Labyrinths beginnt. Eine dicke Frostschicht, die sich von meiner Position aus in jede Richtung ausbreitet. Meine Magie wirbelt um mich herum und verwandelt sich in einen Wintersturm, in Eisböen und Schneeflocken und unbarmherzige Kälte. Der unerbittliche Orkan trübt meine Sicht. Die Tränen auf meinen Wangen gefrieren. Ich bin wie in Trance, lasse die dunkle, verheißungsvolle Macht in mir die Kontrolle übernehmen, breite die Arme aus und gebe mich ihr hin.

Der Drache lässt brüllend von Gabriel ab, fährt zu mir herum und kommt auf mich zu. Er öffnet sein Maul und speit Feuer. Die Flammen rasen direkt auf mich zu, heiß und gnadenlos, doch sie erlöschen, bevor sie mich erreichen können.

Meine Magie zerrt an mir, meinem Blut und meiner Seele. Ich gebe ihr alles, was ich habe. All den Schmerz, die Angst und die Schuld. Die Magie ist so, so hungrig.

Ich schließe die Augen und lasse sie wüten, obwohl ich weiß, dass eine solche Macht Kontrolle braucht. Jemand wie ich dürfte einen Sturm wie diesen niemals entfesseln, vor allem nicht bei Dunkelheit, aber ich fühle mich so mächtig, und es tut gut, diesen Hunger zu stillen.

Ja, frohlockt etwas in meinem Inneren. *Ja, ja, ja.*

Ich verliere einen Teil von mir, der niemals hätte verloren gehen dürfen, übertrete eine Grenze, die für immer hätte unangetastet bleiben müssen, und doch breche ich den Zauber nicht ab.

In meinen Gedanken sehe ich nur ein einziges Gesicht. Sanfte, tiefgründige Augen, die mich verträumt ansehen. Ein schelmisches Lächeln, das bezaubernde Fältchen wirft. Er ist so wunderbar gut, und wenn ich schlecht und finster sein muss, um das wenige Gute in dieser Stadt zu bewahren, gebe ich diesem dunklen Verlangen in mir alles.

Der Sturm wird stärker. Ich befinde mich im Auge eines eiskalten, unaufhaltsamen Tornados. In meinen Ohren ist nur noch zischender, pfeifender Wind. Kein Brüllen mehr, keine Schreie. Ich fühle nichts. Keinen Schmerz, keine Hitze, keine Magie. Alles ist kalt und taub, und ich weiß nicht mehr, wo oder wer ich bin. Ich lasse mich von eisigen Wellen tragen, bis da nur noch Stille in mir und um mich herum ist.

Dann kommt das Gefühl zurück. Alles verzehrende Reue macht sich in mir breit, als hätte ich eine unaussprechliche, schreckliche Tat begangen, die nicht mehr rückgängig zu machen ist.

Ich öffne die Augen. Der gesamte Raum ist mit einer Eisschicht überzogen. Hektisch atme ich ein und aus, starre auf meine Hände. Das Blut ist getrocknet. Abgesehen von meinen vorherigen Verletzungen bin ich unversehrt. Das Feuer am Steintor hinter mir ist verschwunden, und der Drache vor mir ist vollständig zu Eis erstarrt. Zu einer kalten, glitzernden Skulptur mit geöffnetem Maul, dessen spitze Zähne zu Eiszapfen geworden sind.

Schwer atmend sinke ich auf die Knie, kauere wie ein Häufchen Elend in dem kleinen Kreis, der vom Eis unberührt geblieben ist. Mein Atem gefriert vor meinem Gesicht.

»Was hast du getan?«

Gabriel steht inmitten von Eis und Kälte und starrt mich an. Sein Arm und seine Hand sind schlimm zugerichtet, aber mein Magieausbruch scheint ihn nicht berührt zu haben.

Ich will aufstehen, auf ihn zustürmen, ihn umarmen und ihn küssen. Doch etwas in seiner schockierten Miene hält mich davon ab. Er sieht mich an, als hätte er Angst vor mir, und wenn ich ehrlich bin, verstehe ich ihn. Ein Teil von mir fürchtet sich vor dem, was ich gerade getan habe. Ein solch schwerwiegender Blutzauber bleibt nicht ohne Konsequenzen, das weiß jede Hexe. Es wird mich verändern.

Langsam kommt Gabriel auf mich zu, als fürchtete er, ich könnte jeden Moment wieder die Kontrolle über meine Kräfte verlieren. Ich bleibe, wo ich bin. Sitze wie ein verlorenes Kind inmitten von Eis und Chaos, während er vor mir in die Hocke geht. Er sieht genauso niedergeschlagen aus, wie ich mich fühle.

»Es war der einzige Weg, um dich zu retten«, wispere ich unter Tränen. »Ich konnte dich nicht sterben lassen. Nicht meinetwegen.«

»Was du getan hast …«

»Mir ist bewusst, dass ich eine Grenze überschritten habe.«

Ich lächele ihn traurig an und erhebe mich. Halte die Hände vor meinen Körper, als wollte ich ihm beweisen, dass ich unbewaffnet bin. Vielleicht möchte ich ihm auch nur zeigen, dass ich noch ich selbst bin, obwohl sogar ich Zweifel daran habe.

»Tu, was du tun musst«, fordere ich Gabriel auf. »Was du immer tust.«

Deine Pflicht.

Er ist ein Ratsmitglied, die höchste politische Instanz unserer Gesellschaft, und ich habe gerade das oberste Gesetz gebrochen. Ich habe einen Blutzauber mit meinem eigenen adligen Blut gewirkt. Schlimmer wäre nur gewesen, das eines Unschuldigen für magische Rituale zu nutzen. Egal, wofür ich es letztendlich getan habe, er kann mich nicht davonkommen lassen. Es ist seine Pflicht, mich beim Hohen Gericht anzuzeigen. Um die Gesellschaft zu schützen und auch mich selbst. Hierfür werde ich ins Gefängnis kommen. Man wird mich in eine Zelle sperren und mich mit magischen Fesseln von meiner Magie abschneiden. Es soll furchtbar sein, als Hexe so zu leben.

Gabriel steht auf und schüttelt den Kopf. »Ich kann nicht.«

»Warum nicht?«

Er lächelt, als wäre die Antwort offensichtlich. »Weil ich dich kenne. Du überschreitest Grenzen und brichst Gesetze, die du für sinnlos hältst, aber du würdest nie deinen moralischen Kompass ignorieren. Ohne einen guten Grund hättest du nicht zu diesem Mittel gegriffen, darum ist das hier genauso meine Schuld wie deine. Wie könnte ich dich für etwas verurteilen, für das ich mitverantwortlich bin?«

»Seit wann machst du bei Regelverstößen Unterschiede?«, frage ich unglücklich.

Gabriel hebt seine gesunde Hand und streicht mir zärtlich eine Haarsträhne aus dem Gesicht. »Seit ich nicht mehr objektiv sein kann.«

Dann nimmt er mich halb in den Arm. Ich drücke mein Gesicht gegen seine Brust und vergrabe die Finger in seinem Hemd, darauf bedacht, ihn nur dort zu berühren, wo er unverletzt ist. Die Gedanken in meinem Kopf rasen und lassen mir keine Ruhe. Ich habe Angst. Vor mir selbst und vor dem, was es aus mir gemacht hat. Jetzt ist meine Magie still, aber da ist dieses dunkle, fremde Gefühl, das an meinem Unterbewusstsein kratzt und auf eine weitere Gelegenheit wartet, mich zu verführen. Was, wenn es nicht mehr verschwindet? Wenn ich den Verstand verliere?

»Danke«, murmelt Gabriel. »Du hättest mir nicht folgen müssen und hast es trotzdem getan.«

Ich schniefe. »Nur, weil du behauptest, allein zurechtzukommen, heißt das nicht, dass du das auch immer musst.«

Er brummt leise. »Das klingt wie etwas, das ich dir mal gesagt habe.«

»Sollte es auch.«

»Du hörst mir eindeutig zu gut zu, weißt du das?«

»Ist das nicht genau das, was du mit deinen Moralpredigten erreichen willst?«

»Nicht, wenn du sie gegen mich verwendest.«

Einen Moment lang verharren wir schweigend in unserer Umarmung. Gabriels Gegenwart ist das Einzige, das mich daran hindert, zusammenzubrechen. Er gibt mir das Gefühl, jetzt sicher zu sein, auch vor mir selbst und dem dunklen Gefühl, das mich dazu verleiten will, mich zu verlieren. In diesem Augenblick wird mir klar, dass ich es wieder tun würde. Ich würde ihn immer retten, auch wenn es mich alles kosten würde, ganz egal, ob wir ein Liebespaar sind oder nicht. Weil wir das eben so machen. Wir retten uns gegenseitig. Auf mehr Arten, als ich noch zählen könnte. Dabei spielt es keine Rolle, was wir füreinander sind.

»Lass uns gehen«, flüstert er. »Wir sollten uns um diese Verletzungen kümmern und dann weitersehen.«

Anscheinend ist er so erschöpft, dass er weder Wunden noch Knochen magisch heilen kann.

Vorsichtig löse ich mich von ihm und marschiere auf den vereisten Steinaltar zu. Als ich meine Hand darauflege, reagiert er auf meine Berührung, und das Tor fährt herunter, um einen weiteren, von Fackeln beleuchteten Weg zu offenbaren. Hoffentlich führt der in die Freiheit.

Weil ich der Sache nicht traue, drehe ich mich noch einmal um und betrachte den Drachen, der sogar in dieser kalten, glitzernden Form noch gefährlich aussieht. Doch er rührt sich nicht.

Trotz seines Zustandes schenkt Gabriel mir ein aufmunterndes Lächeln, bevor wir zusammen aufbrechen. Ich hoffe, mit diesem Ort kann ich auch die quälenden Gedanken hinter mir lassen. Wer weiß, wenn ich nur schnell genug laufe, können sie mir vielleicht nicht folgen.

KAPITEL 42

Der Weg führt uns tatsächlich hinaus, und ich glaube, ich war noch nie so froh, die reine Luft von New London einatmen zu dürfen. Nachdem Gabriel vorgeschlagen hat, sich in der Bernsteinvilla um meine Verletzungen zu kümmern und sie restlos zu heilen, sobald er wieder zu Kräften gekommen ist, setze ich mich mit ihm in die nächstbeste Kutsche.

In diesem Moment will ich ihm gestehen, was ich wirklich für ihn fühle. Aber als ich sehe, wie er den Kopf müde gegen die Innenverkleidung der Kutsche lehnt und seine Augen geschlossen hält, als würde er friedlich schlafen, frage ich mich, was es ändern würde. Wir können nicht zusammen sein. Meine Gefühle haben keinen Einfluss auf unsere Situation, und selbst wenn Gabriel sie erwidern würde, müsste er trotzdem eine andere heiraten. Es würde nur alles komplizierter machen, und das braucht gerade keiner von uns.

Als wir bei der Bernsteinvilla ankommen, legt Gabriel seine gesunde Hand auf die Eingangstür. Die kleine Knospe, die in dem darin eingearbeiteten Glaselement steckt, erblüht zu einer wunderschönen gelben Narzisse, woraufhin das Schloss sich entriegelt und die Tür aufspringt.

In der prächtigen Eingangshalle begegnet uns niemand. Ich folge Gabriel ins Obergeschoss, wo wir uns in sein Arbeitszimmer zurückziehen. Doch als wir die Tür hinter uns geschlossen haben, wird klar, dass wir nicht allein sind.

Auf dem Stuhl hinter Gabriels großem Schreibtisch sitzt Lydia und hält etwas Glitzerndes in der Hand. Ein Diadem, das aussieht, als wäre es aus vergoldeten Zweigen geformt, an denen Blätter aus Smaragden wachsen. Ich kenne das Stück, auch wenn Gabriel es selten trägt. Es ist das Familiendiadem, das nur dem Frühlingserben zusteht. Niemand außer ihm kann es ohne Schmerzen auf dem Kopf behalten. Diese Erbstücke wehren sich gegen einen Träger, dem sie nicht zustehen.

Lydia starrt es einen Moment unzufrieden an, doch nachdem wir hereingekommen sind, legt sie es hastig auf dem Schreibtisch ab.

»Was machst du hier?«, will Gabriel wissen.

Sie sieht ihn an wie einen Geist und erhebt sich dann vom Stuhl, bleibt jedoch hinter dem Tisch stehen. »Ich … habe gewartet. Auf dich. Lady Graham ist vor einiger Zeit hierhergekommen und hat behauptet, du seist verschwunden. Ich habe mir Sorgen gemacht.«

Skeptisch beobachte ich sie. Sie wirkt nervös, was überhaupt nicht ihre Art ist. Außerdem ist sie niemand, der sich *Sorgen* um andere macht, zumindest nicht, solange es sich um jemand anderen als ihre eigenen Kinder handelt.

»Warum genau solltest du dich gesorgt haben?«, will ich wissen.

»Weil *du* bei mir aufgetaucht bist und so getan hast, als wäre etwas Furchtbares mit ihm passiert«, beschuldigt sie mich und deutet auf Gabriel. »Aber wie ich sehe, geht es meinem Neffen gut. Oder ist irgendetwas vorgefallen?«

Lydia beobachtet ihn wachsam und scheint unsere Wunden gar nicht wahrzunehmen. Sie sieht Gabriel an, als suchte sie etwas in seinem Gesicht. Die Antwort auf eine Frage, die nur sie kennt.

»Was wolltest du mit dem Diadem?«, will Gabriel wissen. »Warum hast du es aus der Schublade genommen?«

Sie wendet ihren Blick ab. »Ich habe hier gesessen und mich gelangweilt.«

»Seit wann bekämpfst du deine Langeweile in meinem Arbeitszimmer?«

»Wie ich bereits sagte, ich habe auf dich gewartet. Lady Graham hat mich ganz durcheinandergebracht. Warum ist sie überhaupt hier? Sie ist schon einmal in dieses Haus eingebrochen und hat dabei eine Scheibe zertrümmert. Wieso bringst du sie her?«

Ich beobachte ihre Hände. Sie ballt sie so fest zu Fäusten, dass die Knöchel weiß hervortreten. Ihre ganze Haltung ist angespannt.

Eine schreckliche Erkenntnis schleicht sich wie ein Schatten an mich heran. So viele scheinbar unbedeutende Erinnerungen prasseln auf mich ein. Lydia, die mir erzählt, die Morde seien von Sonnengeborenen an Mondgeborenen verübt worden, obwohl niemand etwas davon geahnt haben konnte. Lydia, die mir nicht glauben wollte, dass Gabriel vergiftet wurde, und mich attackiert hat, um mich davon abzuhalten, ihm das Gegengift zu bringen. Lydia, die Sonnengeborene hasst und mich immer darauf reduziert hat. Die eine Frühlingshexe ist und sich mit Giften und deren Wirkung auskennen muss. Sie hätte mehr als jede andere Person Gelegenheiten dazu gehabt, Gabriel zu vergiften, und ist reich genug, um Leute für ihre schmutzigen Machenschaften zu bezahlen, sodass niemand das alles je mit ihr in Verbindung bringt. Sie hätte ein Interesse daran, dass ihr Neffe stirbt, weil dann ihr eigener Sohn der nächste Erbe sein wird und ihr Mann bis zu dessen Volljährigkeit den Ratssitz verwalten könnte. Außerdem ist sie eine der wenigen Personen in dieser Stadt, die überhaupt ahnen konnten, dass ich Gabriel genug bedeute, damit er wegen mir bereitwillig auf eine Erpressung eingeht. Sie wusste, dass wir befreundet waren, und hat es nie befürwortet. Wahrscheinlich hat sie geahnt, dass wir noch immer eine gute Beziehung zueinander haben, nachdem ich vor zwei Wochen Gabriels Leben gerettet habe. Er hat sie schließlich davon abgehalten, mich anzuzeigen.

Es war alles die ganze Zeit vor meiner Nase, und ich habe es nicht gesehen. Weil es undenkbar ist. Und trotzdem so schrecklich logisch.

»Sie ist es«, flüstere ich Gabriel zu. »Sie war es von Anfang an.«

Er dreht seinen Kopf zu mir. Schock zeichnet sich in seinem Gesicht ab. Diese Worte lösen vielleicht auch bei ihm eine Kaskade an Erinnerungen aus, an kleine Momente, die so nichtig waren und nun im richtigen Licht an Bedeutung gewinnen. Es ist, als würde ein Schleier gelüftet werden.

»Was war das?«, will Lydia wissen. »Was hat sie da gerade gesagt?«

Mit steinerner Miene fischt Gabriel etwas aus seiner Hosentasche. In der gesunden Hand hält er den Brief, der ihn in dieses unterirdische Labyrinth geführt hat.

»Kommt dir das bekannt vor?«, fragt er düster.

Lydia schürzt die Lippen. »Nein, was soll das sein? Außer ein Stück Papier, natürlich.«

»Vielleicht sollte ich es dir ja vorlesen? Oder willst du dich lieber gleich einer Befragung mit einem Wahrheitskristall unterziehen?«

Ich beobachte, wie ihr Atem sich beschleunigt und ihre Augenbewegungen hektischer werden.

»Ich weiß wirklich nicht, wovon du redest«, erwidert sie, doch selbst ihre Stimme ist unruhig.

Sie war noch nie eine gute Lügnerin. Anders als Alexandra Campbell versteht sie sich auf Direktheit. Ihre Kinder mag sie noch belügen können, aber uns führt sie nicht länger hinters Licht.

»Hast du den Brief geschrieben?«, will Gabriel wissen. Seine Worte klingen nicht einmal mehr wie eine Frage. »Falls dem so ist, sag es mir jetzt. Ansonsten können wir es gern auf eine Befragung ankommen lassen.«

»Was soll das, Gabriel?«, fragt Lydia feindselig.

»Hör auf mit der Scharade!«, rufe ich. »Du weißt genau, was

das soll! Gabriel ist an diesem verdammten Ort, zu dem *du* ihn gelockt hast, fast gestorben! Wie kannst du nur deinen eigenen Neffen umbringen wollen?«

Die Dunkelheit in mir, die sich während der Kutschfahrt in eine ferne Ecke meiner Gedanken verzogen hat, kehrt jetzt wieder zu mir zurück. Es ist, als würde ich es plötzlich *wissen*. Als würde ich die Wahrheit mit jeder Faser meines Körpers spüren. Ich kann nicht glauben, dass ich nicht längst begriffen habe, was für ein Spiel sie spielt.

Lydia weicht einen Schritt zurück und schüttelt den Kopf, sieht von mir zu Gabriel. »Er sollte niemals sterben. Nur seinen Ratssitz aufgeben.«

Ich lache kalt auf. »Ach ja? Hast du ihn deshalb vergiftet und ihm ein Messer in den Bauch rammen lassen? Weil er nicht sterben sollte?«

»Das alles sollte ihn *abschrecken*!«, schreit sie. »Er kann sich heilen und hat für alles Gegengifte, natürlich wollte ich ihn nicht töten! Ich dachte, es würde reichen, ihn mit diesen Attentaten einzuschüchtern, aber er wollte sein Erbe nicht niederlegen! Also brauchte ich eine andere Lösung. Ich habe von einem Ort erfahren, der ihn angeblich dazu bringen würde, sein Erbe freiwillig abzutreten. Es war der perfekte Plan. Er würde den Ratssitz verlieren, und es würde ihm dabei nichts zustoßen. Es war die beste Lösung für uns alle.«

Da ist die Wahrheit, nach der wir so lange gesucht und sie doch nicht gesehen haben.

In Gabriels Augen liegt so viel Schmerz. Sein Mund ist leicht geöffnet, und zwischen seine Brauen gräbt sich eine tiefe Falte. Was er bis eben höchstens geahnt hat, ist jetzt traurige Gewissheit. Es muss ein Albtraum sein, so wenigen Leuten zu vertrauen und dann von den Personen, mit denen man sich umgibt, auch noch hintergangen zu werden.

»Die beste Lösung für *wen*?«, fragt er.

Seine Worte sind leise und transportieren so viel Enttäuschung. Der Verrat seiner Tante muss furchtbar wehtun.

»Für diese Familie!«, ruft Lydia erbost, als hätte *sie* das Recht, sauer zu sein. »Deine Politik gefährdet uns alle! Ich habe dir so oft gesagt, dass die Unterstützung von Sonnengeborenen gefährlich ist und nur Schaden anrichten wird! Aber selbst, als Grace deswegen auf offener Straße von einem Fremden attackiert wurde, wolltest du nicht damit aufhören. Sie leidet immer noch unter den Folgen, jede einzelne Nacht! Nur hier im Haus ist sie noch sie selbst, und das ist deine Schuld. Glaubst du, ich würde darauf warten, bis es tatsächlich jemandem gelingt, mein Kind zu töten? Ich würde *alles* tun, um sie zu schützen. Es war die richtige Entscheidung. Mein Bruder hätte eine solche Politik ohnehin nie gewollt. Er wusste, wie wichtig es ist, Traditionen zu bewahren. Deshalb war dein Kontakt zu *ihr* ihm immer ein Dorn im Auge.«

Sie sieht mich an wie etwas, das ein Tier halb zerkaut und dann wieder ausgespuckt hat.

Mir war nicht klar, dass Grace angegriffen wurde, weil Gabriels Politik den Bewohnern von New London so aufstößt. Bisher dachte ich, sie würden nur ihn zum Feind erklären, aber einem Kind schaden? Was stimmt mit den Leuten nicht? Was ist so schlimm an Gleichberechtigung, dass manche bereit sind, so weit zu gehen?

Trotzdem hat Lydia unrecht. Es ist nicht Gabriels Schuld, dass das passiert ist. Sondern die Schuld von Hexen wie ihr, weil sie sich so vehement gegen etwas stemmen, das selbstverständlich sein sollte.

»Ich ziehe den Dorn einer vergifteten Blüte vor«, erwidert Gabriel bitter. »Dein Plan war übrigens umsonst.«

Er geht zu seinem Schreibtisch, nimmt das Diadem und platziert es auf seinem Kopf. Die Smaragde glühen auf, als es sein Haupt berührt, der Beweis dafür, dass es ihn als seinen Meister akzeptiert. Lydia starrt ihn fassungslos an.

»Die Polizei wird sich um dich kümmern, und dann befasst sich das Hohe Gericht mit der Sache«, sagt er kühl.

Seine Tante schüttelt den Kopf. »Nein, das kannst du nicht tun, Gabriel! Grace und Charlie brauchen ihre Mutter. Du darfst mich nicht dafür anzeigen.«

»Sie hätten ihre Mutter die ganze Zeit über gebraucht, aber du wolltest lieber Politikerin sein. Sei versichert, dass ihnen nichts geschehen wird. Sie können nichts für deine Entscheidungen.«

Ich habe keine Ahnung, wie er angesichts eines so schwerwiegenden Verrats noch so ruhig bleiben kann, wenn alles, was ich fühle, dieser vernichtende Zorn ist. Meine Magie gräbt sich eiskalt durch meine Knochen.

Lichterfee. Gesindel. Terroristen.

So viel Verachtung für meinesgleichen.

»Mussten all diese Hexen deshalb sterben?«, frage ich wie in Trance. »Damit die Taten den Sonnengeborenen in die Schuhe geschoben werden können? Um die Bevölkerung von New London noch stärker gegen sie aufzuwiegeln? Das war von Anfang an das Ziel, oder?«

Wie perfide das alles ist. Ich weiß nicht, woher sie wusste, dass ausgerechnet diese Personen in Wahrheit Sonnengeborene waren. Vielleicht von einem der Kents. Vielleicht hat sie selbst Nachforschungen dahingehend angestellt, und dann hat sie diese Tatsache für sich genutzt, um jene zu töten, die in ihren Augen schon immer weniger wert waren. Sie hat die Opfer für ihre politischen Zwecke instrumentalisiert. Es macht mich krank, dass das vermutlich von Beginn an der Plan war. Diese Frauen und Männer waren für sie bloß Mittel zum Zweck. Es ging nie um dunkle Zauber oder Rituale. Wahrscheinlich waren die Zeitpunkte so seltsam gewählt, um eine falsche Fährte zu legen. Es ging nur um Politik. Um die ewige Vorherrschaft der Mondgeborenen.

»Ich weiß nicht, wovon du redest«, behauptet Lydia.

Selbst jetzt wagt sie es noch, zu lügen. Weil sie genau weiß, dass sie dann niemals wieder das Mondlicht sehen würde. Attentate auf ihren Neffen in Auftrag zu geben, ist eine Sache. Dass er dabei nicht gestorben ist, wird sich mildernd auf ihre Strafe auswirken, und das dürfte ihr klar sein. Aber all die weiteren Morde, die erfolgreich waren? Dafür wird sie lange weggesperrt werden.

Kälte frisst sich durch mein Blut. Rohe, unersättliche Macht, die bis eben noch geschlafen hat.

»Sind Leute wie ich in deinen Augen so wenig wert, dass wir nicht einmal die Wahrheit verdienen?«, frage ich mit Tränen in den Augen.

Lydia erwidert eisern meinen Blick. »Welche Wahrheit? Hexen wie du haben genauso einen Platz in dieser Stadt wie wir. Warum ist euch das nicht genug? Aus welchem Grund wollt ihr ein System zerstören, das seit Jahrhunderten funktioniert?«

Bitterkeit erfüllt mich ganz und gar.

Es *funktioniert.*

Ja, für ihresgleichen hat es das immer. Ihr können all die Sonnengeborenen egal sein, die irgendwann nachts öffentlich die Kontrolle über ihre Magie verlieren, weil sie wegen dieses achso-funktionierenden Systems nie gelernt haben, mit der vollen Stärke ihrer Kräfte umzugehen. Sie haben schlechtere Chancen in dieser Gesellschaft, weil das Schulsystem nicht auf sie zugeschnitten ist. Weil nichts in dieser verdammten Stadt je auf sie zugeschnitten war.

Etwas in mir drängt sich mit aller Macht an die Oberfläche. Ich spüre denselben Zorn wie unten im Labyrinth.

»Funktionsfähig und gut sind zwei verschiedene Dinge«, erwidert Gabriel.

Seine sachlichen Worte sollten mich beruhigen, aber sie besänftigen mich nicht. Ich sehe nur die Abneigung in Lydias Blick, eine Feindseligkeit, die eigentlich *mir* zustehen sollte und zu der sie kein Recht hat. Wie kann sie es wagen, mich so anzusehen, wenn sie so viele Hexen getötet hat? Falls sie es überhaupt selbst getan hat. Sie würde sich sicher nie die Finger schmutzig machen. Sie instrumentalisiert und manipuliert, und niemand hat sie je dafür zur Rechenschaft gezogen.

»Das ist Demokratie!«, ruft sie zornig. »So läuft es auf der Welt nun einmal, aber ihr begreift das nicht. Man kann nie alle zufriedenstellen, darum sollte man sich darauf konzentrieren, es so vielen Leuten wie möglich recht zu machen, statt sich nach einer Minderheit zu richten!«

Ich beiße mir auf die Innenseite meiner Wange. Die Dunkelheit in mir scheint mich erwartungsvoll anzulächeln. In mir pulsiert eine Macht, über die ich zu dieser Tageszeit nicht verfügen dürfte.

So läuft es auf der Welt nun einmal.

Aber das sollte es nicht.

Ich starre Lydia an, die ihre Worte mit einer solchen Selbstverständlichkeit und Überheblichkeit ausgesprochen hat, dass ich den Zorn in mir nicht halten kann. Sie hat so viel Leid über uns Sonnengeborene gebracht, hat versucht, ihren eigenen Neffen umzubringen. Und wofür? Damit alles genauso ungerecht bleibt, wie es ist?

Lass es sie spüren, fordert die Dunkelheit in meinem Inneren.

Und ich gebe mich ihr hin.

KAPITEL 43

Eiskristalle entstehen an meinen Fingerspitzen. Lydia friert in ihrer Bewegung ein, als wäre sie zu einer reglosen Skulptur geworden. Ein feiner glitzernder Schleier beginnt, ihren Körper zu überziehen. Bevor sie etwas sagen kann, ist sie mit offenem Mund erstarrt, während sich der Frostmantel über ihr ausbreitet.

»Reva«, ruft Gabriel.

Ich kann mich nur noch auf Lydia konzentrieren und den Zorn, den sie in mir auslöst. Der Schmerz von damals kehrt zurück, als meine Mutter mich mit diesem Blick angesehen hat, der eine Mischung aus Reue und Enttäuschung war. Ein Blick, mit dem sie meine Geschwister nie bedacht hat.

Es ist meine Schuld, hat sie manchmal gesagt. *Weil ich nicht stark genug war, bist du es auch nicht.*

Aber damit lag sie falsch.

Ich spüre, wie sich die Wärme aus Lydias Körper zurückzieht und wie ihre Temperatur stetig fällt. Die Dunkelheit in mir frohlockt. Diese Frau hat andere Hexen getötet, weil sie sie für schwach und minderwertig hielt. Ich zeige ihr, was Schwäche wirklich bedeutet.

»Reva, hör auf!«

Die Umgebung rückt in den Hintergrund. Was, wenn das Hohe Gericht keine Notwendigkeit sieht, Lydia mit einem Wahrheitskristall zu befragen? Wenn sie dort jemanden bestechen kann, weil diese Leute insgeheim genauso denken wie sie? Wenn es für all ihre Vergehen keine Gerechtigkeit geben wird?

»Das bist nicht du.«

Gabriels Stimme reißt mich aus meiner Trance. Ich starre schockiert auf meine Hände, die von Frost bedeckt sind. Die Kälte habe ich gar nicht gespürt.

Er hat recht, ich muss aufhören. Aber die Verbindung zu meiner Magie lässt sich nicht trennen. Ich zerre an ihr, versuche den Winter fortzuscheuchen, den ich in Lydias Körper geschickt habe, doch es misslingt mir.

Schnell weiche ich einige Schritte zurück, als könnte ich mit der Distanz die Magie von Lydia weglocken.

»Lass los«, bittet Gabriel.

Ich starre ihn mit aufgerissenen Augen an. »Ich … kann nicht. Gabe, ich kann nicht.«

Panisch stolpere ich rückwärts, bis ich die Wand in meinem Rücken spüre. Warum hört es nicht auf? Warum fließt die Magie immer noch aus mir heraus, und wieso ist sie so verdammt stark?

Meine Brust wird eng. Ich schnappe nach Luft, aber da ist ein Widerstand vor meinen Lungen, als wären sie in einem Schraubstock gefangen. Warum gehorcht meine Magie mir nicht?

Gabriel tritt dicht vor mich und legt seine Hand auf meine Schulter. »Doch, du kannst. Sieh mich an.«

Ich löse den Blick von meinen vereisten Fingerspitzen, um seinem zu begegnen.

»Sieh mich einfach nur an«, murmelt er. »Ich bin hier.«

In kurzen Abständen atme ich ein und aus, doch es fühlt sich so an, als würde ich versuchen, Luft in einen durchlöcherten Ballon zu pumpen.

Ich richte all meine Konzentration auf Gabriel. Er ist der Einzige, der das alles je besser machen konnte. Den Schmerz, den Selbsthass, die Enttäuschung. Er konnte mich nicht davor retten, aber er hat mir die Stärke gegeben, mir selbst zu helfen. Hat mich wachsen lassen, so wie der Frühling die Natur erblühen lässt. Ich habe den Schmerz hinter mir gelassen und etwas Neues gefunden. Genau das muss ich jetzt wieder tun. Die Dunkelheit gehen lassen und etwas anderes finden.

Der Frost auf meinen Fingern zieht sich etwas zurück.

»Ja, genau so«, flüstert Gabriel lächelnd. »Ich weiß, dass du es kannst.«

Wie schafft er es nur, in dieser furchtbaren Situation zu lächeln? Nach allem, was er gerade eben erfahren hat? Nachdem der letzte Rest seiner Familie in Scherben liegt?

Vielleicht bedeutet das ja, dass ich es auch kann. Den Schmerz und den Zorn gehen lassen.

»Atme ganz langsam«, weist er mich an und legt seine Hand auf meine Wange. »Es kann dich nicht kontrollieren, wenn du es nicht erlaubst.«

Ich verlangsame meine Atmung.

Er hat recht. Ich habe die Dunkelheit da unten die Kontrolle übernehmen lassen. Ich *wollte* den Drachen bezwingen, wollte Gabriel retten, wollte jetzt Lydia wehtun und sie für ihre Taten bestrafen. Wollte mich mächtig fühlen, weil ich mich mein Leben lang wie das Gegenteil gefühlt habe. Die Dunkelheit ist daran gewachsen. Erst habe ich ihr mit meinem Blut Macht gegeben und mich dann ihren Forderungen unterworfen. Sie lebt von den Momenten, in denen ich das Schlechte in mir gewinnen lasse, wie vor einigen Tagen, als ich es genossen habe, Lydia für ihren Angriff auf mich zu bestrafen. Ich wollte es. Aber ich habe aufgehört, und wenn ich es damals konnte, dann kann ich es auch jetzt.

Mit aller Kraft schiebe ich die finsteren Gefühle und das Verlangen, Lydia zu verletzen, beiseite.

Im nächsten Moment sinkt sie zu Boden und bleibt dort liegen. Der dumpfe Aufprall bringt Gabriel dazu, mich loszulassen. Er geht neben seiner Tante in die Hocke.

Ein fester Druck liegt auf meinem Hals, der sich anfühlt, als würde mir etwas die Kehle zuschnüren. Ich versuche zu atmen, aber die Tränen verstopfen alles. Meine Muskeln sind so angespannt, dass ich denke, sie zerreißen.

»Sie lebt«, versichert Gabriel, bevor er wieder zu mir zurückkommt.

Ich schlucke, sehe ihn verzweifelt an. »Du musst mich vors Hohe Gericht bringen. Ich bin eine Gefahr, ich kann nicht –«

»Shh«, wispert er und wischt mir die Tränen von den Wangen, die ich erst jetzt bemerke. »Es war heute alles zu viel, in Ordnung? Das, was da unten geschehen ist, beeinflusst dich wahrscheinlich noch immer. Eine Nachwirkung des Blutzaubers, schätze ich. Es wird vorübergehen.«

»Was, wenn nicht?«, schluchze ich. »Gabe, ich habe solche Angst.«

Sorge huscht über sein müdes Gesicht. »Ich weiß. Es tut mir so leid. Aber es wird besser, ganz bestimmt.«

»Was, wenn es bleibt?«, wispere ich.

Er lehnt seine Stirn gegen meine. Unsere Nasenspitzen berühren sich. »Dann wirst du lernen, damit umzugehen. Ich bin mir sicher, dass du es kannst. Du bist so viel stärker, als du denkst.«

Mir fällt es schwer, seinen Worten zu glauben, aber ich will es versuchen. Will daran festhalten, dass ich keine böse Hexe bin, die andere nach Lust und Laune einfriert, die Blutzauber nutzt und sich selbst verliert. Tief in meinem Herzen bin ich immer noch ich.

Gabriel lässt mein Gesicht los, berührt mich kurz darauf sanft an meinem Bein. Ein warmes, angenehmes Kribbeln entsteht dort, wo er seine Magie wirkt, die sich langsam zu erholen scheint.

»Ich hätte dich jetzt gern bei mir«, murmelt er, ohne seinen Blick von mir zu lösen. »Aber ich fürchte, du solltest gehen, bevor sie wieder zu sich kommt.«

Noch immer liegt Lydia reglos auf dem Boden. Obwohl sie so

viel Schreckliches getan hat, fühle ich mich schuldig, weil ich für ihren Zustand verantwortlich bin.

»Das wäre wohl das Beste«, stimme ich zu.

»Ich werde der Polizei sagen, dass du in Notwehr gehandelt hast, falls meine Tante auf die Idee kommen sollte, diesen Vorfall zu erwähnen«, meint Gabriel.

»Denkst du, es wird eine Anhörung geben?«

»Höchstens im Rahmen ihrer eigenen. Sie hat sich für eine Menge zu verantworten.«

Ich beobachte sie. Wie konnte es nur so weit kommen, dass sie all diese furchtbaren Dinge getan hat? Warum hat sie ihr Familienglück und ihr privilegiertes Leben riskiert?

»Ich wünschte, es wäre anders gekommen«, sage ich.

Neben mir senkt Gabriel den Kopf. »Das wünschte ich auch.«

KAPITEL 44

Fünf Tage später findet die Anhörung im Hohen Gericht statt. In der Vergangenheit musste ich so etwas schon häufiger über mich ergehen lassen, aber es ist mit den Jahren trotzdem nicht angenehmer geworden. Wenigstens bleibt mir während meiner Befragung ein Wiedersehen mit Lydia erspart.

Nachdem ich meine Aussage gemacht habe, kehre ich nach Hause zurück, wo mich neben meinen Geschwistern und Dad auch Naomi und Cara erwarten. Die Neugierde in ihren Gesichtern springt mich geradezu an.

»Ich muss eine beträchtliche Strafgebühr dafür zahlen, dass ich Lydia angegriffen habe«, erkläre ich zerknirscht. »Aber immerhin haben sie mir meinen körperlichen und emotionalen Ausnahmezustand strafmildernd ausgelegt.«

Dad kommt als Erster auf mich zu und umarmt mich. »Keine Sorge, mein kleiner Wintersturm. In diesem Haus haben wir einen Etat dafür, dass wir schlechten Leuten geben, was sie verdienen. Ich habe mal bei einer Feier den Umhang von jemandem in Brand gesteckt, der einen von mir entworfenen Park den *Schandfleck der Stadt* genannt hat.«

Ich starre ihn ungläubig an. »Dad!«

Er lacht. »Was denn? Von wem, glaubst du, hast du dein Temperament?«

Von Mum jedenfalls nicht, das steht fest. Trotzdem hätte ich das Dad nicht zugetraut, schließlich wirkt er stets so weise und ausgeglichen, als könnte ihn nichts aus der Fassung bringen.

»Und wie haben sie bei Lydia geurteilt?«, will Daisy wissen.

Ich versuche, mich an alles zu erinnern, was ich bei der Verhandlung mitbekommen habe. »Sie hat drei Jahre Gefängnis wegen Anstiftung und Ausführung mehrere Mordversuche an Gabriel bekommen. Das Gericht hat ziemlich milde geurteilt, weil sie geständig war, aber vermutlich auch, weil sie gute Beziehungen hat. Die anderen Morde streitet sie alle ab und behauptet, sie habe ein Alibi, also wird es dafür eine weitere separate Verhandlung geben. Zum Glück hat das Gericht einer Befragung mit einem Wahrheitskristall zugestimmt. Die findet zwar erst nächste Woche statt, aber da sie wegen der anderen Sache ohnehin einsitzt, geht von ihr keine Gefahr mehr aus.«

»Nächste Woche erst?«, fragt Rami entsetzt. »Was machen sie bis dahin? Schlafen? Da bin ich ja schneller mit meiner Ausstellung fertig.«

»Ein Hoch auf die Bürokratie«, erwidere ich und wende mich Naomi zu. »Da wir unsere Aussagen schon gemacht haben, müssen wir eigentlich nur noch abwarten und können nach London zurückkehren.«

»Ihr wollt wirklich schon gehen?«, fragt Cara enttäuscht.

Naomi nickt. »Unser Chef erwartet, dass wir am Montag wieder im Büro antanzen. Glaub mir, den will keiner warten lassen. Vorher müssen wir aber dringend einkaufen, sonst verhungern wir.«

Der Gedanke an unseren gähnend leeren Kühlschrank betrübt mich.

»Ich kann immer noch nicht glauben, dass ihr Detektivinnen seid«, meint Cara.

»Tja, also«, setze ich an. »*Eigentlich* solltet ihr das auch gar nicht wissen.«

»Hätte ich das vorher gewusst, hätte ich ein Veto eingelegt«, behauptet Dad, aber sein schiefes Lächeln offenbart ein klein wenig Stolz.

Cara zieht einen Schmollmund. »Sicher, dass ihr nicht zurückkommen wollt?«

»Ich mag die Menschenwelt«, meint Naomi. »London ist laut und bunt und voller Möglichkeiten. Außerdem *liebe* ich das Internet. Man lernt so viele spannende Leute kennen!«

Ich verdrehe die Augen. Mit *spannend* meint sie unter anderem all jene nächtlichen Besucher und Besucherinnen, mit denen sie sich so gut versteht, dass ich mich in meinem Bett immer sehr, sehr einsam fühle und über mein beinahe nicht vorhandenes Liebesleben nachdenke. Aber sie hat recht, die Menschen, die sie zu uns einlädt, sind immer interessante Persönlichkeiten. Bis auf den Kerl, der uns beklaut hat und mitten in der Nacht abgehauen ist.

»Unser Auftrag ist zu Ende«, sage ich zu Cara. »Es gibt nichts mehr, was ich hier tun kann. Ich habe ein Leben in der Menschenwelt.«

»Wir könnten dich – euch – für unsere Sache gebrauchen. Seit der Demonstration ist immer noch so vieles chaotisch. Die Mondgeborenen sind misstrauischer denn je.«

»Ich weiß«, erwidere ich schuldbewusst. »Aber ich vertraue darauf, dass du das hinbekommst. Du hast Unterstützung von höchster Stelle.« Mit einer Kopfbewegung deute ich auf Daisy, die meiner Freundin zunickt.

Cara wirkt enttäuscht, umarmt dann jedoch Naomi und mich. Ich glaube, sie ist unglücklich, weil ich schon wieder weglaufe. Dieses Mal flüchte ich allerdings nicht vor der Gesellschaft, sondern vor mir selbst. Weil ich weiß, dass ich nach allem, was geschehen ist, nicht bleiben kann. Die Proteste sind emotional so aufwühlend, dass ich unsicher bin, was aus mir werden würde, wenn ich mich weiter damit konfrontiere. Ich kann mir nicht länger trauen. Was, wenn so etwas wie mit Lydia noch einmal passiert? Wenn ich mich in einer Situation wiederfinde, in der ich mich nicht kontrollieren kann? Davor muss ich mich und auch alle um mich herum schützen, denn dieser dunkle Teil von mir, den die Quelle zutage gefördert hat, ist immer noch da und wartet auf einen schwachen Moment, in dem meine Gefühle die Oberhand gewinnen. Ich liebe meine Familie, aber ich spüre, wie es mich zur Quelle zieht. Ich *muss* gehen, um dieser Versuchung zu entkommen. Leider sind das Geheimnisse, die ich nicht einmal mit Cara teilen kann.

»Du überlässt es also allen Ernstes mir, einen Mann für Daisy zu finden?«, will Rami wissen. »Du bist grausam, Schwesterherz.«

»Daisy kann sich ihren Mann ganz allein aussuchen«, antwortet unsere Schwester.

Rami zieht die Augenbrauen hoch. »Wirklich? Der letzte Kerl war so aalglatt, dass er wahrscheinlich mindestens zwei Leichen im Keller hat. Solche Typen sind mir unheimlich.«

Daisy lacht. »Eventuell ist er ja einfach nur nett?«

Unser Bruder wirkt nicht überzeugt. »Sind sie nie. Sind sie *nie.*«

»Dieses Urteil lasst ihr mal schön euren Vater fällen«, meint Dad. »Wenn einer weiß, für welche Art Mann sich ein mächtiges Ratsmitglied entscheiden sollte, dann wohl ich.«

Rami beäugt ihn skeptisch von der Seite. »Du hast uns nie erzählt, wie du Mum kennengelernt hast.«

Dads Blick schweift in die Ferne. »Na ja. Alles hat an dem Tag angefangen, als ich die Abendbegleitung von Alexandra Campbell war.«

Bei dieser Enthüllung reißen wir kollektiv die Augen auf.

»Du warst *was*?«, fragt Daisy. »Okay, die Geschichte muss ich bitte dringend hören.«

Dad grinst. »Mal sehen, was ich euch verrate. Kommt darauf an, ob ihr mir dabei helft, das Abendessen vorzubereiten.« Er sieht mich an. »Was meinst du, bleibst du noch bis dahin? Deine Freundinnen sind auch herzlich eingeladen.«

Naomi reibt sich über den Bauch. »Gegen ein leckeres Abschiedsessen hätte ich nichts einzuwenden. In den letzten Tagen habe ich so viele Desserts verputzt, dass ich mal wieder was Herzhaftes vertragen könnte.«

»Ich würde sagen, einen Abend könnte ich mir für meine Freundinnen ruhig mal freinehmen«, stimmt Cara zu. »Und für gutes Essen. Seit ihr mich nicht mehr durchfüttert, haben meine Geschmacksnerven ganz schön gelitten.«

Lächelnd schaue ich in die Runde. Es tut so gut, bei meiner Familie und meinen Freundinnen zu sein, auch wenn es nicht für lange sein wird. Sie waren schon immer das Beste an dieser Stadt, und manchmal wünschte ich, ich könnte sie alle in einen magischen Koffer packen und nach London bringen. Aber sie haben ihr eigenes Leben, so wie ich meines in der Menschenwelt habe, und nur, weil uns ein Schleier trennt, bedeutet das nicht, dass wir uns nicht sehen können.

»Abendessen klingt perfekt«, sage ich. »Aber vorher muss ich noch was erledigen.«

»Willst du dich etwa mal wieder vor den Vorbereitungen drücken?«, stichelt Rami. »Manche Dinge ändern sich wohl nie.«

»Ist vielleicht besser so«, meint Daisy. »Du weißt doch, wie sie Zwiebeln schneidet.«

»Stimmt. Da muss ich immer weinen, obwohl ich nicht mal in der Nähe von den Dämpfen bin.«

»Ich liebe euch auch«, seufze ich, woraufhin meine Geschwister lachen.

Als ich beim See eintreffe, der im Dunkeln verborgen liegt, sitzt Gabriel bereits am Ufer und beobachtet die Glühwürmchen. Nach der Anhörung habe ich ihn gebeten, später bei unserem alten Treffpunkt auf mich zu warten. Ich wollte nicht schon wieder verschwinden, ohne mich von ihm zu verabschieden.

Ich lasse mich neben ihm im feuchten Gras nieder und starre auf die glatte Oberfläche des Sees, wo der zunehmende Mond sich spiegelt.

»Wie geht's dir?«, frage ich Gabriel.

»War schon mal besser. Matthew ist mit den Kindern ausgezogen. Sie haben die ganze Situation schlecht aufgenommen.«

Die Gesichter von Grace und Charlie tauchen vor meinem geistigen Auge auf. Ich wünschte, sie wären von diesem Drama verschont geblieben.

»Kein Wunder«, sage ich. »Ihre Mutter ist im Gefängnis.«

Gabriel fährt sich durch sein Haar. »Und ich bin der Grund dafür. Mir tut es leid für die Zwillinge. Sie leiden am meisten unter allem.«

Es ist so typisch für ihn, immer zuerst an die anderen zu denken. Dabei muss er den Verrat seiner Tante selbst noch verkraften.

»Vielleicht hilft der Auszug ja«, sinniere ich. »Für keinen von euch wäre es angenehm, wenn es so bleiben würde wie vorher.«

Gabriel nickt. Wir starren gemeinsam auf den See, an dessen Ufer irgendwo ein Frosch sitzt und ein leises Quaken von sich gibt. Früher habe ich gern die Stille mit Gabriel genossen, aber heute halte ich diese Ruhe kaum aus, weil es so viel gibt, das ich gern sagen würde, und doch fehlt mir der Mut dazu.

»Du wirst wieder gehen, oder?«, fragt er mich nach einer Weile und legt seine Hand auf meine.

Ich sehe ihn an. Auch jetzt bin ich nur zu betretenem Schweigen fähig. Dabei steht die Antwort bereits fest.

»Tu es nicht«, bittet er mich und verschränkt seine Finger mit meinen. »Ich weiß, wir hatten uns darauf geeinigt, dass unsere gemeinsame Nacht einmalig sein würde. Aber in den letzten Tagen ist mir klar geworden, wie sehr ich dich in meiner Nähe haben will.«

»Gabe …«

»Bitte überleg es dir noch mal.«

Ich wende meinen Blick von ihm ab, ziehe meine Hand jedoch nicht zurück. »Wie stellst du dir das vor? Wir dürfen nicht zusammen sein. Außerdem wirst du eine andere Frau heiraten.«

Er hat einen Blutschwur geleistet, niemals sein Erbe aufzugeben, und ich weiß, dass das für ihn auch nicht infrage käme. Der Ratssitz ist sein Leben. Seine Aufgabe. Ich würde nicht wollen, dass er das für mich aufgibt. Es würde ihn unglücklich machen.

Gabriel seufzt. »Das weiß ich. Aber *du* bist die Frau, die ich bei mir haben will. Ich müsste nicht zwingend in nächster Zeit heiraten. Wir könnten zusammen sein, nur du und ich.«

Ich schlucke den Kloß herunter, der sich in meiner Kehle formt. Nach genau diesen Worten habe ich mich immer gesehnt. Hätte er sie damals auf der Feier seiner Familie ausgesprochen, hätte ich bereitwillig zugestimmt. Ich wäre so, so glücklich gewesen. Aber jetzt reicht mir das nicht mehr.

»Und was dann?«, frage ich. »Werde ich für immer dein kleines Geheimnis sein, bis die Zeit gekommen ist, eine Ehefrau zu finden? Die schmutzige Affäre, von der niemand wissen darf? Das kann ich nicht, Gabe. Du hast dein Pflichtbewusstsein, und ich habe meinen Stolz. Ich will mehr von dir als ein ewiges Versteckspiel.«

»Das verstehe ich«, sagt er gefühlvoll. »Ich wünschte, ich könnte dir mehr geben.«

Ich räuspere mich und kämpfe gegen die Tränen an, die sich in meine Augen schleichen wollen. Am liebsten würde ich ihm jetzt gestehen, dass ich ihn liebe. So sehr, dass ein kleiner, weniger stolzer Teil von mir sich gern auf das einlassen würde, was er vorgeschlagen hat. Aber ich kann es nicht noch schwerer für uns machen. Wenn ich diese Worte ausspreche, haben sie Gewicht. Eines, das mich in bodenlose Tiefen reißen wird, denn ich könnte es kaum ertragen, wenn er mir jetzt sagt, dass er mich auch liebt. Weil ich gehen *muss*. Um von der Quelle wegzukommen. Um den Liebeskummer hinter mir zu lassen und nicht dabei zusehen zu müssen, wie Gabriel eine andere Frau heiratet. Damit ich fort bin, wenn Diana den Blutschwur von mir einfordern will. Mein Platz ist nicht länger in dieser Stadt, und ich weiß, dass der von Gabriel nicht in meiner ist. Wir sind dazu verdammt, in verschiedenen Welten zu brennen, auch wenn wir aus demselben Feuer gemacht sind.

»Vielleicht werden wir im nächsten Leben unter besseren Sternen geboren«, murmele ich und lächele, obwohl ich weinen will.

Es ist ungerecht, dass die eine Person, die mich so gut versteht und mich gleichzeitig ergänzt, nie für mich bestimmt war.

»Was war das denn?«, fragt Gabriel. »Wird aus dir doch noch eine Optimistin?«

Ich lache trocken. »Träum weiter. Aber schlechter kann die Ausgangssituation kaum werden.«

»Wohl wahr«, stimmt er mir zu und fährt mit den Fingern durch das weiche grüne Gras. »Es fällt mir schwer, dich zum zweiten Mal zu verlieren. Ich werde dich vermissen.«

»Ich bin ja nicht ewig weit weg. Falls du mich je brauchen solltest, werde ich da sein. Außerdem kannst du dich immer an Daisy wenden. Ihr beide habt eine Menge Gemeinsamkeiten.«

Sie kennen beide den politischen Druck, unter dem sie als Ratsmitglied stehen, wollen beide progressivere Gesetze und suchen aktuell beide nach geeigneten Lebenspartnern, also denke ich, dass sie sich blendend verstehen könnten, wenn man ihnen nur einen Schubs in die richtige Richtung gibt.

»Noch bin ich unsicher, ob sie überhaupt mit mir reden wird«, meint Gabriel.

Das bringt mich zum Schmunzeln. »Dafür werde ich sorgen. Sie kann ein bisschen einschüchternd sein, aber sie ist eine gute Seele.«

Eine weitere Gemeinsamkeit von den beiden. Ich glaube, viele, die nach außen hin besonders reserviert erscheinen, schützen nur ihren weichen Kern, damit niemand sie verletzen kann.

»Versprich mir, dass du auf dich aufpasst«, bitte ich Gabriel.

»Das tue ich doch immer.«

Ich sehe ihn verständnislos an. »Allein während der letzten vier Wochen bist du zweimal fast draufgegangen. Du lebst ziemlich gefährlich.«

»Sagt die Frau, die sich durch ihre riskanten Aktionen diverse Knochenbrüche, Verbrennungen und Schnittwunden zugezogen hat.«

»Okay«, seufze ich. »Einigen wir uns darauf, dass wir beide *etwas* vorsichtiger sein könnten.«

»Abgemacht.« Er zwinkert mir zu. »Ich bin froh, dass du zurückgekommen bist, auch wenn die Umstände keine schönen waren. Es tut gut, mit dir zu reden und mich ein wenig von der Leere in meinem Haus abzulenken.«

Ich bewege meinen Daumen über seine Handfläche. Schon vor einigen Tagen hat er mir gestanden, dass er einsam ist, und durch Lydias Inhaftierung ist die Situation sicher nicht besser geworden. Ich würde gern etwas tun, um ihn auf andere Gedanken zu bringen.

Nachdenklich starre ich den See an, bis mir etwas einfällt.

»Willst du später vielleicht zum Abendessen vorbeikommen?«, frage ich. »Dad plant die große Enthüllungsstory, wie er Mum kennengelernt hat. Könnte interessant werden. Naomi und Cara werden auch da sein.«

Gabriel runzelt die Stirn. »Bist du sicher, dass das eine gute Idee ist?«

»Eine meiner besseren. Immerhin wird kein Gesetz gebrochen.«

»Das letzte Mal, als ich bei dir zu Hause war, ist das mit der Gesetzestreue auch nach hinten losgegangen.«

Ich verpasse ihm einen zaghaften Stoß in die Seite, woraufhin er leise lacht.

»Schon gut«, sagt er belustigt. »Ich komme gern zum Abendessen.«

Ein paar Minuten später verabschiede ich mich vorerst von ihm und stehe auf. Mein Weg führt zwischen den Bäumen hindurch, die den See schützend umgeben. Weit komme ich jedoch nicht, denn nach wenigen Metern überkommt mich so heftige Traurigkeit, dass ich mich mit dem Rücken gegen den nächstbesten Stamm lehnen und mir die Hand auf den Mund pressen muss. Ich unterdrücke die Schluchzer und kneife die Augen zusammen, aus denen endlos viele Tränen fließen. Inmitten der Dunkelheit weine ich still und hemmungslos um die Liebe, die ich nie hatte und doch verloren habe, weil diese Welt so verdammt ungerecht ist. *Von der Sonne gesegnet, aber von den Sternen verflucht*, schießt es mir durch den Kopf. Wieder und wieder, bis keine Tränen mehr übrig sind.

KAPITEL 45

Da ich nach dem Abendessen mit meiner Familie spontan beschlossen habe, doch noch drei Tage in New London zu bleiben, reise ich erst am Samstag wieder ab. Naomi ist bereits in die Menschenwelt zurückgekehrt, sodass ich den Rückweg allein antrete. Während der Kutschfahrt durch die Stadt starre ich die ganze Zeit über aus dem Fenster. Wehmut erfasst mich, wann immer ich die magischen Eigenheiten dieses Ortes entdecke. Wasserspeier aus Eis, die im fahlen Licht der Laternen glitzern. Die bunten Blumenmeere, die sich zwischen so vielen Häusern des Frühlingsbezirks befinden. Das magische Feuer in den Straßen des Sommerbezirks, das die Novemberkälte vertreibt. Ich weiß, dass es die richtige Entscheidung ist, zu gehen. Trotzdem fühlt es sich an, als würde ich dieses Mal einen weitaus größeren Teil meines Herzens zurücklassen.

Schließlich hält meine Kutsche am Straßenrand an, und ich begebe mich zum Pavillon, der das Schleiertor beherbergt. Dort angekommen, lege ich meine Hand auf den rauen Stein des Torbogens, der sich im Zentrum befindet. Ich rufe meine Magie, woraufhin sich der magische Durchgang öffnet.

Noch einmal drehe ich mich um. Blicke in die Ferne, während ich beim Tor verharre. Ich bin nicht sicher, worauf ich warte. Vielleicht hofft ein Teil von mir, dass Gabriel auftaucht, um mich davon abzuhalten, New London zu verlassen. Um mir zu sagen, dass er gegen das Gesetz kämpfen wird, das unsere Gefühle verbietet, damit wir endlich offen zusammen sein können. Aber sosehr ich es mir auch wünschen würde, mir ist klar, dass das nicht passieren wird.

Ich ziehe meinen Umhang enger um mich und trete durch das Schleiertor, stürze durch die Welten, bis ich wieder knirschenden Kies unter meinen Stiefeln spüre.

Auf dem Friedhof ist es stockfinster, da auch im London der Menschen gerade Abend herrscht. Der Himmel ist von dichten Wolken verhangen, sodass ich kaum die eigene Hand vor Augen sehe. Ich nehme mein Handy aus der Hosentasche und schalte es ein. Weil Naomi nicht hier ist, um mir mit ihrer Sommermagie den Weg zu weisen, nutze ich es als Taschenlampe.

Es wird Zeit, nach Hause zu gehen. Länger als nötig möchte ich bei Dunkelheit wirklich nicht an diesem Ort verbringen.

Ich eile an den gespenstischen Gräbern vorbei, die mit jedem Mal unheimlicher zu werden scheinen. Der stürmische Wind lässt die letzten noch verbliebenen Blätter der Bäume rascheln und meine Finger klamm werden. Ich freue mich schon darauf, sie an einer Tasse heißer Schokolade aufzuwärmen.

Plötzlich bekomme ich keine Luft mehr. Ich halte abrupt inne, fasse mir an die Brust, in der meine Lungen sich mit einem Mal bleischwer anfühlen, als hielte ich schon seit einer ganzen Weile den Atem an.

Was ist hier los?

Panisch öffne ich den Mund, doch egal, wie verzweifelt ich nach Sauerstoff schnappe, es gelangt nichts davon in meinen Körper. Irgendetwas stimmt ganz und gar nicht.

Schwarze Punkte tanzen vor meinen Augen. Mir wird schwindelig. Ich gehe in die Knie, versuche, mich zu konzentrieren, doch es dreht sich alles. Ich lasse mein Handy los. Mit den Händen stütze ich mich auf dem Boden auf, krabbele auf allen vieren über den Kies, kralle meine zitternden Finger hinein, bis ich zusammenbreche.

In meinen Ohren rauscht es. Dennoch höre ich, wie sich Schritte nähern.

»Ich hab doch gesagt, es ist eine gute Idee, heute auf dem Friedhof zu warten«, ertönt eine weibliche Stimme, die ich nicht zuordnen kann.

»Bist du sicher, dass wir es hier tun sollten?«, fragt eine männliche Stimme.

»Warum nicht? Dieser Ort ist so gut wie jeder andere auch. Und es gibt genug Möglichkeiten, den Körper zu verstecken.«

Den Körper verstecken?

Mein Puls rast unaufhaltsam. Ich kämpfe gegen die drohende Bewusstlosigkeit an, versuche, Luft zu holen, doch es gelingt mir noch immer nicht. Jemand manipuliert meine Atmung.

»Ich hasse es, das zu tun«, murrt der Mann. »Wie oft denn noch?«

»So oft wie nötig. Du weißt, warum wir das machen. Na los.«

Die Schritte kommen noch näher. Ich muss hier weg, muss mich bewegen, aber ich schaffe es nicht. Mein Körper ist bereits taub, die Ohnmacht viel zu nah. Ich strecke meinen Geist nach meiner Magie aus, aber sie ist so schwach, dass ich sie in meinem Zustand nicht zu fassen bekomme.

»Tut mir leid«, sagt jemand über mir, bevor ich im nächsten Moment einen scharfen, stechenden Schmerz im Rücken spüre.

Wenn ich könnte, würde ich schreien. Aber wer auch immer gerade meine Atmung beeinträchtigt, sorgt dafür, dass ich den schrecklichen Schmerz still ertragen muss. Den Gedanken, dass ich gleich sterben werde. Denn dieses Mal ist niemand hier, um mich zu heilen.

Obwohl man es heute bei der dichten Wolkendecke nicht sehen kann, wird mir schlagartig klar, in welcher Mondphase wir uns befinden. Es ist Vollmond.